ARPENTER LA NUIT

LEILA MOTTLEY

ARPENTER LA NUIT

roman

Traduit de l'américain
par Pauline Loquin

TERRES D'AMÉRIQUE

ALBIN MICHEL

« Terres d'Amérique »

Collection dirigée par Francis Geffard

Retrouvez toute l'actualité de Terres d'Amérique et de ses auteurs
sur la page Facebook officielle de la collection :
www.facebook.com/Terres.Amerique

Édition originale américaine parue sous le titre :
NIGHTCRAWLING

Publiée par Alfred A. Knopf,
une division de Penguin Random House LLC, New York, États-Unis.

Pour Oakland et les filles d'Oakland

La piscine est pleine de merdes de chien et les ricanements de Dee nous narguent dans le petit matin. Ça fait une semaine que je lui répète qu'elle ressemble vraiment à une toxico, ce qu'elle est bel et bien, à se marrer toujours pour la même blague comme si la chute pouvait changer. On dirait qu'elle s'en fiche que son mec l'ait quittée, qu'elle n'en avait même carrément rien à foutre quand il s'est pointé près de la piscine mardi dernier après avoir fait toutes les poubelles du quartier à la recherche de crottes emballées dans des sacs en plastique. À trois heures du matin, on a tous entendu les éclaboussures, et puis ses hurlements quand il a traité Dee de sale conne infidèle. Mais on a surtout entendu ses gloussements à elle, et ça nous a rappelé à quel point c'est difficile de dormir quand on ne peut même plus faire la différence entre le bruit de nos pas et ceux des voisins.

Depuis tout le temps que j'habite ici, aucun de nous n'a jamais mis un pied dans cette piscine ; peut-être parce que le proprio, Vernon, ne l'a jamais nettoyée, mais surtout parce qu'on ne nous a jamais appris à nous amuser dans l'eau, à nager sans boire la tasse, ni même à aimer que nos cheveux soient tout emmêlés et baignés de chlore. Et pourtant ça me dérangerait pas de me noyer, vu qu'après tout on est composés d'eau. Ce serait un peu comme si mon corps se mettait à déborder. Je crois que je préférerais mourir comme ça plutôt qu'en tombant dans les vapes sur le sol d'un appartement crasseux, avec le cœur qui s'emballe et puis qui s'arrête d'un coup.

Ce matin, c'est différent. Le rire de Dee s'envole dans un tourbillon de notes suraiguës avant de se perdre dans des mugissements. J'ouvre la porte et elle est là près de la rambarde, comme d'habitude. Sauf qu'aujourd'hui elle est tournée vers son appartement, et avec la lumière de la piscine dans son dos je ne peux pas distinguer son visage, juste ses pommettes qui s'agitent comme deux petites pommes sous sa peau flétrie. Je referme avant qu'elle me voie.

Certains matins je passe la tête par la porte de chez Dee – qu'elle ne verrouille jamais – juste pour m'assurer qu'elle respire encore, qu'elle bouge dans son sommeil. En fait, ses crises de rire de fille névrosée ne me gênent pas tant que ça parce que ça veut dire qu'elle est toujours en vie et que ses poumons ne l'ont pas encore lâchée ; tant que Dee se marre, tout n'est pas foutu.

On frappe chez nous, deux coups légers et quatre forts. J'aurais dû m'y attendre mais ça ne m'empêche pas de faire un bond en arrière. C'est pas comme si je ne voyais pas Vernon faire sa tournée, ni l'affichette qui se soulève et qui retombe sur la porte de Dee tandis qu'elle la fixe des yeux en gloussant. Je me tourne vers mon frère, Marcus, qui ronfle sur le canapé, et je vois son nez se tortiller comme s'il voulait aller saluer ses sourcils.

Il fait toujours des grimaces quand il dort, comme les bébés, sa tête se renverse sur le côté et du coup je peux voir son profil, là où le tatouage est toujours aussi lisse et net. Marcus a l'empreinte digitale de mon pouce tatouée juste sous l'oreille gauche, et quand il sourit ça attire systématiquement mon regard, on dirait un œil en plus. C'est pas qu'on sourie beaucoup ces derniers temps, mais cette image-là, le souvenir des sillons d'encre fraîche sous son sourire, c'est ça qui me ramène vers lui à tous les coups. Qui me redonne de l'espoir. Marcus a les bras couverts de tatouages, mais sur son cou il n'y a que mon pouce. Il m'a dit que c'était celui qui lui avait fait le plus mal.

Il s'est fait tatouer le jour de mes dix-sept ans et c'était la première fois que je me disais que peut-être il m'aimait plus que tout au monde, plus que sa propre peau. Mais aujourd'hui, à trois mois de mes dix-huit ans, quand je regarde cette empreinte tremblante au coin de sa joue, je me sens nue, vulnérable. Si jamais Marcus se fait dégommer au coin d'une rue, on ne mettra pas longtemps à l'identifier grâce aux traces de mon corps sur le sien.

J'agrippe la poignée en marmonnant « Je vais ouvrir », comme si Marcus allait vraiment se lever si tôt. L'alarme du rire de Dee résonne à travers le mur et s'infiltre dans mes gencives comme de l'eau salée, imprégnant les parties les plus charnues de ma bouche. Je secoue la tête et je me tourne vers la porte, vers notre propre affichette scotchée à la va-vite sur la peinture orange. Pas besoin de lire ce genre de papier pour savoir ce qu'il y a dessus. Tout le monde en a reçu un et a fini par le balancer dans la rue, comme si un « Même pas en rêve, mec » suffisait à se débarrasser de la violence de ces mots. Des caractères implacables, des chiffres figés sur cette affichette à l'odeur tenace d'encre d'imprimante industrielle, sortie d'un tas de papiers tout aussi toxiques et tordus que celui qu'on a placardé sur la porte de l'appartement où vit ma famille depuis près de vingt ans. On savait très bien que Vernon était un vendu et qu'il ne garderait pas l'immeuble plus longtemps que nécessaire, surtout avec les gros portefeuilles qui se baladent dans Oakland en quête de gens comme nous à faire dégager de la ville.

Les chiffres, ils seraient moins intimidants si Dee n'était pas en train de se marrer toute seule, recroquevillée sur elle-même avec son rire qui bétonne tous ces zéros au creux de mon ventre. Je tourne la tête d'un coup sec dans sa direction. Mon cri couvre le vent et le grognement des camions du matin :

– Arrête ça, Dee, ou alors rentre chez toi. Tu fais chier.

Elle se retourne à peine, me fixe, un large sourire aux lèvres, sa bouche s'étire jusqu'à former un O parfait et elle reprend son numéro. J'arrache de la porte l'avis d'augmentation du loyer et je rentre pour retrouver Marcus qui continue de ronfler sur le canapé, toujours aussi serein.

Il est allongé là et il dort alors qu'autour de nous l'appartement se casse la gueule. On réussit à peine à joindre les deux bouts, on a déjà deux loyers de retard, et Marcus qui ne gagne pas un rond. Au magasin d'alcool je les supplie de me donner des heures et je compte les crackers qu'il nous reste dans le placard. On n'a même pas de porte-monnaie, alors quand je regarde Marcus, quand je vois son visage embrumé, je sais qu'on ne s'en sortira pas comme la dernière fois que notre petit monde s'est brisé, avec un cadre vide dans lequel se trouvait autrefois la photo de maman.

Je secoue la tête face à cette grande silhouette qui prend toute la place et je pose l'affichette pile sur son torse pour qu'elle respire avec lui. Elle monte, elle descend.

Je n'entends plus Dee, du coup j'enfile ma veste et je me glisse dehors en abandonnant Marcus, qui finira par se réveiller face à une feuille de papier chiffonnée et bien plus de soucis que ce qu'il peut gérer. Je longe la balustrade et l'enfilade d'appartements, puis j'ouvre la porte de Dee. Elle est là sur le matelas à s'agiter plus ou moins dans son sommeil alors qu'elle hurlait encore de rire il y a quelques minutes. Son fils, Trevor, est assis sur le tabouret de la kitchenette, en train de picorer des faux Cheerios à même le paquet. Il a neuf ans et je le connais depuis qu'il est né, je l'ai vu pousser et devenir ce grand gamin tout maigre. Il grignote en attendant que sa mère se réveille, même si elle ne va sans doute pas ouvrir les yeux avant plusieurs heures et qu'elle le verra tout flou.

J'entre, je m'approche de lui en silence et je lui tends le sac à dos que j'ai ramassé par terre. Il me fait son grand sourire, des morceaux de céréales coincés entre les dents.

– Allez, bonhomme, faut aller à l'école. T'inquiète pas pour ta maman. Viens, je t'emmène.

On sort de l'appartement main dans la main et la sienne me fait penser à du beurre, si douce qu'elle pourrait presque fondre sous la chaleur de mes doigts. On marche en direction de la cage d'escalier avec la peinture verte qui s'écaille, on descend jusqu'au rez-de-chaussée, on longe la piscine à crottes et le portail métallique nous recrache directement sur High Street.

High Street est un mirage fait de mégots et de bars, un sentier sinueux entre les magasins et les aires de jeux pour adultes qui se font passer pour des coins de rue. Elle dégage quelque chose d'enfantin, le terrain de chasse parfait pour les charognards. On ne sait pas trop où elle finit, quelque part après le pont, mais comme je n'y suis jamais allée je ne sais pas si c'est un coin du genre qu'on préfère éviter comme notre quartier. Ici, c'est exactement ce à quoi on peut s'attendre et en même temps pas du tout, entre les pompes funèbres, les stations-service et les rues constellées de maisons aux fenêtres qui rayonnent de jaune.

– M'man dit que Ricky va plus venir nous voir, alors j'ai mangé tous les Cheerios.

La main de Trevor glisse de la mienne. Il marche tranquillement devant moi et chacun de ses pas résonne de joie. Quand je le regarde, j'ai le sentiment qu'il n'y a que lui et moi qui comprenons ce que ça fait de se sentir en mouvement, d'en avoir vraiment conscience. Parfois, j'ai l'impression que ce môme pourrait me protéger contre ce ciel tout gris qui s'apprête à m'engloutir, et puis je repense à Marcus ; il a été petit lui aussi, mais on a fini par devenir trop grands pour nous-mêmes.

On prend à gauche en quittant les appartements du Regal-Hi et on continue à marcher. Je suis Trevor qui traverse sans faire attention ni aux feux ni au flot de voitures parce qu'il sait très bien que tout le monde est prêt à s'arrêter devant ses yeux pétillants et sa course effrénée. L'arrêt de bus se trouve sur le trottoir qu'on vient de quitter mais il préfère marcher du côté du parc, là où des ados viennent tous les jours faire des paniers dans des cerceaux sans filet et se rentrer dedans jusqu'à s'écrouler dans une quinte de toux. Trevor ralentit, les yeux fixés sur le match du matin. Filles contre garçons visiblement, et personne ne gagne.

J'attrape la main de Trevor et je le fais accélérer.

– Tu vas rater le bus si tu restes planté là.

Il se traîne, la tête tournée pour suivre les rotations du ballon qui monte, qui descend et qui couine entre les mains des jeunes et le panier de basket.

– Tu crois qu'ils me laisseraient jouer ?

Ses joues se creusent sous le coup de l'admiration et tout son visage se met à trembloter.

– Pas aujourd'hui. Tu sais, eux, ils n'ont pas de bus à prendre, et ça plairait pas à ta maman que tu restes ici dans le froid au lieu d'aller à l'école.

En janvier à Oakland, le temps est bizarre. Il fait frais, ce qui n'est pas bien différent des autres mois, et les nuages couvrent tout le bleu du ciel, mais il ne fait pas assez froid pour mettre un manteau et en même temps trop froid pour vraiment se découvrir. Trevor est bras nus, alors je retire ma veste et je l'enroule autour de ses épaules. Puis j'agrippe son autre main et on continue notre chemin côte à côte.

On entend le bus prendre le virage avant même de le voir, et quand je tourne rapidement la tête j'aperçois le numéro du gros truc vert qui s'approche dans un grondement.

– On y va, allez, bouge-moi ces pieds.

On traverse sans se soucier des voitures, le bus fonce vers nous et il s'immobilise à son arrêt. Je donne des coups de coude pour faire avancer Trevor dans la foule qui se déverse sur le trottoir, et il s'engouffre dans la gueule du véhicule.

– Tu y vas et tu lis un livre aujourd'hui, d'accord ?

Il tourne la tête vers moi et lève sa petite main juste assez pour qu'on puisse prendre ça pour un au revoir, ou un coucou, ou simplement le geste d'un petit garçon sur le point de s'essuyer le nez. Je le regarde disparaître, puis je regarde le bus reprendre sa route en grognant.

Quelques minutes plus tard, le mien freine dans un grincement. Il y a un homme à côté de moi qui porte des lunettes de soleil inutiles dans cette pénombre et je le laisse grimper en premier. Je monte juste après lui et je regarde autour de moi, mais il n'y a aucune place libre parce qu'on est jeudi matin et qu'on doit tous aller quelque part. Je m'écrase entre les corps, je finis par trouver une petite poche vide au fond où je m'installe, la main sur la barre métallique, et j'attends que le véhicule me projette vers l'avant.

Durant les dix minutes du trajet qui mène à l'autre bout d'East Oakland, je me laisse bercer par le bus qui me balance d'avant en arrière comme le font les mamans avec leur bébé, j'imagine, quand elles ont encore assez de patience pour ne pas se mettre à le secouer. Et à voir ces gens avec leurs cheveux fourrés sous un bonnet et ces rides qui sillonnent leur visage dans tous les sens comme sur un plan de métro, je me demande combien se sont réveillés ce matin dans un monde chancelant avec sur leur porte un bout de papier qui ne devrait pas avoir plus d'importance que l'arbre d'où il vient, abattu dans un coin du monde dont tout le monde se fout. Je loupe presque le moment de tirer sur le câble qui commande la porte, et celle-ci s'ouvre sur l'air frais d'Oakland et la vague odeur d'essence et de machines qui s'échappe du chantier face à La Casa Taquería.

Je descends du bus et m'approche du bâtiment, avec ces volets fermés qui empêchent de voir à l'intérieur et ces stores bleus si familiers. Je saisis la poignée, je tire et je capte immédiatement, en entrant dans le restaurant, la sensation de quelque chose de grand et de bruyant au milieu de l'obscurité. Les chaises sont retournées sur les tables mais l'endroit est bien vivant. Je lance :

– T'allumes même plus pour moi ?

Je sais qu'Alé n'est qu'à quelques mètres mais dans le noir j'ai l'impression qu'elle est plus loin. Elle surgit par une porte, son ombre tâtonne à la recherche de l'interrupteur et nous voilà éclairées.

Les cheveux d'Alé sont noirs et soyeux et des mèches jaillissent du chignon noué au sommet de sa tête. Sa peau est luisante de sueur après les vingt minutes qu'elle vient de passer aux fourneaux. Son T-shirt blanc n'a rien à envier à ceux de Marcus, quasiment tous aussi basiques et extra-larges, et ça lui donne un côté garçon manqué vraiment cool que je ne pourrai jamais égaler. Elle a des tatouages partout sur le corps et parfois j'ai l'impression qu'elle est une œuvre d'art, mais dès qu'elle se met à bouger ça me rappelle à quel point elle peut paraître empotée et imposante avec ses pas de géant.

– Tu sais que j'aurais aucun mal à te foutre dehors ?

Alé s'approche et on croirait qu'elle va me faire un check comme un mec black avec ses potes, mais elle finit par se rendre compte que je ne suis pas mon frère et du coup elle ouvre grand ses bras. Cette fille me fascine avec sa capacité à remplir toute une pièce exactement comme elle remplit ce T-shirt informe. Et là, je peux me nicher dans l'endroit le plus rassurant que j'aie jamais connu, avec mon oreille tout contre sa poitrine chaude et palpitante.

– T'as intérêt à avoir à manger là-dedans, je lui dis.

Je me dégage de son étreinte, je me retourne et me dandine en direction de la cuisine. J'aime bien onduler des hanches quand je marche près d'Alé, à chaque fois elle dit que je suis sa *chava*.

Elle m'observe un moment et son regard se fige. Puis elle se met à courir vers la cuisine, je m'y précipite aussi et on fait la course, on se bouscule, pressées l'une contre l'autre pour passer la porte en riant jusqu'aux larmes, on s'écroule par terre et on se marche dessus sans se soucier des bleus qui nous maquilleront demain. Alé a gagné, elle se tient debout près de la cuisinière et elle remplit les bols tandis que je reprends mon souffle, à genoux sur le carrelage. Je me relève, un petit rire lui échappe et elle me tend un bol et une cuillère.

– *Huevos rancheros*, annonce-t-elle, le nez dégoulinant de sueur.

C'est chaud et fumant, d'un rouge profond avec des œufs par-dessus.

Alé cuisine pour moi au moins une fois par semaine, et quand Marcus m'accompagne il lui demande toujours ce que c'est, même s'il s'agit d'un truc qu'elle nous a déjà préparé. Il aime bien l'embêter. Presque autant qu'il aime lâcher un freestyle ou jouer au beau parleur.

Je m'assieds d'un bond sur le comptoir et je sens quelque chose dégouliner sous mon jean, mais je n'y fais pas attention. À chaque nouvelle bouchée ma langue me brûle un peu plus sous l'effet du piment, et j'observe Alé appuyée contre la cuisinière devant moi, et la vapeur qui s'échappe de nos bols s'élève pour former un nuage au plafond.

– Ça y est, t'as trouvé du boulot ? me demande-t-elle, la bouche barbouillée de chili comme si elle s'était mis du rouge à lèvres en débordant.

Je secoue la tête et je lèche le doigt que je viens de plonger dans mon bol.

– J'ai fait toute la ville, mais ils se braquent tellement quand je leur dis que j'ai arrêté le lycée qu'ils me calculent même pas.

Alé avale une bouchée en hochant la tête.

– Le pire c'est que Marcus refuse de se bouger pour essayer de se dégoter quelque chose.

Elle lève les yeux au ciel sans rien dire, comme si je n'étais pas capable de comprendre.

– Quoi ? je lui demande.

– Il fait de son mieux, tu sais, et il a quitté son job y a seulement quelques mois. Lui aussi il est jeune, tu peux pas lui reprocher de pas vouloir passer tout son temps à bosser. En plus vous vous en sortez bien en ce moment avec les heures que tu fais au Bottle Caps de temps en temps. Pas besoin de remuer le couteau dans la plaie.

Elle a la bouche pleine et il y a de la sauce qui coule à la commissure de ses lèvres.

Je descends du comptoir, bien consciente que l'arrière de mon jean est complètement trempé. Je balance mon bol sur la table, je l'entends tinter mais j'aurais préféré qu'il se brise. Alé a arrêté de manger et m'observe en entortillant son collier autour de son doigt.

Un petit bruit lui échappe, une sorte de gargouillis qui vient du fond de sa gorge et se termine dans un toussotement.

– Va te faire foutre.

– C'est bon, Kiara, ça vaut pas le coup. En plus aujourd'hui c'est jour d'enterrement, on devrait être en train de faire les folles en ville, mais toi tu préfères bousiller un bol à la con juste parce que ça t'énerve de pas trouver de boulot ? On cherche presque tous du travail. T'es comme tout le monde.

Je regarde quelque part entre Alé et le sol, son T-shirt lui colle à la peau à cause de la sueur. Ces moments me rappellent qu'Alé a son propre monde sans moi, qu'elle en avait un avant moi et qu'elle en aura peut-être un après. En tout cas je ne vais pas rester les bras croisés dans cette cuisine étouffante quand la seule personne qui a le droit de prononcer mon nom en entier refuse de voir que je suis sur le point de m'effondrer, de tout lâcher comme Dee.

Alé s'approche, elle m'attrape le poignet et j'ai l'impression que son regard me dit : « Fais pas ça. » Mais je suis déjà en train de pousser la porte, le souffle trahi par la vitesse de mes jambes. Elle est derrière moi, sa main s'avance et elle rate ma manche, mais au deuxième essai ses doigts finissent par agripper le tissu. Elle me fait virevolter, son visage est trop près du mien et elle me regarde avec toute la pitié de celle qui possède sa propre voix envers celle dont la voix est en cage. J'ai laissé Alé me sauver plus souvent que je n'ai pardonné à Marcus, et je la vois presque trembler sous son T-shirt.

– Aujourd'hui, c'est jour d'enterrement, répète-t-elle en remuant à peine les lèvres.

Ses ongles sont courts et sentent la coriandre tandis que les miens sont acérés et menaçants, et pourtant elle m'annonce ça comme si ça n'avait aucune importance. Mais juste après, une fossette se creuse sur son menton et elle redevient tout pour moi.

– Tu peux pas comprendre, je lui dis en repensant à l'avis collé sur la porte ce matin.

Ses traits se cousent les uns aux autres.

Je secoue la tête pour balayer l'expression imprimée sur mon visage, peu importe ce que c'est.

– Laisse tomber.

Je lâche un soupir et Alé fronce les sourcils, mais avant qu'elle puisse se remettre à m'affronter, ma main s'approche du petit point sensible sous ses côtes et je commence à la chatouiller. Elle pousse un cri et elle rit de ce rire étrangement féminin qui lui échappe quand elle a peur que je me remette à la chatouiller, alors je la libère.

– Qu'est-ce qu'on attend pour y aller ? je lui demande.

Elle passe un bras autour de mes épaules et m'entraîne vers la porte, en direction de l'arrêt de bus. On dépasse le chantier, on se met à trottiner et soudain on fonce à toute vitesse, on fait la course dans la rue et on traverse sans vérifier s'il y a des voitures, poursuivies par le chant des klaxons.

Les pompes funèbres Joy, c'est l'une des nombreuses chambres funéraires d'East Oakland. Installé au coin de Seminary Avenue et d'une rue dont personne ne prend la peine de retenir le nom, l'endroit accueille toujours plus de corps. Avec Alé, on y va tous les deux mois, quand il y a un renouvellement de personnel parce que les employés tombent malades rien qu'à l'idée d'épousseter un nouveau cadavre à côté d'un plateau de fromage. On a assisté à suffisamment d'enterrements dans notre vie pour savoir que les gens n'ont aucune envie de bouffer du fromage quand ils pleurent leurs morts.

On remonte MacArthur Boulevard, on attrape le bus de la ligne NL et on monte à bord avec les cartes rechargeables qu'on a piquées aux objets trouvés d'une école primaire. Le bus est quasiment vide, forcément ; nous on est jeunes et sans cervelle, pas comme tous ceux qui sont assis derrière des bureaux dans des bâtiments ultra-modernes, les yeux rivés sur un écran, regrettant de ne pas pouvoir goûter au grand air. Personne ne nous attend nulle part et ça nous va très bien comme ça.

Alé fait partie des chanceuses. Le resto de ses parents, c'est une institution du quartier, et même s'ils ne peuvent pas se payer autre chose qu'un deux-pièces juste au-dessus, elle n'a jamais connu la faim. Ici, il y a différents degrés de survie, et à chaque fois que je la prends dans mes bras ou que je la regarde faire du skate sur le trottoir, je peux sentir la puissance de ses battements de cœur. Mais qu'on ait de la chance ou pas, on doit quand même travailler pour rester en vie les bons comme les mauvais jours pendant que là-bas quelqu'un est rayé de la carte, réduit à une poignée de cendres éparpillées autour de la baie.

Alé ne peut traîner avec moi que les jeudis et les dimanches. En temps normal elle reste avec sa mère qu'elle aide au restaurant, en cuisine ou au service. Quand je me sens seule, je vais la regarder faire, j'observe sa capacité à transpirer pendant des heures même quand elle ne bouge pas.

Je fixe Alé, elle regarde par la fenêtre et le bus nous balance l'une contre l'autre. On s'arrête à un feu et elle me donne un coup de coude.

– Ils essaient vraiment de remplacer Obama par cette nana ?

Elle fait un signe de tête en direction de la vitrine d'une quincaillerie sur laquelle est affiché le visage flétri et souriant d'Hillary Clinton. Les élections sont dans plus d'un an mais la campagne a déjà commencé, avec toutes les rumeurs et les débats qui tombent exactement en même temps que les manifs et tous ces Noirs qui se font tirer dessus. Je secoue la tête en riant, le bus repart et mon regard se pose à nouveau sur Alé.

– T'es même pas habillée en noir, meuf ! Qu'est-ce qui te prend ? je lui demande.

Elle porte toujours son T-shirt et son short blancs.

– Toi non plus, elle me répond.

Je jette un œil à mon T-shirt gris et à mon jean noir.

– J'ai décidé de couper la poire en deux.

Un petit rire lui échappe.

– De toute façon, c'est un enterrement de quartier. Personne dira rien sur nos fringues.

Et soudain on se met à glousser parce que c'est vrai, chaque fois qu'on y va on est en jean et T-shirt sale – sauf quand l'*abuelo* d'Alé est mort il y a deux ans et qu'on a mis ses vêtements à lui, des chemises jaunies par le temps qui sentaient la cigarette et l'argile tirée au plus profond de la terre la plus fertile. Aucun croque-mort ne pose jamais de question sur la manière dont les proches du défunt sont habillés ; c'est comme pour les coups de couteau, jamais ils s'arrêtent là-dessus. Je me suis pointée à l'enterrement de mon père avec un débardeur rose fluo et personne n'a rien dit.

Maman accusait la prison de la mort de papa, ou plutôt elle accusait ceux qui avaient fait en sorte qu'il finisse là-bas, c'est-à-dire qu'elle accusait la rue. Papa, c'était ni un escroc ni un dealer et d'ailleurs je ne l'ai vu défoncé qu'une seule fois, un jour où il fumait un bang près de la piscine à crottes avec Oncle Ty. Mais peu importe, parce que tout ce que voyait maman c'était l'image du jour où papa s'est fait arrêter, des bouches distordues de ses amis quand les flics se sont pointés et qu'ils les ont plaqués contre les murs. Peu importe ce qu'ils avaient fait ou pas parce que maman avait besoin d'accuser quelqu'un ou quelque chose et qu'elle avait le cuir bien trop fragile pour en vouloir au monde lui-même, pour supporter le cliquetis des menottes, la facilité avec laquelle les flics les ont glissées aux poignets de papa.

C'est à San Quentin qu'il est tombé malade, qu'il a commencé à pisser du sang, et il a supplié pendant des semaines qu'on le laisse voir un médecin parce que la sensation de brûlure empirait de jour en jour. Ils ont fini par accepter et le docteur lui a dit que c'était simplement à cause de la nourriture, que parfois elle faisait cet effet-là. Il lui a donné quelques calmants et des cachets, des alphabloquants pour l'aider à pisser plus facilement. Ça lui a évité le pire, mais je crois que même après son retour à la maison papa continuait à trouver du sang dans la cuvette des WC et il n'a jamais rien dit. Trois ans après sa remise en liberté, son dos s'est mis à lui faire tellement mal qu'il pouvait à peine faire l'aller-retour à pied jusqu'à la supérette 7-Eleven où il travaillait.

Quand ses jambes se sont mises à enfler, on l'a emmené voir un médecin qui a dit que c'était la prostate. Le cancer était tellement avancé qu'il n'y avait en fait aucun espoir que ça s'arrange, alors papa a dit non quand maman l'a supplié d'essayer la chimio et la radiothérapie. Il a dit qu'il refusait de partir en la laissant s'endetter à cause de ses factures d'hôpital.

Une mort rapide qu'on a trouvée particulièrement lente. Et Marcus qui avait disparu, parti avec Oncle Ty quasiment tout le temps que ça a duré. Je ne lui en veux pas de ne pas avoir eu envie d'assister à ça. Avec maman on a tout vu, on a passé des nuits entières à éponger le corps brûlant de papa et à lui chanter des chansons. C'était un soulagement quand ça s'est terminé, quatre ans après sa sortie de San Quentin, et on a enfin pu arrêter de se réveiller en pleine nuit avec la certitude qu'on allait le retrouver tout froid dans son lit. Le jour de son enterrement, j'étais trop fatiguée pour me soucier de porter du noir, et une partie de moi aurait préféré rester loin de tout ça comme mon frère. La mort, c'est plus facile à vivre quand on ne la voit pas.

Le bus roule jusqu'à un arrêt sur Seminary Avenue et nous recrache dans la rue comme la baie recrache son sel. On descend d'un bond mais on attend un moment sur le trottoir pour regarder le bus se remettre en branle. Les roues gauches se prennent une succession de nids-de-poule et en sortent en toussotant.

Alé passe un bras autour de moi, nos corps se rapprochent et soudain je me rends compte à quel point j'ai froid sans ma veste. Mes lèvres me font mal, je me dis qu'elles doivent être violettes, pas loin du bleu, mais lorsqu'on passe devant une vitrine de magasin mon reflet me dit qu'elles sont toujours roses, de la même couleur que la bouche de Marcus quand il aspirait l'air en ronflant ce matin. On marche ensemble en décalage. Alé, elle bouge un peu comme l'Incroyable Hulk, avec des pas de géant, et quand une moitié de son corps fait une foulée l'autre reste derrière alors que moi à côté je fais de tout petits pas. Je m'appuie contre elle et peu importe qu'on soit si terriblement mal assorties tant qu'on continue à avancer.

On s'arrête devant les pompes funèbres et on regarde les gens dans différentes nuances de noir, gris, bleu, en jean, robe ou jogging, qui se traînent vers l'entrée, la tête légèrement baissée. La porte est double et foncée, ses vitres sont probablement blindées, et quand Alé me jette un regard je vois un petit semblant de culpabilité dans ses yeux.

– Buffet ou vestiaire ? me demande-t-elle.

Sa bouche est si proche que je peux voir sa langue remuer quand elle parle.

– Vestiaire.

On acquiesce et on imite les autres : on baisse la tête.

Alé serre ma main, elle entre en premier et disparaît derrière la vitre. J'attends quelques secondes et j'ouvre la porte.

En entrant je suis accueillie par deux paires d'yeux. Élément de base de la plupart des enterrements, la photo grand format des défunts qui reposent dans les cercueils installés à quelques mètres de là est en train de me dévisager. Deux personnes mais un seul cliché, comme un panneau publicitaire miniature. La première est une femme dont les cils sont comme des petits fantômes autour de ses yeux et qui fixe l'enfant dans ses bras.

En fait l'enfant n'est même pas assez grand pour être appelé comme ça. C'est un nourrisson, un petit individu emmailloté dans ce qui ressemble à une nappe mais qui est en réalité une grenouillère à carreaux rouges. Ni la mère ni sa fille ne sourient, trop enivrées par l'ivresse du lien qui les unit, un lien bien trop intime pour être observé par une inconnue comme moi. J'ai envie de détourner le regard mais le nez du bébé n'arrête pas de me rappeler à lui, il est minuscule et pointu, brun et légèrement rougi au bout, comme si la petite était restée dehors trop longtemps. J'ai envie de la réchauffer et de la ranimer, mais elle est tellement loin derrière cette photo et on ne peut pas ressusciter les morts, même quand il leur reste autant de vie à vivre.

Je goûte mes larmes avant de les sentir couler et c'est comme n'importe quel autre jour d'enterrement : on touche la mort et on avale un repas. En faisant semblant de pleurer jusqu'à sangloter pour de vrai. Jusqu'à ce qu'on ait serré la main de tous les fantômes du bâtiment et qu'ils nous autorisent à porter leurs vêtements comme des reliques mobiles de leur existence, du moins j'aimerais croire que les frissons le long de ma colonne vertébrale sont ces mots qu'ils me chuchotent tandis que mes larmes continuent de rouler.

Une main touche mon épaule et je me dégage aussitôt.

– Elles étaient bien trop jeunes.

L'homme derrière moi doit avoir dans les soixante-dix ans et les reflets argentés de sa barbe ont l'air trop étincelants pour cette pièce. Il porte un costume-cravate et moi je me fais toute petite dans mon T-shirt.

– Oui.

C'est la seule chose que je trouve à répondre vu que je ne connais rien de plus que leurs visages et leurs prénoms, et encore, je ne suis pas sûre de la prononciation.

J'ai envie de lui demander comment c'est arrivé, comment ces deux êtres ont fini dans une boîte, mais ça n'a pas d'importance. Certains d'entre nous ont des restaurants et des enfants qui grandissent normalement et d'autres ont des bébés qui ne connaîtront jamais les grenouillères trop petites. Quand l'homme s'en va, avec sa cravate qui marque la cadence, je sens l'empreinte glaciale que sa main a laissée sur mon épaule.

Je contourne la photo et je prends le couloir qui mène à la dernière porte du hall ; elle s'ouvre sur des portants pleins de vêtements et des relents d'eau de Javel et de parfum. C'est le vestiaire de la mort et il m'ouvre ses bras comme s'il savait qu'on était de la même trempe. Je serpente à travers les alignements d'étoffes en laissant ma main traîner le long des vêtements jusqu'à la rangée du fond. Un blouson est tombé d'un cintre et ramasse la poussière. Je l'attrape, le secoue un peu et l'enfile par-dessus mon T-shirt. Il est beaucoup trop large et j'ai l'impression que c'est le tissu qui me porte et non l'inverse, comme si deux bras tout chauds s'étaient glissés autour de ma poitrine. Je le garde sur moi.

Quelque part dans ce bâtiment, Alé assiste à la cérémonie dans la chapelle, où elle regarde les corps en pleurant. Elle a sans doute déjà rejoint le fond de la salle et le buffet, où elle a attrapé une assiette et quelques serviettes et s'est servi de quoi manger le plus discrètement possible, bien sûr, histoire de cacher sa peine au fond d'un estomac bien rempli. Bientôt elle se faufilera par l'arrière, elle quittera les lieux et elle ira m'attendre au parc San Antonio.

Je continue à passer les portants en revue, j'essaie de trouver quelque chose qui me fasse penser à elle. Je n'imagine pas Alé porter des vêtements aussi chics mais je finis par dénicher un sweat noir pour homme. Il y a un petit trou au niveau du poignet, comme une invitation à le prendre, et il est plus doux que tous les vêtements que j'aie jamais eus, d'une simplicité parfaite pour Alé qui ne porte que des trucs simples. Avec ses tatouages et la délicatesse de son visage, elle n'a pas besoin de plus.

J'ai fait ce que j'avais à faire, j'ai récupéré pour nous deux des vêtements semblables à ceux que j'aurais dû porter à l'enterrement de mon père, mais je n'ai pas envie de partir. Je n'ai pas envie de passer la porte et de croiser des gens qui vont brièvement m'effleurer de leurs grosses mains et pousseront un soupir comme si on partageait le même séisme intérieur, comme si on l'affrontait ensemble. Je me laisse glisser par terre, mon visage plonge dans cette enfilade de noir et me voilà recouverte de ténèbres. Ça fait du bien d'être à l'abri des regards. Les jours d'enterrement, c'est notre jugement dernier à nous : on joue aux voleuses mais en réalité on cherche juste une excuse à nos larmes, puis on se ressaisit, on mange jusqu'à ne plus en pouvoir et on trouve un coin où danser. Les jours d'enterrement, c'est l'apogée de nos anciens nous, l'occasion d'organiser nos propres commémorations pour ceux qu'on n'a pas enterrés comme il fallait. Mais les enterrements ont toujours une fin et on doit tous retourner à l'effervescence de la vie, alors je respire une dernière fois le parfum de cette pièce et je me relève.

Quand je parviens à sortir, la lumière du ciel est éblouissante. Tout bouge trop vite, les voitures et les motos déplacent l'air et la poussière, qui semblent avoir oublié comment rester immobiles. Parfois, j'ai la sensation de ne plus savoir comment on bouge les jambes mais mon corps me surprend à tous les coups, il bouge quand même, sans mon autorisation. Je commence à descendre la rue en direction du parc qui est planté entre la voie rapide, les panneaux de signalisation et les petits immeubles qui abritent plus de gens qu'ils ne peuvent en contenir.

Alé est assise sur l'une des balançoires, une assiette en carton en équilibre sur les genoux, mais elle ne mange pas. Elle regarde le ciel, maintenant couvert de ce qui ressemble plus à du brouillard qu'à des nuages, et j'ai l'impression qu'elle sourit.

J'escalade la petite butte jusqu'à elle et je lui lance le sweat noir dès que je suis assez près. Il atterrit à ses pieds. Alé le ramasse et son petit sourire se met véritablement à danser sur ses joues ; aujourd'hui c'est jour d'enterrement, on est libres de prendre tout ce qui est mort et de faire revenir à la vie tous les sweats voués à l'oubli.

– Ils ont passé du Sonny Rollins en boucle, me dit-elle, et son sourire est le reflet familier de mon propre visage.

On écoute toujours la même musique que celle qu'ils passent pendant la veillée funèbre, pas parce que ça dit quoi que ce soit sur ceux qui sont partis, mais parce que ça dit quelque chose sur ceux qui restent.

– Quel morceau ?

Je lui pose la question car j'ai envie de les entendre résonner à mes tympans, les gémissements du saxo et le son granuleux de la chaîne stéréo de mon père enfouis dans un souvenir pur et sans limite.

– « God Bless the Child ».

Elle remue un genou et l'assiette s'incline légèrement.

Je m'assieds sur la balançoire à côté d'Alé et elle fait passer l'assiette de ses cuisses aux miennes. Du fromage, des chips et des bâtonnets de céleri qu'elle a recouverts de beurre de cacahuète parce qu'elle sait que c'est ce que je préfère. On commence à s'empiffrer à grands coups de fourchette, de bruits de mastication et de déglutition, toute une chorale pour accompagner le rythme jazzy de Sonny qui joue en boucle dans ma tête comme dans le salon funéraire. Alé et moi, on se dit que soit les enterrements ont des DJ particulièrement inventifs, soit ils servent de bande-son pour un faux moment de recueillement qui vous tirera des larmes et vous donnera direct envie de rédiger une lettre de suicide.

– Vernon va vendre le Regal-Hi, je lâche en croquant la dernière chips.

Alé a les yeux rivés sur moi, elle attend.

– Le loyer va doubler.

Je ne peux pas la regarder en lui disant ça parce que j'ai l'impression que ce serait comme me confronter à moi-même. Que ça rendrait les choses trop réelles.

– Merde.

– Ouais. C'est pour ça que Marcus doit absolument trouver du boulot.

Mon regard se dirige vers le ciel. Alé avance sa main vers la mienne et elle effleure mon poignet. Je me demande si elle peut sentir mon pouls, si elle le cherche.

– Tu vas faire quoi ?

– Aucune idée. Mais si on ne trouve pas une solution, on va finir à la rue dans pas longtemps.

Je bouge mes jambes d'avant en arrière sans aucun rythme, en restant tout près du sol. Alé sort de sa poche du papier à rouler et un petit pot rempli d'herbe. J'adore la regarder rouler, il y a un côté méditatif, et l'odeur douce et discrète me fait penser à un mélange de cannelle et de cèdre. Je n'ai jamais compris comment faire ça bien, comment se débrouiller pour que le joint soit assez serré pour ne pas se défaire mais pas trop non plus pour qu'on puisse aspirer. C'est bien mieux de regarder Alé s'en occuper, ça me rappelle maman quand elle rangeait ses vêtements et qu'elle s'appliquait à les plier parfaitement.

Alé s'interrompt et me jette un coup d'œil.

– T'inquiète pas, tout va s'arranger.

Elle saupoudre de l'herbe sur la feuille et je détecte une légère odeur de lavande. Ses « chaussures du dimanche », c'est comme ça qu'elle appelle cette herbe infusée, et pas besoin que ça ait du sens parce que quand je tire dessus et que je recrache la fumée, j'imagine mes pieds plongés dans quelque chose qui aurait la sérénité et la grâce de la lavande. Elle termine de rouler, puis lève le joint pour l'inspecter avec un air satisfait, et ses lèvres se retroussent presque de fierté.

Elle sort son briquet et moi je place mes mains autour pour le protéger du vent. Le pouce d'Alé appuie, et la base de la flamme est du même bleu que notre piscine avant l'épisode des crottes de chien. Elle dirige le briquet vers l'extrémité du joint et attend qu'il s'allume.

On se le fait passer jusqu'à ce qu'il soit trop petit pour tenir entre nos lèvres sans s'émietter. Je n'ai jamais vraiment aimé fumer mais ça me permet de me sentir plus proche d'Alé, alors je fume avec elle et j'essaie de plonger assez profondément dans mon trip pour ne plus ressentir que ça.

Alé se met à balancer ses jambes et je la suis dans son élan, direction le ciel. Tout là-haut, j'ai l'impression que je pourrais carrément entrer dans l'un de ces nuages. Je baisse les yeux et j'aperçois une tente derrière les terrains de basket, et un petit vieux qui pisse contre un arbre sans prendre la peine de vérifier si quelqu'un le regarde. J'aimerais tellement être aussi téméraire, indifférente à tout au point de pouvoir pisser au milieu d'un parc un jeudi en pleine journée sans même lever la tête.

– Tu sais ce que je me dis ? lâche Alé.

On est chacune à une extrémité du ciel, on se balance l'une vers l'autre en se loupant à tous les coups, mais pour la première fois de la journée je ne pense pas à l'avis placardé sur notre porte ni au visage endormi de Marcus, ni même à la taille de la bouche de Dee quand elle s'ouvre.

– Qu'est-ce que tu te dis ?

– Que personne vient jamais rénover ces putains de routes.

En entendant ça j'éclate de rire, parce que je m'attendais à une réflexion philosophique sur le monde.

– T'as même pas de voiture, pourquoi tu te prends la tête avec ça ? je réponds, fendant de mes mots l'air et l'espace qui séparent nos balançoires.

En disant ça je tourne la tête vers les rues qui prolongent le parc comme les pattes d'une araignée, et je comprends ce qu'elle veut dire. Il y a de gros blocs de macadam abandonnés juste à côté des ornières dont ils ont été éjectés et dans lesquelles les roues de Volkswagen déglinguées viennent se coincer ; pendant une seconde, impossible de savoir si elles vont s'en sortir, mais elles finissent par le faire dans un bruit de ferraille et de pare-chocs, unique souvenir de leur moment de détresse. À Oakland, on dirait que les trous ne retiennent jamais les gens très longtemps, que ce n'est rien de plus qu'une illusion de fractures. À moins que ce soit seulement vrai pour les voitures.

– Tu t'es jamais demandé pourquoi les chaussées du coin n'ont pas été rénovées depuis des dizaines d'années ?

Alé, c'est une skateuse dans l'âme, elle passe plus de temps à se coltiner les nids-de-poule que je ne l'ai jamais fait.

– Je vois pas pourquoi c'est grave. Elles font de mal à personne, les routes.

– Je dis pas que c'est grave. Simplement qu'il y a qu'ici que ça se passe comme ça. Comment ça se fait qu'à L. A. ce soit pas aussi défoncé ? Ou à San Francisco ? Parce qu'ils investissent dans toute la ville exactement de la même manière qu'ils investissent dans les beaux quartiers. Ça te pose pas de problème, à toi ?

Le corps d'Alé se redresse, on ralentit toutes les deux et on descend de notre paradis.

– Non, ça me pose pas de problème, pas plus que quand Oncle Ty s'est acheté une Maserati et une villa à L. A. et qu'il nous a abandonnés ici. Pas plus que quand Marcus crache ses phases dans un studio pendant que je me mets en quatre pour payer le loyer. C'est pas mon rôle de me préoccuper de la manière dont les autres arrivent à survivre. Si la ville peut se faire du blé en finançant la réfection des rues des quartiers chics, qu'elle continue. Moi je penserais pas aux autres si on me filait une liasse de billets.

Je remue mes orteils dans mes « chaussures du dimanche » en attendant que la balançoire s'arrête et je sens le regard qu'Alé a posé sur moi, inébranlable.

– Ça, j'y crois pas une seconde.

– Comment ça, t'y crois pas ?

Elle secoue la tête, engourdie par son trip.

– Nan, t'as bien trop de cœur pour devenir une vendue, Ki. T'es pas assez cruelle pour ça. Je sais que t'abandonnerais jamais ni Marcus, ni Trevor, ni moi pour te remplir les poches.

J'ai envie de croire qu'elle se trompe, mais si c'était le cas alors je resterais sur cette balançoire toute la journée et je me défoncerais assez pour ne plus penser qu'aux tatouages d'Alé et aux rues qui se dégradent et qui continueront à se dégrader jusqu'à ce qu'il ne reste que de la poussière.

À la place, je pense à Marcus, à l'époque où il s'installait sur un bout de trottoir pour essayer de vendre les peintures que je faisais sur du carton. Ça nous rapportait à peine de quoi racheter des couleurs mais au moins on faisait ça ensemble, par choix. Je dois aller lui dire que je ne vais pas pouvoir m'occuper de tous les trucs difficiles à sa place si lui refuse de faire quoi que ce soit pour moi. Lui dire qu'il est temps de lâcher son micro et d'affronter la ville comme je le fais depuis six mois.

– Faut que j'aille voir Marcus.

Je saute de la balançoire et ma vue se trouble, elle redevient claire puis encore floue, tout est net et pourtant ça continue de tourner. J'abandonne Alé sur sa balançoire et un nuage de fumée s'échappe de sa bouche comme si elle l'avait retenue pendant tout ce temps, elle n'a même pas besoin de me regarder à nouveau parce que maintenant ce blouson a la même odeur que ses « chaussures du dimanche » et vu qu'aujourd'hui c'est jour d'enterrement, il ne m'en faut pas plus.

On dirait que quelqu'un est en train d'accoucher. Je descends prudemment l'escalier qui mène au studio d'enregistrement en me demandant si je ne vais pas tomber sur une nana bizarre qui hurlerait avec les jambes relevées au-dessus de la tête. Mais non, quand j'atteins le sous-sol, il résonne juste des pleurnicheries de Shauna – la copine du meilleur ami de Marcus – qui balance bien trop fort en visant la poubelle des gobelets de chez Chipotle, dans l'espoir que quelqu'un finisse par lui demander ce qui ne va pas. Un fond de soda coule sur le tapis beige, et personne ne demande rien à Shauna parce que Marcus est en train de rapper à côté et qu'ils sont tous trop occupés à essayer de décoder ne serait-ce qu'un seul mot au milieu de la bouillie qui sort de sa bouche.

Après avoir laissé Alé au parc tout à l'heure, je suis rentrée à la maison retrouver Marcus mais il n'était pas là. Du coup j'ai feuilleté les Pages jaunes pendant des heures à la recherche d'endroits où je pourrais postuler pour un boulot, puis il a commencé à faire sombre et je me suis dit que je le trouverais au studio. À présent, je me prépare à entrer dans le sanctuaire des garçons pour essayer de convaincre Marcus de recommencer à me serrer dans ses bras, comme le fait Alé, et de trouver un moyen de nous sortir de ce pétrin.

Cole, c'est le meilleur ami de Marcus et son studio d'enregistrement est planqué dans un coin du sous-sol de chez sa mère, derrière une porte qui reste toujours fermée. La maison est coincée dans une rue déserte de Fruitvale District, pas très loin du Regal-Hi, et à l'échelle d'East Oakland c'est un peu l'équivalent du centre-ville : toujours plein de vie. Les garçons filent tous un peu de fric à Cole contre quelques heures de studio, sacrifiant leurs nuits pour enregistrer des chansons qui n'iront jamais plus loin que la plateforme en ligne SoundCloud.

Le bébé de Shauna dort dans son berceau posé en plein milieu de la pièce tandis que sa mère renifle, râle et cherche à noyer le flow de Marcus par tous les moyens, mais je suis la seule à vraiment l'entendre. J'arrive au pied des marches et le plafond me paraît de plus en plus bas avec toutes ces voix qui se disputent l'espace, tellement fortes qu'on dirait qu'elles vont faire exploser la pièce. Dans ce sous-sol étouffant, le timbre monocorde et familier de mon frère me rappelle pourquoi je suis ici à respirer une vieille odeur de déodorant Axe et à écouter les geignements de Shauna.

Je pénètre dans le studio et me retrouve instantanément projetée dans un monde de mecs et de musique, cette musique s'écoule de tous les coins de la pièce depuis la cabine où Marcus enregistre. Je peux le voir derrière la vitre, il a les yeux fermés et les bras largement déployés, comme une version mythologique de lui-même. Tupac doit se retourner dans sa tombe parce que Marcus ne sait pas rapper, et les seuls mots que je capte dans son charabia c'est « salope »,

« ho » et « mon frère, tu vis avec des chaînes », et moi j'ai envie de lui rappeler que dans la pièce tout le monde sait qu'il s'est enfermé dans les toilettes pendant deux semaines après la mort de papa parce qu'il est physiquement incapable de supporter le chagrin. Dans la pièce, tout le monde sait aussi que les seules chaînes qui le retiennent, c'est celles de la machine de la salle d'arcade qui crache des petites boîtes en plastique en échange de quelques dollars. Et que la seule salope dans sa vie c'est moi, alors je me fais discrète et j'essaie de m'effacer dans l'embrasure de la porte de la même manière que Marcus nous efface dans ses paroles.

Ce studio n'est ni assez propre ni assez chic pour être vraiment considéré comme un studio d'enregistrement selon les critères de la profession, mais mon frère et ses copains en ont fait leur repaire, ils ont décidé que dans cette pièce c'était eux les rois, comme moi quand je suis tout en haut sur la balançoire avec Alé et que j'ai l'impression d'être une reine, du moins jusqu'à ce que la réalité me revienne en pleine figure. Une illusion qui se nourrit d'elle-même, encore et encore.

Marcus plonge dans le silence, la musique s'arrête d'un coup et son regard se pose sur moi à travers la vitre. Les garçons répètent mon prénom en chœur, Tony se lève du canapé pour venir passer un bras autour de mes épaules, et son corps engloutit le mien quelque part entre ses muscles et son calme. De l'autre côté de la vitre Marcus me fait un signe de la tête, alors je quitte les bras de Tony, j'ouvre la porte de la cabine et je retrouve la chaleur de mon frère et son corps à court de rythme.

Mes poings frappent gentiment son ventre mais je ne sens rien d'autre que la fermeté de ses abdos, qu'il contracte toujours.

– Salut. Faut qu'on parle.

J'essaie de chuchoter pour que les autres n'entendent pas, mais Cole peut tout capter avec son casque audio de toute façon.

– Je t'écoute.

Le visage de Marcus me révèle tout ce que j'ai besoin de savoir : il s'est verrouillé, tous les canaux de sensibilité sont définitivement fermés.

– Écoute, Mars, on n'a pas assez d'argent pour l'augmentation du loyer. Toi t'as pas de boulot, et moi j'y arrive plus, alors...

Marcus m'interrompt comme il le fait à chaque fois que j'essaie de dire quelque chose. Sa voix remplit tout l'espace, on dirait qu'il est en guerre contre l'air et moi je me retrouve sans rien. Il fait comme si je n'étais pas là, comme si l'avis que je lui ai laissé ce matin n'était qu'une affiche pour un chat perdu.

– Attends, Ki, commence pas avec tes conneries et arrête de dire que j'ai pas de boulot. J'en ai un, de boulot, alors tu ferais mieux de rentrer à la maison et de me laisser finir ce morceau. Fait chier !

Il ne reprend même pas son souffle et il enchaîne à propos de ses nouvelles phases, me répétant en boucle que ça va cartonner.

Ça n'a pas toujours été comme ça.

Il y a environ six mois, alors que Marcus était en boîte, il a entendu jaillir des baffles la voix de notre oncle, qui rappait exactement comme il l'a toujours fait. Marcus a fait quelques recherches sur Internet et appris qu'il allait sortir un album, qu'il avait signé avec la maison de disques de Dr. Dre et qu'il s'en mettait plein les poches à L. A. Ça a été comme un déclic pour mon frère, le lendemain il lâchait son job dans un resto asiatique et il a commencé à traîner avec Cole tous les jours, plus déterminé que jamais à devenir comme Oncle Ty. J'ai essayé de le laisser respirer, de lui permettre d'éprouver toute sa colère, mais maintenant ça a assez duré et il faut qu'il recommence à se comporter en adulte, que ça lui plaise ou non.

Je lève les yeux vers lui à la recherche d'un petit morceau de moi sur son visage, mais je n'y trouve rien d'autre qu'une empreinte de pouce sous son oreille.

Il lâche un soupir :

– Ça va aller, Ki.

– Rien que là, on gagne pas assez de fric pour payer le loyer tous les mois. Alors quand on se retrouvera à la rue dans deux semaines, je vois pas comment ça pourra aller.

Je remets mes mains dans mes poches pour ne pas lui montrer à quel point je me les suis triturées pendant qu'il débitait ses paroles.

– Je pars tous les matins chercher du travail avant même que tu te réveilles, et toi tu te contentes de traîner avec Cole et Tony en faisant comme si ça allait t'amener quelque part. Tu te comportes même plus comme mon frère.

– Putain, c'est reparti.

Ses yeux deviennent vitreux à force de fixer le même point sur le mur.

– Marcus, s'il te plaît.

Je n'ai pas envie de le supplier, pas tant que ses copains sont de l'autre côté de la vitre à siroter des bières en se marrant.

Pour la première fois de la journée, Marcus me regarde vraiment, il me fixe droit dans les yeux et je reconnais enfin les siens. Il reprend la parole d'une voix qui commence à trembler :

– Tu te souviens quand on était mômes et qu'Oncle Ty nous a emmenés au skatepark ? On est descendus le long de la rampe et on a voulu la remonter en courant pour sortir de la piste mais toi t'étais plus petite, alors t'avais beau essayer tu pouvais pas atteindre le bord et t'arrêtais pas de glisser, et au bout d'un moment tu t'es assise en plein milieu, avec les skateurs qui montaient et qui descendaient à toute vitesse autour de toi, et tu t'es mise à pleurer.

Même si ça n'en a pas l'air, je sais que c'est une question. Il me demande si je me souviens de la brûlure sur mes paumes, de la peur qui palpitait derrière mon front.

– Je me souviens.

Marcus hésite, se passe la langue sur les lèvres et continue :

– Je t'ai pas aidée à te relever, mais c'est pas parce que j'en avais rien à foutre ou que j'avais envie de gagner, nan, rien à voir. J'attendais qu'Oncle Ty me montre ses trucs, et si je t'avais aidée ou si je t'avais attendue, j'aurais loupé le coche. Tu comprends, pas vrai ?

L'atmosphère entre nous s'épaissit. Il me demande mon autorisation.

– J'imagine, ouais.

J'ai la bouche sèche à force de chercher quelque chose de solide et de consistant dans ce désert qui nous sépare, alors je lève les yeux vers lui et respire son visage chiffonné.

– C'est pas grave, Mars.

Il y a un truc dans la manière dont ses yeux s'affaissent qui me donne envie de passer l'éponge, de lâcher l'affaire.

– J'aimerais vraiment que tu puisses tenter ta chance ou ce que tu veux, c'est juste que…

Je regarde vers la vitre, Tony a le regard braqué sur nous.

– Laisse tomber, sérieux, je lui dis en me détournant.

Marcus balaie toute la tension accumulée dans la cabine.

– Je peux me prendre une bière maintenant, ou tu comptes rester ici à faire la tronche ?

Son corps se redresse et toute la douleur s'efface de son visage, n'y laissant qu'un petit rictus. J'acquiesce et je le suis hors de la cabine pour rejoindre la bande autour de la table de mixage, où Marcus ouvre une canette qu'il boit cul sec. Je m'assieds entre lui et Tony, juste en face de Cole, et je me demande si Cole n'a pas un problème auditif ou un truc de ce genre étant donné qu'il ne réagit absolument pas aux beuglements de Shauna.

Cole, c'est un mec tout en longueur au point qu'on a l'impression que son corps pourrait toucher le plafond si on tirait dessus assez fort. Ses joues se creusent et je sais très bien qu'il les aspire exprès pour qu'elles frottent contre ses dents. Cole se la raconte un peu trop, mais d'une façon presque attachante parce que c'est lui qui s'en sort le mieux dans la bande : il peut s'occuper de sa copine qui vient d'avoir un bébé et se payer une voiture, même s'il vit encore chez sa mère. Il dit que c'est un choix, et quand je vois sa mère le prendre dans ses bras ça suffit pour que je le croie.

Je surprends le regard de Marcus sur moi, il m'observe pendant que je sirote la bière que m'a donnée Tony, histoire de vérifier que j'en prenne pas une deuxième. Il n'aime pas quand je bois. Je plonge mon regard dans le sien et il détourne les yeux.

Marcus finit sa canette, il retourne dans la cabine et on reste tous là à le regarder agiter la tête en postillonnant et en exhibant son torse, un paquet de muscles pour lequel il s'est donné beaucoup plus de mal que pour quoi que ce soit d'autre. Je suis seule avec les garçons, et le bras gauche de Tony pendouille le long de son corps. Il fait mine de le lever deux ou trois fois pour le passer autour de moi, mais il renonce et se contente de me donner deux petites tapes sur la cuisse. Sa main est lourde. Quand il parle, il y a toujours un petit grondement dans sa voix, comme si un lion était caché au fond de sa gorge et essayait d'en sortir à grands coups de griffes.

– Tu fais un truc ce soir ?

Tony se décide et finit par m'enlacer, alors je me pelotonne contre son torse, sa veste en jean couvre ma bouche et je suffoque sous la chaleur de son corps. Il me tapote l'épaule en rythme avec la musique et je me sens prisonnière tandis que les phases de Marcus remontent le long de ma colonne vertébrale. Mes yeux glissent vers ceux de Tony et lui continue à me regarder fixement.

– Tu crois que tu pourrais parler à mon frère ? Essayer de le convaincre de chercher du boulot ?

Je suis parfaitement consciente de sa main qui me caresse le bras quand je lui demande ça.

– T'as même pas répondu à ma question.

Il sent le lait de poule même si Noël est passé depuis un moment et je ne suis pas certaine d'aimer ça. Tony en pince pour moi depuis qu'il est devenu ami avec Marcus il y a plusieurs mois, et c'est le seul garçon qui attende vraiment des réponses aux questions qu'il me pose. Je le laisse me tenir la main quand il passe à la maison mais je n'arrive toujours pas à le cerner, et je ne comprends pas pourquoi il a l'air incapable de lâcher l'affaire alors que je ne lui ai jamais donné aucune raison de s'accrocher.

– Je sais pas si je fais un truc ce soir, Tony. J'ai d'autres problèmes à gérer.

Je baisse les yeux sur mes genoux, fixe mes mains. Même avec le volume de la voix de Marcus qui monte en puissance et le regard insistant de Tony qui se grave sur mon visage, il faut croire que je ne peux pas penser à autre chose qu'à mes doigts. Avant, je gardais mes ongles super-longs et je mâchouillais le bout juste pour qu'ils ressemblent à des serres. Maintenant ça me démange de cacher mes mains ou de m'asseoir dessus, mais je sais que ça rendrait Tony nerveux et qu'il croirait que c'est de lui que je me cache, du coup je les laisse sur mes genoux. Mes ongles sont tout abîmés et rongés. Ils ont l'air nus et vulnérables, comme ceux des gamins de six ans qui sont trop occupés à jouer aux gendarmes et aux voleurs pour penser qu'ils doivent se préparer à faire face aux vrais gendarmes et aux vrais voleurs.

– OK, me répond Tony, et sa bouche est si près de ma joue que je sens son souffle sur moi. Je parlerai à Marcus si tu viens me voir ce soir.

Je tourne la tête pour regarder ses yeux de chien battu remplis d'espoir. Tony, c'est un colosse tout plein de quelque chose de délicat et de doux, et je crois bien que personne dans cette pièce ne m'a jamais écoutée respirer comme il le fait.

– On verra.

Ma tête émerge de sous son bras. Mes mouvements attirent l'attention de Cole, qui retire son casque audio.

– Tu t'en vas, Ki ? T'en as déjà marre de nous ?

Il me sourit à pleines dents.

– Tu sais bien que j'en ai jamais marre de vous, je réponds en lui rendant son sourire. Au fait, j'ai vu le bébé. Trop mignon.

Cole se redresse sur le canapé, son sourire s'efface et à la place il tombe dans une sorte d'émerveillement serein, comme s'il rêvait les yeux ouverts.

– Ouais, elle est trop belle.

Marcus sort de la cabine, il attrape une autre bière en ricanant et lève les sourcils.

– Ça serait juste cool qu'elle se calme un peu et qu'elle arrête de se plaindre, ta meuf.

Le visage de Shauna surgit dans mon esprit, avec ses yeux avides et ses gémissements. Cole sort de sa transe et lâche un petit bruit qui n'est pas une approbation mais qui ne ressemble pas non plus à un reproche. Le tatouage de Marcus s'agite à nouveau, on dirait qu'il va jaillir de sa peau. Il tourne la tête vers moi et soudain il n'y a plus que nous deux dans la pièce.

– Tu pars ?

Je n'ai pas l'habitude qu'il me dévore des yeux comme ça en faisant la même petite moue qu'un gosse sur le point de piquer sa crise, comme s'il ne voulait pas que je m'en aille.

– Je pense, oui.

Il soulève sa canette et la vide d'une traite.

– Viens par là.

Il me ramène dans la cabine, se retourne et me regarde dans les yeux. Je l'observe, mes poils se dressent tout le long de mes bras qui semblent soudain se rendre compte à quel point ils sont nus derrière cette vitre, loin de la chaleur du corps de Tony.

– T'es pas obligée de partir, tu sais, me dit-il.

– Parce que t'en as quelque chose à faire ?

Parfois, quand je suis avec Marcus, je redeviens la gamine de dix ans qui s'en remettait toujours à son grand frère, je redeviens celle que j'étais avant que tout se casse la gueule, avant que je commence à me bousiller les ongles et que Marcus décide qu'il a davantage besoin de faire du rap que de me tenir la main.

Il grimace, sa mâchoire remonte comme si elle allait se décrocher, et tout à coup l'empreinte de mon pouce se met à remuer et à rugir sur sa joue.

– Comment ça ? Bien sûr que j'en ai quelque chose à faire, Ki. Le studio, tout ça, c'est pour qu'on puisse avoir la même vie qu'Oncle Ty. Faut que tu me fasses confiance, d'accord ? Donne-moi un mois pour sortir l'album. Tu peux tenir un mois, non ?

Marcus a toujours été plus doué pour parler que pour rapper et aujourd'hui il le prouve encore. Mon empreinte est de nouveau à sa place, elle va plus vite que son souffle.

– Un mois.

Je le laisse me faire un câlin qui ressemble plus à une tentative d'étouffement qu'à un au revoir.

Derrière la vitre, Tony et Cole se marrent au sujet d'un truc et se filent des coups en faisant comme s'ils ne nous avaient pas écoutés. Dès que Tony m'aperçoit, il s'illumine.

– Je dois y aller, je lui lance.

– Tu passes me voir tout à l'heure, hein ?

Sa grande taille tranche avec son attitude enfantine, on dirait un petit garçon qui attend sa récompense. Je sais que ce n'est pas juste de le laisser croire qu'un jour je m'appuierai contre son torse pour y chercher autre chose que de la chaleur. Je m'approche de la porte qui me ramènera à Shauna, à l'escalier et à la ville.

– Peut-être.

Je marque une pause pour regarder Marcus derrière la vitre qui se prépare pour le dernier couplet. Il oscille de droite à gauche, il commence à rapper et il n'y a qu'une seule phrase que je parviens à saisir avant de sortir : « Ces salopes comprennent rien, rien du tout. » J'essaie de faire la part du vrai et du faux dans tout ça, les éclats de souvenirs qui pourraient coller à ces paroles, mais je ne trouve rien, je ne comprends rien. Rien du tout.

Shauna est toujours en train de gémir au sous-sol, elle se penche et attrape un tire-lait tombé par terre. Je ne dis rien mais je me baisse pour récupérer une paire de boxers sales et faire un petit tas avec les vêtements crades de Cole, puis je ramasse les coussins et je les remets sur le canapé tout défoncé. Shauna lève alors les yeux vers moi et nos regards se croisent. Quelque chose sur son visage me fait penser qu'elle se sent seule, mais je ne sais pas précisément de quoi il s'agit. C'est peut-être la façon qu'elle a de plisser le front comme si elle ne faisait pas confiance à mes mains. Ou alors c'est parce qu'elle a arrêté de gémir dès que j'ai commencé à l'aider, et que la seule chose qui tente de s'échapper de son corps semble être son souffle aux notes de renfermé.

– T'embête pas avec ça, me dit-elle d'une voix monocorde que rehausse un petit accent traînant.

J'ai connu Shauna à l'époque où on était plus filles que femmes, elle venait de quitter Memphis pour emménager ici avec sa sœur et sa tante et j'avais presque oublié son accent doux et familier.

– J'ai rien d'autre à faire.

Je jette un coup d'œil dans le berceau, au petit monticule de tissu qui enveloppe le nourrisson.

– Quel âge ?

– Elle va sur ses deux mois.

J'acquiesce parce que je ne sais pas trop quoi dire de plus sur la taille minuscule du bébé. La photo de l'enterrement me revient à l'esprit et je me demande si Shauna s'est déjà rendu compte à quel point c'est facile d'arrêter de respirer, si elle a déjà remarqué qu'on peut être quelque chose et puis soudain plus rien, qu'on peut aimer quelqu'un et disparaître d'un coup.

Elle soulève la petite, s'installe avec elle sur le canapé, et son pantalon de survêtement roulé sur ses hanches laisse apparaître un ventre rebondi. Une fois qu'elle s'y est enfoncée, elle se retrouve enveloppée par le rouge tout doux du canapé, exactement comme son bébé est enveloppé par sa poitrine. Elle fait glisser son soutien-gorge sur le côté d'un geste rapide, la petite se jette sur son sein et elle se met à téter frénétiquement, comme si elle était affamée et qu'elle réapprenait à vivre et à manger. Je crois que je ferais mieux de détourner le regard, mais je n'ai pas l'impression que ça gêne Shauna et je suis fascinée par les lèvres du bébé, par leurs petites pulsations. Les yeux de Shauna sont toujours fixés sur la petite, qui tète si fort que je me demande comment elle fait pour ne pas être à bout de souffle. L'autre téton de Shauna est tout sec et couvert de croûtes mais il n'y a aucune trace de douleur sur son visage, aucune crainte de se faire déchirer la peau.

– Kiara ?

Je ne sais même plus à quand remonte la dernière fois qu'elle m'a appelée par mon prénom en entier. Je me retourne, je regarde Shauna et les épaisses boursouflures sous ses yeux.

– Te fais pas avoir par leurs conneries.

Elle contemple toujours son bébé, on dirait qu'elle a peur que la petite s'étouffe si elle s'en détourne, et du coup je ne vois pas trop ce qu'elle veut dire par là, du moins jusqu'à ce que la musique reprenne et vibre à nouveau dans mes pieds.

– T'étais pas obligée de faire un gosse.

Sa tête pivote d'un coup sec dans ma direction.

– Qu'est-ce que t'en sais, de ce que j'ai été obligée de faire ou pas ? Là, je te rends simplement service en te conseillant de pas tout lâcher pour eux.

Le bébé arrête de téter et commence à hurler, alors Shauna se lève et se remet à gémir en attendant que l'un des garçons la remarque et lui demande ce qui ne va pas.

Maman me disait toujours que le sang, y a rien de plus important, mais je crois qu'on finit tous par l'oublier, et quand on tombe et qu'on s'écorche les genoux, c'est à des inconnus qu'on demande de nous remettre sur pied. Je ne dis pas au revoir à Shauna et elle ne se retourne pas pour me regarder partir et ressortir sous un ciel qui s'est noyé dans un bleu bien profond au moment même où mon frère m'a demandé de faire la seule chose qu'il ne faut pas que je fasse, la seule chose qui inquiète assez Shauna pour qu'elle me mette en garde : creuser en moi pour tout donner à une personne qui n'en aura rien à foutre le jour où je serai complètement vide.

La fille du café cale le stylo derrière son oreille là où ses cheveux ras passent du bleu au rose flamboyant puis au blond, et son sourire me rappelle celui des petites garces de l'école primaire juste avant qu'elles m'expliquent que je ne pouvais pas m'asseoir à leur table, comme si elle s'attendait à recevoir un coup ou bien une récompense.

– Si t'as pas de CV, on peut pas faire grand-chose pour toi.

Des jeunes dans la vingtaine, tous en Converse assorties, passent la porte à ce moment-là, la fille les accueille d'un signe de la main et attrape les menus à côté d'elle juste derrière la caisse. Rien que sa manière de les prendre du bout des doigts comme s'ils étaient trop sales pour elle, ça me donne envie d'envoyer valser le stylo qu'elle a derrière l'oreille.

– J'ai rien à mettre sur un CV, du coup ça aurait aucun sens d'apporter une feuille blanche, vous croyez pas ?

Mes mains sont posées sur la vitrine du comptoir, où me nargue une tarte à la patate douce bien symétrique.

La fille va voir les jeunes assis sur les banquettes au fond de la salle, elle leur tend les menus et revient chercher une carafe d'eau. Son sourire s'est effacé pour laisser place à la grimace caractéristique que les petites garces te balancent avant et après avoir dit que tu pouvais aller te faire foutre. C'est marrant comme les cours de récré ne nous lâchent jamais complètement.

– Écoute, j'ai rien à faire passer à mon manager et franchement, je pense qu'il y a peu de chances qu'il engage quelqu'un avec si peu d'expérience.

Elle se tait un moment, les lèvres en cul-de-poule, puis elle enchaîne :

– T'as essayé la parapharmacie ?

Avant de m'éloigner, je serre le poing et je donne un petit coup sur la vitrine du comptoir. Pas trop violemment pour ne pas risquer de la briser, mais avec assez de force pour que les jeunes me jettent un regard craintif avant que j'ouvre la porte et me retrouve dans la rue.

J'ai essayé la parapharmacie la semaine dernière et le Walgreens celle d'avant. Je suis même allée voir la boutique de téléphonie à côté du bureau de tabac, là où personne ne met jamais les pieds à moins de chercher une bonne affaire ou un téléphone un peu pourri qui doit juste tenir le temps de quitter la ville.

Toujours la même rengaine : je demande à parler au responsable, et là soit un type au visage rougeaud débarque avec un soupir et la ferme intention de me voir déguerpir avant même que j'ouvre la bouche, soit on me dit que le responsable n'est pas là et j'essaie de négocier avec l'un des employés. Ils se mettent à secouer la tête dès que je dis que je n'ai pas de CV, alors je sors et la clochette suspendue à la porte résonne comme un chrono qui m'annonce qu'il ne reste plus beaucoup de temps avant que mon monde ne s'écroule. Ça dure comme ça pendant des heures, et ça noie quelque chose en moi au point que je ne suis même plus très sûre de ce que je fais et pour finir je m'aperçois que je suis juste en train d'errer sans but.

Marcher dans le centre d'Oakland, c'est un peu comme se tenir en équilibre au fond de l'océan. Ici tout est immense, pas du tout comme dans notre quartier, où on garde les bâtiments près du sol et les pieds sur le trottoir. Dans le centre-ville, on dirait que tout est en l'air ou alors sous terre. J'ai l'impression que s'il y avait une boussole, on serait tous en train de léviter sans se soucier de la direction. Marcus et moi, on a passé pas mal de temps ici en compagnie de papa, bien avant qu'ils retournent les immeubles et qu'ils saupoudrent les trottoirs de paillettes d'or. Avant qu'on devienne méconnaissables. À l'époque, c'était encore une ville fantôme, on y croisait seulement des types qui donnaient des petites tapes dans le dos de papa et nous offraient des virées sur la banquette arrière des taxis qu'ils conduisaient avant qu'Uber ne débarque. À l'époque, on faisait partie du gratin juste parce que ces types nous associaient à papa et qu'on le suivait partout chez ses vieux amis dans des appartements dont personne ne voulait tellement ils étaient crasseux et bourrés de dealers.

De nos jours, il y a trop de cafés dans ces rues et aussi trop de gens qui se ressemblent avec leurs mêmes épaules courbées vu que, dans le centre, on se fout de voir où on met les pieds, dans qui on risque de foncer ou sur qui on risque de marcher. On a la tête penchée sur un écran et des chaussures si bien lacées que dedans on doit avoir les pieds tout engourdis.

La seule chose qu'on trouve uniquement dans le centre et nulle part ailleurs à Oakland, c'est la tripotée de bars, de boîtes et de rades où les gens finissent complètement bourrés à se trémousser sur la piste de danse. À deux heures du matin, il y a toujours quelqu'un dans les parages pour allumer un barbecue juste avant la fermeture des boîtes, et l'odeur de beuh vient se mêler à celle des grillades.

À un croisement se trouve un club de strip-tease niché en dessous d'une salle de yoga, avec des portes en métal d'un noir éclatant. La musique résonne faiblement jusqu'à moi et, même s'il est à peine dix-sept heures ou pas loin, les portes sont grandes ouvertes. J'entre dans une pièce vaguement éclairée par ces ampoules qui ressemblent davantage à des bougies. Quelques types seuls sont accoudés à des tabourets hauts, assis autour d'une table ou en train de fureter dans les recoins les plus sombres, et les barres en plein milieu ont l'air immenses entre la fille qui s'envole et l'autre qui s'ennuie.

Je m'approche du bar, où un type essuie le comptoir avec un torchon. Il ressemble à tous les barmans que j'ai croisés dans ma vie et c'est plutôt rassurant que le centre-ville soit si prévisible, qu'il change uniquement de manière à attirer toujours un peu plus de la même chose, avec ces immeubles qui donnent l'impression de se dédoubler comme les tatouages sur le bras de ce type.

Il lève les yeux vers moi et je me sens toute petite dans cet océan d'obscurité.

– Qu'est-ce que je peux faire pour toi ?

J'inspire. Pas sûre de vouloir ou de pouvoir faire un boulot pareil, mais je suis désespérée.

– Je cherche du travail.

Cette fois, je ne prends même pas la peine de demander à voir le responsable – ça changerait quoi ?

Il acquiesce, et l'écarteur de son oreille gauche scintille quand il bouge.

– Si tu veux, je peux faire passer ton dossier de candidature au patron. Des jolies filles, il en cherche tout le temps.

– J'ai pas de dossier de candidature. Même pas de CV.

J'attends qu'il me lance le sourire de pitié auquel on m'a habituée.

– Oh, répond-il en glissant une mèche de cheveux noirs dans sa queue-de-cheval. Je pense que je peux quand même lui donner ton nom et ton numéro de téléphone.

Il attrape un stylo et un Post-it derrière le comptoir et il se penche dessus pour noter tout ça. Puis il me lance un nouveau regard et son nez se fronce.

– T'as quel âge, ma jolie ?

Cette expression me fait tressaillir.

– Dix-sept ans.

Il se redresse et finit par afficher la petite grimace mielleuse que je connais si bien.

– On ne peut embaucher personne de moins de dix-huit ans. Désolé, chérie.

Je hoche la tête et me retourne vers la lumière qui se déverse par la porte ouverte. Jusque-là, je croyais que le droit de vote était la seule chose qu'on obtenait avec la majorité, mais je comprends maintenant qu'on gagne bien plus que ça et j'aimerais que mon anniversaire arrive un peu plus vite.

« Kiara ? »

Mon nom a retenti avant que j'atteigne le seuil. Je fais volte-face, une femme s'est matérialisée derrière le bar.

Son visage ne me dit rien mais je plisse les yeux et il me rappelle soudain quelque chose.

– Lacy ?

Elle me sourit, ses sourcils se courbent vers l'intérieur exactement comme dans mon souvenir et elle me fait signe de la rejoindre au bar, qu'elle contourne en m'indiquant un tabouret. Je m'assieds et elle me tapote la cuisse.

– Quoi de neuf, ma jolie ? Je sais que t'as pas l'âge d'être ici, me dit-elle avec un grand sourire, le genre qui a l'air de devoir durer toujours.

Je n'ai jamais vraiment bien connu Lacy, pas autant que Marcus en tout cas. Au lycée de Skyline, ils étaient très amis, et pendant presque quatre ans je ne les ai jamais vus l'un sans l'autre. Et puis ils ont tous les deux fini par abandonner leurs études quelques mois avant la fin parce qu'ils n'avaient personne pour les encourager à décrocher ce diplôme coûte que coûte ni leur donner envie d'enfiler une toge universitaire. Au lycée, il y a autant de nids-de-poule que dans les rues et ils sont tout aussi casse-gueule.

– Oh, tu sais, la vie.

Je préfère dire ça parce que je n'ai pas envie de mentir comme Marcus, mais j'ai la sensation que ce serait trop intime de confier aux murs de cette pièce que tout est en train de partir en vrille.

– Et ton frangin ?

Je vois son visage se refermer et le coin de ses lèvres se tordre.

– Oh, tu sais, toujours pareil.

Marcus a lâché Lacy le jour où il a rencontré Cole, le jour où il a compris que le monde réel n'allait pas nous faire de cadeaux, contrairement à ce qu'il pensait. Oncle

Ty avait réussi à lui faire croire qu'un miracle finirait par arriver, et visiblement mon frère s'est imaginé que Cole serait le seul moyen que ça se concrétise, qu'en restant avec Lacy il s'enchaînerait à une vie pleine d'espoir mais sans récompense. Elle avait trouvé du travail, elle bossait quarante heures par semaine et Marcus, lui, ne voulait entendre parler de rien de tout ça. Tout ce qu'il a obtenu c'est une demi-douzaine de morceaux sur SoundCloud et aucun salaire à la clé, et voilà où on en est : Lacy avec ses cheveux ramassés au sommet de la tête en deux petits chignons, une enfilade de piercings sur le visage et l'air d'être la patronne ici. L'air de ne pas avoir besoin de lumière pour voir. Pendant que Marcus est toujours dehors à attendre, comme si la situation allait changer.

Lacy se relève d'un coup.

– Tu veux boire un truc ?

Elle porte le noir traditionnel des barmans mais elle rayonne malgré tout.

– Je dirai rien à personne, ajoute-t-elle en me faisant un clin d'œil.

Elle passe derrière le comptoir où se trouvait le type de tout à l'heure. Il s'est glissé par la porte de service et quelque chose me dit que même s'il revenait, c'est Lacy qui a le plus de latitude ici. Il y a un truc dans sa manière de bouger, le dos droit comme un séquoia, comme si elle n'allait jamais s'arrêter de grandir. J'acquiesce :

– Carrément.

– Qu'est-ce que je te sers ?

– Surprends-moi ?

Je ne sais pas du tout comment on commande un verre, je n'ai pas l'habitude qu'on me demande ce dont j'ai envie.

D'ordinaire, on me tend une canette ou un gobelet sans que j'aie le temps de me poser de question. Lacy attrape une bouteille derrière le comptoir, puis une autre, elle verse un peu des deux, elle secoue et elle verse le mélange dans un verre avec une paille tellement fine que je me demande si on peut y faire passer quoi que ce soit. Elle ajoute une de ces cerises trop sucrées pour qu'on puisse croire qu'elles viennent vraiment d'un arbre, et fait glisser le verre dans ma direction. La boisson est d'un rouge plutôt clair qui tirerait sur le rose si la cerise n'était pas là pour imposer sa couleur.

– Qu'est-ce que c'est ?

Elle se penche vers moi.

– Une surprise. T'inquiète, ça va te plaire.

J'incline la tête jusqu'à ce que mes lèvres atteignent la paille et j'aspire. Les arômes saisissent ma langue et l'euphorie se répand dans ma bouche, j'ai l'impression que toutes les saveurs du monde se sont rassemblées dans une chaleur éblouissante.

– La vache !

C'est tout ce que je trouve à dire après ma première gorgée et Lacy éclate de rire.

– T'as toujours aimé les trucs sucrés.

– Ça fait combien de temps que tu bosses ici ?

– J'ai démarré comme strip-teaseuse à peu près au moment où on s'est brouillés avec Marcus, mais le salaire est plus régulier derrière le bar, du coup je fais plus que ça depuis quelques mois.

La porte s'ouvre à nouveau et un petit groupe d'hommes en cravate pénètre dans le club. Lacy se redresse.

– Ça va commencer à se remplir mais tu peux rester. Fais-moi signe si tu veux que je te resserve. C'est moi qui régale.

Elle sourit et me laisse pour suivre les types jusqu'à la table en face de la scène. L'un d'eux porte une cravate à pois, il la desserre en me regardant droit dans les yeux et le coin de ses lèvres se recourbe. Je ne sais pas pourquoi mais je trouve son visage intéressant, une partie de moi a envie de le toucher, de savoir s'il a un peu de barbe, si sa peau est délicate au point que mes doigts suffisent à la faire rosir. Je me retourne et me concentre à nouveau sur mon verre en me demandant si j'ai raison de rester ici, si être une jeune fille seule et sans un rond dans un club de strip-tease, ce n'est pas courir le risque de rendre cette nuit encore pire qu'elle ne l'est déjà. Mais un verre gratuit reste un verre gratuit et j'en ai marre de marcher indéfiniment et de me faire refouler par tous les employeurs d'Oakland, alors je bois une gorgée. Et une autre. Et encore une autre. Je bois jusqu'à la dernière goutte du cocktail rouge et sucré et je demande à Lacy de m'en préparer un second.

À cause de ce qui est arrivé à maman, Marcus ne supporte plus aucun truc rouge. Même s'il n'a pas été le seul à le voir, c'est lui qui a essayé d'empêcher le sang de couler des poignets de maman et qui a ramassé le rasoir qui traînait par terre. C'est aussi lui qui a demandé qu'on ne m'emmène pas, du haut de ses dix-huit ans à peine et de sa pleine croissance, comme si sa taille pouvait lui permettre de tenir toute la nuit sans penser à la teinte de l'eau. Depuis, Marcus n'a plus jamais mis les pieds dans la salle de bain. Il se douche chez ses copains et va pisser dans les toilettes du magasin en face de chez nous.

Ce jour-là, les sirènes nous ont abandonnés dans le seul coin immaculé de l'appartement, au centre du tapis derrière le canapé, et Marcus et moi, on est restés assis là à fixer le Scotch fluo qui signalait les traces d'ADN, comme si tout l'appartement n'était pas déjà rempli de nous, de notre sang. L'assistante sociale venait de passer une heure à nous poser des questions et elle est partie avec la police, juste derrière maman et l'ambulance. Marcus a glissé son bras autour de mes épaules, et dès que je me remettais à trembler il me gratouillait la main pour me rappeler que lui, il était toujours le même. C'était deux mois avant mes quinze ans. Il était devenu le plus jeune adulte que j'avais jamais vu, et une semaine plus tard il a arrêté le lycée. Marcus était déterminé à tout faire pour moi, à devenir l'homme de la maison.

On s'est calés dans un coin du tapis beige qui avait viré au brun et Marcus m'a chuchoté : « J'suis là pour toi. » C'était comme si la lumière avait enfin réussi à se faufiler par sa bouche et ça me faisait l'effet du soleil sur ma peau. Maman n'était plus là, et papa n'était plus qu'une poignée de terre stérile, et moi j'avais donc besoin de mon frère plus que tout au monde.

Il m'a demandé ce que je voulais pour le dîner et je lui ai dit que j'avais pas faim, puis il a trouvé la tirelire secrète de maman dans la taie d'oreiller et il nous a commandé trois pizzas différentes. Il a mangé deux parts de chaque en enlevant toutes les rondelles de saucisse qui étaient sur l'une d'elles et il m'a laissée débarrasser son assiette sale. J'aurais peut-être dû comprendre que ce serait comme ça maintenant, que ce serait moi qui ferais la vaisselle et qui me coltinerais le bazar qu'il laisserait derrière lui. Mais son bras autour de moi et ses murmures, c'était suffisant pour que le reste n'ait plus d'importance. Marcus m'avait revendiquée. J'étais sienne.

Après ça, j'ai cru que mon frère serait tout ce dont j'aurais besoin. Il m'a tenu la main pendant le procès de maman, et quand Oncle Ty s'est barré, et aussi à chaque fois qu'on rendait visite à maman à la prison surpeuplée de Dublin. Et puis deux ans plus tard, il m'a lâchée. Marcus s'est mis à traîner tout le temps chez Cole, il a arrêté de me regarder dans les yeux, et il a abandonné en pile devant la porte tous les magazines qu'il adorait lire avant. Depuis, je lui cours après et j'essaie de faire en sorte qu'il me regarde.

Quand il ne reste plus que de la glace dans mon quatrième verre, le club grouille de monde, toutes les tables et tous les tabourets sont occupés et la musique bourdonne, mais je n'arrive à distinguer aucune chanson précise. Les trois barres verticales sont occupées et les billets se glissent dans les strings de toutes les filles qui proposent des lap-dances. Il y a un truc dans l'effervescence des lieux qui me fait me sentir vivante, pas comme une gamine qui s'en sort à peine mais comme une femme libre : l'harmonie parfaite des lumières, chaleureuses et discrètes à la fois ; la musique qui se mêle aux bavardages dans une chorale de saturations étouffées, tel un bruit blanc mélodieux ; le fait que dès que la porte s'ouvre pour laisser entrer une nouvelle grappe de gens, l'extérieur d'Oakland s'infiltre à l'intérieur, accompagné par le rythme d'une percu, une voix qui nous hurle qu'on devrait faire gaffe aux trottoirs tout défoncés ou bien une sirène.

Lacy revient avec un plateau qui déborde de verres de vin à moitié vides et pour moi ça n'a aucun sens de payer une boisson qu'on ne finit pas. Je capte son regard et pointe mon verre du doigt, visiblement je n'arrive plus à trouver les mots qu'il faut pour demander une nouvelle tournée. Elle éclate de rire.

– Je crois que ça suffit comme ça, Ki, me crie-t-elle.

Je fais la moue et pivote sur mon tabouret. Cravate à pois croise à nouveau mon regard. Il discute avec ses potes en costard mais c'est clairement moi qu'il dévisage. Je me retourne, vois Lacy en train de faire ses mélanges, et soudain j'ai l'impression que la pièce est saturée de monde, un peu comme si tout l'air avait été englouti par mon petit tour de manège. Ma voix traverse le vacarme jusqu'à Lacy :

– Faut que je sorte d'ici.

Elle hausse les sourcils et son visage s'allonge, elle a l'air encore plus grande que dans mon souvenir.

– T'es sûre que tu vas pouvoir rentrer ?

Je fais au revoir de la main. Mais ce geste s'adresse moins à elle qu'aux contours de sa silhouette, qui s'étire vers le plafond. Je me lève de mon tabouret, je reprends mon équilibre et je me dirige vers la porte comme si un truc merveilleux se cachait derrière. Je l'ouvre et j'atterris dans la rue. Je comprends tout de suite qu'il doit être plus de vingt-deux heures parce que tout Oakland est fermé et toutes les lumières sont éteintes. Les seules personnes encore dehors sont celles qui vivent là. C'est ce qui va bientôt nous arriver à Marcus et à moi. On n'échappe pas à la rue.

Le vent froid pénètre tout mon corps, il se glisse sous mon T-shirt jusqu'à mon nombril. Parfois je me demande jusqu'où il va, mon nombril. Est-ce qu'il est relié à mon estomac, où clapotent les cocktails rouge cerise, ou est-ce qu'il est attaché à mon utérus ?

La porte du club s'ouvre derrière moi et Cravate à pois est là, les cheveux libérés de leur gel, ce qui paraît bien plus naturel, comme s'il n'était pas fait pour être aussi strict.

– Salut.

Je ne suis pas certaine qu'il s'adresse à moi mais il finit par dire : « T-shirt gris », et, en baissant les yeux pour regarder ce que je porte, je comprends que c'est à moi qu'il parle. J'essaie de lui sourire mais ma bouche bourdonne, comme si mes lèvres se courbaient dans le mauvais sens, et ça le fait marrer, avec ce genre de rire sourd qui ne va jamais jusqu'au bout.

– Ouais ?

À ce stade, c'est le seul mot que mes lèvres sont capables de formuler, le seul son cohérent.

Je ne me rappelle même plus la dernière fois qu'un homme blanc m'a parlé de son plein gré et encore moins la dernière fois que l'un d'entre eux m'a suivie dehors, mais il n'y a pas assez de place dans mon cerveau ou dans mon estomac pour que je me pose la question parce qu'à cet instant c'est comme si la mixture rouge débordait partout à l'intérieur de moi.

Il m'offre un nouveau sourire, le même que celui qu'il m'a fait dans la moiteur du club.

– Écoute, il est tard et j'ai pas envie de faire semblant de croire qu'on n'est pas là pour la même chose.

Il parle mais le seul truc que j'arrive à assimiler, c'est le vent qui n'arrête pas de balayer ses cheveux noirs. Je ne sais pas du tout à quoi il fait allusion et je n'ai pas l'énergie d'essayer de comprendre.

Je connais un coin tranquille, me dit-il.

– Un coin tranquille ?

J'ai l'impression que mes genoux sont de moins en moins solides avec tout ce liquide qui clapote dans mon ventre. Je le suis mais je ne sais pas si c'est parce qu'il fait froid et que je me dis qu'il va m'emmener loin du vent ou si c'est à cause de ces deux derniers jours et de ces quelques verres. C'est peut-être ça qui me donne vaguement envie de ce type, cette fièvre qui envahit toutes les parties de mon être censées avoir assez de jugeotte pour faire demi-tour, trouver un bus ou une rue animée. Peu importe pourquoi je le fais parce que mes pieds, eux, ils avancent de toute façon. Mais pas assez vite apparemment, car Cravate à pois me prend par la main et m'entraîne vers un immeuble.

Le bâtiment est immense, je ne distingue même pas le toit quand je lève les yeux. Le mec me conduit directement vers l'ascenseur et on monte dedans. Sans compter Marcus, je n'ai pas été seule avec un homme depuis mes quatorze ans, quand un garçon a voulu essayer de m'apprendre à le branler dans les toilettes du collège, mais à ce moment-là on a vu les chaussures du prof de chimie passer dans la cabine d'à côté et ça lui a coupé l'envie. Quand l'ascenseur nous emporte, la boisson au creux de mon ventre est catapultée vers le haut et j'ai l'impression d'avoir avalé tout l'océan.

Le ding-ding de l'ascenseur résonne et je m'attends à ce qu'il s'ouvre sur un bureau, ou alors chez ce type, dans un appartement bourré de pognon. Mais au lieu de ça on se retrouve dehors encore une fois. Sauf que là le ciel est bien plus proche et que devant nous il y a un jardin entouré d'un parapet en béton.

– Où ?

Je suis incapable de sortir autre chose. Il ne répond pas mais il m'entraîne vers le rebord du muret. Le jardin est désert, les branches des arbres s'allongent, il y a un petit bassin d'eau stagnante en plein milieu et je crois qu'on est sur le toit de cet immeuble qui n'en finit plus.

Le rebord n'est plus très loin et il m'attire contre lui. Il m'embrasse, il se redresse pour reprendre son souffle et il n'est plus qu'une silhouette qui se détache contre le ciel. Ça fait des années qu'on ne m'a pas embrassée et je trouve ça tellement mouillé et gluant que j'aimerais bien qu'il s'essuie la bouche.

Il m'embrasse à nouveau, on échange nos places, puis il me soulève contre le béton et je m'étends contre le ciel, à l'intérieur du ciel. Il déboutonne mon pantalon et soudain c'est par le vent que je suis tenue en même temps que par ses mains qui tirent sur ma peau. Il me retourne, me penche en avant, et je me retrouve avec la joue plaquée contre le ciment, du coin de l'œil je peux contempler Oakland qui s'étend en bas et j'aperçois un gyrophare isolé – trop loin pour qu'on entende la sirène, mais impossible de louper la lumière clignotante. Avant que je puisse comprendre ce qui se passe il me pénètre, et la seule chose que je ressens c'est ce liquide à la cerise qui continue à me submerger. Je n'y mets même pas du mien, tout le temps que ça dure je me contente de laisser le ciel m'apaiser parce que c'est la première fois que j'ai le sexe d'un homme à l'intérieur de moi et je trouve ça tellement sans intérêt que je ne suis même pas certaine d'être là.

Très vite c'est terminé et mon pantalon est de nouveau remonté. Il remet sa ceinture mais il ne me regarde plus, il tapote juste sa poche et j'ai l'impression qu'il indique son portefeuille.

– J'ai seulement deux billets de cent sur moi.

Deux billets de cent. De cent dollars. Ce type essaie de me payer. Ses doigts déposent les coupures au creux de ma paume et, même si une partie de moi sait que je ne devrais pas le faire, je les prends, je ferme le poing en tremblant de partout et en claquant des dents, et lui n'ajoute rien mais il retire l'écharpe de son cou et la glisse autour du mien. Il ne dit même pas au revoir, ou c'est moi qui ne l'entends pas, il reprend l'ascenseur et il disparaît.

Faut que je fasse pipi. L'océan dans mon ventre continue à enfler.

Je trébuche en direction du bassin, j'enlève mes chaussures et je me débarrasse de mon pantalon pour aller patauger. Je relâche tout et mon corps entier s'écoule, comme si tous les bouchons avaient sauté avec les billets, le liquide rouge coule jaune dans la mare et je ne comprends pas comment le corps fait pour absorber un truc et en produire un autre mais j'imagine que cette soirée réserve toutes sortes de choses bizarres. Je renfile mon pantalon et mes chaussures et je me dirige vers le bord du toit, pour observer la ville d'en haut. Le brouillard se détache juste assez pour que je puisse voir le pont au loin, alors tout ce qui était caché est révélé, et quand je prends une bouffée d'air je ne perçois aucune odeur de pisse ou de cigarette ou d'herbe. Seulement les restes de ce cocktail rouge qui traînent dans mon haleine.

J'ai rencontré Camila le même soir que Cravate à pois, quand j'essayais de trouver un moyen de regagner East Oakland pour rentrer à la maison à l'heure où tous les bus sont à l'arrêt. Ni Marcus ni Alé ne répondaient au téléphone, j'étais congelée et j'avais les lèvres gercées. Je ne savais pas ce que je faisais à part trébucher en direction du vacarme de la voie rapide.

Une voiture s'est arrêtée devant moi, noire et scintillante, et une femme en est sortie par la portière arrière, elle a retiré son manteau, elle s'est penchée à l'intérieur pour le filer à quelqu'un que je ne voyais pas, puis elle a claqué la portière et la voiture est repartie. Elle avait des extensions capillaires rose fluo assorties à sa tenue, une robe moulante dans des tons mats. Sa démarche me rappelait la façon dont on avance quand le vent vient de face : déterminée et ondulante.

Je me tenais là dans mon T-shirt gris avec cette écharpe toujours autour du cou et je faisais comme si je ne la regardais pas, mais à travers ses cils Camila a tout vu, elle a vu tout ce que contient cette curiosité particulière, celle qui s'échappe des yeux pour tout absorber. Elle a paradé jusqu'à moi et m'a lancé un : « Qu'est-ce que tu regardes comme ça ? » Si n'importe qui d'autre m'avait dit ça, j'aurais sûrement cogné ou je me serais mise à courir, mais sa manière de parler ne me donnait aucune envie de me battre. On aurait dit qu'elle trouvait ça drôle, un peu comme si j'étais au milieu d'une foule qui parlait un autre langage que le mien et qu'elle était la première à voir la langue dans ma bouche.

– Rien.

– Tu serais pas une petite débutante, toi ?

Les lèvres de Camila se sont retroussées pour révéler des bagues transparentes que je n'avais pas remarquées de loin.

– Tu sais, tu vas pas gagner grand-chose en tapinant de cette façon. C'est dans l'escorting qu'il y a du fric à se faire. Je me suis aussi trouvé un mac et je parie qu'il s'occuperait de toi si je lui demandais. Le truc, c'est que personne te prendra au sérieux comme ça et, tu peux me croire, personne bougera le petit doigt s'il t'arrive des embrouilles. Tu vois ce que je veux dire ?

Elle était si resplendissante que je n'ai pas su comment lui dire non, comment lui dire que je n'étais pas comme elle, que je n'avais pas prévu de faire ça – et si au fond j'étais le même genre de femme ? Les billets de Cravate à pois étaient toujours au fond de ma poche et mon corps ne savait toujours pas quel sens donner à ce toit, à cet homme.

Camila m'a prise par la main en faisant attention à ne pas m'écorcher la peau avec ses faux ongles en acrylique. Elle nous a appelé une voiture et elle a dit qu'elle me déposerait en allant chez son client. Une fois à bord, elle m'a expliqué ce que je devais faire pour devenir comme elle, où aller, à quelle heure, comment m'habiller, et je me suis dit qu'après tout c'est peut-être là que finissent toutes les filles au bout du rouleau. C'est peut-être là que je trouverais mon fredonnement à moi, là où je pourrais faire résonner mon corps aussi fort que celui de maman.

Le lendemain, je n'arrêtais pas de penser à Cravate à pois, à Camila et à quel point ça avait l'air facile pour elle. Et aussi aux billets que ce type m'avait filés juste pour quelques minutes. J'ai appelé trois agences d'escorting et des compagnies de téléphone rose, mais ils m'ont tous répondu que mon âge était un handicap et que je ferais mieux de les rappeler quand je serai majeure. Ils ont dit que je pouvais essayer sur Internet, mais on a arrêté de payer le Wifi l'année dernière et j'ai ni smartphone ni ordinateur. Camila m'a expliqué que si je voulais faire le trottoir, je devais trouver quelqu'un pour assurer ma protection, que ça faciliterait les choses. Je pourrais peut-être le faire un peu, seulement le temps de motiver Marcus à trouver un boulot. Maintenant que j'ai couché une fois, je peux le refaire, c'est rien qu'un corps, voilà ce que je me répète. Rien que de la peau. Pas besoin que je me prenne la tête. C'est juste histoire de régler les loyers en retard.

Je n'ai pas eu trop de mal à convaincre Tony. Je me suis pointée chez lui hier soir et son visage s'est illuminé, comme si j'étais le ticket de loto surprise que sa mère lui avait offert à Noël. Je me suis installée à côté de lui sur le canapé et il a essayé de glisser délicatement un bras autour de moi, même si sa carrure ne lui permet pas vraiment de faire des gestes aussi fluides. Je me suis assise en avant pour que nos corps ne risquent pas d'entrer en collision et je me suis tournée vers lui avec les mots de Camila en tête.

Tony sentait qu'un truc clochait et il a froncé le nez.

– J'ai besoin que tu fasses quelque chose pour moi.

J'étais en train d'enrouler autour de mon doigt un petit fil de l'écharpe de Cravate à pois et j'ai tiré dessus jusqu'à ce que ma peau soit toute saucissonnée.

– J'ai déjà parlé à Marcus, m'a-t-il répondu en déroulant le fil.

– Je croyais que tu le ferais seulement si je passais te voir.

Il a haussé les épaules.

– J'ai changé d'avis. Mais ça a servi à rien de toute façon, il écoute jamais ce que je lui dis.

J'ai tiré plus fort et le fil a continué à se détacher. Ce coup-ci, c'est autour de mon pouce que je l'ai enroulé, du haut vers le bas je l'ai ficelé tout entier.

– J'ai un nouveau plan.

J'ai préféré détourner les yeux parce que regarder Tony, c'est un peu comme regarder la bouche d'un flingue : on est toujours trop près.

– Ah ouais ?

– Ça va sans doute pas te plaire, mais c'est ce que j'ai décidé de faire donc je le ferai même si tu veux pas m'aider.

– Comme d'habitude.

Il a lâché un petit rire, je lui ai expliqué mon idée, et il n'a rien dit pendant un moment. Il est resté assis là, le bras toujours calé contre le dos du canapé et les yeux braqués sur mon pouce.

– Putain.

Tony, il parle pas beaucoup, mais quand il le fait il va droit au but. C'est un des trucs que j'aime bien chez lui.

Ça et le fait que quand je suis près de lui je me sens toute petite, comme s'il pouvait m'envelopper de ses bras et qu'ainsi protégée je n'aurais plus jamais besoin de trouver le chemin de la sortie.

– Tu pourrais m'accompagner pour t'assurer que je finisse pas dans un caniveau. Sinon, j'y vais toute seule. C'est toi qui vois.

Le meilleur moyen de convaincre un homme de faire un truc, c'est de lui dire qu'il a le choix et qu'il contrôle la situation, que c'est lui qui tire les ficelles.

– Ton frangin va me botter le cul.

– Pas tant qu'il crèche chez moi.

Alors Tony a attrapé le fil et l'a désentortillé de mon pouce en déchirant la base, du coup il ne restait plus que l'écharpe et le bout effiloché d'un truc qu'on aurait pu prendre pour un fil en le regardant d'assez près.

Cet après-midi, je vais chercher Trevor à l'arrêt de bus après l'école. Comme d'habitude, il me prend par la main et sa tête s'agite dès qu'il dit un truc. Il me parle de Mrs Cortez qui a pas l'air de trop l'aimer, même qu'aujourd'hui elle lui a confisqué ses cartes de basketteurs, celles avec les joueurs de l'équipe des Warriors dessus, et elle a attendu la fin de la journée pour les lui rendre. Tout paraît tellement normal, y compris sa façon de me regarder quand on descend High Street, on dirait qu'il s'imprègne de mon visage pour pouvoir s'en souvenir dans ses rêves les plus beaux. Je pensais qu'il allait le voir sur moi, qu'il allait voir à quel point tout avait changé, mais Trevor n'a rien remarqué ou alors il s'en fiche. Je le laisse devant la porte de chez lui, il passe ses bras autour de mon cou pour m'enlacer, il me tire les cheveux et il recule en éclatant de rire comme s'il m'avait fait une bonne blague. Je rigole avec lui et je le guide vers la porte en le poussant, lui et son sac à dos. Ce moment me semble si normal lui aussi que j'ai presque l'impression que c'est ça la réalité, qu'il n'y a jamais eu ni rouge, ni pisse, ni mec. J'ai presque l'impression que ça va durer.

À présent c'est le soir et je suis sur le trottoir, à cinq minutes de passer du froid à l'engourdissement. Ma jupe me trahit, elle laisse tout entrer et frôle ma peau comme les granités des supérettes 7-Eleven en plein hiver. J'ai essayé de m'habiller comme les mannequins alignés dans les vitrines de Fruitvale Village, avec un haut en maille et une jupe si courte que le vent peut embrasser chaque centimètre de ma peau. Ici, tout a l'air d'être immobile parce que je n'ai nulle part où aller et pourtant les rues sont toujours aussi animées, du coup je rôde autour du pâté de maisons en confiant chaque personne à ma mémoire.

Tony se tient sur le trottoir d'en face, les yeux rivés sur moi. J'essaie de ne pas le regarder, j'essaie de faire comme si je n'étais pas effrayée et nerveuse, comme si mes os étaient plus solides qu'ils ne le sont en réalité et capables de résister aux coups. Je marche rapidement le long d'International Boulevard, je dépasse l'école de cosmétique et les boutiques qui se ressemblent toutes avec leurs robes de soirée façon meringues XXL, et Tony continue à me suivre de l'autre côté. Je réprime un sourire en voyant ce grand bonhomme qui marche en tentant de se cacher dans les ombres de la rue. N'importe où ailleurs, les gens auraient appelé les flics, mais personne n'oserait inviter leurs sirènes sur International car ils diraient qu'on est tous plus ou moins des délinquants par ici.

Il fait encore jour, mais il y a déjà un paquet de types qui me bouffent des yeux. C'est bien pire que l'autre soir avec Cravate à pois, ils sont là tous ensemble et ils savent que je suis une fille prête à s'offrir alors que moi je ne suis même pas sûre d'en avoir envie. Je me demande si Camila avait raison, si ce ne serait pas mieux pour moi de trouver un type sur Internet qui aurait juste envie de me lécher entre les orteils, ou si j'aurais dû la suivre chez son mac. Sauf que j'ai peur d'aller trop loin et de ne plus pouvoir me sortir de là.

Les hommes me sifflent.

– Hey, ma jolie, viens par ici.

– *¡Mamí! ¡Ven aquí!*

– Pourquoi t'es toute seule dehors ? Je vais m'occuper de toi et te réchauffer, ma belle.

Ils sont acharnés et répugnants et on dirait que Tony est sur le point de traverser le boulevard en courant pour les tailler en pièces à chaque fois qu'il y a une remarque ou un sifflement. Il essaie de me protéger du seul truc vers lequel je me précipite.

– Kia !

La voix résonne derrière moi et glisse le long de mon dos. Les talons de Camila sont dangereusement hauts, d'un argenté scintillant, et elle écarte les bras en se pavanant dans ma direction avec la bouche grande ouverte comme si elle allait se mettre à chanter ou voulait m'embrasser. Au lieu de quoi elle attrape mes mains et commence à se dandiner.

– Qu'est-ce que tu fais là, *hija* ?

Je l'enlace et j'oublie Tony, même si je sais qu'il nous regarde.

– Oh, tu sais…

– Qu'est-ce que je t'ai dit à propos du trottoir ? Tu t'es trouvé un daddy ?

Camila me fait tournoyer, me surplombant du haut de ses chaussures de Cendrillon.

– En quelque sorte, je réponds en reprenant ma place après ce tour de danse.

Elle fait claquer sa langue, me regarde de sous ses cils si longs et si lourds.

– Y a un client qui m'attend.

Son haleine aussi est lourde et trop pleine des éclats de sa voix, je peux la voir s'élever en bouffées dans les airs. Je sais que Camila fait ça depuis tellement longtemps que tout ce qui était engourdi en elle s'est mis à vibrer et que son corps produit sa propre chaleur à partir de rien. Elle est là-dedans depuis tellement d'années que j'ai l'impression qu'elle a les clés et que c'est elle la proprio. Personne ne lui dit rien. Ils savent tous qu'elle n'est pas là pour leurs remarques, pour leurs langues ou pour leurs dents. Camila, elle dégommerait celui qui serait assez bête pour l'emmerder et elle le laisserait se vider de son sang.

Ses tresses sont ornées d'extensions bleues et son maquillage est un costume à lui tout seul ; elle est prête à monter sur le podium avec sa voix rauque et enchanteresse. Camila agite ses doigts pointus dans ma direction, elle me dit qu'on se reverra bientôt et d'un coup je me retrouve seule, sauf qu'autour de moi il y a les regards de Tony, des étrangers et des panneaux publicitaires pour des casinos qui à mon avis n'existent même pas. J'aimerais qu'elle revienne pour me dire que c'est juste une nuit comme les autres, que je peux continuer à accompagner Trevor à l'arrêt de bus et à manger des chips ramollies avec Alé sur la balançoire.

Depuis l'épisode du club de strip-tease il y a quelques jours, j'ai tout fait pour éviter Alé, ses messages et ses appels. Je crois que si elle posait les yeux sur moi elle saurait, elle le verrait tout de suite et on ne pourrait plus jamais fumer le même joint ou voir la même chose en contemplant la ville. Pourtant, je voudrais tellement qu'elle soit là pour me faire rire. Pour rendre le froid un peu moins mordant.

Le type apparaît dans la rue comme s'il s'était matérialisé rien que pour moi, et soudain je me demande si je ne suis pas complètement inconsciente et si je ne devrais pas rentrer à la maison, mais ensuite je pense à la facture que Vernon m'a sortie. Et Tony n'est pas loin, donc ça ira. C'est rien qu'un corps.

L'homme est à peine plus grand que moi juchée sur ces chaussures, et sa moustache pue l'essence, du coup j'imagine qu'il bosse sur des voitures toute la journée dans un endroit sale et tout huileux. Quand Camila m'a dit que j'avais besoin d'un mac, ou au moins de quelqu'un pour me protéger, j'ai cru que ça voulait dire que je ne ramasserais que des gorilles, des mecs qui ont plus de muscles et de fric que ce que je croyais possible dans cette ville, sur ce boulevard. Mais je suis face à un type au regard vide et je me dis que mon corps doit sans doute permettre aux petits de se sentir grands. Quand ils me possèdent, ils peuvent tirer leur ego par le cou et cracher du pognon qui était sûrement destiné au loyer ou aux couches de bébé.

J'essaie de me reprendre, de me dire que c'est mon choix d'être là dans cette rue et que c'est son choix à lui de me filer de l'argent. Je lui donne une version de mon nom, Kia, et il me demande mon âge.

Camila m'a dit que la règle numéro un est de ne jamais rien révéler sur soi.

– L'âge que tu veux, je réponds.

Il n'en demande pas plus et ça je le garde en tête : il ne veut pas savoir. Camila m'a dit que certains voudraient connaître mon âge pour le fantasme de la petite fille et que ça pourrait me rapporter gros s'ils savaient. Ces mecs-là, ils sont du genre à laisser jaillir les larmes quand ils sont au summum du plaisir, à avoir la peau juste assez douce pour qu'on puisse la déchirer.

– Comment je dois t'appeler ? je lui demande.

C'est le premier pas. Camila m'a dit que ça permet d'en apprendre plus que n'importe quelle autre question, comme ça on sait où on va.

Les épaules du petit mec s'affaissent et sa gorge se serre. Il bafouille en essayant de s'inventer un prénom. Il me dit de l'appeler Davon et ça me surprend un peu, surtout parce que je m'attendais à un truc qui pue l'acide et le sexe, un truc qu'il aurait honte de dire n'importe où ailleurs.

– Première fois ? je lui demande en lui prenant la main comme si je savais parfaitement ce que je fais.

Je jette un coup d'œil à l'ombre de Tony sur le trottoir d'en face et je peux presque suivre la tension des muscles qui dessinent son corps.

Davon hausse les épaules et m'explique que sa voiture est garée à quelques rues de là, après la 37e. Je le laisse me guider et mon regard papillonne vers Tony qui marche l'air de rien dans la même direction de l'autre côté de la rue, juste pour être sûre que tout est sous contrôle.

Je n'y connais rien aux voitures mais je vois tout de suite que celle de Davon est vieille, elle tombe en morceaux et le moteur doit sûrement gémir. Il ouvre la portière arrière et je me faufile à l'intérieur. Je suis saisie par la même odeur d'essence, mais ici elle est mélangée à quelque chose de doux, on dirait que de la vanille s'est faufilée dans le véhicule pour faire l'amour au moteur. Davon grimpe derrière moi et on reste assis côte à côte, comme deux étrangers qui attendent.

Ma poitrine se contracte au milieu de ce silence, alors je me mets à parler :

– Qu'est-ce qui te ferait envie ?

Il hésite, ne dit pas un mot, et me prend la main.

On est assis avec les doigts entremêlés et je me dis que si ça se trouve, ce que j'ai pris pour de l'avidité c'est juste de la solitude. La panique s'intensifie et je me demande si je n'ai pas fait une erreur, si je pourrais encore sortir de cette voiture et me précipiter vers Tony si l'envie me prenait. Avant que je puisse faire quoi que ce soit, l'autre main de Davon se met à ramper autour de ma taille, il m'attire vers lui et je me retrouve suffisamment proche pour sentir l'odeur que la vanille a laissée sur sa peau. Je me penche vers lui et je l'embrasse comme si ça voulait dire quelque chose. Mais ses mains commencent à remuer rapidement, à tirer sur moi, à me déchirer. Peau à peau jusque sous la peau, la langueur se dissout dans les grincements de la voiture. Je peux sentir le cuir déchiré des sièges contre mon dos et sa sueur qui me dégouline dessus.

On ne dit rien, et on ne fait quasiment aucun bruit, mais la voiture, elle, elle parle. Elle couine, elle grogne, on dirait qu'elle prend vie face à nos corps et j'ai presque envie qu'elle se mette à rouler toute seule et m'emmène en haut des collines pour me laisser contempler la baie qui s'étend tellement loin que mon regard arrive à peine à m'y transporter. Mais la voiture reste à sa place en se balançant légèrement. Tony n'est plus qu'une ombre derrière la vitre et moi un amas de bras et de jambes.

Davon ne m'a pas regardée une seule fois depuis qu'il m'a lâché la main. Quand il a terminé, il me fixe mais ses yeux sont vitreux et brillants, tout son corps est en flottement. Il ne me voit pas.

Je manque de tomber en sortant du véhicule, j'ai oublié que mes talons étaient si hauts. Je m'appuie contre la portière et il me tend un paquet de billets, qu'il pose directement dans ma main comme l'a fait Cravate à pois. Je compte. À peine cinquante dollars, très loin de ce que m'a payé l'autre.

– Et le reste ?

– Tu vaux pas plus que ça, grogne-t-il à voix basse sans me regarder. Mais tu t'en es bien tirée. Je peux te filer le numéro de plusieurs de mes cousins, histoire de développer ta clientèle.

Davon enregistre les numéros en question dans mon téléphone, je me redresse et je retourne sur International. Je crois que la prochaine fois je demanderai le fric avant, histoire d'être sûre de ne pas me faire avoir. Maintenant que c'est fait, j'ai l'impression que tout a été mis en sourdine. Le vent est moins froid, mes battements de cœur sont à peine audibles et ma peau est complètement engourdie, comme endormie. Rien qu'un corps. Rien que du sexe.

Je traverse pour rejoindre Tony et m'arrête. Il sort de l'ombre d'un érable avec les mains dans les poches de son sweat comme un gamin qui boude. J'extrais les billets de mon soutien-gorge et je les lui tends, je sais qu'il m'aime suffisamment pour pouvoir me regarder survivre et que je peux tout lui donner sans craindre qu'il parte en courant. Si ça c'est pas le genre de connerie qui ferait honte à mon oncle, je ne sais pas ce que c'est.

– Kiara, je peux te demander un truc ?

La voix de Tony résonne comme un frémissement au beau milieu d'une tempête de silence. Sur son sweat est écrit en majuscules le nom d'une université dont je n'ai jamais entendu parler et je me rends compte que je ne sais même pas si Tony est allé à l'université.

J'acquiesce parce qu'un simple non, ce n'est pas une réponse à ce genre de question.

Sa lèvre inférieure remue de gauche à droite.

– Euh, si je me trouve un travail, genre un vrai travail, tu vois, et si j'économise pendant un moment, est-ce que tu me laisserais m'occuper de toi ? Prendre soin de toi pour de vrai, comme un homme prend soin d'une femme.

Sa voix tombe dans une sorte de marmonnement, et moi j'oscille d'un pied sur l'autre à la recherche d'un équilibre, d'une issue de secours. À mes yeux, ça n'a pas de sens de me poser cette question maintenant, quand mon corps est encore tout irrité des coups de reins de Davon, que je suis à moitié nue et totalement vulnérable.

– On sait tous les deux que c'est pas comme ça que ça marche. C'est pas aussi simple. Je dois penser à Marcus.

Marcus qui n'a même pas conscience que sa vie se désintégrerait si je n'étais pas là pour payer le loyer et les factures.

– C'est peut-être pas aussi simple, mais ça veut pas dire que ça doit être compliqué.

– C'est la famille, Tony.

– Y a pas que ça dans la vie.

Ses doigts cherchent à attraper les miens puis ils s'immobilisent.

– Quand tout se casse la gueule, il est tout ce que j'ai. Et toi et moi, ce sera jamais comme ça, tu vois ?

Cette fois, Tony ne se donne même pas la peine d'acquiescer ou de dire quelque chose. Il prend les billets dans la poche de son sweat et les fourre au creux de mes mains. Il se couvre d'ombre jusqu'à n'être que ténèbres, et je sais qu'il est parti mais je ne peux pas m'empêcher de croire qu'il me regarde et qu'il attend. Si même Tony ne m'attend plus, alors personne ne le fera.

Je fais volte-face pour retourner sur International, en solitaire. Et bon Dieu, quand tout se cassera la gueule, Marcus a intérêt à être mon ombre. Il a intérêt à être tout pour moi.

Je suis réveillée à midi par des bruits d'éclaboussures. Je n'ai pas l'habitude de ça ici, les clapotis de l'eau sont à la fois bien reconnaissables et complètement déplacés. Il y a toujours quelque chose pour me tirer du sommeil quand j'atteins le comble de la joie, pile au moment où mon rêve commence à danser. Cette nuit, ou plutôt ce matin vu que je me suis endormie vers quatre heures, j'ai rêvé d'une prairie pleine de fleurs qui vibraient de couleurs que je n'avais jamais vues en vrai. La bande-son était très mélodieuse, un genre de blues à la Van Morrison, mais je n'arrivais pas à savoir d'où ça venait, alors je m'allongeais au milieu des fleurs et je comprenais que ça tombait directement du ciel. Puis je me mettais à rire parce que le ciel me chantait une chanson. C'était Dieu qui sortait des nuages comme de la musique. J'étais toute nue. Je suis toujours toute nue. Et voilà que maintenant il y a ces clapotis, et il fait grand jour à travers le store dans cet appartement tout vide.

Je me lève du matelas en vacillant, j'ouvre grand la porte et je me plie en deux par-dessus la rambarde, les jambes d'un côté et le torse de l'autre. Des petites croûtes s'effritent autour de mes cils tandis que je regarde la piscine, et la scène se matérialise comme sur un écran quand la neige se transforme en images animées. La tête de Trevor plonge et réapparaît à la surface. Il est assez grand pour avoir pied là où c'est le moins profond, mais ça ne l'empêche pas de mettre la tête sous l'eau, de s'agiter dans tous les sens et de faire des ronds de petit garçon changé en poisson.

– Qu'est-ce que tu fabriques, mon bonhomme ? Cette eau, elle est pleine de caca, je lui lance.

Même si elle n'est plus marron – c'est sûrement grâce au filtre –, je jurerais qu'il y a toujours une odeur de merde qui flotte dans l'air. Pour moi, les crottes de chien du mec de Dee et la piscine, c'est la même chose.

La tête de Trevor ressurgit, il la bascule en arrière pour mieux me voir. Il a une tache de naissance sur le haut du crâne, une marque noire en forme de cercle, et aujourd'hui elle est aussi visible que le jour où il est sorti du ventre de sa mère. À l'époque, c'est tout l'immeuble qui a commencé le travail avec Dee lorsque ses premiers gémissements se sont faufilés à travers les fenêtres et le système de ventilation. On a tous transpiré avec elle, on faisait les cent pas et on comptait les minutes entre les contractions. Maman avait les yeux rivés sur l'horloge de chez nous, elle a attendu deux heures et elle s'est tournée vers moi pour me dire : « C'est le moment. Viens, ma puce. » Et d'un coup on s'est retrouvées devant chez Dee, à frapper à la porte au milieu d'une ribambelle de femmes qui voulaient se joindre à l'accouchement, et moi j'avais huit ans et les épaules qui tremblaient. Toutes les femmes du Regal-Hi se sont agglutinées dans le studio de Dee et elle, elle était allongée par terre, la bouche grande ouverte un peu comme fait le ciel avant que la pluie se mette à tomber, prête à exploser et à se libérer.

Dee n'arrêtait pas de dire : « Ronda, passe-la-moi, s'te plaît, juste pour tenir le coup », un peu comme un mantra entre chaque contraction. Elle parlait de la pipe et des cristaux qui attendaient sur le comptoir de la cuisine. Elle nous avait assuré qu'elle avait décroché dès qu'elle avait appris qu'elle était enceinte, mais pour elle « décrocher » ça voulait dire qu'elle n'en prenait plus qu'à l'occasion pour soulager ses nausées matinales ou son mal de dos. Son amie d'enfance, Ronda, refusait de lui donner son crack, et une grappe de femmes se tenait entre le comptoir et Dee pour protéger l'enfant à naître de sa propre mère.

Maman a écarté ses longs bras et, avec moi sur ses talons, elle s'est frayé un chemin dans la foule jusqu'au centre de la pièce, jusqu'aux battements de cœur de Dee.

– On a encore un peu de temps avant qu'il sorte, d'accord, ma belle ? Ça sera fini dans une heure environ. Rien qu'une heure, rien qu'une petite heure, répétait-elle.

Elle s'est ensuite laissée tomber sur le sol à côté de Dee en fredonnant, et toute la pièce s'est mise à résonner au rythme du doux vrombissement des poumons de maman, enivrant et céleste, et la seule chose dont j'avais envie c'était de retourner à l'intérieur de son corps pour en sentir les vibrations comme s'il s'agissait de ma propre respiration.

Dee gémissait, elle se contractait et tremblait, et finalement le fredonnement de maman a tout recouvert et puis notre petite tribu a vu les cheveux suivis du petit machin rond qui rampait hors du corps de Dee en le mettant sens dessus dessous. Les hurlements ont commencé, le fredonnement est devenu un chant et on a toutes regardé le bébé ramper hors de sa mère, sa tête couverte de plus de sang que de cheveux, alors maman l'a pris dans ses bras, elle l'a posé sur la poitrine de Dee et c'était le truc le plus mignon qui soit jamais arrivé dans notre immeuble. Puis il a plu à verse, encore et encore jusqu'à ce que Dee recommence à supplier, et son bébé à la tache de naissance se tortillait et Ronda a cédé, Dee a eu sa pipe, elle s'est évaporée dans le ciel et on aurait dit qu'elle n'entendait plus les pleurs de son propre enfant. Trevor a hurlé, elle a souri et nous, on s'est remises à fredonner.

Trevor est toujours en bas à barboter et il me regarde.

– J'ai perdu mon ballon, me crie-t-il.

– De quoi tu parles ? Pourquoi t'es pas à l'école ?

– Maman est pas là et moi je me suis réveillé en retard, et j'allais partir mais j'ai fait tomber mon porte-clés dans la piscine, et si j'ai pas mon ballon les autres vont pas gagner le match et moi je vais perdre mon argent.

Je lui demande de quel argent il parle, mais il se contente de remettre la tête sous l'eau et le seul truc distinct qui reste de lui c'est cette marque ronde sur sa tête qui s'agite dans tous les sens. Ses vêtements en boule sont trempés à cause des éclaboussures et quand il émerge avec à la main un porte-clés métallique en forme de ballon de basket, son boxer est en train de glisser de ses hanches. J'aperçois le dessin de ses côtes, comme si elles avaient été sculptées à même sa peau, et alors le reste de ma journée s'efface comme un rêve.

Je me dirige vers les escaliers pour descendre à la piscine et Trevor commence à remonter avec ses vêtements dans les bras. On se retrouve à mi-marches, malgré ses neuf ans il ne fait qu'une tête de moins que moi et on dirait que ses bras et ses jambes se sont tellement étirés qu'il ne peut pas les contrôler, mais il a toujours un visage de petit garçon.

– Va enfiler autre chose.

Je l'accompagne en haut.

– On va quelque part ?

Il sourit de toutes ses dents, toujours avide d'une nouvelle escapade.

Je lui prends le porte-clés et j'y jette un œil. Il brille comme si quelqu'un prenait soin de le récurer et de le ranger délicatement tous les soirs.

– Puisque t'as tellement envie de jouer au basket, on n'a qu'à aller se faire une partie.

Dès que j'ai dit ça, les pattes du petit garçon s'envolent au-dessus des marches jusqu'à son appartement, comme d'habitude. Ses jambes ont bien poussé et aujourd'hui il comprend mieux la vie à laquelle il a droit, plus que quand il avait trois ans et qu'il courait autour de l'immeuble en frappant à toutes les portes, et pourtant il est resté le même petit bonhomme plein de vie.

Au cours des premières années de Trevor, Dee a essayé de se comporter en mère, du moins juste assez pour être à la maison la moitié du temps, acheter du lait maternisé et s'assurer qu'il y ait toujours quelqu'un pour garder un œil sur lui quand elle partait se défoncer ici ou là. Elle avait pris l'habitude de laisser Trevor aux femmes de l'immeuble, parfois à maman ou à l'une des taties, celles qui héritaient de tous les gamins du Regal-Hi quand leurs propres enfants étaient partis. Puis, entre la mort de papa et l'arrestation de maman, toutes les taties ont disparu. On aurait dit que quelque chose s'était abattu sur l'immeuble, toutes ces femmes se sont éparpillées d'un coup, comme désintégrées dans le néant. Certaines ont décidé de s'en aller, d'autres ont été mises à la porte, certaines sont mortes et d'autres se sont remariées, et au bout du compte toutes celles qui avaient aidé à nous élever Marcus et moi étaient parties quand Trevor a eu sept ans, et depuis il n'y a plus que nous. Sans mère.

À partir de là, Trevor s'est mis à venir nous voir de plus en plus souvent et j'ai commencé à l'emmener prendre son bus et à lui trouver un rab de chips pour le goûter. Pas question de laisser quiconque le jeter dehors. Du coup, quand on a reçu l'avis d'augmentation du loyer et que Cravate à pois m'a fait comprendre que mon corps valait quelque chose, je me suis dit que ce serait peut-être notre issue de secours à tous les deux. Que c'était peut-être ça qui nous permettrait d'être libres.

Je rentre chez moi. Marcus est réveillé et il se frotte les yeux sur le canapé.

– B'jour.

Je m'assieds à côté de lui en repensant à ce que j'ai ressenti dans la voiture du deuxième type hier soir, au dos de Tony quand il s'est éloigné. Toute seule, c'était pas la même chose, la peur a pris de l'ampleur et la crasse était tellement bien incrustée que quand je suis rentrée dans la nuit j'ai pris la douche la plus longue de ma vie sans même penser à la facture d'eau. Je ne suis pas certaine de pouvoir refaire ça, mais je ne sais pas non plus comment nous assurer de quoi vivre si je ne le fais pas.

– Marcus, faut que je te demande un truc.

Il me regarde, la main appuyée contre sa joue, et il attend.

– Je sais que j'ai accepté de te donner un mois de plus pour bosser sur ton album, mais faut vraiment que tu trouves du boulot.

Il hoche doucement la tête, pose les yeux sur le tapis avant de me regarder.

– Ça marche, Ki. Je vais me renseigner.

Je ne m'attendais pas à ce qu'il accepte, du coup quand il le fait j'ai l'impression que la pièce devient plus respirable, et le voir hocher la tête me soulage tellement que je suis prête à tout lui pardonner.

– En fait, j'ai peut-être une piste pour toi. J'ai croisé Lacy il y a quelques jours. Elle bosse dans un club de strip-tease du centre-ville et je parie qu'elle accepterait de te pistonner pour un job si tu lui demandais.

– Tu sais bien qu'entre Lacy et moi, c'est plus comme avant.

– Et toi tu sais bien que tu trouveras rien d'autre, je réponds en arrachant une petite croûte de mon genou. S'il te plaît, Marcus.

Il me fait un autre signe de tête, alors je me rapproche et je passe mes bras autour de lui, j'avais envie de faire ça depuis le truc avec Cravate à pois. Il dépose un baiser sur le haut de mon crâne, il marmonne un truc genre qu'il a envie de pisser, et pour la première fois depuis des mois je me dis qu'on va peut-être s'en sortir.

Marcus se lève pour aller aux toilettes du magasin de l'autre côté de la rue, et moi j'enfile ma veste et je me dirige vers la coursive qui relie tous les appartements autour de la piscine à crottes. Comme Trevor n'est toujours pas ressorti de chez lui, je décide d'aller voir, j'ouvre la porte et je tombe sur une scène de groove façon petit garçon :

Trevor en boxer en train de danser. Des pieds qui se balancent et une tête qui dodeline.

La musique s'échappe d'une vieille chaîne stéréo posée sur le matelas à même le sol, et au milieu des grésillements on distingue un morceau de disco que Trevor n'a sans doute jamais entendu de sa vie. Pourtant, il danse comme dans mon rêve. Je me précipite à l'intérieur et je vais droit sur lui, je le chatouille en le prenant dans mes bras qui se remplissent de ses cris et de l'écho d'une joie typiquement enfantine, puis il finit par me repousser.

– Enfile des fringues si tu veux qu'on y aille.

J'inspire profondément, le dos aligné sur le vieux tapis qui a amorti notre chute. Trevor est ravi, réactif et habillé en quelques secondes. Je me relève, je nous entraîne vers la porte et la lumière du jour, et il n'y a plus que Trevor et moi sous les doux rayons du soleil.

C'est le début de l'après-midi et on devrait tous être en classe mais le terrain de basket est plein de vie, de sueur et de pieds en mouvement. Les semelles s'agitent si rapidement que l'asphalte a l'air de fumer et mes yeux passent d'un corps à l'autre, chacun ne fait plus qu'un avec le ciel. Trevor est debout à côté de moi, il tient contre son torse anguleux le ballon qui, en comparaison, semble particulièrement gros, et lui ne fait rien d'autre que regarder. Il regarde exactement comme moi je regarde Alé faire du skate : c'est tellement fascinant que ça me paralyse.

On est debout au bord du terrain quand une fille s'approche de nous dans un short de sport qui lui colle aux cuisses à cause de la transpiration. Ses tresses sont rassemblées en une queue-de-cheval qui lui descend jusqu'à la taille, elle dégouline de sueur, son odeur de sel me rappelle la baie et je ne pense pas qu'elle ait plus de douze ans mais elle semble sans limites.

– J'vous ai jamais vus ici tous les deux, nous crache-t-elle.

– T'as pas dû bien regarder.

Je pose ma main droite sur l'épaule de Trevor comme pour nous mettre dans un filet de protection.

– Ça fait des mois que je mise sur les matchs du matin. J'me suis fait un petit paquet de fric grâce à toi et aux autres filles, explique-t-il en faisant un pas en avant.

Je n'ai jamais vu Trevor comme ça, parler avec une lame au fond de la gorge.

Elle fait tourner son ballon et Trevor l'imite avec le sien.

– T'as parié sur moi ?

– Contre toi, en fait. J'ai pas assez de fric pour le gâcher en misant sur quelqu'un qui sait pas jouer.

Elle s'échauffe et l'odeur du sel s'épaissit.

– Tu sais même pas tenir un ballon, alors tu ferais mieux de faire gaffe à ce que tu dis.

On sait tous reconnaître un défi quand on en entend un. On veut tous la bagarre mais sans avoir à nous servir de nos poings. Question de survie. On dirait que cette fille étire tout son corps et que ses jambes s'allongent, comme si elle pouvait atteindre la victoire rien qu'en aspirant une plus grande quantité d'air. Trevor lui explique les règles du jeu, comme si jusqu'ici il avait fait autre chose que juste regarder les gens jouer : deux contre deux, onze points pour gagner, une faute et tu sors. La coéquipière de la fille au sel de la baie apparaît à côté d'elle et visiblement elle nous écoutait depuis le début. Une carrure plus petite, mais avec de gros bras qui sortent de son corps en s'agitant. Sa transpiration sent bon le jasmin et ça veut sûrement dire qu'elle a chipé le parfum de sa mère ce matin.

– J'ai pas toute la journée, je leur dis.

Je tends les bras vers Trevor pour qu'il me passe le ballon. Il tourbillonne dans l'air et atterrit dans mes mains.

La fille au jasmin incline sa lourde tête, elle se met à loucher et appelle un garçon à l'autre bout du terrain : « Sean ! Il nous faut un arbitre pour cette connerie. » Il est plus âgé, quatorze ans peut-être, et je le trouve bien trop maigre pour ce sport. Ce serait tellement facile de lui péter les os et de briser chacune de ses côtes.

Le maigrelet avance tranquillement vers nous et je jette un coup d'œil à Trevor à la recherche d'un signe de peur. Rien. Juste une détermination si farouche qu'elle s'est figée dans une grimace renfrognée. Être aussi jeune, parfois, ça fout la rage. Ma langue passe sur mes lèvres, je goûte à mon propre sel et me voilà prête à avaler toute la baie de San Francisco jusque dans ses moindres recoins.

Chacun se sépare et rejoint son côté du terrain tandis que Sean reste au milieu. Je lui lance la balle.

– Vous avez pas intérêt à faire les cons. C'est trop tôt pour une bagarre.

Je m'attendais à ce que sa voix soit plus aiguë, mais en réalité il a comme un puits au fond de la gorge et quand sa voix sort, on dirait qu'elle s'est fait tabasser par sa langue.

– On sera sages, lance la fille au sel de la baie.

J'adopte la même moue renfrognée que Trevor et je hoche la tête.

– On la joue à la loyale.

Les doigts de Trevor s'agitent et ses jambes s'écartent, le gamin est prêt à se catapulter dans le match. Je ne me rappelle plus quand j'ai joué au basket pour la dernière fois, mais si Trevor veut gagner je sais que je dois faire mieux que Steph Curry pendant la quatrième période. Je dois faire mieux que tout ce qu'il a jamais espéré.

Sean lance la partie sans attendre, il jette le ballon en direction de la fille au sel de la baie et elle l'attrape, elle descend à droite puis à gauche et projette son corps en avant si rapidement qu'on n'a pas le temps de penser à l'arrêter. Elle tire et le ballon atterrit direct dans le cerceau comme si c'était sa place. On est complètement scotchés, on ne s'attendait pas à ce que cette fille ait des ailes aux pieds contre lesquelles on va devoir rivaliser.

Je me dirige vers Trevor et me penche à son oreille.

– Tout est dans tes mouvements. Réfléchis pas, faut juste que tu bouges tes jambes.

Au coup suivant, Trevor cafouille, la coéquipière de la fille au sel de la baie attrape la balle et l'emporte en courant. Il secoue la tête et j'ai presque l'impression qu'il va se mettre à pleurer mais le regard qu'il me jette est féroce.

On récupère le ballon et c'est comme s'il était devenu plus lourd. Je le lance à Trevor, il l'attrape et le fait rebondir et tournoyer à travers le terrain. La fille au sel de la baie le rejoint, mais à ce moment-là il tire depuis la zone à trois points en sautant si haut qu'on dirait qu'il ne pèse rien, la balle vole au-dessus de nos têtes et retombe au beau milieu du panier.

Trevor réatterrit à bout de souffle, il se précipite vers moi et on se tape dans la main et dans le dos en essayant de rester sérieux, mais on arrive à peine à contrôler notre euphorie. Trevor se balance sur la pointe des pieds, un peu comme Alé quand on était petites et qu'on traînait sur ce même terrain, qu'on se faisait des bleus à grands coups de coude dans les côtes et qu'on en riait le lendemain quand ils commençaient à virer au violet. On a arrêté de jouer pas parce qu'on est devenues trop vieilles ou quoi que ce soit. C'est juste qu'Alé ne supportait plus de voir ma peau dans cet état-là en sachant que c'était ses os à elle qui m'avaient donné cette couleur, une couleur que la peau n'est pas censée avoir. Elle avait l'habitude de toucher les bleus sur mon ventre, un peu comme on touche un écureuil à moitié mort, et même quand je lui disais d'arrêter ses conneries elle ne pouvait pas s'en empêcher. Parfois, il lui arrive encore de me regarder avec cet air-là.

De retour sur le terrain, je regarde Trevor bondir dans tous les sens, je sais que le gosse est survolté et rempli de cette joie confiante qu'offre la victoire, ses mains agrippent le ballon comme si c'était un don de Dieu. La fille au sel de la baie commence à comprendre qu'elle nous aime encore moins que ce qu'elle croyait, et d'un coup le vent tourne et le match prend l'allure d'une grosse raclée. Trevor et moi, on pare toutes leurs bousculades et tous leurs tirs l'un après l'autre. Le bruit de la balle contre le cerceau ressemble à celui d'une profonde inspiration et nos poumons sont vite gonflés à bloc. À la fin de la partie, on est tous les deux luisants de transpiration, et on cache nos sourires au moment de saluer les filles d'un signe de tête avant de quitter le terrain. Sur le chemin de la maison, je me dis que Trevor est le gamin le plus rayonnant que j'aie jamais vu, avec le ballon glissé sous son bras.

À mesure qu'on s'approche du portail du Regal-Hi, on dirait pourtant que sa joie s'évapore à grosses gouttes. Les courbes de son visage s'effacent dans une moue saillante et il ne reste plus aucun signe des bonds qu'il faisait à peine dix minutes plus tôt, rien que la sueur qui dégouline le long de son visage. J'ouvre la grille, ma main presse son épaule et Trevor ne s'en dégage pas, même quand on arrive devant la piscine à crottes et que le reste de High Street n'existe plus qu'à travers son vacarme. Je me penche et plante mes yeux dans les siens. Comme il incline la tête pour éviter mon regard, j'attrape l'arrière de son crâne, qui bizarrement est toujours aussi trempé, puis je le maintiens dans cette position pour le forcer à me regarder.

– Qu'est-ce qui t'arrive ?

J'avais pas l'intention de dire ça sévèrement, mais son expression me fait comprendre que c'est le cas.

– Ça va ? Tu t'es fait mal ?

– Non, j'ai pas mal, murmure-t-il d'une voix grinçante.

– Alors c'est quoi le problème ?

Je le vois venir. Ça gonfle en lui. Je vois que ça pousse dans tous les sens à l'intérieur de son corps, comme les bulles du lac Merritt qui entrent en collision jusqu'à ce qu'il y en ait une qui jaillisse et explose à la surface. Trevor est sur le point d'exploser lui aussi, sa peau le trahit en répandant dans les airs des vagues de solitude particulièrement lourdes.

– C'est juste que je veux pas partir d'ici.

On dirait que ses propres mots ont fait péter toutes les digues, ses larmes se mettent à inonder sa sueur.

Je le prends dans mes bras, tout contre ma poitrine. Le ballon quitte ses mains et rebondit sur le trottoir.

– De quoi tu parles, bonhomme ? je lui murmure.

Sa réponse sort dans une bouillie de mots et de sanglots :

– Maman rentre plus à la maison et Mr Vern, il arrête pas de frapper à la porte et il dit qu'il faut payer ou partir, alors moi j'me cache pour pas qu'il me voie.

Trevor m'explique que c'est pour payer le loyer qu'il fait des paris, mais il dépense tout pour le déjeuner à l'école et il garde la moitié de son repas pour le dîner. Il lâche de profonds sanglots, alors je le serre plus fort, si fort que je me demande si ça lui a pas coupé la circulation quand je sens son corps s'appuyer lourdement contre le mien. Son visage est tout noyé de larmes mais il me laisse le ramener chez lui, où je l'abandonne sur le matelas, et on dirait qu'il va s'endormir ou alors sangloter de plus belle.

Tous ces moments furtifs se solidifient dans ma cage thoracique et ça fait un peu comme un album photo à l'intérieur de mon corps : Trevor et moi à bout de souffle en train de bondir toujours plus près du ciel ; Alé avec son herbe, son sourire fugace et ses « chaussures du dimanche » lors des jours d'enterrement. Dans ces moments-là, j'arrive à oublier que mon corps est une monnaie d'échange et tout ce que j'ai pu faire la nuit passée n'a plus aucune importance. Le corps de Trevor, la manière dont il se remplit d'air et dont il l'expulse, ça me rappelle à quel point la jeunesse est sacrée. Dans ces moments-là, j'ai juste envie que maman me berce, qu'elle me fredonne une chanson dont je me souviendrai uniquement au pays des rêves.

Ça fait une semaine que Marcus travaille au club de strip-tease et il m'a dit que si je venais ce soir il demanderait au cuisinier de me préparer quelque chose. J'entre et les lieux ont l'air d'avoir changé par rapport à la dernière fois, plus doux et moins lugubres, comme si les ampoules avaient finalement décidé d'éclairer pour de bon. Dès que mon frère me voit, il quitte le bar et vient m'enlacer en pressant ma tête contre son torse comme quand j'étais petite.

– Assieds-toi, Ki.

Il retourne de son côté du comptoir et je prends place sur le même tabouret que la dernière fois tout en regardant autour de moi. Je vois que Cravate à pois n'est pas là, mais son souvenir persiste à l'endroit où il était assis et mon ventre bouillonne. Le club est fréquenté par la clientèle typique de l'after-work, tout le monde est assis et la musique – du funk – n'est pas encore trop forte.

C'est intéressant de voir Marcus au travail, il porte une chemise noire qui épouse ses muscles et il est d'un calme auquel je ne suis pas habituée. Je ne savais pas qu'il pouvait se comporter comme ça, qu'il pouvait marcher avec autant de rigueur et de volonté. Il me dit que mes frites ne vont pas tarder, me sert une eau pétillante et va enregistrer les commandes de nouveaux clients.

Dix minutes plus tard, Lacy apparaît à la porte de service avec une assiette pleine.

– Il paraît qu'elles sont pour toi, me dit-elle en la posant devant moi.

– Merci. Pas juste pour les frites mais aussi pour le coup de main.

Je souris, et elle hoche la tête.

– Peu importe la manière dont ça s'est terminé entre Marcus et moi. Vous deux, c'est la famille.

Elle sort son bloc-notes, rejoint l'autre extrémité du comptoir et prend la commande d'une jeune femme.

Marcus revient derrière le bar et me vole quelques frites.

– T'as l'air heureux.

– Ça me dérange pas tant que ça de bosser ici. Je serais mieux au studio, mais c'est pas trop mal comme endroit.

Il hausse les épaules, puis Lacy et lui reprennent leurs allées et venues, des cuisines au bar et du bar à chaque table en gérant magistralement une dizaine d'assiettes dans leurs deux mains. Marcus m'apporte des beignets aux jalapeños et je suis tellement concentrée sur leur saveur que je ne remarque presque pas les petits tremblements qui agitent mon frère, debout devant une table près de la scène où deux mecs en costume le regardent de haut en essayant de lui rendre leurs ailerons de poulet. Marcus secoue la tête, il récupère l'assiette et revient d'un pas glissant et théâtral vers le bar, où Lacy est en train de servir un verre à un couple.

Il pose violemment l'assiette sur le comptoir en grognant.

– Ces connards essaient de me faire croire que je sais pas de quoi j'parle.

Il fait les cent pas en grommelant de plus en plus fort, et bientôt tout le monde dans le club fait silence sous le vacarme de ses hurlements.

Lacy essaie de le prendre par le bras.

– Qu'est-ce que tu fous ?

Mon frère la repousse.

– Marcus, arrête ! je dis.

Il me regarde alors avec un air de mépris bien visible sur les lèvres avant de cracher par terre.

– J'ai pas à recevoir d'ordre de qui que ce soit.

Il attrape l'assiette et refait le tour du bar pour aller se planter devant les types en costume en envoyant valser dans les airs les ailerons et leur sauce ranch. Puis il tourne sur lui-même, écarte grand les bras et se remet à crier :

– Bande de connards, vous allez bientôt entendre parler de moi ! Je suis Marcus Johnson et c'est pas moi qui vais vous servir quoi que ce soit, compris ?

Il secoue la tête bien plus que nécessaire et quitte fièrement les lieux sans même se donner la peine de me demander si je veux venir avec lui.

Ce soir sur le chemin du retour, j'ai l'impression de marcher sous l'eau. J'ai l'impression que tout est épais et froid et que ça n'arrête pas de bouger, mais je n'arrive pas vraiment à différencier les pâtés de maisons. De la même manière que l'océan fait scintiller les gens jusqu'au moment où on se rappelle que ce scintillement n'est qu'un reflet de la peau et que nos doigts sont tout fripés. J'ai la même sensation ce soir en marchant toute seule dans la rue.

J'aurais dû me douter que Marcus ne tiendrait pas longtemps. Je parie qu'il ne s'est même pas fait assez d'argent pour payer les courses, et c'est le fait que cette fois j'y ai vraiment cru qui me met en colère, plus que de voir qu'il est incapable de se comporter en adulte. Je crois qu'il en avait envie et que c'était essentiellement vis-à-vis de moi, mais Marcus ne sait pas comment réprimer sa rage pour bosser correctement. En même temps, je peux difficilement lui en vouloir. Il a passé des années à étouffer ses émotions pour prendre soin de nous, et depuis qu'il sait qu'Oncle Ty fait un carton il ne peut plus s'empêcher d'exploser. Il ne comprend pas qu'on ne peut pas se permettre de tout foutre en l'air, pas maintenant.

Je me suis excusée auprès de Lacy et j'ai pris le bus pour rentrer. L'appartement était vide, je me suis changée en vitesse et j'ai envoyé un message à ma petite liste d'hommes, histoire de voir lesquels seraient prêts à payer ce soir. Je me suis dit que je regarderais les nouvelles offres d'emploi dès demain mais pour l'instant c'est comme ça, le seul moyen que j'ai de survivre. Je ne vais pas faire comme si je n'avais pas peur. J'ai peur. Mais je sais qu'on perdra beaucoup plus si je ne fais pas tout mon possible pour nous maintenir à flot, que Trevor se retrouvera d'un coup sans personne pour s'assurer qu'il mange bien, que Marcus n'aura plus aucun canapé où dormir et que moi je serai plus proche que jamais de mon propre enterrement.

L'un des amis de Davon passe me prendre vers vingt heures et se gare dans une petite rue. Il abaisse le siège passager pour qu'on puisse être à l'horizontale, il me fait grimper sur lui, et la chaleur de nos corps dégage sur les vitres juste assez de buée pour que la lumière des sirènes qui passent en rugissant brille à travers la brume ; bizarrement, ça rend leurs lueurs encore plus éclatantes. Je m'interromps, comme si l'immobilité pouvait empêcher les flics de me voir, de sortir de leur véhicule de patrouille et de frapper à la vitre. J'ai entendu des histoires sur ce qui se passe quand ils tombent sur quelqu'un comme moi en train de faire ce que je fais. Le type en dessous me demande pourquoi j'ai arrêté et je ne réponds pas, je m'attends toujours à voir un flic surgir et me braquer sa lampe torche dans les yeux.

Les sirènes disparaissent dans la nuit, personne n'est venu frapper à la vitre mais je n'arrive pas à me sortir cette image de la tête, je les imagine en train de me passer les menottes aux poignets et de me pousser sur la banquette arrière de leur voiture. Du coup je descends du type, et vu qu'il commence à piquer une crise et à me traiter de salope, je me dis qu'il va peut-être essayer de me frapper, alors j'ouvre la portière et je m'enfuis.

Je marche, les lampadaires ressemblent à des projecteurs et j'ai l'impression d'être suivie, même si je sais que c'est l'océan qui fait croire des trucs comme ça à chaque fois qu'il nous envahit et moi ce soir je déborde.

Une partie de moi espère qu'Alé est encore dehors à cette heure-ci, qu'elle va m'apercevoir dans la rue et me ramener chez elle. Pourtant, je ne veux pas qu'elle soit obligée de me voir comme ça ; si ça se trouve, elle ne me regarderait même pas dans les yeux, mais au moins elle pourrait m'emmener dans un endroit sûr. Au moins ses bras seraient chauds. Mais il n'y a aucune chance qu'Alé m'aperçoive et comme je n'ai toujours pas répondu à ses appels, elle n'en aurait sûrement pas envie de toute façon.

Alé a toujours eu des rêves immenses et une petite vie. Je l'ai rencontrée un jour où je traînais au skatepark avec mon frère et où j'ai décidé qu'elle était la seule chose digne d'être observée. Marcus et Alé ont aussi traîné ensemble un moment, jusqu'au jour où il est entré au lycée et où elle est soudain devenue trop jeune pour être son amie. Déjà au collège elle remarquait les incohérences dans tous les films qu'on regardait et elle posait des questions à tous ses profs, elle pensait plus grand que cette ville et pourtant elle y vivait toujours plus pleinement que nous autres.

Elle a eu son diplôme et ce jour a été le plus incroyable et le plus bouleversant de ma vie parce que ce qu'elle a accompli, ni moi ni Marcus n'y sommes parvenus, par manque de ressources ou peut-être juste de courage. Toute l'année dernière j'ai attendu qu'elle me dise dans quelle université elle irait, je me préparais à la voir partir, mais au milieu de sa dernière année de lycée sa mère a fait une petite attaque et je crois que ça a fauché Alé en plein vol, ça l'a forcée à rester alors qu'elle aurait sans doute dû partir.

Alé n'est pas malheureuse, mais je sais qu'elle continue de rêver. Elle pense sans cesse aux autres, à tous ceux d'entre nous qui ont été laissés de côté. Elle donne secrètement à manger à des familles entières qui n'ont rien dans leur frigo, elle les fait entrer dans la *taquería* par la porte de derrière et les renvoie chez eux avec des sacs remplis de petits plats qu'elle prépare elle-même. Je sais qu'elle veut faire plus que ça, qu'elle veut parcourir les rues en skate pour guérir ce qu'elle n'a pas pu guérir chez moi ou chez sa sœur.

Clara avait douze ans quand elle a disparu, seulement deux de plus qu'Alé, et elle venait d'entrer au lycée de Castlemont. Alé dit que dès le début du premier trimestre, sa sœur ne se comportait pas comme d'habitude, et un jour de novembre elle n'est pas rentrée à La Casa Taquería pour prendre son service après les cours. La famille a appelé les flics mais ils n'ont pas dit grand-chose, ils ont juste demandé les trucs classiques pour inscrire Clara dans une base de données. Aucun signalement aux infos et aucune alerte enlèvement, seulement une policière qui a dit qu'elle allait faire son travail.

Après deux jours d'attente, leur mère a rédigé des affiches qu'Alé et moi avons relayées sur Facebook et Myspace, puis on a sillonné la ville pour les coller sur les poteaux et les panneaux de signalisation. Au cours des premières semaines qui ont suivi la disparition de Clara, on aurait dit qu'Oakland était complètement à court d'oxygène, qu'on restait en apnée en attendant de pouvoir prendre une nouvelle bouffée d'air. Les mois ont passé et la police n'avait toujours rien à dire sur l'affaire, alors on a tous commencé à comprendre que Clara était partie et que « partie » c'était encore plus fort que « morte » parce que dans cette ville, ça voulait probablement dire que quelqu'un l'avait enlevée et qu'elle était quelque part à faire le trottoir comme moi ce soir.

Ça n'aurait sûrement pas de sens de rentrer maintenant alors que j'ai besoin d'argent et qu'il est encore tôt. Mais les trucs dont le corps a le plus besoin n'ont généralement pas de sens, alors je laisse ma peau onduler dans l'air jusqu'à une allée derrière High Street qui me ramène directement au Regal-Hi. Parfois quand je marche, je cherche Clara, je scrute les ombres des rues. J'essaie de me dire que je ne suis pas du tout comme elle, que c'est mon choix, que je suis une grande fille et que je suis même plutôt futée. Mais je commence à me demander si j'y crois vraiment.

Je pousse la grille et la piscine m'accueille en faisant comme si elle ne m'avait pas suivie le long des rues : le même bleu, la même lumière. Les escaliers sont immenses, ils n'en finissent pas avec ces talons, et à chaque marche j'ai les chevilles qui craquent comme si mes articulations cherchaient à échapper à l'escalade. Je parviens à mon étage mais au lieu de me précipiter chez moi, ou même chez Trevor, j'avance lentement et suffisamment près des portes pour entendre les bruits étouffés qui m'appellent. Les pleurs d'un enfant. Un torrent de rire. Ce qui ressemble à une engueulade juste avant une raclée. Une bouilloire qui siffle.

J'arrive devant chez Trevor et là je n'essaie même pas d'entendre quoi que ce soit parce qu'il n'y a aucun bruit. Comme il l'a dit, Dee n'est pas rentrée depuis des semaines et pour autant que je sache, lui est toujours là en train de dormir ou de grignoter ses Cheerios.

Un nouveau papier est collé à leur porte, avec une petite mise à jour : « Loyer à payer d'ici 7 jours sous peine d'expulsion. » Vern la joue simple et directe, il n'a même pas pris la peine de signer. Je poursuis le long de la rambarde, j'arrive devant chez moi et devant un papier similaire que je laisse se soulever lorsque je claque la porte derrière moi. Je jette mes chaussures à travers la pièce et me laisse tomber sur le canapé à côté de Marcus, déjà endormi.

Il se réveille en remuant, cligne des yeux avant de les ouvrir, bâille puis lève la tête, et les petites lignes d'encre se tordent sous son oreille.

– Ça va ? me demande-t-il.

Je ne réponds pas tout de suite, je regarde mes cuisses sans respirer et une partie de moi espère qu'il va me demander où j'étais.

– Non.

Il reste avachi.

– Tout va s'arranger.

– Non.

Il change de position.

– Écoute, j'suis désolé, d'accord ? Moi non plus je sais pas comment faire, Ki. Mais je perds pas espoir. Dors, maintenant.

Il se retourne pour appuyer sa tête contre le coussin du fond. Je me relève et me glisse dans la salle de bain.

Le jour de mes seize ans, Marcus m'a dit qu'il avait une surprise pour moi. On était assis sur ce même coin de tapis derrière le canapé, là où on a passé le plus de temps ensemble après le départ de maman, et on mangeait un gâteau à même la boîte avec des fourchettes en plastique. Quand il n'était pas au boulot, Marcus faisait le con toute la journée, mais il m'avait dit que pour mon anniversaire il serait tout à moi et il a tenu sa promesse. C'était avant que j'arrête d'aller en cours mais je faisais déjà quelques heures au Bottle Caps et Marcus bossait au resto asiatique. Ensemble on y arrivait, et un jour il a rencontré Cole, Oncle Ty a sorti son album et Marcus a arrêté d'essayer.

– C'est quoi ?

Quand Marcus m'avait dit qu'il avait une surprise pour moi, j'avais cru que je n'aurais rien de plus que sa compagnie, et en réalité il n'y avait vraiment que ça dont j'avais envie.

Son sourire occupait la moitié de son visage et je n'avais jamais aussi bien vu ses couronnes en argent depuis le jour où on les lui avait posées et qu'il avait fièrement ouvert la bouche pour me les montrer. Il s'est levé, il a quitté la pièce et il est allé dans la salle de bain. Il n'avait pas fait ça depuis des années et j'ai pensé que je devrais peut-être l'accompagner et lui tenir la main pour éviter qu'il panique au cas où les images de l'eau rougeâtre dégoulinant sur le sol réapparaîtraient. Mais je n'ai pas bougé et il est revenu une minute plus tard avec une aiguille.

– Tu veux que je raccommode ton pantalon ou quoi ?

– Nan, je vais te percer les oreilles.

– Quoi ?

– T'as toujours dit que tu voulais avoir les oreilles percées. J'ai pas le fric pour t'emmener là où on fait ça, mais j'ai maté des vidéos pour apprendre et j'ai même convaincu Lacy de me filer ça.

Il a attrapé sa veste sur le canapé, en a sorti une pochette et l'a secouée au-dessus de sa paume. Deux boucles d'oreilles en forme de feuille en sont tombées.

– Sérieux ?

Son sourire n'a fait que s'élargir.

– Un peu que j'suis sérieux. Prête ?

Je me suis assise sur le tapis et Marcus s'est mis à genoux à côté de moi avec un bol de glaçons et un quartier de pomme à la main.

– T'es sûr qu'elle est propre, ton aiguille ?

Aucune partie de mon corps n'avait jamais été percée, j'avais supplié maman mais elle avait toujours refusé.

– Je vais avoir mal ?

Marcus a agité la main pour me faire taire.

– Je l'ai nettoyée, arrête avec tes questions à la con.

Il s'est relevé, il est allé à la cuisine, il a allumé le réchaud puis il a plongé l'aiguille dans la flamme avant de revenir vers moi et j'ai tourné la tête.

– Qu'est-ce que je t'ai dit, Ki ? Je gère.

Il a soutenu mon regard et j'ai eu l'impression d'avoir à nouveau neuf ans, l'âge où je le suivais entre les arbres près du lac, où je l'observais se faire des bangs avec ses copains et fumer en tirant fort comme si une partie de lui avait toujours su faire ça. Regarder Marcus, ça donne envie de le suivre n'importe où.

– Vas-y.

Il a glissé la pomme derrière mon oreille, j'ai fermé les paupières très fort et j'ai enfoncé mes ongles dans son épaule.

– OK. Je commence le compte à rebours.

À trois mes doigts ont serré plus fort, puis encore plus fort à deux, et à un j'ai hurlé même s'il m'avait menti et qu'en réalité c'est à deux qu'il a enfoncé l'aiguille dans mon oreille. Rien qu'un petit pincement. Il a retiré l'aiguille et il a glissé un glaçon derrière mon lobe, il a tripatouillé le bijou pour le faire entrer dans le trou et il a placé le fermoir à l'arrière. Ensuite il a pris une poêle sous le réchaud, il l'a tenue en l'air pour que je puisse regarder mon oreille, et j'ai vu qu'elle était toute gonflée avec une feuille minuscule en plein milieu. J'ai regardé Marcus, rayonnante. C'était parfait.

– Prête pour la deuxième ?

J'ai hoché la tête, et en changeant de position pour que mon autre oreille soit face à Marcus je l'ai surpris qui regardait en direction de la petite table entre le coin cuisine et la porte où se trouve la seule photo de la famille Johnson, sur laquelle on voit maman au centre avec les bras autour de nous tous. Papa est debout, les dents scintillantes, et on dirait qu'il est sur le point d'attraper un saxophone et de jouer un nouveau morceau. Ça faisait des mois que je n'avais pas vu Marcus si attendrissant et il y avait quelque chose dans tout ça qui m'a soulagée.

Mais ce coup-ci il n'a pas fait de compte à rebours, et au lieu d'un simple pincement j'ai senti mon oreille se fendre, puis une brûlure intense et un ruissellement de chaleur le long de mon cou, et Marcus a murmuré : « Eh merde. » Je n'ai pas crié, j'ai juste regardé mon frère et l'aiguille ensanglantée dans sa main. Les taches sont toujours sur le tapis, moi j'ai toujours une fine cicatrice sur le lobe, et Marcus est le seul à savoir que c'est sa faute. Alé a percé cette oreille-là quelques jours plus tard en veillant à y aller doucement et prudemment.

Pendant les cinq jours qui ont suivi mon anniversaire, Marcus m'a rapporté tous les soirs des pages de carnet pliées et barbouillées de ses nouvelles paroles de chansons. Elles ne parlaient pas de moi ni rien, mais son intention était claire. J'étais sienne depuis plus d'un an et il continuait de faire des efforts, du moins juste assez pour avoir quelques mots à m'offrir. Ça m'arrive encore de revoir très brièvement le frère qui aurait tout donné pour soulager ma douleur, par exemple quand il m'a dit qu'il chercherait un boulot pour moi, mais je le reconnais de moins en moins.

Je fixe la baignoire, on ne l'utilise jamais et la moisissure s'étend dans chaque coin. Et tout à coup mon téléphone est contre mon oreille, comme si j'étais vraiment prête à ce qu'elle décroche. C'est l'infirmier de nuit qui répond, je n'ai même pas besoin de le supplier qu'il me laisse parler à maman puisque visiblement j'appelle pendant le « temps libre », et quelques instants plus tard elle est au bout du fil. J'ai l'impression que mon sang a été aspiré hors de mon corps et qu'en moi tout s'est complètement évaporé.

C'est impossible d'oublier la voix de sa mère, même quand tous les autres souvenirs d'elle se sont désintégrés. La sienne ressemble à du gravier, elle a la même profondeur que celle de Cassandra Wilson, la chanteuse de jazz, et elle s'enroule fermement autour de mes hanches. Je me lance :

– Maman ?

Elle ne perd pas un instant, dit : « Coucou, mon bébé », et c'est comme si Dieu était en train de grimper le long de sa gorge. Comme si toutes mes peurs disparaissaient.

– J'ai besoin de toi, maman.

Ma voix est sortie dans un murmure et je me demande si elle a pu vraiment m'entendre.

Maman se racle la gorge.

– De quoi t'as besoin, ma puce ?

Sa voix de gravier est toute pleine de fierté et je comprends que mon appel est la réponse à toutes ses prières.

– Je sais pas comment m'en sortir.

– Je connais personne qui le sache.

Maman reste silencieuse un moment. J'imagine que je devrais ajouter quelque chose. Ou alors raccrocher et oublier que c'est moi qui l'ai appelée. Mais sa voix revient et j'accepte de m'y noyer.

– Je pensais justement à toi. La semaine dernière, j'ai raconté à l'une des filles d'ici que tu faisais des dessins rien que pour moi, tu t'en souviens ? Tu dessinais toujours avec la même couleur à la con et moi je te disais qu'il devait bien y avoir autre chose que ce feutre rouge dans ta classe, mais toi tu répétais que t'aimais le rouge.

– Ouais.

Je ne me souviens pas vraiment des dessins eux-mêmes, mais je me souviens que l'instituteur planquait les feutres rouges pour éviter que je fasse un nouveau coloriage avec, et je devais convaincre les autres enfants de me filer le leur en échange d'un trésor que je ne me rappelle pas leur avoir donné.

– Ton frère s'occupe bien de toi ?

– Il a lâché son job aujourd'hui.

– Alors pourquoi tu t'en trouves pas un ? Je sais que j'ai pas élevé une bonne à rien.

Elle a osé élever la voix et atteindre l'octave typique qu'elle adoptait juste avant de me faire la morale.

– C'est pas si simple. J'ai un petit boulot mais ça paie mal et le loyer va augmenter.

À ces mots, elle éclate de rire.

– Qu'est-ce qu'il y a ? je lui demande.

Sa voix est beaucoup trop lumineuse.

– Maintenant je comprends mieux pourquoi ma fille a décidé de me passer son premier coup de fil. Mon bébé a besoin d'argent.

– J'suis pas bête, je sais que t'as pas un rond.

– Ça veut pas dire que je connais pas des gens qui en ont.

J'étouffe un grognement moqueur.

– Le fric de tes copains de cellule m'intéresse pas.

– Tu sais bien que ton oncle a de l'argent.

– Je sais aussi qu'il s'est barré en même temps que toi.

– J'ai toujours son numéro. En famille, on se serre les coudes, pas vrai ?

Je vois d'ici le sourire carnassier plaqué sur son visage. C'est plutôt ironique de l'entendre continuer à prêcher les valeurs familiales comme si elle n'avait pas détruit la nôtre, de famille. Celle-là même qui a commencé et qui s'est achevée avec elle et avec cette voix qui me dit qu'on doit se serrer les coudes alors qu'elle n'a jamais été capable de faire un truc pareil. Parfois, on dirait que papa est la seule personne qu'elle ait jamais aimée.

Leur histoire d'amour, elle ne devait rien au hasard.

Maman a beau être obsédée par le destin et les voies du Seigneur, elle sait parfaitement comment fourrer son nez dans les affaires des autres et se débrouiller pour que quelque chose se produise. En 1977, papa avait dix-neuf ans et il venait de rejoindre les Black Panthers un peu sur le tard, mais la révolution était encore en pleine lune de miel. Il glissait un « camarade » dans toutes ses phrases et il portait du noir même par trente degrés. Il ne faisait pas beaucoup plus que vendre le journal du mouvement et filer un coup de main pour le recrutement, mais il passait à l'action dès qu'il le pouvait.

Une bagarre a éclaté un jour sur la 70e dans West Oakland. Papa allait au boulot avec quelques amis, fusil à l'épaule et béret sur la tête. Tout en cuir. Il a toujours dit qu'ils avaient été attaqués ; les flics ont débarqué comme ça et ont commencé à leur hurler dessus. Très vite, papa s'est retrouvé menotté sur la banquette arrière d'une voiture de patrouille, accusé d'avoir résisté aux forces de l'ordre.

Toujours d'après papa, c'est son ami Willie qui a lancé le truc, il a écrit une lettre au sujet de cette affaire puis il l'a distribuée chez tous les Black Panthers du pays. Ils ont défilé dans les rues de toutes les villes, pancartes et poings levés. Papa ne l'a jamais avoué, mais je crois qu'il était fier de s'être fait arrêter, fier que le bras droit d'Elaine Brown ait prononcé son nom et lui ait rendu visite en prison.

Cet été-là, maman vivait à Boston avec sa cousine Loretta, qui un jour lui a dit qu'elle avait des trucs à faire en Californie, alors ma mère l'a suivie du haut de ses treize ans. Elles ont débarqué dans les rues d'Oakland et maman a vu le visage de papa placardé aux quatre coins de la ville. Elle disait qu'il lui rappelait le goût du bayou en Louisiane : riche et trop touffu ; sa peau était comme une rivière moite. Alors cette préadolescente maigrichonne s'est dit qu'elle se débrouillerait pour avoir cet homme, qu'elle ferait en sorte qu'il lui montre où ruissellent les eaux d'Oakland.

Le *New York Times* a repris l'histoire, alors la police d'Oakland a décidé d'abandonner les charges et papa a été relâché deux semaines après son arrestation. Quelques Panthers ont organisé une fête dans la rue pour célébrer sa remise en liberté et ils ont fait un barbecue dans un parc de West Oakland. C'était le dernier jour que maman passait en ville et elle a supplié sa cousine de l'y emmener.

Maman est directement allée voir papa et elle lui a dit : « Salut. Je m'appelle Cheyenne et je suis ravie de te rencontrer. »

Il ne lui a prêté aucune attention mais maman a passé la journée à le regarder. Elle observait sa façon d'écarter les bras quand il riait. Sa façon de chanter avec la bouche en O. Sa façon de danser dans les bras d'une jolie femme qui avait deux fois l'âge de ma mère dès que les premières notes de jazz ont résonné.

Elle se fichait d'attendre. Elle est rentrée en Louisiane, elle a grandi, elle a travaillé pendant dix ans en tant que standardiste dans un hôpital et elle a économisé suffisamment pour pouvoir déménager à Oakland. Là, elle est partie à la recherche de papa, douze ans après leur rencontre au parc. En 1989, elle a fini par le trouver dans un petit pub derrière MacArthur Boulevard où il bossait comme barman alors que le centre-ville était encore plein de toxicos, d'immeubles abandonnés et de flics qui prenaient toujours un malin plaisir à emmerder papa, un peu comme des préliminaires à la peine de prison qui l'attendait.

Maman savait qu'elle était belle, aussi belle que les gens sur les tableaux. Ses cheveux étaient crêpés et rassemblés en une fausse crête sur sa tête comme dans un clip de Whitney Houston, elle était grande, pleine de grâce, et elle faisait des pas immenses quand elle marchait. Le jour où elle a décidé de tomber amoureuse de papa, elle portait un pantalon rouge à pattes d'éléphant et elle ne s'en est jamais débarrassée, même quand les coutures ont lâché. Ce coup-ci, elle a paradé jusqu'à lui et il a failli lâcher sa bouteille de whisky tellement il était hypnotisé. Pas tant par son apparence que par sa manière d'exister. Maman, elle était comme une femme qui aurait jailli d'une graine avec des bras qui ondulent, des fruits, des seins et tous ces trucs auxquels on ne peut pas vraiment résister. Papa a eu envie de passer ses bras autour de son tronc et il savait qu'elle le laisserait faire.

Un amour bien orchestré est presque plus précieux qu'un coup de foudre ; c'est tellement plus difficile de renoncer à quelque chose qu'on a mis si longtemps à construire.

Maman a épousé papa et ils se sont installés au Regal-Hi à la naissance de Marcus. Quand elle le regardait, elle voyait les pancartes avec le visage d'un jeune homme foudroyant. Elle n'a jamais vu que papa s'embrumait pendant l'hiver, et elle ne voyait pas non plus qu'il préférerait toujours sauver un billet de banque plutôt qu'une photo de famille. Moi, je me le rappelle seulement avec sa musique, à danser dans la cuisine. Il est resté enfermé à San Quentin de mes six ans à mes neuf ans et je me souviens surtout de lui absent. Mais pour Marcus, c'était différent. Après la prison, il piquait une crise à chaque fois que papa essayait de le toucher. Maman lui disait : « T'as d'la chance que ton père soit sorti avant que tu commences à te raser. »

Et elle avait raison : on avait de la chance parce que tout le monde connaissait son nom, mais un jour, tout d'un coup, on n'a plus eu autant de chance et le tronc de maman s'est fendu.

– Tu me donnerais vraiment le numéro d'Oncle Ty ?

Au bout du fil, maman se racle encore une fois la gorge.

– Bien sûr que je le ferais. Je veux juste que mes bébés viennent d'abord me rendre visite.

Ses mots s'accrochent au creux de mon estomac, elle a toujours cette manie de vouloir tout négocier.

– Maman, on va pas encore essayer de te faire sortir ni rien. On pourrait pas, même si on en avait envie. T'es dans un centre de réinsertion maintenant, tu devrais être contente. Et tu sais très bien que Marcus ira nulle part pour toi.

Je grince des dents, je ne sais pas comment elle fait pour toujours réussir à me faire dire des trucs comme ça, à anéantir toutes les parties de moi qui veulent simplement qu'elle m'enlace et fredonne une chanson.

– Faut qu'tu lui parles, Kiara, pour de vrai. Je sais que t'as pas vraiment essayé et c'est pas grave, mon bébé, j'ai juste besoin que tu viennes me voir. Accorde-moi une heure et j'te donnerai tout ce que tu veux sur ton oncle. Les visites, c'est le samedi matin. Je sais que je vais bientôt revoir mes bébés. Allez, venez.

Elle répète ça et elle enchaîne sur tous les trucs qu'on fera ensemble. Je ne dis rien parce que sa voix est là, à souffler en moi. Je m'assieds sur les tomettes du carrelage, les paupières baissées et le dos appuyé contre le mur, puis je laisse le téléphone me transmettre sa voix et sa chaleur me faire fondre. Maman finit par raccrocher, l'ampoule de la salle de bain finit par s'éteindre, et moi je finis par sombrer dans le sommeil. La nuit entière se fond alors dans le ruissellement de la voix de ma mère.

Le trajet en bus est assourdissant. Les fenêtres ne s'ouvrent pas et le véhicule entier est fiévreux de bruits, de crasse et de corps sans destination. Je ne savais même pas qu'il y avait des lignes jusqu'à Stockton, mais j'ai vérifié ce matin et j'ai sauté dans le premier bus qui passait par Dublin pour aller voir maman. Quand je suis montée à bord, je savais déjà que j'en aurais pour des heures avant de pouvoir m'échapper. Je suis assise côté fenêtre, mais cette femme avec ses trois sacs-poubelle remplis de vêtements a décidé de s'installer juste à côté et je jure que ses sacs ont la même odeur que ce coin près de la station d'épuration de West Oakland.

Hier je suis allée voir Marcus au studio et je l'ai trouvé comme toujours en train de rapper des trucs qui veulent rien dire. Je l'ai supplié de venir avec moi rendre visite à maman mais il a refusé en bloc, et peu importe le nombre de larmes qui m'échappaient, il disait qu'il avait déjà essayé de travailler au club de strip-tease pour moi et qu'il avait besoin d'air pour enregistrer son album.

Je suis repartie et là j'ai reçu un coup de fil d'Alé qui m'a demandé si je voulais partager une machine au Lavomatic du coin. Ça faisait un moment que je ne l'avais pas vue, mais après tout ce qui s'était passé avec Marcus je ne m'imaginais pas rester assise à la maison en attendant la nuit, alors j'ai accepté. Par contre quand je suis rentrée pour fourrer tout le linge à laver dans une taie d'oreiller, les seuls vêtements que j'ai pu dénicher, c'était ceux de mon frère. Du coup j'ai pris son linge sale et je suis allée retrouver Alé, et quand j'ai rempli le panier elle m'a regardée comme si j'avais balancé l'arme d'un crime au milieu des vêtements.

– Qu'est-ce qu'il y a ?

– C'est même pas tes fringues.

Au lieu de se moquer de moi ou de se mettre à gueuler ou de prendre à témoin une des filles installées sur les chaises de la *lavandería* en lui disant : « Mate un peu la meuf, elle lave même pas ses propres frusques », Alé m'a prise dans ses bras. Elle s'est juste approchée de moi et m'a enveloppée dans la sueur moite de son T-shirt.

On est restées assises là à regarder l'eau imbiber les tissus, les assombrir et les faire tournoyer. Alé essayait de savoir ce que j'avais et pourquoi on ne se voyait plus, où ça en était avec le loyer, mais mes yeux restaient fixés sur la mousse collée à la vitre du tambour. Elle a laissé tomber et s'est contentée de regarder avec moi la machine tourner.

Je descends du bus à Stockton et c'est comme si le désert avait réussi à se faufiler jusqu'au nord de la Californie, ce qui me rappelle le comté de Marin le jour où on a retrouvé papa. La poussière de l'air me brûle les yeux et j'espère qu'il reste assez de cœur à maman pour qu'elle pardonne l'absence de mon frère.

Le jour où papa a été libéré de San Quentin, maman a emprunté la vieille Honda poussiéreuse d'Oncle Ty et elle nous a emmenés, mon frère et moi, le chercher à Marin. Marcus ne voulait pas y aller. Maman l'a menacé de toutes les manières possibles et il a fini par accepter quand elle lui a dit qu'il serait privé de toutes ses sorties avec Oncle Ty. On était assis à l'arrière de la voiture, maman faisait les cent pas sur le parking en face de nous et les bâtiments se ressemblaient tous, rien que des immeubles industriels d'un blanc laiteux. J'observais les doigts de mon frère de douze ans en train d'inspecter les fentes qui encadraient le siège du milieu pour en retirer des miettes de gâteau, des restes de beuh et un stylo cassé.

Papa est sorti par l'une des portes avec les bras en l'air et les paumes tournées vers le ciel, et son sourire était d'un blanc si éclatant que je me suis dit qu'il avait sûrement utilisé un kit de blanchiment quand il était à l'intérieur, mais papa a dit que c'était Dieu qui avait gardé ses dents propres, histoire qu'il soit tout beau pour ses bébés. Son visage m'était tellement étranger que je n'ai pas compris que c'était lui avant que maman se précipite à travers le parking pour le rejoindre et que Marcus se mette à bouder à côté de moi. Notre mère courait vite, si vite que lorsqu'elle est arrivée sur lui il a trébuché en arrière, mais il s'est raccroché à ses hanches. La main de maman a agrippé sa petite coupe afro semée d'argent, et même de loin on pouvait la voir trembler.

Au bout d'un moment, ils sont revenus vers nous en se tenant par la main. Maman nous a fait signe de sortir de la voiture mais Marcus m'a dit de ne pas bouger. Il a serré mon bras. Ils sont montés à bord, maman s'est tournée vers nous et ses paupières se sont étirées en s'ouvrant le plus grand possible, puis elle nous a lancé un « Dites bonjour à votre papa maintenant ».

J'ai laissé échapper un petit « Salut » suraigu, mais Marcus est resté silencieux à côté de moi et sa main a serré la mienne comme s'il avait peur que je m'éclipse.

– T'es prêt à rentrer à la maison ?

La voix de notre mère sonnait comme une vague de soulagement et son sourire était si large qu'on voyait toutes ses dents.

Papa a secoué la tête.

– Non, ma belle, je vais pas supporter de me retrouver enfermé tout de suite. Si on allait au lac ? Vous en pensez quoi, les enfants ?

Il s'est tourné vers nous et même si je n'avais pas l'impression que ce type bizarre était vraiment mon père, j'ai eu envie d'être à lui dès que j'ai vu son visage s'ouvrir et s'illuminer des gencives jusqu'au front.

– Oui, maman ! Le lac !

Marcus a secoué la tête, papa lui a demandé si ça lui disait de partir à l'aventure avec nous, et il a répondu : « Si Ki va quelque part, j'y vais aussi », et aujourd'hui encore je crois qu'il n'a jamais rien dit sur moi qui me fasse me sentir aussi spéciale.

Maman a conduit jusqu'à Oakland et s'est garée dans une petite rue pas loin de Grand Avenue. On s'est mis à marcher en direction du lac et on a entendu la musique. Papa a glissé son bras autour des épaules de maman et l'a entraînée vers la pergola, Marcus et moi on les suivait en se tenant par la main, et les percus ont formé un chœur qui semblait rien que pour nous.

On aurait dû se douter que papa irait graviter autour des musiciens dès qu'il les entendrait. Il s'est jeté sur l'un des batteurs, il l'a pris dans ses bras et lui a tapé dans le dos, il lui a chuchoté des trucs sympas et le mec lui a carrément filé son tambour, alors papa s'est joint au rythme du groupe comme s'il en avait toujours fait partie.

Papa a toujours su comment entrer dans la musique, il tapait des mains et son menton remuait dans tous les sens. Ce type qui venait d'être remis en liberté agitait la tête comme s'il n'avait pas réellement vu tous les trucs qu'il avait vus. Maman se tenait droite et immobile, elle se balançait tout doucement et moi je voyais bien qu'elle attendait que quelque chose se produise. Que papa s'effondre. Mais non. Il a continué à taper sur le tambour et il a lancé un large sourire dans notre direction. Au bout d'un moment il a rendu l'instrument, il s'est rapproché de maman et il lui a murmuré quelque chose à l'oreille, alors la bouche de maman s'est enfin ouverte en grand et la chanson est sortie comme si on l'avait libérée de sa cage. Papa s'est éloigné, il s'est mis à applaudir et il a regardé tout le monde autour de lui comme pour dire : « Eh ouais, cette nana-là, c'est ma femme, vous avez vu comme elle chante bien ? »

Après ça, papa a planté son regard dans le mien, il s'est avancé fièrement vers nous, et Marcus et moi on l'a observé en gardant nos mains entrelacées.

– Est-ce que mon petit bébé sait danser ?

Il s'est penché vers moi et m'a tendu la main. Je l'ai prise mais Marcus a tiré sur mon autre bras pour me retenir. J'ai levé les yeux vers lui, il a secoué la tête et j'ai lâché la main de papa.

Il s'est tourné vers Marcus.

– Il paraît que toi aussi t'as des talents cachés, fiston. Pourquoi tu nous ferais pas entendre tes rimes ?

Marcus lui a d'abord lancé un regard noir. Alors papa s'est tourné vers le cercle des batteurs et il leur a crié : « Prêts pour quelques rimes ? » Le chœur a repris de plus belle et à l'unisson, et de plus en plus de gens sont venus se rassembler sous la pergola pour agiter leurs corps en se tortillant au rythme de la musique.

Marcus n'avait jamais entendu quelqu'un lui dire qu'il avait envie d'écouter sa musique comme ça, et je voyais bien qu'un sourire le démangeait. J'ai lâché sa main, il s'est avancé et il a fait jaillir des rimes que j'avais entendues un million de fois quand il se les répétait dans la salle de bain et qu'il me croyait endormie. Papa l'a accompagné en faisant du beatbox et les percussionnistes ont trébuché sur son flow, qui donnait l'impression de changer tous les deux couplets. Ce qui n'empêche qu'à la fin papa a applaudi et lui a tapé dans le dos. Mon frère a hoché la tête et il n'a rien dit quand papa m'a fait grimper sur ses pieds pour me faire valser. Je crois que Marcus ne lui a jamais pardonné, mais je crois aussi qu'à partir de ce jour-là, il l'a accepté. On s'est promenés autour du lac, papa lui a demandé comment ça se passait en classe et Marcus lui a répondu.

Quoi qu'ait fait notre père, je n'aurais jamais pu le détester. Quand il est mort, j'ai cru que c'était parce que je ne lui en avais pas assez voulu, parce que je n'avais pas joué le jeu du karma comme Marcus, et j'ai pensé que si j'avais fait comme lui, le monde n'aurait pas eu à tuer papa pour préserver l'équilibre entre le bien et le mal. Ça, c'était avant que j'apprenne que la vie n'a jamais besoin d'excuse pour faire ce genre de chose ; parfois les pères disparaissent et parfois les petites filles ne survivent pas jusqu'à leur prochain anniversaire et les mères oublient d'être des mères.

Les arbres me manquent à chaque fois que je quitte Oakland. Ici à Stockton, le ciel gris est éblouissant. Ça me pique les yeux, et ça me rappelle la brûlure que je me suis faite quand j'étais gamine le jour où Alé a voulu me préparer des *frijoles* et qu'elle a renversé le saladier de haricots brûlants en plein sur mon T-shirt. Mon ventre en a gardé des traces et Alé les suit du bout des doigts dès que je l'y autorise. Parfois j'ai l'impression qu'elle essaie de se faire pardonner pour mes brûlures et mes bleus.

Il me faut moins de cinq minutes de marche pour atteindre le centre de réinsertion de l'Espoir fleuri. Drôle de nom pour un endroit pareil : toutes les fleurs de devant sont en train de crever et on dirait que le bâtiment a été construit il y a trois cents ans et qu'il n'a jamais été rénové depuis. Je suis sûre que le toit est en train de s'effondrer, et la véranda pourrait tout aussi bien être un cimetière vu qu'elle est recouverte de terre venue de je ne sais où, et pourtant en m'approchant j'aperçois quelques personnes qui ne pourraient pas être plus rayonnantes. Peut-être parce que tout est bien, comparé à une cellule.

En se renseignant sur l'Espoir fleuri, on apprend que c'est « un établissement pour l'aide à la réhabilitation sociale des personnes vulnérables », mais en fait c'est juste un centre de réinsertion obligatoire où les agents de sécurité portent des jeans et où chacun a droit à sa propre penderie et à son propre bracelet électronique. Je crois que maman a de la chance d'avoir atterri ici, surtout après ce qu'elle a fait, mais je ne peux pas m'empêcher de trouver cet endroit lugubre, on dirait une prison sans barreaux.

Dès que je suis assez proche pour qu'il devienne clair que j'ai l'intention d'entrer, les trois personnes sur le perron se taisent et se tournent toutes vers moi.

Parmi elles il y a un homme avec une barbe si longue qu'il pourrait y planquer une pipe. Il retire sa cigarette de ses lèvres afin de m'interpeller :

– C'est pour une visite ?

Je hoche la tête puis la baisse pour passer sous la tonnelle, qui a longtemps formé une splendide entrée fleurie mais qui aujourd'hui n'a rien de plus à offrir qu'un paquet de feuilles pourries et des branches nues. Quelques marches mènent à ces personnes. L'une des femmes est petite, elle a les cheveux roux et des piercings tout le long de la lèvre inférieure. Elle me sourit immédiatement. L'autre a des mains si grandes que je parie qu'elles pourraient complètement recouvrir le ballon de basket de Trevor et que le bébé de Shauna tiendrait dans sa paume. Elles ne vont pas avec le reste de son corps, de taille moyenne mais clairement pas assez large pour que ça justifie des battoirs pareils. Elle a des nœuds bantous partout sur la tête avec une fleur piquée à la base de chacun.

La rouquine prend la parole :

– Tu peux entrer. La salle des visites, c'est sur la gauche.

J'acquiesce encore une fois sans pouvoir prononcer un mot. J'ai l'impression que ma gorge ne fonctionne plus. On dirait qu'elle est bouchée par tout cet air, par le filet de voix de maman et par la solitude que je ressens ici sans Marcus.

Les gonds grincent exactement comme je m'y attendais. Les portes d'entrée révèlent tous les secrets des maisons. Celle de Dee est griffée de partout. Et la mienne ne ferme même plus à clé.

Je suis instantanément happée par le bruit. Mais c'est pas comme dans le bus. Ici, les sons forment une symphonie de hurlements, de pleurs et de rires qui se mêlent aux bavardages incessants, et il y a tellement de voix qu'on ne peut pas distinguer un seul mot mais je sais que dans cette pièce c'est rien que de la joie. Quand je pense à maman, je pense à tout sauf à la joie.

Cette pièce, c'est le chaos dans sa forme la plus pure : des corps sur des corps. Des corps côte à côte sur des canapés et dans des fauteuils. Des corps qui s'enlacent. Des corps qui sirotent du café. Des corps qui sanglotent, qui s'accrochent et qui sourient. Je ne vois pas ma mère mais je l'entends : « S'te plaît, Miranda. » La voix de maman explose mais son rire est froid, presque robotique.

Je me dirige vers elle en traversant ce fouillis de personnes et leurs bras et leurs jambes se gravent dans mon esprit mais pas leurs visages. Les lèvres se confondent avec les nez et ils ne sont plus que des corps. Des corps sur des corps. Et maman.

Maman est assise sur un canapé vert dans un coin du fond, elle a les pieds nus et posés sur une table basse, la tête renversée en arrière, et son rire semble ne produire aucun bruit, c'est juste une mâchoire ouverte qui tremble légèrement. Je l'observe. Dire que j'ai rampé hors de la chair de cette femme.

Son corps a gonflé et maman est désormais toute moelleuse là où avant elle n'avait que des os. La femme assise à côté d'elle c'est Miranda, une version miniature de ma mère avec des extensions capillaires grises et des lèvres recourbées vers le bas qui forment une petite moue. Quand maman me voit, elle est recroquevillée sur le canapé, la tête posée sur le rebord. Son visage entre en éruption au niveau de sa bouche en s'articulant tout autour de sa langue. Puis ce sont ses cils qui commencent à s'agiter. Alors elle laisse échapper un hurlement qui ressemble surtout à un gargouillis et elle se lève.

– Kiara !

Son cri résonne à travers la pièce et va se perdre quelque part dans le brouhaha. Je me dirige vers elle, on finit par être assez proches pour se toucher et elle me prend dans ses bras en serrant très fort. Malgré sa voix si familière, j'ai la sensation de ne pas reconnaître ses bras et ce trop-plein de chair qui m'absorbe. Je ne crois pas avoir déjà eu l'impression d'être autant en sécurité aux côtés de ma mère, elle est pour moi comme une barrière contre le bruit.

L'étreinte prend fin, maman m'entraîne vers le canapé et me laisse tomber au milieu de tout son vert, pile entre elle et Miranda qui a l'air de couler au milieu des coussins. Maman ne me lâche pas les mains, elle joue avec en faisant glisser le bout de ses doigts sur la base de chacun de mes ongles. Je ne peux pas m'empêcher de la regarder, mes yeux ont besoin de se figer sur ce visage que j'essaie de me remémorer depuis si longtemps. Il y a un truc bizarre qui s'en dégage, un peu comme une nuance violette sous la surface de sa peau, comme si elle luisait.

Maman ne prend même pas la peine de marquer une pause pour vraiment me regarder. Elle a des trucs à dire, a toujours eu plein de trucs à dire.

– Je suis tellement contente de voir le visage de mon bébé. C'est qu'elle a bien grandi. T'as quel âge maintenant ? Dix-neuf ? Vingt ans ? T'as tellement poussé. Tu sais que j'étais exactement comme toi quand j'avais ton âge, jolie et tout ? Le temps file, ma puce, comme disait ta grand-mère. Il est où, mon Marcus ? Tu lui as dit ce que je t'ai demandé de lui dire ?

Je ne sais pas comment elle fait pour parler autant, pour avoir assez de souffle.

Je cligne des yeux une fois ou deux en essayant de me souvenir de toutes ses questions.

– J'ai dix-sept ans, dix-huit dans deux mois. Et, ouais, je lui ai dit mais je peux pas contrôler ce qu'il fait, du coup je pense pas qu'il vienne. Écoute, je suis là parce qu'il me faut le numéro d'Oncle Ty et je sais que tu voulais aussi voir Marcus mais t'auras que moi. D'accord ?

Mes yeux sont toujours fixés sur elle, sur ses joues et sur le violet en dessous.

Le sourire de maman ne vacille pas et elle continue comme si je n'avais rien dit :

– Je vais bientôt sortir d'ici. Je rentre à la maison, plus que quelques mois, un an maximum, et je serai acquittée.

Maman à la maison. L'idée ne m'a jamais effleuré l'esprit. La voir revenir dans notre appartement.

Miranda parle pour la première fois :

– Ouais, Chey, elle a de la chance. Son contrôleur judiciaire, il aime bien son cul.

– C'est super, maman. Mais j'ai vraiment besoin du numéro d'Oncle Ty…

– Tu sais que ton oncle en a toujours pincé pour moi ? Ton père refusait de le voir, mais c'était clair que ce type avait envie de moi.

Je secoue la tête, troublée par la chaleur ou par le bruit ou par la voix de ma mère qui s'immisce dans tous les canaux de mon corps.

– Non, maman, tu m'as pas écoutée. Je...

– Me dis pas que je t'ai pas écoutée, ma puce. J'ai toujours fait que ça, t'écouter. T'as rien à quoi t'accrocher, mon bébé. On en a parlé quand je suis arrivée, au début... Maman a fait une bêtise. Mais moi j'essayais juste de m'occuper de vous et de remplir vos p'tits ventres. Ça veut pas dire que je ne suis plus ta maman.

Elle me tapote la lèvre inférieure avec son pouce.

J'ouvre à nouveau la bouche pour parler, mais elle s'est remise debout et m'entraîne à travers la foule. Pendant que je la suis hors de la pièce, mes pieds fourmillent dans mes chaussures et je me rends compte que j'ai peut être un peu peur de ma mère. Petite, je n'avais jamais peur d'elle. C'était une figure sacrée, et même quand elle s'apprêtait à nous donner une fessée je savais que juste après elle masserait les traces rouges pour les faire disparaître.

On se dirige vers un couloir, on monte un escalier et on arrive dans une chambre qui doit être la sienne parce qu'il y a des posters de Prince sur les murs, or s'il y a bien une chose qui ne changera jamais chez ma mère, c'est sa passion pour Prince. Elle se mettait toujours à fredonner ses chansons le dimanche matin sur le chemin de l'église, et même si elle y ajoutait des transitions et des variations qui les rendaient méconnaissables je ne voulais pas qu'elle s'arrête, je voulais vénérer sa voix.

– Toi tu t'assieds sur le lit.

Maman me relâche mais mes pieds fourmillent toujours et je trébuche vers le petit lit. Il y en a trois autres dans la chambre, un à chaque coin, et chaque partie de la pièce a été personnalisée à grands coups de portraits, de photos et de posters. On dirait presque une chambre d'enfant mais je sais que ma mère est fière. Elle est debout devant une commode, elle farfouille dans les tiroirs et elle finit par dénicher une brosse à cheveux et un vaporisateur rempli d'un liquide qui n'est pas de l'eau.

– Tu te souviens de la potion spéciale de maman ?

Maintenant qu'elle le dit, oui : j'étais assise par terre avec le crâne endolori et maman disait qu'elle allait ensorceler ma tête pour me rendre toute jolie. Mais en réalité je ne me rappelle peut-être rien de tout ça parce que c'est maman qui est en train de le raconter, et les souvenirs, on pense toujours que ce sont les nôtres, et moi je crois que j'ai envie que cette histoire soit celle de maman et moi, alors c'est ce que ça devient.

Je m'attends à ce qu'elle vienne s'asseoir à côté de moi sur le lit et qu'elle me demande si elle peut me brosser les cheveux, mais au lieu de ça elle s'installe par terre devant mes pieds et me tend la brosse et la lotion.

– J'ai tellement de nœuds dans les cheveux, je me suis dit que t'aurais envie de m'aider pendant qu'on papote.

Elle penche la tête en avant et je peux voir son cou. Le cou de maman, il a cinq nuances différentes qui vont du brun au noir en passant par le violet et je n'arrive pas à savoir si ça donne l'impression qu'elle s'est fait tabasser ou alors que son corps est une galaxie tout entière.

Je vaporise la lotion sur ses cheveux et je suis immédiatement saisie par son odeur de lavande et de karité. Quand Marcus et moi on était petits, maman nous mettait sous la douche avec elle et nous savonnait de la tête aux pieds avec un savon qu'elle disait avoir fait elle-même, mais on ne l'a jamais vue en fabriquer. Ce savon, il avait l'odeur des chaussures neuves mélangée au parfum de la forêt.

Quand on sortait de la douche, elle s'enduisait le corps avec du beurre de karité acheté à la boutique en bas de la rue qui vend des produits d'Afrique de l'Ouest, puis elle nous asseyait l'un après l'autre sur ses cuisses nues et lisses qui restaient douces malgré sa maigreur, elle nous en tartinait à notre tour et comme ça on était des bébés tout doux et tout luisants. Après, on dansait parfois sur du Prince, ou alors elle nous laissait écouter un des vieux CD de papa. Tout ça a pris fin quand il est rentré à la maison et je crois que Marcus n'a plus jamais laissé maman l'approcher, il lui reprochait le retour et la mort de papa, il lui en voulait pour Oncle Ty et pour ce qu'elle avait fait. Je lui en voulais aussi à maman, pour une partie de ces choses au moins, mais moi j'avais besoin d'elle. Elle était la seule à savoir ce que ça fait de voir papa se dissoudre hors de nos vies et moi je n'avais pas d'Oncle Ty pour m'emmener avec lui. Je n'avais rien d'autre que les fredonnements de ma mère.

– Allez, maintenant tu peux dire à ta maman ce qui va pas.

Sa voix est si douce, elle me berce à travers toutes les berceuses qu'elle me chantait à l'époque.

Je renifle.

– Le loyer va sérieusement augmenter alors j'ai pas eu le choix, je me suis mise à faire le trottoir et je sais pas, maman… j'ai peur, c'est tout.

Elle passe un bras dans son dos et me gratouille le genou du bout des doigts.

– Et maintenant tu veux l'aide de ta maman.

J'entends combien tout ça la remplit d'espoir, à quel point elle est enivrée par le simple fait qu'on ait besoin d'elle.

– Je me suis dit qu'avec le numéro d'Oncle Ty et tout, tu pourrais peut-être…

Ma voix se fait minuscule, elle est absorbée par le son de sa respiration. Les cheveux de maman sont toujours les mêmes, je regarde chacune de ses boucles humides de lotion et je ne comprends pas comment ma mère peut avoir fait ce qu'elle a fait tout en conservant les mêmes cheveux et la même voix.

– Pourquoi t'as fait ça ?

– Fait quoi, mon bébé ?

– Entuber toute la famille.

Elle répond sans transition :

– Pas la peine de se prendre la tête pour un truc que personne peut changer. Comme je l'ai déjà dit, c'était une question de survie.

Je passe la brosse dans ses cheveux en tirant fort et je sais que ça fait mal. Maman n'émet pas le moindre son.

– Depuis, on passe nos journées à essayer de survivre et pourtant j'ai pas fini en taule, moi.

– Appelle-moi quand ce sera le cas. Survivre, ça a des conséquences ici, et c'est pas parce que t'es trop jeune pour comprendre que je dois m'excuser de dire la vérité. J'ai passé des années à m'excuser tous les jours, à prier je sais pas quel ciel pour qu'il me pardonne. J'ai plus assez de souffle pour ça.

Maman lève les mains et je les regarde à travers ses cheveux, moins crépus que les miens ou ceux de Marcus. Les sillons sur ses paumes sont pâles, avec une nuance de lavande qui ne devrait pas exister sur la paume d'une main.

Je les observe et ça me rappelle la fois où Alé a décidé d'apprendre à lire les lignes de la main – elle avait quatorze ans et moi treize. Elle s'est entraînée avec les miennes, essayant de me changer les idées pour que j'arrête de penser à la mort imminente de papa. Elle me montrait la ligne qui monte à la verticale depuis le poignet et elle disait : « T'as vu celle-là, elle se coupe en deux. Ça veut dire que t'auras deux *caminos de la vida*, tu sais, des moments où tout peut basculer. » Après quoi elle cherchait dans le livre de chiromancie de la bibliothèque qu'elle avait posé sur ses genoux. « Et un jour, faudra que tu fasses un choix. »

La ligne de maman ne se sépare pas en deux comme la mienne. Elle vire vers le pouce à gauche, comme déviée en pleine ascension.

– T'as entendu ? Je rentre à la maison.

La main de ma mère s'agite à nouveau dans son dos, elle me tapote le bras comme pour me pousser à accepter cette nouvelle.

– Tout va rentrer dans l'ordre.

Mes coups de brosse se font plus rapides, les picots vont et viennent dans chaque boucle et chaque frisottis.

– Vraiment, maman. Je veux juste que tu me donnes le numéro d'Oncle Ty. S'il te plaît.

Elle soupire.

– Tu veux toujours quelque chose. Vouloir, ça n'a jamais fait de bien à personne.

Je pense soudain à Trevor qui court derrière son ballon de basket, à ses bonds sur le terrain. À la fin inévitable. Au ballon qui finit toujours par retomber.

– T'as raison, maman.

D'habitude, ses cheveux sont vigoureux mais là ils retombent à plat et sont tout emmêlés.

– Tu vas me donner son numéro ou pas ? Parce que je vais pas rester assise ici à attendre. Attendre, ça n'a jamais fait de bien à personne non plus, pas vrai ?

Je n'ai pas l'impression que maman assimile vraiment ce que je lui dis.

– Est-ce que je t'ai déjà parlé de la fois où ton papa m'a offert mes fleurs préférées ?

La nuée de sa voix se referme sur moi comme du poison qui s'écoulerait de sa bouche, visiblement elle n'est pas capable de me regarder et de me dire ce que j'ai besoin d'entendre.

Je n'arrive pas à comprendre comment elle peut parler de papa sans évoquer le seul truc qui compte aujourd'hui, à savoir que lorsqu'il est mort, Soraya avait déjà à moitié poussé dans son ventre. Une surprise tardive au cœur de la quarantaine de ma mère. Le dernier vestige de papa, et elle l'a bousillé toute seule.

– Maman.

Sa langue continue de tournoyer :

– Enfin bref, c'était les plus jolies fleurs qui soient, tu vois ? Je me demande si j'en prendrai pas pour chez nous quand je sortirai d'ici. D'ailleurs il faut que tu fasses quelque chose pour moi, mon bébé. Le contrôleur judiciaire a besoin de quelques lettres de recommandation pour ma remise en liberté. Et on dirait bien que toi t'as besoin de ta maman à la maison pour te filer un coup de main.

Je ferme les yeux parce que ça devait forcément sortir à un moment, le masque de ma mère finit par s'écailler et elle est là entre mes genoux à me demander de la réparer alors que c'est moi qui suis venue ici pour me faire aider. Elle est là à me demander de me tordre, de m'essorer jusqu'à me vider de tout ce que je possède et elle, elle reste assise, tout entière et bien remplie.

Je n'en peux plus.

J'essaie une nouvelle fois, plus fort :

– Maman.

Elle continue à parler. Cette fois-ci, je laisse partir le coup de tonnerre :

– Maman !

Elle s'arrête au beau milieu d'une phrase.

– Je savais que c'était pas une bonne idée de venir, mais tu vas vraiment me demander de te faire sortir d'ici alors que toi, tu peux même pas prononcer le nom de Soraya ? Tu changeras jamais.

Elle déglutit en faisant claquer ses lèvres.

– C'est arrivé y a longtemps.

L'odeur de la lotion capillaire me monte à la tête mais je poursuis, même si tout s'emmêle et tourbillonne :

– Trois ans la semaine dernière.

– Non.

– C'était ma sœur, maman. Je sais très bien quand elle est morte, c'était un 16 février. Ça faisait exactement trois ans lundi dernier.

Maman secoue la tête.

– Non.
– Si.
Ses mouvements de tête s'accélèrent et ses cheveux s'envolent.
Je hoche le menton.
– Avec Marcus on est rentrés à la maison après l'école et la porte de l'appartement était ouverte. Celui où papa t'a apporté ces fameuses fleurs.
Son visage est tourné dans ma direction et je la regarde bien en face, droit dans les pupilles. Elles sont si dilatées qu'il n'y a plus aucune couleur dedans.
– On est rentrés et son lit à barreaux était vide. On croyait que t'étais sortie, que t'étais au supermarché, mais quand on est allés dans la salle de bain t'étais là, dans la baignoire, à fixer le plafond tout en te vidant de ton sang. On a eu tellement peur, maman.
Je me suis mise à trembler, un séisme dans tout le corps.
– Et on n'arrêtait pas de te demander où était Soraya mais toi tu répondais pas, alors je suis sortie de la pièce et je l'ai cherchée, et je me suis souvenue que la porte était ouverte alors je suis allée dehors, je suis descendue et au début je ne l'ai pas vue mais après j'ai entendu Marcus hurler depuis le balcon et j'ai regardé dans l'eau et elle était là. Elle flottait. J'ai plongé et je l'ai portée jusqu'à la surface mais elle ne se réveillait pas et son corps était tout froid et elle était tellement petite, maman. Tellement petite. Je répétais : « Soraya », et Marcus est descendu et il a vu que sa tête tombait sur le côté et il s'est mis à vomir partout, alors j'ai appelé les secours et quand ils sont arrivés je la tenais toujours, je regardais ses yeux, on aurait dit du verre sans aucune vie dedans, et quand ils sont arrivés

avec leurs grosses bottes ils ne l'ont même pas conduite à l'hôpital, ils l'ont juste recouverte d'un drap et moi je continuais à répéter son prénom parce qu'il fallait qu'ils le connaissent mais ils s'en fichaient et ils ont demandé où t'étais et Marcus leur a dit : « Dans la baignoire » alors ils sont allés voir, ils t'ont sortie et ils t'ont emmenée parce que tes poignets pissaient le sang et tu leur as dit que tu croyais avoir verrouillé la porte mais tu savais très bien que le loquet était cassé et quand tu as vu le drap tu as hurlé, mais c'est toi qui avais fait ça. Et tu ne nous as pas regardés, tu ne nous as rien dit et nous on était là tout seuls. Marcus venait d'avoir dix-huit ans, alors ils nous ont autorisés à rester mais on savait rien faire et toi t'étais plus là, maman.

Le corps de ma mère glisse sur le sol, on dirait que ça se déroule à la fois progressivement et d'un seul coup, car soudain elle est étalée sur le tapis avec les cheveux toujours dégoulinants.

Après ça, Oncle Ty a payé la caution de maman et on a cru qu'on allait s'en remettre, mais elle n'est même pas rentrée à la maison. Elle est partie faire la fête, les flics l'ont arrêtée encore une fois et on a quand même assisté au procès. On a quand même témoigné en sa faveur, pour qu'elle puisse s'en sortir avec une simple condamnation pour négligence et finir ici, dans un centre de réinsertion pendant quelques années plutôt qu'enfermée en prison pour le restant de ses jours.

J'ai les dents qui claquent et j'ai besoin d'une minute pour faire ralentir mes mots, histoire qu'elle puisse bien les entendre, les entendre pour de vrai.

J'ancre mes pieds dans le sol et je me penche en avant pour que mon visage soit à sa hauteur et ma bouche pile dans son oreille.

– On a réussi à rester en vie. Sans toi. Aujourd'hui je suis venue pour te demander un truc, un tout petit truc, et toi tu t'en cognes tellement que t'as même oublié la date du jour où tu l'as tuée ? Je parie que t'en aurais rien à foutre si je crevais à mon tour, pas vrai ? Et Marcus aussi, hein ? C'est pour ça que tu refuses de nous aider ?

Mes lèvres se tordent, chaque mot est une entaille bien profonde.

– Alors tu sais quoi, maman ? Tu vas rester assise ici et prononcer son nom. T'as qu'à dire : « Ça fait trois ans que j'ai tué Soraya. » Tu dis ça et là tu pourras avoir ta putain de lettre, et moi je pourrai me lever et rentrer parce que j'ai bien compris que tu vas pas m'aider. T'as même pas le numéro d'Oncle Ty, je me trompe ?

Maman est toujours dans la même position, elle se contente de secouer une seule fois la tête, ses cheveux et toutes ses couleurs, en grognant. Puis elle finit par lever le visage pour me regarder en face. Ses yeux coulent à flots et je jurerais que les larmes qui en sortent sont violettes.

– Elle est morte il y a trois ans.

Sa voix n'est plus la même, c'est devenu un grincement guttural.

Je m'accroupis par terre à côté d'elle.

– Non. « J'ai tué Soraya il y a trois ans. »

Son visage s'écroule, il est tout inondé et ses yeux sont immenses.

– Je l'ai tuée il y a trois…

– Son nom, maman. Dis son nom. Un nom, ça compte plus que tout.

Je dois rivaliser avec des larmes, alors ma voix est passée du coup de tonnerre au coup de poignard.

Elle fait un mouvement de tête rapide et elle ouvre la bouche.

– J'ai tué Soraya il y a trois ans.

À la fin de la phrase, maman laisse échapper un sanglot viscéral et je ne vacille même pas. Je me redresse, je ne prends pas la peine de relever ma mère toujours étendue par terre, et au moment où je claque la porte je l'entends chanter « Pink Cashmere » d'une voix étouffée avant de se remettre à sangloter.

Parader, hâter le pas, galoper. Il y a énormément de façons de marcher dans la rue, mais il n'y en a aucune qui permette d'éviter les balles. Je suis rentrée de ma visite à maman, prise au piège entre le trottoir et le caniveau, et Trevor a frappé chez moi tôt dimanche matin pour m'annoncer que Vern était revenu lui dire qu'il les mettrait dehors s'ils ne payaient pas d'ici trois jours. Je sais que les coups à ma porte sont pour bientôt. Histoire d'éviter qu'il nous vire, j'ai donné à Vernon jusqu'au dernier centime que je me suis fait avec Davon et les autres, mais ça suffit à peine pour couvrir nos loyers en retard ou ceux de Dee, sans parler de ce qu'on devra payer avec l'augmentation qui suivra la vente du Regal-Hi. Le visage de Trevor et ses yeux braqués sur moi ce matin, c'est ça qui a marché. C'est ça qui m'a tirée de l'abîme où maman m'avait entraînée.

J'ai un corps et une famille qui a besoin de moi, alors je me suis résignée à faire ce qu'il faut pour nous garder ensemble : je suis allée retrouver la rue et tout son bleu. Je tangue, à moitié marchant, à moitié chancelant. Le long d'International Boulevard. Sans musique et sans Tony. Rien que moi et de la tequila plein l'estomac.

Je me traîne, je vacille et j'essaie de réchauffer mes mains contre un ciel qui ne dégage rien d'autre que du froid, mais un des talons de mes chaussures dénichées à l'Armée du Salut se détache et ma joue rencontre le trottoir. Ça pique. De petits éclats de verre dans la plaie. Un filet de sang. Une voix :

– Laisse-moi te donner un coup de main, ma jolie.

Il se penche pour me relever.

Ses yeux sont cerclés de gris, on dirait qu'il n'y a que ses iris qui vieillissent, et ses mains, bien trop douces, commencent à retirer les éclats de verre de ma joue et à les jeter un peu plus loin. Il ne cherche pas à savoir si je vais bien et je ne m'attends pas à ce qu'il le fasse – je n'attends pas grand-chose de quoi que ce soit. Il me demande de lui donner la chaussure intacte, je la lui tends et je le regarde casser le talon et le balancer. Il atterrit sur la chaussée, une voiture passe à toute allure et le réduit en miettes. J'ai perdu dix centimètres de la femme que j'étais. Il est tellement grand, cet homme.

Il finit par me rendre ma chaussure et je l'enfile. Sa bouche en surplomb m'offre un sourire grillagé qui a la même couleur qu'un trophée, mais pas un trophée en or.

– Merci, je lui dis, tandis que la plaie sur ma joue commence à gratter comme le font toutes les plaies qui essaient de se rappeler comment guérir.

Il hoche la tête.

– Comme je t'ai aidée, je peux te voler un peu de ton temps, pas vrai ?

Il fait comme si c'était une vraie question, comme s'il n'était pas encore agrippé à l'une de mes mains. Je baisse le regard et j'aperçois un peu de mon sang sur ses doigts.

– Ouais.

C'est mes lèvres qui ont répondu. Mon souffle.

Il ne me donne pas son nom et pour une raison que j'ignore, je ne pense pas à le lui demander. Je me contente de le suivre, de le laisser me guider comme une enfant dans un lieu inconnu. Il attend qu'on soit sur la 34e, plus près de Foothill Boulevard que d'International, et là il me plaque contre un immeuble. C'est froid, moi je croyais qu'il m'emmenait à sa voiture, mais parfois le corps n'a aucun refuge à offrir à son animal alors on est là, il est là, en plein air. Il me pousse contre les briques. Il ne m'embrasse pas et une partie de moi est soulagée de ne pas avoir à goûter aux saveurs de sa bouche en métal, mais une autre a envie de croire que cet étranger s'inquiète pour ma joue.

J'essaie de me dégager de lui, de lui expliquer que ça ne marche pas comme ça et qu'il me faut le fric avant, qu'il me faut une bagnole ou une maison. Il me pousse de nouveau et il continue, il déboucle sa ceinture, ses doigts courent sous ma jupe et se mettent à faire pression contre moi. Il cloue mes bras sur les côtés et soudain mon crâne s'enfonce dans un coin qui dépasse du mur de briques. Les fissures entre les briques, je les sens aussi bien que celles sur mon crâne. Je me tortille en marmonnant que j'ai mal à la tête. Il pousse encore. Il grogne encore. Mon corps exprime ce que mon souffle ne peut pas dire. Il est tellement grand. La plante de mes pieds est brûlante. Ma joue me picote et j'ai une douleur tranchante dans la tête. Il pousse. Il pousse. Il est tout en métal.

Une sirène.

Ce n'est pas que ça me surprenne, mais c'est assourdissant, un écho dans une pièce nue comme si la rue était totalement vide. L'église Sainte-Catherine se dresse à ma gauche : la statue de la sainte peut témoigner de la voiture, de l'homme et du métal.

La portière passager du véhicule de patrouille s'ouvre d'un coup et un homme en sort, ceinturon en avant. Si ça c'est pas un film d'horreur devenu réalité. Nous, la rue, trop de vécu pour avoir vraiment peur et mon souffle qui résonne toujours comme un gémissement creux. Si ça c'est pas le pire cauchemar de mon père.

– On se recule.

Flic a la main sur son flingue, et j'ai de la chance que Metal Man adhère au pouvoir de la gâchette parce qu'il recule et me laisse extraire mon crâne de la dague de pierre. Tout continue à tourner.

Flic s'approche de Metal Man comme s'il était une arme à lui tout seul et ni une ni deux, il lui attache les mains dans le dos et lui crache dans l'oreille :

– Je veux plus te revoir dans le coin, compris ?

Les cheveux de Flic sont noirs et épais. Il n'a aucun signe particulier, c'est juste un uniforme et une belle gueule.

Metal Man marmonne entre ses dents, hoche la tête une fois. Flic le pousse, il le fait avancer maladroitement jusqu'à un coin éclairé. Je l'observe, je repense à la manière dont il a réparé ma chaussure et je me dis que je suis vraiment toute petite.

Il ne reste plus que moi, Flic et la voiture. C'est marrant d'avoir si peur d'être sauvée, non ? Flic s'approche, sa main est toujours posée sur son arme.

– Qu'est-ce que tu fais dehors ? Tu sais qu'il est tard.

Il faudrait que je réponde mais je sens quelque chose couler à l'arrière de ma tête, mes cheveux vont sûrement être incrustés de rouge demain et il n'existe aucune réponse à ce qui n'est pas une question.

– Tu sais que la prostitution est un délit ?

Il me lance un petit sourire en coin et se passe la langue sur les lèvres.

– On va devoir t'emmener. Pour ton bien.

Flic me parle et sainte Catherine doit lui répondre parce que moi je ne le fais pas, je me tais et à deux jours d'enterrement près je n'ai pas la force d'oublier.

Il finit par s'approcher, m'attrape le bras, et ses doigts trouvent leur place dans les bleus que les empreintes de Metal Man ont laissés sur mon corps. La statue de Catherine me fait un signe de la main – il lui manque un ongle – et Flic m'entraîne vers la banquette arrière en s'y glissant après moi. Un autre agent est assis à l'avant, il lui dit un truc comme quoi il faut maintenir la sécurité en ville et il éclate de rire. Le chauffeur tapote sur quelque chose que je ne vois pas tout en chantant un air de country à voix basse et Flic est sur moi, il creuse dans ma chair et c'est exactement comme on m'avait dit que ce serait, et je suis tellement triste que ça ait l'air si normal. C'est juste une nuit comme les autres, pas vrai ?

Il y a énormément de façons de marcher dans la rue et moi je suis juste une fille recouverte de chair.

Les chambres d'hôtel ont un goût de craie. L'air y est rempli d'années de sueur et de sperme, la fumée du mec qui s'en grille une à la fenêtre s'agglutine, et on est tous réunis autour d'une table, moi avec la main d'un des types posée sur chacune de mes cuisses. Au moment de sortir le jeu de cartes, ils ont tous posé leurs insignes devant eux comme des plaques commémoratives avec leurs noms gravés dessus, façon de marquer leur territoire. La partie de poker vient de s'achever et le vainqueur de chaque tour a gagné le droit de s'asseoir à côté de moi. Maintenant ils jouent au blackjack et les doigts de l'agent 220 grimpent vers mon short. Quant à la main de 81, elle est plus proche de mon genou que de ma cuisse et il fait tout pour éviter de me regarder.

Je n'ai jamais eu autant envie de revenir sur une décision qu'à cet instant précis. Dire non à Flic quand il m'a demandé mon numéro, quand il m'a demandé s'il pouvait le passer à certains de ses amis, quand ces amis m'ont invitée à monter dans leur voiture et que j'ai grimpé à bord. La semaine dernière, ils m'ont dit qu'ils voulaient que je les divertisse pendant leur petite fête. Ils m'ont dit qu'ils avaient besoin de moi et que je serais rémunérée pour ma participation à leur moment de détente d'après service qui implique une dizaine de flics d'Oakland et aucune issue de secours, et j'aimerais tellement avoir dit n'importe quoi plutôt que oui.

Mais est-ce que j'avais vraiment le choix ? Ils ont dit qu'ils ne me feraient aucun mal et qu'ils me paieraient, et ils le font, du moins une fois sur deux. Leurs flingues et leurs tasers prennent plus de place dans cette pièce que leurs corps, et quand j'essaie de dire non ils éclatent de rire. Ils aiment que je sois jeune, que je ne sache pas vraiment ce que je fais, et moi je me répète en boucle que ça ne va pas durer et qu'ils me laisseront arrêter quand j'en aurai envie. Sauf que je sais très bien qu'à leurs yeux, leur insigne a plus de valeur que moi, que je ne suis rien d'autre qu'une récompense en fin de partie.

Les flics ont réservé une suite dans un motel miteux après la voie rapide que tout le monde appelle l'Hôtel à putes. Le lit king-size se dresse à l'autre bout de la chambre, face à la table. Il ne doit pas être loin de minuit maintenant et ils sont tous bourrés, les regards qu'ils échangent et ceux qu'ils laissent filer sont de plus en plus vaseux. Je sais que c'est pour bientôt.

La différence entre les flics et les mecs de la rue, c'est que les flics aiment transformer ça en jeu. Ils attendent avant de me baiser, ils préfèrent me regarder en salivant et chercher un moyen de me terroriser juste assez pour que la peur m'avale et leur laisse un corps digne d'être dominé, des mains qu'ils peuvent coincer derrière ma tête, la peur rien qu'à l'idée de détourner les yeux. La plupart d'entre eux sont comme ça, mais il y en a d'autres comme 81, avec sa barbe bien tondue et son petit sourire timide, ou même 612 en face de moi avec ses boucles rousses et ses yeux qui s'attardent sur la table. Pourtant, eux aussi finissent par trouver ce truc en eux qui veut s'allonger sur moi et enfoncer un doigt ou deux dans ma bouche. Mais c'est un boulot qui rapporte et j'ai gagné en une semaine plus que tout ce que j'avais gagné en un an au Bottle Caps. Avec cet argent, j'ai pu donner à Vernon la moitié de ce qu'on lui devait pour éviter qu'il nous foute dehors.

C'est au tour de 220, il a un valet de pique et une carte à l'envers devant lui. Ses doigts se serrent sur ma cuisse et il frappe un grand coup sur la table avec la paume de son autre main.

– Une carte.

Le donneur en retourne une et la pose devant lui : six de cœur. Il est à trois points de me remporter et à six de tout perdre. La partie dure depuis un moment et il doit y avoir au moins trois mille balles dans la mise. Trois d'entre eux ont déjà lâché l'affaire et tous observent 220 qui s'agite, prêt à retourner la dernière carte.

Il se penche vers moi et murmure : « Tu crois que tu pourrais être mon porte-bonheur, ma jolie ? » 220 retourne la carte et un trois de carreau trône sur la table, il lève les bras en hurlant : « C'est pour moi, bande de connards ! » et il fait glisser les billets jusqu'à lui.

Les autres l'insultent, ils fourrent les mains dans leurs poches et 220 se redresse, il m'attrape le poignet et je me lève avec lui.

– Si ça vous dérange pas, je récupère mon prix.

Ses cheveux pendouillent et se balancent à chaque signe de tête qu'il leur adresse, mais ils ont déjà tous oublié l'argent perdu et les injures, leurs regards s'attardent quand 220 m'entraîne vers le lit, quand il me déshabille et que les callosités de ses doigts rencontrent ma peau.

Il me pousse sur le matelas, ses mains descendent vers sa ceinture et je me dis qu'il va la retirer mais elles vont directement vers son holster et en sortent une arme. Le métal noir est si lisse et brillant que je peux voir ses empreintes partout dessus. Il déboutonne ensuite son pantalon mais il ne l'enlève pas, il grimpe sur le lit et il me toise. Il jette un coup d'œil par-dessus son épaule en direction des autres, il sourit, puis il se concentre à nouveau sur moi et appuie la bouche de son revolver contre ma tempe.

– T'aimes ça, hein ?

Sa voix n'est plus qu'un grognement.

Les larmes ont trouvé le chemin vers mes yeux et j'ai juste envie qu'il me lâche. Je découvre un petit recoin en moi qui croit encore en un Dieu et je prie pour que ça cesse. Il est sur moi, son sexe est en moi, ses mains sont calleuses et la bouche de l'arme est froide et menaçante au-dessus de mon œil, cet endroit où je peux seulement la sentir, seulement entendre ses grognements et les ricanements des autres derrière lui. Je prie pour que tout ça s'arrête, pour que je puisse retourner à ma vie d'avant et recommencer à supplier Marcus de chercher un boulot. N'importe quoi pourvu que le flingue retourne dans son étui.

Je sais que l'un des trucs qui lui plaisent le plus, c'est de savoir que les autres regardent. Les agents comme 81 et 612 commencent par détourner les yeux mais au bout d'un moment ils finissent tous par regarder, ils veulent voir ce que 220 va faire. Le seul truc pire que leurs regards, c'est quand ils s'ennuient et qu'ils se mettent à discuter du prochain match et de leurs bonnes femmes qui refusent de se bouger le cul et de faire la vaisselle. 220 me baise, son arme est toujours pointée sur ma tête et aucun d'eux ne semble avoir remarqué que mon corps est en train de se faner à quelques mètres d'eux.

Ils passent l'un après l'autre, et désormais le sexe me fait le même effet qu'une série de coups de poing dans l'estomac. Les flics se croient invincibles. S'ils ont envie de moi, c'est uniquement pour se prouver qu'ils peuvent m'avoir et qu'il n'y aura aucune conséquence s'ils me menacent avec leur arme, s'ils me prennent. Ils veulent que je me sente toute petite, comme ça ils peuvent se sentir grands et ce soir ils ont réussi.

Une fois que c'est terminé, ils ne me laissent même pas reprendre mon souffle. L'un d'eux me balance mes vêtements, un autre sort des billets de sa poche, et sans me donner le temps de les compter ils me foutent à la porte du motel et me laissent rentrer chez moi à pied, avec la sensation d'être encore plus nue que quand j'étais étendue sur le lit. C'est à ce moment-là que je me mets à compter les billets, je m'aperçois qu'ils m'ont payée moins de la moitié de ce que 220 a remporté ce soir et je ne peux rien y faire. Même si j'essayais de les affronter, ce n'est pas le genre d'hommes à s'en faire. Eux, ils sont du genre à charger leur flingue et à le pointer avec un sourire, du genre à trouver une fille dans une ruelle et à décider qu'elle leur appartient.

Les flics continuent de m'appeler, ils me demandent d'aller ici ou là et j'ai comme des spasmes dans la petite poche juste au-dessus de l'estomac, une répulsion qui a un goût de bile, alors je me sers de mon pouce pour faire des cercles sur mon ventre, j'avale un truc pour faire partir l'amertume et je me débrouille pour dire oui. Ça me rappelle cette période de l'année où on doit décider si on va payer nos impôts ; quand je m'assieds avec les semblants de salaire qu'on a touchés Marcus et moi et que je regarde tous ces chiffres, alors la franche envie de me casser se met à bouillir, mais je dois la ravaler et faire un choix parce que si je paie toutes ces taxes, je vais devoir renoncer à l'argent du loyer, à celui de nouvelles chaussures ou du bus. Même si je sais que le fisc risque de me courir après, je préfère vivre avec un puits de terreur dans le ventre à cause d'un document qu'on n'a pas signé plutôt que sans aucun moyen de survivre jusqu'au mois suivant. Du coup, la plupart du temps je ne paie pas les impôts, et la plupart du temps quand les flics appellent, j'accepte d'y aller malgré l'écœurement et la honte et cette irrépressible envie de fuir.

Les fêtes ont toujours lieu la nuit, derrière une porte qui s'ouvre sur une enfilade d'insignes et d'hommes qui passent les uns après les autres avant de me tendre une enveloppe pleine de leurs promesses. Parfois, il y a d'autres filles ou d'autres femmes qu'ils gardent dans des chambres séparées pour qu'on ne parle pas entre nous. Parfois, ils ne me paient même pas, ils disent qu'ils me protégeront lors de la prochaine descente. Qu'ils me préviendront des prochaines opérations et me diront à quel moment les uniformes ont prévu de se défouler, comme si ça allait payer le petit-déj' ou le loyer de Trevor ou même le nôtre. Comme si ça allait effacer la sensation que ce que je fais ressemble à de la crasse coincée sous les ongles, à quelque chose dont je n'arrive pas à m'extraire.

J'ai pu donner à Vernon juste assez pour qu'il ne mette pas Dee à la porte non plus, j'ai dit à Trevor de lui filer mon enveloppe de cash la prochaine fois qu'il viendra réclamer, mais le mois d'avril approche et de plus en plus de flics négocient mon corps contre une promesse de protection, ils disent que je n'ai pas besoin de leur argent alors que c'est la seule chose dont j'ai vraiment besoin.

Mon boulot, mon toit, des vêtements sur le dos de Trevor. C'est comme ça soir après soir, tout un cercle d'hommes, ma clique à moi, et je m'en fiche un peu de ne pas avoir assez pour payer l'eau chaude. Ce dont je ne me fiche pas, c'est les bleus, les flingues et ce que va penser Marcus. J'ai arrêté de me dire que c'est juste du sexe, juste de la chair, parce que c'est devenu beaucoup plus que ça ; il y a le sexe et après il y a la peur et le blanc de leurs yeux.

Une fois payé le loyer du mois de mars, j'ai acheté un nouveau ballon à Trevor, l'un de ces ballons tellement classe qu'on les peint en noir. Ça m'a redonné un peu d'espoir de le voir bondir, il était tellement content qu'on aurait dit qu'il allait piquer une tête dans la piscine à crottes. Son sourire m'aide à me convaincre que ça vaut le coup quand j'entends une sirène et que mon corps se noue ; comme si une corde s'enroulait autour de mes côtes, comme si mes os se préparaient à être brisés. Ces derniers temps, le seul moyen que j'ai pour tenir le coup toute une nuit avec ces hommes, c'est d'ingurgiter des shots d'alcool et d'essayer de me noyer dans le vertige, histoire de ne pas voir ce qu'ils font, histoire que mon corps ne puisse pas comprendre ce qui se passe, du moins pas assez pour en avoir peur. Je ne sais pas si ça fonctionne, mais je sais que je suis toujours en vie le lendemain matin, Trevor m'attend toujours pour que je l'emmène prendre son bus, et au point où j'en suis ça me suffit.

Tony continue de s'excuser de m'avoir fait la gueule l'autre jour et cherche à me convaincre d'arrêter, comme si j'avais vraiment le choix. Un nouveau jour d'enterrement, ça me ferait trop penser aux taches de sang à l'arrière de leurs voitures, quand ils y vont un peu trop fort, et je ne m'imagine pas accompagner Alé aux pompes funèbres maintenant que je sais que je me rapproche du jour où je n'en sortirai pas. Alé ne parviendra pas à me rappeler comment c'était avant que les statues se mettent à bouger, avant que je devienne cette fille qui porte la peau des hommes et pas seulement leurs vêtements.

Les jours où aucun des types en uniforme ne m'appelle, quand je commence à me dire que je suis libre et que je peux déjeuner sans avoir instantanément la nausée, j'essaie d'imaginer la vie sans eux, sans le sexe. Peut-être que je pourrais retourner au Bottle Caps et supplier Ruth de me filer quelques heures de travail.

Aujourd'hui est un de ces jours-là. En vérité, ça fait une semaine qu'ils n'ont pas appelé et je n'ai plus aucun dollar en poche. Mes entrailles se sont remises à déborder et je sais que je vais devoir trouver un moyen de gagner plus d'argent, avec ou sans les flics. Aujourd'hui, je passe par La Casa Taquería en allant au Bottle Caps. Ce n'est pas encore l'heure du déjeuner mais le restaurant est émaillé de clients. Je repère Alé à une table, elle est en train de prendre une commande, et quand elle lève la tête et m'aperçoit je vois ses yeux s'élargir. Je glisse mes mains dans les poches de la vieille veste en velours côtelé de papa, la seule qu'Oncle Ty n'a pas emportée, et je me dirige vers elle.

Elle termine avec ses clients et me prend dans ses bras.

– Coucou, me chuchote-t-elle à l'oreille en plein milieu de son étreinte, et c'est tout bête mais il y a un truc là-dedans qui me réchauffe.

– Coucou.

Je n'ai pas vu Alé depuis la première fois que je me suis fait embarquer par les flics et je ne sais pas comment me tenir face à elle sans avoir l'impression d'être recouverte d'une couche de honte, sans avoir l'impression qu'en me regardant elle ne peut rien voir d'autre que leurs empreintes.

– Qu'est-ce que tu fous là ? Ça fait un bail.

Je hoche la tête.

– J'allais au Bottle Caps et je me suis dit que t'aimerais peut-être m'accompagner.

Elle regarde par terre, elle sourit, puis ses yeux reviennent sur moi.

– Ouais, d'accord.

Elle acquiesce et scrute la salle à la recherche de l'une de ses tantes pour lui indiquer qu'elle sort.

– Attends, je prends mon skate, me dit-elle en serrant mon bras.

Alé descend les escaliers en trombe quelques minutes plus tard, le front moite et luisant.

– C'est parti, lance-t-elle, et elle me suit dehors.

Elle passe son bras autour de mes épaules, m'attire contre elle et lève son skate dans les airs en chantant « Ain't It Beautiful ? ». Alé chante à pleins poumons et moi je tourne la tête vers elle pour tout absorber. Le chantier borde toujours la ruelle, on tape du bois contre plus de bois et je jurerais que la ville tourne autour de nous, que la ligne des toits fait jaillir un magnifique tableau qui n'a pas besoin d'être aussi immense. Le bras d'Alé m'entoure et ça me donne envie de sautiller et de lever les genoux jusqu'au ciel exactement comme quand on se balance toutes les deux.

Oakland ne fonctionne pas sur la base d'un quadrillage. Ici, on serpente. Les rues nous rapprochent de la baie, là où le sel se fond dans la rue et où les vélos se transforment en camions et se propulsent en avant à chaque feu. Puis elles nous repoussent vers les immeubles, là où les cris longent la surface des trottoirs, et avec Alé à côté de moi je n'essaie même pas de décrypter ce que ça dit ni à qui ça s'adresse. Je laisse les sons se répandre comme des morceaux d'asphalte échappés de la route. Je retrouve mes fresques préférées, encadrées de tags avec de nouvelles spirales en arrière-plan.

– Tu m'as manqué, me dit Alé.

– Ouais, toi aussi. J'avais plein de trucs à faire.

Elle me regarde, je vois son inquiétude monter mais elle n'insiste pas. Elle n'insiste jamais.

– Je vais faire un peu de skate pendant que tu bosses.

Elle fait passer sa planche de l'autre côté de son corps mais elle est toujours accrochée à mes épaules quand on arrive à l'intersection entre MacArthur et la 88e, derrière le lycée Castlemont. Le Bottle Caps a été peint en orange brillant, comme un gilet de sauvetage ou comme le soleil dans un rêve.

Alé me libère de ses bras, elle me fait un signe de la main et se dirige vers le skatepark des jeunes de Castlemont de l'autre côté de la route. Elle a étudié dans ce lycée. Pour ceux qui comme moi avaient cours à Skyline, ça faisait une trotte pour venir jusqu'ici. Marcus m'a emmenée à ce skatepark deux ou trois fois quand il était au collège, et à l'instant où j'ai vu Alé, la fille qui parcourait la piste de haut en bas et qui serrait la main de mon frère en lui tapant dans le dos, j'ai eu envie de la connaître, de la connaître pour de vrai.

À l'époque où j'allais encore au bahut, on se retrouvait tous au Bottle Caps après les cours, on se réunissait devant après avoir acheté un pack de sodas et des chips, on allumait l'enceinte qu'on avait apportée et on lançait la musique. Ruth s'en foutait qu'on soit là parce qu'on ne faisait jamais rien de mal. On ne faisait que vivre. Parfois, elle nous proposait même des réductions et un jour, quand la petite sœur de Lacy est tombée et qu'elle s'est ouvert le menton, Ruth a fermé le magasin et elle l'a emmenée à l'hôpital, histoire que sa mère n'ait pas à payer l'ambulance.

J'ouvre la porte du Bottle Caps et je suis accueillie par le ding-dong que font tous les magasins d'alcool quand quelqu'un entre. Je marche droit vers le comptoir, où un type regarde une petite télévision fixée au mur. C'est un dessin animé qui passe, *South Park* je crois, et le mec rigole tellement que ses bouclettes rebondissent.

– Bonjour, je lui dis en essayant d'attirer son attention.

Il n'a pas l'air content de devoir détourner les yeux de l'écran.

– C'est pour acheter quelque chose ?

– Je viens voir Ruth, je lui réponds, et dès que je prononce son nom je comprends qu'il y a un truc qui cloche.

Ses lèvres s'entrouvrent mais il n'en sort aucun son.

– Hmm… elle est plus là.

– Comment ça ?

– Ruth est morte la semaine dernière.

C'est pas comme si je n'avais pas compris au moment où son visage s'est affaissé, mais ça fait toujours un drôle d'effet de l'entendre, ça creuse un petit trou quelque part dans le corps pour l'enterrer.

– Elle est morte comment ?

– En quoi c'est important ?

Il monte le son de la télé mais je ne bouge pas.

– C'est pour acheter quelque chose ou pas ?

Il veut clairement que je sorte d'ici, mais le seul truc qui tourne dans ma tête c'est : « Comment je vais faire pour payer les factures ? » C'est peut-être dégueulasse de penser ça alors que la seule femme qui me faisait bosser régulièrement à l'époque où je n'avais rien vient de disparaître, mais c'est la vérité.

– J'ai travaillé ici il y a quelque temps.

Il lève les sourcils comme s'il ne me croyait pas, ou peut-être comme s'il n'en avait rien à foutre.

– Ruth me faisait faire quelques heures quand j'en avais besoin, j'insiste.

– Eh bien, c'est plus Ruth qui décide ici. Et on peut pas se permettre de payer des extras. Désolé.

Il met le volume si fort qu'il ne peut absolument plus m'entendre, même s'il le voulait. Je tapote le comptoir de la paume de ma main, puis je retourne vers la porte et vers la lumière.

J'ai l'impression d'être éclaboussée de souvenirs, que toutes les cellules de mon corps se sont allumées et n'arrêtent pas de bouger. Trevor et ses dribbles. Notre piscine. Les matinées assis à table à s'empiffrer de céréales. Respirer. Tout ça est tellement fugace que j'ai la sensation de m'approcher d'un nulle part futur où je n'existerais même pas avec ce corps-là. Sans le Bottle Caps, sans les flics et sans Marcus, j'ai quoi comme choix ? Je me traîne jusqu'au skatepark mais il faut croire que mon corps ne veut pas aller là où je lui dis d'aller. Mes pieds divaguent et zigzaguent en direction du bruit des roulettes sur le béton.

Quand j'arrive, Alé est dans les airs, elle retombe sur la piste et elle recommence. Sa main agrippe l'avant de la planche en faisant pivoter son torse et elle redescend. Je m'assieds sur le bord de la piste avec les pieds dans le vide et quand elle me voit, elle glisse en arrière et fait un vol plané sur le dos en dérapant. Elle grogne et se relève en bas de la piste, puis elle secoue les bras et me rejoint.

Quand Alé est entrée au lycée alors que moi j'étais en troisième, elle est sortie avec une fille qui avait des cheveux d'un blond violent, le genre de blond qui n'allait ni avec sa peau ni avec son visage et qui lui donnait juste un côté majestueux, d'une façon artificielle que j'étais incapable de comprendre. Cette fille et moi, on s'asseyait en haut de la piste pour regarder Alé et je me souviens que j'essayais de faire en sorte que mon regard soit assez perçant et assez fort pour qu'Alé puisse sentir que je la voyais mieux que sa copine le ferait jamais. Au bout de deux mois, la blonde a arrêté de venir, et quand j'ai demandé à Alé pourquoi elles avaient rompu, elle a simplement haussé les épaules.

Elle pose son skate sur le béton, s'assied à côté de moi et laisse pendouiller ses jambes le long de la piste.

– Tu m'as foutu les jetons. Qu'est-ce qui se passe ? Pourquoi t'es pas en train de bosser ?

– Ruth est morte.

Ça ne me semble pas correct de compliquer les choses avec d'autres mots, de faire de la mort plus que ce que c'est déjà. J'imagine la photo de Ruth dans le hall des pompes funèbres, son corps tout poudré et parfaitement froid au milieu de l'odeur des cubes de fromage dont personne n'a envie.

Alé observe les skateurs et se retourne vers moi.

– Merde.

– Ouais.

– Ça va aller ?

– Non.

– Elle savait que tu l'aimais beaucoup.

Alé m'enlace, mais je secoue la tête et me dégage de son étreinte. J'aimerais pouvoir lui dire à quel point c'est la merde, que je suis assise ici à penser au fric alors que cette femme est morte et qu'Alé veut simplement me tenir dans ses bras.

On reste assises comme ça sans se toucher pendant un moment. On regarde les deux autres skateurs qui font des flips et qui se cassent la gueule, qui se massent les épaules et qui recommencent.

On est face à la rue, assez proches pour voir tous ceux qui rôdent dans le coin mais trop loin pour pouvoir identifier leurs visages. Du coup quand je l'aperçois, j'essaie de me convaincre que ce n'est pas elle. Que c'est quelqu'un d'autre qui marche tout en bleu, aussi étincelant qu'elle, avec des cheveux dont la couleur ressemble à la partie la plus chaude d'une flamme. Mais plus elle se rapproche, plus ses traits se précisent et je sais que c'est elle. Camila m'a vue, elle se dirige dans ma direction, lève la main haut dans le ciel et crie le seul nom par lequel elle me connaît. Kia. La piste nous sépare, Camila la contourne à pas de géant du haut de ses talons et finit par se planter au-dessus de nous.

– Alors, chérie, tu te lèves pas pour m'embrasser ?

Camila tend les mains pour m'aider à me mettre debout, je les saisis mais elle ne fait aucun effort pour me soulever, elle reste là et je me redresse toute seule. Elle m'enlace sans vraiment serrer, fait attention à ne pas abîmer son fard à paupières contre ma joue, puis elle me relâche. Elle prend mon visage entre ses doigts crochus et m'inspecte intégralement, à croire qu'elle cherche des cicatrices.

– Comment ça va ?

J'ai du mal à articuler avec ses mains sur mon visage, mais j'essaie quand même et je ne fais qu'avaler mes mots. Je suis parfaitement consciente qu'Alé est assise à côté et qu'elle nous regarde, les yeux braqués sur mon dos.

– Oh ça va, tu sais…

– Alors non, on me la fait pas à moi, réplique Camila en faisant claquer sa langue. Dis-moi ce qui se passe vraiment dans cette jolie petite tête.

Une partie de moi se demande si elle est au courant pour les flics, si elle va aux fêtes elle aussi, mais ça ressemble encore trop à un secret que je ne suis pas censée partager, alors je lui donne une réponse qui reste assez proche de la vérité pour la satisfaire mais qui n'en dévoilera pas trop à Alé.

– J'ai pas eu beaucoup de boulot ces derniers temps, c'est tout.

– Je te l'ai dit, ma belle, ce qu'il te faut c'est un daddy. Écoute, j'ai parlé de toi à mon homme et il est intéressé. Il s'appelle Demond. Il organise une petite fête le week-end prochain et il aimerait te rencontrer et prendre les choses en main, comme ça t'arrêteras de te prendre la tête pour rien. Qu'est-ce que t'en dis ?

– Je sais pas…

– Allez, Kia, viens à cette fête ! C'est ce samedi, au numéro 120 de la 38e Avenue.

– Je…

Camila libère mon visage et agite ses doigts.

– Je veux rien entendre. On se voit là-bas.

Et d'un coup Camila tourne les talons, elle marche le long de la piste comme si c'était la sienne, elle regagne le trottoir et se fond en une silhouette bleue qui pourrait être elle ou qui pourrait être du feu ou encore quelque chose entre les deux.

Je reste immobile face au vide qu'elle a laissé, et je sais qu'Alé grince des dents, la mâchoire verrouillée. Je peux presque sentir bouillir en elle toutes les questions qu'elle voudrait poser, ses yeux fixés sur mon dos. Si je reste immobile assez longtemps, peut-être que je finirai par me dissoudre dans le ciel et qu'elle oubliera que j'ai existé, que je suis allée à La Casa Taquería aujourd'hui. Si ça se trouve, elle oubliera même qu'elle est tombée de sa planche quand elle m'a vue, qu'elle a dérapé sur le dos et qu'elle aura mal demain matin.

Je ferme les yeux mais je ne disparais toujours pas. Plusieurs minutes s'écoulent avant qu'Alé prenne la parole :

– J'imagine que j'aurais dû me douter que tu t'étais foutue dans la merde.

Sa voix vient directement du fond de sa gorge, comme si elle retenait tellement d'autres choses qu'elle ne laisse pas sortir.

Je me retourne et la regarde.

– T'avais l'intention de m'en parler ? reprend-elle en bougeant sa mâchoire de droite à gauche, comme si la bouger assez fort allait lui permettre d'évacuer toute la douleur que je peux voir monter et s'échapper d'elle.

– Je sais pas, je lui réponds, et c'est la vérité.

Tout lui dire, ça aurait été comme admettre que ma vie se résume désormais à ça, ça aurait été comme m'engager vis-à-vis de la rue. Et se laisser attrapé par la rue, ça revient à organiser son propre enterrement. Moi je voulais des lampadaires étincelants et quelques billets au réveil, pas les allées sombres, pas les sirènes. Mais voilà. On finit toujours par se retrouver en plein jour, pile au moment où on s'y attend le moins. La nuit rampe jusqu'à moi quand le soleil est là.

– Je comprends pas, Ki. Tu sais ce qui est arrivé à Clara, alors pourquoi t'es aussi stupide ?

Elle secoue la tête et jette un coup d'œil aux garçons qui essaient toujours de faire les malins de l'autre côté de la piste.

– Pourquoi tu fais ça ?

– J'ai pas le choix.

– Nan.

Alé secoue de nouveau la tête, plus vite, puis elle se lève et attrape son skate en tremblant de tout son corps. Elle se tient face à moi, elle répète : « Nan », en continuant à trembler de partout, puis elle repose sa planche sur le béton, elle monte dessus et pousse encore et encore jusqu'à ce qu'elle ait dépassé la moitié du pâté de maisons, et moi je me retrouve debout en haut d'une piste de skate sans nulle part où aller.

J'ai quitté le skatepark quand des ados ont débarqué planche à la main et qu'ils ont commencé à m'interpeller. C'est pas pareil de marcher seule dans la ville en plein jour. J'ai l'impression de devoir me faire pousser des yeux dans toutes les directions et apprendre à marcher avec plus de jambes et moins de hanches. Après avoir dépassé plusieurs pâtés de maisons, je me suis retrouvée dans le bus qui me dépose juste à côté du Regal-Hi, et à cette heure-ci il a une couleur déprimante, tellement proche du blanc que je me demande si ce n'est pas moi qui ai tenté de me convaincre qu'il a toujours été bleu.

J'entre chez moi et mon téléphone sonne quasiment au même moment. Je le sors de ma poche le plus vite possible en me disant que c'est peut-être Alé. À la place, SHAUNA s'affiche sur l'écran et je décroche, même si toutes les cellules de mon corps me disent de ne pas le faire.

– Kiara.

Sa voix est lasse et je n'arrive pas à savoir si c'est seulement la fatigue typique d'une jeune maman ou s'il y a quelque chose d'autre qui s'y mêle.

– Ouais ?

– Je sais pas quelle connerie ils ont faite, mais la semaine dernière ils sont rentrés avec du nouveau matos et Cole m'a parlé d'une sorte d'arrangement et il dit qu'ils étaient pas loin d'y arriver et je sais pas, meuf, en tout cas moi c'est pas la vie que je veux.

– De quoi tu parles ?

– Je sais pas ce qui se passe mais ils se sont mis dans la merde, le genre dont on peut pas sortir, je crois. Faut que tu m'aides.

La voix de Shauna monte dans les aigus.

Je soupire. Je sais ce que ça fait d'être attrapé par la rue mais je ne sais pas comment on s'en sort ni comment aider les autres, à commencer par Marcus.

– Écoute, je vois pas franchement ce que je peux y faire.

Je lui dis que je dois la laisser parce que quelqu'un m'attend à la porte même si en fait il n'y a personne, je lui raccroche au nez et l'appartement tout entier retombe dans le silence.

On essaie toujours de posséder les hommes qu'on ne peut pas contrôler. J'en ai marre. Marre de devoir penser à tous ces gens et à tous les trucs à faire pour me garder en vie, pour les garder en vie. Il ne me reste pas assez d'air pour ça. Si ça se trouve, Camila a raison, il est peut-être temps pour moi de lâcher prise, de laisser l'un d'eux prendre le relais, prendre soin de moi. Mais je n'arrive pas à me sortir de la tête le coup de fil de Shauna, je me demande si Marcus va bien, s'il a trouvé assez d'argent pour nous tirer de là. Une partie de moi lui en veut toujours de ne pas être venu voir maman, mais maintenant qu'Alé ne me parle plus j'ai besoin de lui.

Il est quatorze heures, et même si c'est seulement le début du printemps la chaleur s'est faufilée jusqu'à nous, une journée chaude complètement inattendue au beau milieu de la fraîcheur. L'après-midi n'est pas encore fini quand la porte de l'appartement s'ouvre, Marcus entre, il se retourne et me regarde avec le plus magnifique des sourires aux lèvres et l'empreinte de mon pouce tout écrabouillée juste en dessous. Il avance droit sur moi et me soulève par la taille pour me faire tournoyer. Quand il me repose j'ai la tête qui chavire, et je suis incapable de me rappeler la dernière fois qu'il m'a fait tourner de cette manière, comme sa petite sœur, comme si on pouvait encore être des enfants.

– Qu'est-ce qui te prend ? je lui demande en riant, avant de lui donner un petit coup dans la poitrine.

Il a l'air plus grand aujourd'hui.

Ses yeux me fixent et il y a aussi un sourire à l'intérieur, ils sont tout éclairés.

– Comment ça ? C'est juste que ma p'tite sœur m'a manqué.

On dirait qu'il va me soulever encore une fois.

– Faut que je te montre un truc.

Ni une ni deux il me prend la main, attrape son sac à dos et son skate dans le placard et nous entraîne dehors. Marcus tire un peu plus fort sur mon poignet et j'ai presque l'impression d'être en train de fantasmer cette scène. On dirait qu'il a oublié toutes les saloperies qui se sont dressées entre nous au cours des deux derniers mois. Et comme il n'a pas été beaucoup à la maison, j'imagine qu'il n'a sans doute pas remarqué que je me démenais pour remplir l'enveloppe du prochain loyer et qu'il n'a même pas senti que le chlore et la merde font désormais partie de l'air ambiant et du parfum naturel de notre appartement. Je me demande s'il sait où je suis allée, ce que j'ai fait.

Je vais au rack à vélos près de la piscine et j'attrape ma bécane de fortune, celle que Marcus et moi avons fabriquée avec du ruban adhésif et des bouts de ferraille dégotés à la décharge. Sur nos vélos, on traverse East Oakland en crânant avec nos roues fluo plus brillantes que le ciel. Je roule derrière mon frère et on arrive sur la route. Il nous fait zigzaguer à travers des rues que je ne me rappelle pas avoir déjà prises, et c'est bizarre parce que je suis persuadée d'avoir parcouru cette ville dans ses moindres recoins. Je n'ai peut-être jamais levé les yeux. J'étais peut-être trop occupée à chercher.

Je l'interpelle :

– Tu m'emmènes où, Marcus ?

– T'inquiète, on y est presque.

Si ça se trouve, c'est comme ça qu'il compte m'apprendre qu'il a quelques billets en plus pour nous, même si Shauna a raison et qu'il a fait un truc qu'il n'aurait pas dû faire pour les obtenir. L'argent de la rue, ça reste de l'argent. Je peux déjà entendre le bruit de la voie rapide, on est encore dans East Oakland donc la route 880 ne doit pas être bien loin, mais je ne la vois toujours pas. Parfois on entend et on sent des choses qui n'apparaîtront jamais devant nos yeux. C'est pareil avec la voix de maman dans ma tête, quelque chose qu'on ne voit pas.

Marcus s'arrête brusquement sous une passerelle. C'est tellement inattendu que je manque de perdre le contrôle et de lui rentrer dedans. Je dérape, je freine et je mets pied à terre. Il fait sombre là-dessous et l'endroit est désert à l'exception de deux tentes. C'est là qu'on va bientôt atterrir si Marcus ne me file pas un coup de main : à dormir sous un bout de toile, mes hanches me laissant le souffle court quand aucune fermeture éclair ne pourra me protéger. Même l'ego de Marcus ne pourra pas ranimer mon corps après plusieurs nuits glaciales, et on n'aura nulle part où se réfugier pendant la saison des incendies, quand on sera rattrapés par la fumée.

– Qu'est-ce qu'on fait là ? je lui demande en posant mon vélo contre le mur.

Pas de réponse. Marcus retire son sac à dos, s'accroupit et l'ouvre. Dedans, il y a plein de bombes de peinture, celles qui coûtent cher et qu'on pique à Home Depot quand on se sent particulièrement invincibles. Il les aligne sur le sol : un arc-en-ciel tout entier.

– Tu les as eues où ?

– T'inquiète pas pour ça. T'as vu ? Je t'ai apporté un p'tit cadeau et je vais même être ton assistant. Un mur rien que pour toi. Vas-y, lâche-toi. Dis-moi ce que je dois peindre et je le peindrai. C'est ta journée, Ki.

Marcus relève les yeux vers moi, il rayonne de la tête aux pieds.

Une partie de moi se demande si je ne devrais pas m'y opposer et lui poser des questions, mais au lieu de ça je lui rends son sourire, j'attrape d'abord la bombe de peinture verte et je dis à Marcus de commencer avec le jaune. J'attaque les lignes et je lui donne mes instructions. Marcus ne fait jamais ce que je lui dis, mais aujourd'hui il dessine mes lignes et il me suit. Aujourd'hui c'est mon frère.

J'ai toujours les yeux fermés quand je peins, ce qui fait rire Marcus et Alé à tous les coups. Ils pensent qu'il faut voir pour peindre, mais la vue éloigne de ce dont on a vraiment besoin pour traduire les images en art. Je laisse tout ça flotter hors de mes doigts, s'échapper de mon souffle, et alors je n'ai plus besoin de regarder car c'est mon corps qui voit tout.

Je graffe depuis que j'ai treize ans. À l'époque je n'aurais même pas appelé ça du graff parce que j'avais juste quelques marqueurs et l'envie de voir mon nom tagué sur tous les pâtés de maisons. Puis Alé m'a acheté une bombe de peinture bleue pour mes quatorze ans et j'ai passé un mois à me déchaîner, jusqu'au jour où je l'ai secouée et où je me suis rendu compte qu'elle était vide. Depuis, c'est devenu une tradition : une nouvelle couleur à chaque anniversaire.

C'était Marcus qui m'emmenait faire des tours de vélo et qui me disait qu'il n'y avait pas vraiment de différences entre les fresques et les tags en spirale qu'on voyait en chemin, que l'art nous permet de nous imprimer sur le monde pour que personne ne puisse jamais nous effacer, que c'est à ça que servent les paroles de ses chansons.

L'année de mes quinze ans, au cours des premiers mois où on s'est retrouvés juste tous les deux, on prenait nos vélos et on allait faire les courses en dépensant le moins possible, on fourrait nos provisions dans nos sacs à dos et on les rapportait à l'appartement. C'était toujours moi qui cuisinais quand on achetait quelque chose qui était digne d'être cuisiné. Marcus, lui, il emportait ses Smarties pour les manger sur le canapé.

Un jour, ça faisait environ un mois que j'étais sienne et Marcus a décidé qu'on allait devoir être inventifs si on voulait gagner assez d'argent pour faire nos courses dans un vrai supermarché et pas dans un hard-discount. Il a décidé qu'on allait commencer à vendre notre art. Il n'avait pas encore rencontré Cole, donc il n'avait aucun moyen d'enregistrer sa musique, du coup c'était à moi de lancer notre petite affaire en peignant sur du carton avec de la gouache qu'on achetait un dollar le tube dans une boutique d'East Bay. C'était la seule chose qui nous poussait à rouler jusqu'à Temescal, un quartier qui se la raconte avec sa glace à la pistache comme si la boîte n'était pas en train de s'approprier tous les terrains en faisant passer ça pour de l'entrepreneuriat.

En rentrant des cours je trouvais désormais Marcus assis sur notre coin de tapis avec du carton et des tubes étalés devant lui, prêt à me tendre un pinceau. C'était la plus belle chose qu'il pouvait faire pour moi, m'offrir des couleurs. Parfois j'osais même imaginer que je pourrais devenir davantage que la sœur de Marcus, que je pourrais devenir le genre d'artiste qui met un cadre autour de ses œuvres.

On a commencé à sortir mes peintures le week-end, en les proposant à vingt dollars pièce. Marcus disait que c'était le tarif mais personne ne les achetait. Week-end après week-end, on s'exposait en plein soleil et on baissait le prix jusqu'à ce que deux vieilles dames aient pitié de nous et nous en achètent quelques-unes cinq dollars pièce. Je disais toujours à Marcus que j'étais désolée, et il répétait que ça allait mais je savais que c'était pas vrai. Puis il est allé passer plusieurs nuits chez Lacy et il est rentré avec un sourire crispé. Je n'ai plus vraiment peint depuis, à part un petit tag sur un arrêt de bus et des portraits d'Alé avec ma peinture d'anniversaire.

Je brandis le vert bien haut, et assez loin du mur pour le voir se propager à travers l'air pendant une milliseconde avant d'entrer en contact avec le ciment. Ça fait un bruit qui ressemblerait à celui de l'océan si l'océan était un truc qu'on pouvait fabriquer, si on pouvait contrôler une vague. Quand je tiens cette bombe métallique qui se met à bouillir dans la chaleur fugace de ce début de printemps, j'ai l'impression comme jamais auparavant d'être vraiment à ma place.

Je peins ce rêve récurrent, celui où je suis dans un champ, où tout a éclos et où j'ai la sensation que chaque cellule de chaque brin d'herbe a pris vie. Je dis à Marcus de peindre les fleurs : du jaune, des pétales sur des pétales sur des pétales jusqu'à ce qu'on ne puisse plus les distinguer les uns des autres.

Sur l'herbe, ou plutôt dans l'herbe, moi je commence à peindre la fille. Je secoue la bombe, je la tiens face au mur et je me remets à réfléchir. J'asperge un peu ma main et j'utilise mes doigts pour tracer les contours de cette fille qui est moi et qui ne l'est pas. Cette fille-là est plus jeune et elle a la bouche ouverte, grande ouverte.

Je dis à Marcus de peindre la robe de la fille du même jaune. Je veux qu'on ait l'impression qu'elle est en train de se fondre aux fleurs. Ma penderie n'a rien d'aussi éclatant, mais mon rêve me dit que c'est la couleur dans laquelle je serai enterrée, la bouche béante. Mes mains deviennent un fouillis de vert, de marron et de jaune et maintenant j'ajoute du bleu en écartant davantage la bombe du mur. Je suis trop petite pour peindre aussi haut que j'aimerais, mais Marcus me soulève au niveau des jambes et d'un coup je suis encore plus grande que lui et je me retrouve à faire un ciel sur le mur d'une passerelle.

Derrière nous, la fermeture éclair de l'une des tentes s'ouvre. Dès qu'il l'entend, Marcus me repose, on se retourne et on découvre deux jeunes femmes en train de s'extirper de leur refuge. Je me tiens là, les mains en l'air et peinturlurées comme avec du sang.

– Qu'est-ce que vous foutez là ? demande l'une d'elles.

Et je m'aperçois que le tissu enroulé autour de son corps n'est pas un foulard mais un porte-bébé. Dans lequel un petit enfant gémit faiblement.

– Rien de mal, on est juste en train de peindre, répond Marcus en tendant ses mains pleines de peinture devant lui.

On montre tout le temps nos mains aux autres comme si ça pouvait prouver qu'on est bien des humains.

L'autre femme plisse les yeux et je ne sais pas si ça nous est adressé ou si c'est juste à cause du soleil qui brille trop.

– Vous finissez votre truc et vous revenez plus ici réveiller le bébé et tout.

Marcus et moi on marmonne des excuses et on se retourne vers le mur. Il a l'air plus ou moins sali maintenant, on a envahi un espace qui n'est pas le nôtre.

– Allez, on termine, me souffle Marcus.

Il me soulève encore une fois et je remplis le reste de sorte que le mur entier se transforme en ciel. Marcus ramène ensuite mon corps au sol et je croise le regard de la mère assise dans la tente. Elle sourit, faiblement mais elle sourit, au moment de remonter la fermeture éclair et de disparaître.

– Hey, Ki, ça te va si j'ajoute un truc ?

Marcus attire de nouveau mon attention sur le mur. Il s'est reculé et le contemple.

Je hoche la tête, alors il attrape une bombe de noir, étire son bras tout du long jusqu'au ciel et dessine une unique note de musique. Puis il déplace sa main un peu plus bas et en ajoute une autre. Et encore une autre. Marcus dessine une partition musicale jusqu'en bas, jusqu'à la bouche de la fille pour faire pendre une clé de *sol* à ses lèvres. On dirait qu'elle va dégouliner dans sa gorge et qu'il n'y a que le mur qui la retient.

– Alors ?

Marcus se tourne vers moi, il lève les sourcils, son visage est sur pause et je ne peux pas m'empêcher de penser qu'il ressemble un peu à papa.

Je hoche la tête.

– C'est très beau, je réponds, et c'est la chose la plus sincère que je lui aie dite depuis que maman est partie.

On se recule tous les deux pour regarder la fresque.

Je crois que ce jour pourrait être celui que j'attendais. Le jour où mon frère va décider de redresser la tête et de réapprendre à tenir plus ou moins le coup dans cette vie. Le jour où il va poser sa tête sur mes genoux et me laisser le bercer. Il pourrait même me prendre la main ou me demander pourquoi j'ai des bleus en travers de la poitrine. Il y a des moments comme ça où j'ai l'impression d'être coincée entre la mère et l'enfant. Où j'ai l'impression d'être nulle part.

J'ai quelque chose à lui dire. Je me suis promis de le faire, et j'ai oublié la plupart des choses que maman nous a enseignées mais elle disait toujours qu'il faut tenir parole. Pas seulement maman. Toute la ville sait que s'il y a bien un truc à ne pas faire, c'est briser une promesse. De la même manière qu'on ne prend jamais le dernier morceau de poulet sans avoir d'abord demandé à toutes les personnes assez vieilles pour être notre mère si elles n'en veulent pas. Si ça se trouve, ce sont les manières du Sud qui ont voyagé jusqu'ici. Ou alors c'est le savoir-vivre d'Oakland. Ou peut-être qu'on apprend simplement de nos erreurs.

Si Marcus pouvait juste être avec moi, vraiment de mon côté et pas seulement dans ses mots, alors je serais peut-être capable de me sortir de ce bordel et de nous protéger suffisamment pour aimer comme il faut. J'ouvre la bouche pour parler, mais la chaleur se faufile le long de ma gorge et la dernière chose dont j'ai envie c'est de faire du bruit. Je déglutis.

– Mars.

– Ça fait un bail que tu m'as pas appelé comme ça.

Ma voix sort si doucement qu'on pourrait appeler ça un murmure :

– T'as pas vraiment été là pour que je t'appelle d'une manière ou d'une autre.

Il soupire, détourne la tête de la fresque et me regarde.

– Toi non plus.

Je le fixe, je contemple ses yeux qui sont rivés sur moi alors que d'habitude ils m'évitent. Je pivote face au mur. Il ne dit rien pendant un moment et moi non plus.

– T'étais où, Ki ?

Ça faisait tellement longtemps que j'attendais qu'il me pose la question. Qu'il me demande de quoi j'ai besoin. Qu'il me dise qu'il est prêt à m'aider.

– Sur le trottoir, je réponds.

Le ciel sur la fresque est vide de tout sauf de notes de musique et de bleu, et on dirait que ce bleu n'a pas de limites, qu'il tombe du ciel avec la musique et qu'il se rapproche de nous.

– J'avais pas d'autre endroit où aller.

Du coin de l'œil, je vois mon frère secouer la tête.

– Alors tu t'es dit que t'allais te taper des mecs au hasard comme la première des salopes ? Tony me l'a dit, mais je voulais pas y croire. Kiara, merde !

– T'as aucun droit de me juger. J'ai fait ça pour toi, parce que tu vis dans un putain de monde imaginaire. Tu m'as demandé un mois pour l'album et je te l'ai donné. En fait, je t'ai donné quasiment neuf mois pour tes conneries, mais ça a trop duré, Marcus, et on en est toujours au même point.

Son regard est dur et tranchant.

– Alors tu t'es dit que t'allais faire le trottoir ?

– J'ai fait ce que j'avais à faire pendant que toi tu restais le cul sur ta chaise. Je serais pas obligée de faire ça si tu m'aidais et que t'arrêtais tes conneries.

– Tu m'as dit que t'étais d'accord pour que je tente ma chance, me répond-il, et bizarrement sa voix devient de plus en plus aiguë. Tu crois que j'ai pas essayé ? J'essayais déjà de te protéger avant même que maman foute tout en l'air. Putain, je suis le seul à m'être vraiment soucié de toi ! Et tu m'en veux parce que j'ai enfin envie de faire quelque chose pour moi ?

– Non, je peux pas t'en vouloir pour ça. Mais jusqu'à preuve du contraire, ces temps-ci on vit pas dans le monde d'Oncle Ty et ça sert à rien de faire comme si c'était le cas. Bientôt aucun de nous deux aura nulle part où dormir et moi au moins j'essaie de me bouger.

– C'est pour ça que je me suis dit que je t'emmènerais faire un tour aujourd'hui, tu vois, pour me faire pardonner.

Son front n'est plus qu'un nœud de lignes qui me regardent de haut. Il croit sincèrement que quelques bombes de peinture vont suffire à effacer tout ça. Mes yeux se troublent et je m'aperçois que je suis en train de pleurer : doucement, lentement, mais je pleure.

– C'est pas la peinture qui va payer le loyer, Marcus. Je sais pas ce que tu attends de moi, que je te dise que je te pardonne ? Ça change rien que je te pardonne ou pas si on n'a plus rien à bouffer.

– Qu'est-ce que tu veux que j'y fasse ? J'ai déjà essayé côté boulot. Deux fois.

Je soupire et j'essaie de balayer le flou de mes yeux.

– Je suis allée voir maman. Elle a pas le numéro d'Oncle Ty, mais tu as toujours été son préféré.

Je le sens se figer, tout son corps se contracte.

– Aide-moi, Mars. Je me fous de savoir ce que tu dois faire, mais j'ai besoin que tu essaies. Va trouver Ty ou un autre job, n'importe quoi. S'il te plaît.

– Même pas en rêve, rétorque-t-il, et il frappe le sol de sa basket délacée. Tu sais très bien qu'il nous aidera à faire que dalle.

– J'ai pas de meilleur plan.

À treize ans, après le retour de papa à la maison, Marcus a commencé à sécher les cours et à traîner toute la journée avec notre oncle. C'était avant qu'il quitte la ville, avant qu'il signe avec une grosse maison de disques et qu'il s'offre une Maserati. Il n'était rien que le petit frère de papa, le bébé de la famille, et notre seule connexion à quelque chose de plus grand.

Oncle Ty, c'est le genre de personne dont on a envie de se rapprocher le plus possible, le genre vraiment magnétique. Il n'a même pas besoin de parler. C'est presque comme si on pouvait voir les pensées défiler à travers lui, l'intensité de ses convictions, et quand ses yeux se posent sur quelque chose ils ne s'en détachent pas. Petits, on pensait qu'Oncle Ty était magique et maman pensait qu'il valait mieux qu'on ne lui parle pas trop. Quand j'ai eu neuf ans, il a arrêté de venir pour Noël. Marcus a passé tout le réveillon à pleurer cette année-là, il s'est roulé par terre dans notre appartement avec les bras autour du ventre comme si cette distance forcée lui infligeait une vraie douleur physique. Si ça se trouve, c'était le cas.

Avant que la lettre d'avertissement pour absentéisme atterrisse dans notre boîte aux lettres, aucun de nous ne savait que Marcus séchait les cours pour être avec Oncle Ty. Pendant un semestre entier, ils étaient ensemble quasiment tous les jours. Quand notre oncle a quitté la ville et qu'il nous a plantés là après l'arrestation de maman, Marcus a fait le tour de l'appartement et il a cassé tous les trucs qui lui faisaient penser à lui.

Le jour où il a entendu la chanson d'Oncle Ty en boîte l'année dernière et où il a appris qu'il était devenu célèbre, Marcus est rentré à la maison ivre mort et larmoyant, il m'a caressé le front et il s'est mis à me raconter à quoi ils avaient passé leur temps quand ils étaient ensemble. Oncle Ty l'emmenait d'abord au skatepark, puis il allait retrouver un groupe de gros caïds avec des chaînes énormes autour du cou, il se défonçait avec eux, il disait des conneries et il leur faisait écouter sa musique. Marcus s'asseyait dans un coin, il respirait la fumée et il attendait qu'Oncle Ty le ramène au skatepark. Il m'a raconté qu'il leur arrivait d'aller dans l'une de ces belles baraques où des types pleins aux as offraient des cigares à Oncle Ty, et lui, il proposait toujours à mon frère d'essayer. Marcus avalait la fumée alors qu'on n'est vraiment pas censé avaler avec un cigare, et il finissait par vomir dans la salle de bain. Même quand Oncle Ty ne lui apportait rien d'autre que du chagrin, Marcus l'aimait plus que tout au monde. Il le vénérait pour de vrai.

Mon frère secoue la tête.

– Débrouille-toi toute seule.

– Sérieux ? Tu peux pas faire ça pour moi ?

Marcus me regarde avec la même expression apeurée qu'il m'a lancée le jour où papa a essayé de me prendre la main près du cercle de percus. Il secoue la tête.

– J'suis désolé.

Je récupère mon vélo, et le seul truc auquel je pense c'est qu'il faut que j'aille quelque part où tout n'est pas aussi bleu.

J'ai pris ma décision avant même de mettre des mots dessus, il m'a suffi de regarder mon frère qui continue de secouer la tête.

– Papa serait tellement déçu de voir ce que t'es devenu. Vas-y, tente ta chance, Marcus, mais moi je vais pas t'offrir un lit alors que tu rentres les mains vides après avoir passé tes journées à jouer au gros dur. Tu veux que je te laisse tranquille ? Casse-toi et va vivre ailleurs. Si tu veux rester avec moi, va falloir que tu te démerdes pour trouver un moyen de me filer un coup de main.

Je grimpe sur mon vélo, la selle est encore chaude et je me mets à pédaler, de plus en plus fort jusqu'à ce que mes jambes ne soient plus qu'une image floue faite de muscles, de femme et de sueur. Je sais que je viens de trancher dans quelque chose qui était entre nous, et que j'ai déchiré le traité qu'incarnait notre appartement en disant ça juste après un moment aussi sacré. Je me demande si la fresque servira de commémoration à cette journée, si elle pourra nous ramener à la vie d'avant, nous ramener l'un vers l'autre.

Le soleil d'Oakland s'efface dans son petit fredonnement habituel. Alé n'a pas répondu au téléphone depuis l'épisode du skatepark et j'ai trop peur de lui demander si elle m'aime toujours comme avant. Après chaque nouvelle journée sans la voir, j'ai l'impression qu'on sera de moins en moins capables de se reconnaître. Je parie qu'elle a de nouveaux tatouages maintenant. Si ça se trouve, elle n'a même plus la même odeur.

Marcus est parti. Ça fait officiellement une semaine depuis le jour de la fresque, et hier il a récupéré les vêtements que je lui avais lavés. Il est sûrement chez l'un de ses potes et j'ai le sentiment d'être la dernière survivante de notre famille, la seule qui reste dans cet appartement.

Je n'arrête pas de penser à la fête à laquelle Camila m'a invitée et d'imaginer une boule à facettes. Possible qu'il n'y ait même pas de boule à facettes, mais c'est ce scintillement qui me donne envie d'y aller, juste pour voir si tout cet éclat pourrait me faire tourner la tête et si cette vie-là pourrait être faite pour moi. Peut-être que je pourrais tenir la main de Camila toutes les nuits, gagner assez d'argent pour que Trevor n'ait jamais à se faire de souci dans sa vie, renoncer au confort pour quelque chose de stable et de dur.

Je retrouve Trevor à l'arrêt de bus presque tous les jours et on va au terrain de basket, on a plein de paris au programme. Quand on a battu la fille au sel de la baie, elle a dit à ses amis du collège que quelqu'un ferait mieux de donner une bonne leçon à ce petit morveux et à sa vieille baby-sitter. Ils ont cru qu'elle racontait des conneries, mais apparemment ils sont assez naïfs pour dépenser tout leur fric dans des mises qu'on est déjà sûrs de remporter. Ça nous a rapporté de quoi couvrir le loyer de mars, ça et les billets de quelques flics.

Avec Trevor il arrive qu'on s'entraîne tard certains soirs, quand Dee revient et qu'elle recommence à se déchaîner avec son rire. Il frappe à la porte de mon appartement, on sort le ballon et on va faire des dribbles autour de la piscine. Parfois, je l'imagine débarquer devant chez moi et frapper quand je ne suis pas là, je l'imagine qui attend alors qu'il n'y aura jamais de réponse.

Il commence à faire sombre et la fête débutera dès que le soleil aura disparu. Je me prépare, j'enfile la seule robe que je possède et qui ressemble davantage à une chemise de nuit qu'à quoi que ce soit d'autre. Cadeau d'un des flics, et ça me rappelle que j'ai vécu tout un siècle en seulement quelques mois. Le temps bouge dans tellement de directions.

Dans la salle de bain, je regarde droit dans le miroir. Je suis de toutes les nuances de marron. Dans mes cheveux il y a des reflets roux qui remontent à la fois où j'ai essayé de les teindre en auburn, et je me maquille avec du mascara dilué et de l'eye-liner que je ne sais pas vraiment appliquer. Je finis par ressembler à une version adulte de moi-même, plus anguleuse. Mon visage est beaucoup plus tranchant qu'avant et mes épaules accentuent le côté déshabillé de la robe avec mon corps qui se voit au travers. Je ne suis pas si maigre que ça, mais visiblement mes épaules pensent que je le suis. Le reste de mon corps est un coussin doux qui garde mes organes à l'abri.

Il est vingt-deux heures et j'enfile mes nouveaux escarpins. Ils sont tout argentés et le talon fait cinq centimètres de moins que ceux que je portais le soir où j'ai rencontré Metal Man. Je ne prends pas de veste parce que je sais à quel point ça sera étouffant, peu importe la maison, la cabane ou l'entrepôt où aura lieu la fête, et le seul truc pire que le froid, c'est la transpiration causée par une chaleur à laquelle on ne peut pas échapper.

Quand Camila m'a donné l'adresse, je crois que ça ne lui a même pas effleuré l'esprit que j'étais toute seule, sans voiture, sans même une carte de bus depuis que celles qu'on a chapardées avec Alé n'ont plus de crédit. J'ai repéré le chemin avant de partir, mais une fois dans High Street, ces trois kilomètres prennent l'allure d'un marathon que mes pieds sont incapables d'endurer.

Quand on n'a pas le choix, il n'y a plus qu'à marcher. J'ai mal à la plante des pieds, une douleur familière qui me signale que non seulement je vais avoir des ampoules au réveil, mais qu'en plus mes pieds vont bleuir et même prendre une teinte violette plus proche du cou de ma mère que de la couleur normale de la peau.

Je pense à chacun de mes pas en me répétant : « Talon, orteil, talon, orteil. » Ça rend les choses plus faciles. Les coups de klaxon des connards dans leurs voitures accompagnent chaque enjambée et je n'y prête aucune attention jusqu'à ce qu'un véhicule s'arrête. Vitre baissée. Je me crispe et regarde de plus près, juste assez pour constater qu'il s'agit d'une femme. Ses haut-parleurs hurlent du Kehlani et ses cils sont décorés de paillettes bleues.

– Je peux te déposer quelque part ? me demande-t-elle.

Je hoche la tête avant de jeter un coup d'œil à la banquette arrière. C'est un vrai cirque là-dedans, seul le siège du milieu est libre. Les autres filles ouvrent la portière et la plus proche de moi se décale pour me faire une place. Elles vont clairement à une fête, leurs robes ont à peine plus de tissu que la mienne.

Je m'engouffre à l'intérieur.

– Tu vas où ? me demande la femme au volant.

Je lui donne l'adresse, et la fille à mes côtés se penche vers celle qui conduit.

– C'est pas chez Demond, ça ?

Elle a essayé de chuchoter mais c'est sorti suffisamment fort pour que toute la voiture l'entende, même avec le boum-boum de la stéréo.

Celle qui conduit fait un petit hochement de tête et s'adresse de nouveau à moi :

– Je m'appelle Sam. Tu sais dans quel genre de maison tu t'apprêtes à mettre les pieds ?

– Je sais tout ce que j'ai besoin de savoir. Moi c'est Kia.

Le reste du trajet se déroule dans le silence, exception faite de la musique. Au moment de me laisser descendre devant la maison, Sam pivote vers moi et me touche le genou.

– Si Demond essaie de te donner un truc, ne le prends surtout pas.

Ses cils bleus s'agitent de bas en haut, puis elle se retourne vers le volant et la portière s'ouvre. La fille à côté de moi me pousse légèrement, je trébuche en descendant sur le trottoir mais parviens à retrouver mon équilibre malgré les escarpins, qui me donnent l'impression de marcher sur des échasses. La maison me rappelle les fêtes dans les dessins animés : on dirait qu'elle fait des bonds, des lumières stroboscopiques brillent à travers les fenêtres et des gens s'attardent sur les marches du perron. À part ça tout est sombre jusqu'au bout de l'impasse, et s'il n'y avait pas autant de frénésie à l'intérieur je pourrais croire que des enfants habitent là, avec cette jolie clôture et tout le bordel.

Je regarde la voiture et sa clique s'éloigner.

– Hey, t'es une des filles de Demond ? me demande l'un des types qui fument des cigares sur les marches.

– Non, je suis là pour voir Camila, je réponds en m'approchant.

La peur ne fait rien d'autre que nous peindre le cou en rouge, leur montrant à eux tous à quel point ce serait facile de nous déchirer en deux.

Le mec hoche la tête. Son pote le rejoint et il tire sur son cigare.

– Camila…, il souffle, avant de lâcher un petit rire. Elle est dans le milieu depuis tellement longtemps, je parie qu'elle connaît quelques trucs sympas.

Je ne sais pas trop à qui il s'adresse parce qu'il regarde le ciel et on dirait qu'il attend que les nuages lui répondent.

Le type à côté de lui est torse nu et il me regarde dans les yeux.

– Ouais, et elle coûte un petit paquet de pognon, aussi.

Le Type dans les nuages se tourne vers lui.

– T'as pas été avec elle ?

– Personne a jamais été avec Camila ni vécu assez longtemps pour en parler. Quand t'as autant de blé, faut s'attendre à ce que les autres en aient après ton cul.

Il se concentre à nouveau sur moi.

– J'imagine que t'es l'une de ses nouvelles filles. Elle sait comment les dégoter.

Ses yeux s'attardent sur chaque partie de mon corps et je me sens aussi nue qu'en sortant de la douche, quand le beurre de karité n'a pas encore été complètement absorbé par ma peau.

– Si vous voulez bien m'excuser, je dois y aller.

Je navigue entre eux jusqu'en haut des marches, vers la porte d'entrée et la musique électro tonitruante. Derrière moi, Torse nu hurle un « Je te retrouverai plus tard, ma belle », et je sais que c'est précisément pour ça que je suis venue, mais des picotements grimpent le long de ma colonne vertébrale comme une mise en garde.

À l'intérieur, la chaleur tombe pesamment du plafond et c'est un tout autre genre de corps sur corps. Ici ils se déhanchent, et à la place de la joie il y a beaucoup trop de désir, exactement ce que maman dit qu'il faut éviter. Pourtant on veut tous quelque chose ; la plupart d'entre nous remplacent ce qu'ils veulent vraiment par de la chair, et ça fonctionne jusqu'au réveil, jusqu'au moment où le miroir nous renvoie une image floue de souvenirs entremêlés qui nous prennent à la gorge.

Je me faufile à travers la première pièce, puis la deuxième. Quelqu'un danse sur le comptoir de la cuisine et chaque recoin de la maison est occupé par des gens à moitié nus. Je me dirige vers la table et vers l'odeur de vodka renversée. Je cherche la bouteille la plus propre, je finis par trouver de la tequila et je m'en verse un fond dans un gobelet en plastique. Je le vide d'une traite, et dès que ça touche mes lèvres je suis saisie par un petit goût sucré qui n'est pas supposé accompagner les alcools forts, mais je suis trop fatiguée pour me soucier d'où ça vient. Je bois plus que ce que je devrais, j'espère que ça suffira pour que l'alcool s'attarde, même quand j'aurai dansé et transpiré la moitié de ce que j'ai bu, j'espère que ça fera rapidement effet et qu'alors ma paranoïa se dissipera.

La chaleur se répand jusque dans ma poitrine et je retourne au chaos. Il y a tellement d'yeux dans cette pièce, je passe d'un regard à un autre, je reçois tous les clins d'œil et les œillades insistantes mais je n'y réponds que de façon glaciale. Je la cherche en sachant qu'elle sera plus grande que la plupart des gens, et ce quelles que soient les chaussures étincelantes sur lesquelles elle aura perché sa longue silhouette.

Elle est debout sur la terrasse avec les bras au-dessus de la tête et elle tortille son corps au son d'une musique qui n'existe probablement pas dans notre univers. Camila est plus radieuse que ce que peut supporter la ligne de basse de ce morceau. Je fais une embardée dans sa direction, croise un petit homme qui a l'air de surveiller la porte donnant accès à l'extérieur. Camila me voit, elle bloque le point de jonction entre son cou et son épaule en agitant les deux mains en l'air et elle lâche un cri aigu :

– *¡Mija!*

Et là j'ai vraiment l'impression d'être sienne.

Elle me prend dans ses bras et aujourd'hui elle est orange de la tête aux pieds. Je ne pensais pas qu'on pouvait mettre du orange sans que ça évoque la robe bon marché de la *quinceañera* d'Alé, mais Camila porte cette couleur à la perfection. Elle est vêtue d'un short et d'un haut sans manches qui brillent tous les deux d'une profonde couleur d'orange sanguine. C'est comme si le jus du fruit dégoulinait sur ses pieds, qui sont ornés de bottes fluo et dont la couleur devient de plus en plus sombre et saturée en remontant le long de ses cuisses.

– Comment ça va ? T'as pris un verre ?

Je hoche la tête et Camila se retourne pour dire au demi-cercle de personnes réunies autour d'elle : « C'est l'une de mes petites catins, Kia. Pas la peine de l'emmerder si vous pouvez pas aligner les billets derrière. Mes filles coûtent cher. »

La plupart des gens autour de nous acquiescent ou marmonnent un « Salut », mais tous les yeux restent fixés sur elle. Ils ne regardent même pas ses fesses ou ses seins ; le visage de Camila suffit à faire basculer n'importe quel endroit dans la frénésie la plus totale : sa fossette au menton accentue chaque relief de son visage, il est tout en angles avec de délicates courbures autour. Ses yeux sont d'un brun infini et elle porte ses cils comme si c'était des accessoires.

– T'as déjà rencontré Demond ? me demande-t-elle.

Je secoue la tête. Camila me dit que je devrais apprendre à parler un peu plus et j'éclate de rire.

Elle prévient tous ceux qui se trouvent sur la terrasse qu'elle revient vite, puis elle m'emmène à l'intérieur et me conduit à travers la cuisine jusqu'à une porte close qu'elle ouvre comme si c'était chez elle.

J'entre dans la chambre et je suis immédiatement frappée par la fumée des bangs, si épaisse que je jurerais qu'il n'y a plus aucun air à respirer. Le lit, sûrement un king-size, est l'épicentre de la pièce, et dessus il y a une dizaine de personnes assises ou allongées pêle-mêle. Uniquement des filles avec un homme en plein milieu qui a des lunettes de soleil et des dessins délicatement tracés à la tondeuse sur son crâne. Il est maigre mais plus grand que tous les hommes que j'ai rencontrés dans la vraie vie. Ses pieds touchent le bout du lit. Je ne sais pas où il regarde de sous ses lunettes, mais je me sens observée.

Camila me conduit dans un coin de la chambre, vers un canapé que je n'avais pas remarqué à travers le brouillard de fumée, et on s'assied entre deux nanas.

– Demond, c'est l'une de mes filles, Kia. Celle dont je t'ai parlé.

Il fait glisser ses lunettes sur le bout de son nez et je peux enfin voir ses yeux, même à travers la fumée. Ses globes oculaires ont l'air huileux et glissants, comme s'ils étaient imbibés de graisse. Il a les yeux noirs mais il y a quelque chose d'autre derrière le noir, le tranchant d'une lame en argent qui scintille. Il fait tourner deux fois le piercing qu'il a dans le nez et déglutit bruyamment.

– Elle est spéciale.

Sa voix est un croassement pénétrant qui résonne à travers toute la chambre.

Camila, les jambes croisées, trace du bout du doigt des motifs invisibles sur le dos de ma main, puis elle se penche vers Demond.

– Et elle a pas de daddy.

Je remue sur le canapé, mal à l'aise, le cuir colle à la peau de mes cuisses et je ne suis pas certaine de ce que Camila croit faire en me vendant comme ça.

– Je me débrouille très bien toute seule, je réplique, et toutes les têtes se tournent pour me dévisager, toutes les filles ont les yeux qui s'embrasent.

Demond se redresse, repousse la nana allongée contre lui et pose ses pieds au sol. Il frappe dans ses mains et il me dévisage. On ne doit pas être à plus d'un mètre l'un de l'autre maintenant, mais le brouillard semble toujours aussi épais.

– Ma belle, moi je peux te faire jouer dans une tout autre catégorie.

Son souffle est un mélange de menthe poivrée et d'herbe qui se répand à travers sa voix.

Camila se tourne vers moi et chuchote à mon oreille :

– Écoute juste ce qu'il a à te dire. Pas la peine de te décider ce soir. Donne-lui dix minutes et viens me retrouver après.

Son torse se déroule et la voilà debout, elle retire ses doigts de ma main, elle est tout orange, radieuse, et elle me laisse seule. Je la regarde disparaître par la porte jusqu'à ce qu'il n'y ait plus que moi, Demond et tout ce sabbat de filles.

Demond attrape la main que Camila vient de lâcher et me tire vers lui. Il déroule chacun de mes doigts de mon poing, puis il regarde attentivement ma paume comme pour la déchiffrer.

– T'es jeune, me dit-il, et ce n'est pas une question. Jeune, ça me gêne pas, mais je sais déjà que tu seras pas facile, j'me trompe ?

Je me fais tapoter par tous les os de ses doigts.

– C'est juste que j'aime pas qu'on me dise quoi faire, je réponds d'une voix grave pour masquer le froid qui a migré jusqu'à mon estomac.

Il se marre en entendant ça, et dans la seconde qui suit les filles font résonner un chœur de gloussements. À l'instant où il se tait, elles se taisent également.

Je retire ma main de son emprise et je me renfonce dans le canapé.

– Pas envie de devenir ta petite pute et de rire à des trucs pas drôles.

Le seul moyen de s'échapper de cette pièce, c'est de parler avec autant d'assurance que lui. Alors j'essaie de rendre ma voix gutturale. Avant de venir, je croyais que je pourrais avoir envie de tout ça, mais quand je le regarde je sais qu'il ne va ni me protéger ni rendre les choses plus simples même si je me fais vraiment plus d'argent. Avec lui j'abandonnerais toute chance de trouver quelque chose qui ressemble à la liberté et à une vie loin du monde de la nuit.

– T'es vraiment une fille de Camila, dit-il en m'imitant, avant de reprendre sa position sur le lit. Tu passes combien de nuits sur le trottoir ? Cinq ? Six ?

Je ne réponds pas mais il voit bien que je suis en train de m'effondrer, il voit toute cette fatigue en moi et il continue à parler :

– Mes filles sortent deux, peut-être trois nuits par semaine et elles se font plus de deux mille balles chacune. Lexi va t'expliquer tout ça, pas vrai ?

Il s'adresse à la fille à côté de moi. Jusqu'à présent, je n'avais pas vraiment fait attention à elle, mais rien qu'en la voyant j'ai envie de m'enfuir en douce.

Lexi est petite, moins d'un mètre cinquante, et elle ne doit pas avoir beaucoup plus de quinze ans. Ses cheveux ressemblent aux miens quand j'étais gamine et que maman en prenait soin, de délicates bouclettes qui encadrent un visage rond. On devine qu'elle a essayé de se maquiller et de se poudrer en femme, mais elle a toujours l'air très jeune. Ses mains tiennent fermement son sac et elle tripote la lanière.

– Salut, me dit-elle.

Je ne crois pas qu'elle essaie de chuchoter mais sa voix est particulièrement basse.

Elle est sur le point d'ajouter quelque chose quand la porte s'ouvre et qu'un homme fait irruption dans la chambre.

– Yo, Demond, y a des mecs qui essaient de te piquer des trucs.

C'est celui qui surveillait la porte de la terrasse, le type petit et large.

Demond se lève et je le trouve encore plus grand que ce à quoi je m'attendais, il touche presque le plafond.

– Fait chier.

Il fait deux pas immenses, atteint la porte et la claque derrière lui.

Maintenant il n'y a plus que les filles et moi. Je les vois regarder autour d'elles comme si elles essayaient de comprendre où elles sont, comme si elles n'avaient encore jamais eu aucun moment à elles pour respirer et observer les lieux. Je me rends compte qu'aucune n'a bougé depuis que je suis entrée dans la pièce. À présent, il y en a quelques-unes qui se lèvent et commencent à marcher, à attraper des photos sur l'étagère ou à se murmurer des trucs à l'oreille.

– Toi aussi, c'est un des gars de Demond qui t'a attrapée ? C'est la première fois que tu viens ?

La voix de Lexi est un peu plus forte maintenant, mais elle résonne toujours comme si elle était sous l'eau et que ses mots s'échappaient en flottant.

Je la regarde à nouveau, la fumée se dissipe et je finis par comprendre au moment où je remarque sa façon de tripoter la lanière de son sac et ses yeux affolés qui balaient la chambre.

– Je suis pas l'une de ses filles. Personne m'a attrapée.

Dès que les mots ont quitté ma bouche, quelque chose dans son visage s'effondre, et un espoir dont je n'avais pas encore noté la présence disparaît.

Je m'embrouille, je pense à Alé et à Clara.

– T'as pas de téléphone ? Je peux essayer de t'aider, te trouver un coin où dormir, et t'auras qu'à demander à quelqu'un de venir te chercher.

Je farfouille dans mon sac pour prendre mon portable, mais Lexi m'interrompt en tendant sa petite main potelée.

– Y a personne pour venir me chercher.

Et là elle sourit, un sourire brutal et vide qui ne va pas avec son visage, et elle continue à jouer avec la lanière de son sac mais elle ne me regarde plus.

La pièce est désormais suffocante et la seule chose dont j'ai envie, c'est de sortir et de retrouver Camila. Je me lève et, une fois de plus, toutes les filles m'observent quand je passe la porte de la chambre, que je laisse entrouverte pour qu'elles puissent peut-être recommencer à respirer.

Alors que j'étais de retour auprès de Camila, le type torse nu du perron est venu me chercher et il m'a entraînée dans l'abri de jardin derrière la maison de Demond. Il m'a dit « Combien ? » et je lui ai donné le chiffre le plus haut que j'avais jamais demandé à un homme mais il n'a même pas cillé, il a simplement sorti les billets de sa poche et il a baissé sa braguette. Quand je lui ai demandé comment je devais l'appeler, il a dit que je n'avais pas besoin de lui donner un nom et qu'il n'aimait pas parler.

Quand Torse nu est parti, son pote, le Type dans les nuages, est entré dans l'abri et il a réclamé son tour. Je ne lui ai même pas demandé comment je devais l'appeler parce que dans ma tête c'était simplement le Type dans les nuages, et lorsqu'on colle un autre nom là-dessus la magie disparaît.

Je remets ma robe maintenant que je suis seule dans l'abri et je me hisse de nouveau sur mes talons. Mes pieds ont enflé pendant la nuit, alors je dois forcer pour les faire entrer. Je sors et la première image que je vois, c'est Camila et tout son orange en train de s'agiter sur la véritable musique cette fois-ci, mais elle remue toujours avec plus de grâce que je l'ai jamais fait.

Je grimpe les marches jusqu'à la terrasse, Camila me voit et elle m'attire aussitôt dans sa danse. J'ai pris quelques shots supplémentaires et je laisse les vibrations ramper en moi et m'entraîner dans le rythme souple de Camila, j'entre avec elle dans la musique. Les battements dans ma poitrine, le ventre qui se balance de gauche à droite, les hanches qui roulent, son corps serré contre le mien.

Je crois d'abord que les vibrations viennent de mon corps, l'effet de la tequila ou un truc comme ça. Mais le rythme est bien trop régulier et trop compact pour venir de moi ou de la danse. Je farfouille dans mon sac, je me dégage de Camila et je vais me pencher par-dessus le rebord de la terrasse pour répondre au téléphone. La voix résonne avant que je puisse dire quoi que ce soit. Je sais qui c'est sans qu'il ait besoin de le préciser. Je n'oublie jamais aucune de leurs voix.

– On vient de m'appeler pour me dire que t'es à une fête. Deux de nos gars sont sous couverture là-bas, on va y mettre fin et faire une descente dans environ une heure. Je suis garé au coin de la rue. Sois dehors dans cinq minutes.

Il raccroche sans attendre ma réponse. Je ne connais pas son nom mais je connais son numéro de matricule : 612. C'est comme ça que je l'appelle, comme ça qu'il m'a dit de l'appeler.

Aucun d'entre eux ne m'a jamais passé un coup de fil de ce genre, et soudain je me mets à regarder tous ces corps autour de moi pour essayer de repérer les indics. Je remets le portable dans mon sac et je me tourne vers

Camila. Elle est toujours en train de se tortiller, de se trémousser et de s'agiter. Elle a les yeux fermés et tous ceux qui l'entourent sont en transe rien qu'à la regarder. Je finis par intégrer les paroles de 612 et je tapote l'épaule de Camila, mais elle n'ouvre pas les yeux. Je réessaie, je la secoue doucement et elle finit par me regarder. Je me penche à son oreille pour lui murmurer :

– Tu dois sortir d'ici, les flics sont dans le coup.

– De quoi tu parles, Kia ? me répond-elle en riant et en agitant les bras en l'air. Détends-toi !

Je répète ce que je viens de dire, mais je crois que le rythme est entré dans sa tête parce qu'elle ne bouge pas, elle se contente d'ouvrir la bouche et d'en laisser sortir un rire aussi mélodieux que de la musique.

Pour finir je la laisse là : sur la terrasse, en train de danser. En me retournant, je m'aperçois que les gens autour d'elle ne la regardent pas, ils la surveillent, et un petit quelque chose dans l'image que j'ai de Camila m'apparaît soudain comme complètement faux. Cette femme se ment à elle-même pour se persuader qu'elle maîtrise la situation, mais il se passerait quoi si elle essayait de partir avec moi ? Ces types viendraient la chercher et la ramèneraient ici comme n'importe quelle autre fille de la chambre de Demond. Prise au piège.

Je serpente à travers la maison et me dis que plus on approche de deux heures du matin, plus elle se remplit et plus elle devient assourdissante. Les regards sont maintenant affamés d'envie, on dirait que la nuit les a avalés pour ne recracher que du désir. Je sors par la porte principale et descends les marches, quelqu'un hurle un truc mais je ne l'entends pas vraiment à travers les vibrations et l'apaisement de l'air redevenu respirable.

Je regarde autour de moi à la recherche de sirènes, de clignotements lumineux, d'une voiture. De l'autre côté de la rue, une Prius d'un bleu profond baisse sa vitre et il est là, comme dans mon souvenir : cheveux roux et taches de son sur les joues. Je traverse pour le rejoindre et la portière côté passager s'ouvre. Je monte à bord.

– C'est ta voiture ?

Il lâche un petit rire. Pas d'uniforme, pas d'insigne, juste un jean.

– T'es au courant qu'on a une vie en dehors du poste de police, non ?

J'essaie de rire avec lui mais aucun son ne sort, un peu comme maman quand elle ouvrait la bouche et que sa mâchoire bougeait mais qu'elle paraissait coupée du bruit qui en jaillissait.

Il démarre, il s'éloigne de la maison et j'y jette un dernier coup d'œil, je pense à Lexi et à la lanière de son sac, à Camila en train de tourbillonner.

– On va où ? je lui demande en regardant par la fenêtre.

C'est l'un de ceux que j'ai du mal à regarder parce qu'une partie de moi aimerait que ce ne soit pas vraiment lui, qu'il soit chez lui en train de lire un livre à un petit rouquin et non ici avec moi. Sa façon d'empoigner le volant me rend nerveuse, on dirait qu'il a peur de ne pas le serrer assez fort et qu'il est sur le point de le briser en deux.

Il se racle la gorge.

– Il est tard, je t'emmène chez moi.

Avant, je faisais souvent ce rêve dans lequel maman m'abandonnait au supermarché. À chaque fois qu'on allait faire des courses, elle devait vérifier combien il nous restait sur la carte de crédit des aides sociales et donc elle se planquait dans un coin pour appeler le service clients, parce qu'elle perdait systématiquement le dernier reçu. Moi, j'allais déambuler dans le magasin, parfois avec Marcus, parfois toute seule. Je prenais tout ce dont j'avais envie : des boîtes et des boîtes de céréales de marque et ces pizzas que les familles des séries télé mettent au four et qu'elles se partagent autour d'une belle table de salle à manger en bois. Ensuite, je parcourais quelques rayons et j'abandonnais mes produits au mauvais endroit en espérant qu'ils m'y attendraient jusqu'à mon retour, deux semaines plus tard. Je ne les retrouvais jamais.

Dans mes rêves, je suis assise au milieu d'un rayon et je regarde autour de moi en attendant que les murs se transforment et qu'ils fassent apparaître ma mère. Je crois qu'on ne peut pas se sentir davantage prise au piège que lorsqu'on se retrouve au beau milieu d'aliments qu'on n'a pas le droit de manger, et qu'on attend le moment de rentrer chez soi sans savoir si quelqu'un se souvient de notre existence.

En cet instant je ressens presque la même chose, assise dans cette voiture à fixer les ongles de 612 qui s'enfoncent lentement dans le volant. Je me demande combien de temps il faudra à Marcus pour m'oublier, si les seuls moments où il pensera à moi ce sera quand il se regardera dans le miroir et qu'il verra l'empreinte de mon pouce sur son cou.

Quand on n'a pas grand-chose, une empreinte, c'est énorme.

Je ne pense pas que 612 va essayer de m'assassiner ou un truc dans le genre. En fait, il est gentil, du moins autant que possible, et il a une transpiration nerveuse qui rend les choses toutes poisseuses. Rien à craindre, tout à plaindre.

Personne ne m'a jamais invitée à aller chez lui avant. Ni les hommes de la rue, qui n'ont pas les moyens de se payer un endroit assez classe valant la peine de m'y emmener et qui préfèrent me traîner jusqu'à leur voiture ou une chambre de motel. Ni les flics, qui ont une femme à la maison et qui préfèrent me tenir à l'écart, qui aiment me prendre en groupe. Ni le petit copain que j'ai eu à quatorze ans, quand j'essayais encore de profiter de l'enfance : tennis propres et entraînements de basket. Même Alé ne m'invite pas chez elle. Il n'y a jamais eu que mon appartement, le studio dans le sous-sol de chez Cole et la rue. Je n'ai d'ailleurs jamais vraiment réfléchi au monde qui s'étend au-delà de tout ça, quand les gens rentrent chez eux, qu'ils remontent les draps et qu'ils rêvent un peu.

– T'inquiète pas, y a personne là-bas, c'est juste pas très propre.

Je hoche la tête, je me tourne vers la fenêtre et je souris. Il s'inquiète du bazar dans sa chambre. On est tous les deux dans sa voiture à deux heures du matin et lui, il a peur que je trouve son appart dégueu.

Je m'attendais à ce qu'on roule longtemps, mais à peine dix minutes plus tard il s'arrête dans une allée de garage. Je pensais qu'il allait m'emmener dans un studio, plus grand que le mien mais parfait pour lui et sa solitude. Juste assez de place pour lui et son insigne. Au lieu de ça, une maison nous toise. Elle est toute grise et fraîchement repeinte, avec une balancelle sous le porche. Je crois bien ne jamais avoir eu envie de m'asseoir sur une balancelle avant, mais celle-ci m'y invite presque et je dois me faire violence pour ne pas m'y installer comme si j'étais de retour au parc avec Alé.

Il farfouille dans le noir à la recherche de ses clés alors même que des réverbères éclairent toute sa rue. Les avantages d'une vie de riche, j'imagine. Je n'avais pas conscience que les flics gagnaient autant d'argent jusqu'à ce que 612, 220 et 48 sortent leurs portefeuilles. Mais cette grande baraque grise, elle écrase tout le reste.

612 ouvre la porte et me laisse passer en premier, presque comme un gentleman. Comparé à la taille de la maison, il n'y a quasiment aucun meuble. Il me conduit dans le couloir et je vois qu'il y a une chaise dans chaque pièce, parfois une table basse, mais rien de plus imposant qu'un fauteuil à bascule tout droit sorti d'un livre pour enfants, comme celui que Marcus me lisait quand on attendait que nos parents rentrent du travail, quand il avait six ans et devait encore détacher les lettres.

– Tu veux un verre d'eau ou quelque chose ?

612 est debout dans l'encadrement de la porte qui mène sans doute à la cuisine et il s'étire maladroitement le cou pour le faire craquer.

– T'as pas un truc plus fort ? Genre whisky ?

Je sais que les gens disent qu'il ne faut pas mélanger les alcools mais j'aime quand ça brasse dans mon corps, et si je veux tenir le coup pendant ce qui va arriver, peu importe ce que ce sera, il me faut un truc qui puisse faire écran et me laisser une chance de ne pas m'en souvenir demain.

Il hoche la tête, fait volte-face et va dans la cuisine. Je reste dans le couloir, pas certaine de pouvoir faire un pas de plus. La seule chose dont j'ai envie, c'est de retirer ces talons et de dormir. J'essaie de cligner des yeux suffisamment de fois pour me mettre bien en tête que je suis payée à l'heure, que cet homme a les cheveux roux et un appétit que je vais satisfaire seulement pendant les deux prochaines heures, voire pas du tout. Il revient quelques minutes plus tard en sirotant un verre d'eau, il m'en tend un autre rempli d'une liqueur ambrée et il me conduit le long d'un couloir jusqu'à une pièce avec un lit. Dessus, il y a une couverture qui ressemble au truc que papa essayait de fabriquer quand il était malade mais qu'il a abandonné à mi-parcours.

– Je peux m'asseoir ? je lui demande, impatiente de libérer mes orteils.

Un « Oui, bien sûr » dégringole de sa bouche et je m'assieds au bord du lit. Les lumières de la chambre sont éteintes et je prie en silence pour qu'il ne décide pas d'éclairer la pièce. Je n'ai aucune envie de voir le rouge se répandre sur ses joues.

Chaussures retirées, je m'installe un peu mieux. Ma robe est toute collante et je suis presque contente quand 612 commence à la retirer. J'ai le dos contre la couverture, elle gratte plus que ce à quoi je m'attendais et une violente puanteur s'en dégage. Quand il se met sur moi, je vois qu'il essaie de ne pas peser de tout son poids. Je pose mes mains sur le côté de ses épaules et je le tire légèrement pour qu'il s'appuie un peu plus. Pas parce que je veux tout son corps sur moi ou quelque chose comme ça, c'est juste que je n'aime pas sentir qu'il se retient. La seule chose pire qu'un homme indompté, c'est un homme sur le point de le devenir.

612 gémit comme s'il n'avait jamais baisé de sa vie. Tout son corps se relâche, sa tête se tord et ses yeux se rejoignent presque : un lion en plein rugissement. Je m'agrippe au tissu de la taie d'oreiller et je me concentre

sur le bruit des ressorts du matelas. Je n'ai même pas de lit chez moi, je n'ai jamais entendu les coups d'un cadre de lit en bois contre le mur en même temps que les rebonds d'un matelas.

Il termine rapidement, comme dans mon souvenir, et juste après il se penche vers la table de nuit et allume la lampe. J'aurais préféré qu'il évite. Son visage est noyé d'un rouge profond et je lève les bras pour les placer devant ma poitrine comme si c'était important. Puis je m'écarte pour attraper ma robe sur le sol mais 612 me la prend des mains avant que je puisse la mettre.

– Ce truc est dégueulasse. Tiens.

Il me lance le T-shirt couvert de taches de transpiration qu'il portait comme si c'était mieux. Je l'enfile mais il ne me couvre même pas le haut des cuisses, il est trop large et il flotte sur ma poitrine.

– Tu comptes me payer ? je lui demande en me baissant pour récupérer mes chaussures, la boule au ventre à l'idée de rentrer à pied jusque chez moi.

Il éclate de rire à l'autre bout de la chambre et enfile un autre T-shirt, propre et gris comme la maison.

– Je t'ai déjà payée. Je t'ai prévenue pour la descente, non ?

Il se retourne puis regarde dans un tiroir en secouant la tête.

Je m'arrête en plein mouvement.

– Je t'ai jamais demandé de faire ça. J'ai besoin de cet argent.

Je suis parfaitement consciente que son uniforme est posé sur une chaise dans un coin de la chambre avec le revolver et le reste. Je sais que j'aurais dû demander l'argent avant de coucher, mais je sais aussi que ça n'aurait rien changé.

Il me rend mon regard avec un soupçon de sourcils froncés. Il se contente de me dévisager. Comme si un fantôme était sur le point de sortir de ma bouche. Je suis peut-être totalement captivante, ou alors il réfléchit à la manière dont il va expliquer mon arrestation ou ma mort ou pourquoi la jolie fille ne vient plus.

Et soudain il sourit et ses joues rouges le deviennent encore davantage.

– Qu'est-ce que tu dirais de passer la nuit ici ? Comme ça je te paie au réveil. Deux heures de plus et un coin d'oreiller pour reposer ta petite tête, ça te va ?

L'idée de retourner m'allonger dans ce lit, de sentir l'odeur de la moisissure que dégagent les mailles de la couverture et à laquelle se mêlent les relents du parfum de quelqu'un d'autre, tout ça me donne envie de remettre mes talons et de marcher huit kilomètres de plus. Mais je ne vais pas gâcher l'heure que je viens de passer à éponger ses taches de rousseur en repartant sans avoir été payée.

– D'accord, je réponds à 612.

Cette fois-ci, il s'allonge à côté de moi et remonte la couverture sur nous. Je reste assise jusqu'à ce qu'il me tire sur le bras pour me faire glisser à son niveau. Je m'exécute. 612 passe son bras par-dessus mes épaules et me presse contre lui. Il s'endort en une minute, il me ronfle dans l'oreille, et son haleine donne l'impression que de la menthe a vécu à l'intérieur. Je ne comprends pas comment son corps peut le laisser s'endormir en un claquement de doigts, sans aucun effort, comme s'il n'avait jamais fait de cauchemar de sa vie.

Je fixe le plafond jusqu'à ce que le soleil commence à le peindre dans ce magnifique orange du c'est-trop-tôt-pour-les-yeux, et ça me fait penser à Camila avant que la maison s'effondre comme j'imagine qu'elle s'est effondrée. Je ne dors pas et il y a quelque chose qui roule derrière mes yeux, qui grimpe de l'intérieur et qui émerge comme un nouveau-né.

Trevor est debout sur le comptoir de mon appartement, il lève les bras vers le placard du haut, l'ouvre puis le referme. Il fait ça deux fois de suite comme si quelque chose allait finir par apparaître.

– T'as vraiment pas d'huile ? me demande-t-il.

Je suis penchée sur le seul saladier que je possède et je touille avec tous les muscles de mon bras, créant un tourbillon de chocolat.

Ma main droite commence à se contracter, alors la gauche prend le relais.

– Je croyais que c'était vendu avec. Putain, pourquoi c'est toujours moi qui dois tout faire ? C'est pas pour rien que j'ai acheté ce machin.

C'est mon anniversaire.

D'habitude, je prends le bus avec Marcus jusqu'à San Leandro, on va à la pâtisserie qui appartient à un ami d'enfance de papa et on achète cet énorme gâteau super-chic avec des fleurs en pâte d'amande dessus. Mais cette année, on ne s'adresse plus la parole avec mon frère et je n'ai pas assez d'argent dans ma taie d'oreiller pour un gâteau fleuri. Après une nuit à transpirer sous la chaleur du bras de 612, j'ai fini par le voir se réveiller, il s'est tourné vers moi et il m'a craché au visage que je ferais mieux de déguerpir de chez lui. J'ai redemandé mon argent et il a répondu qu'il m'avait déjà payée, il m'avait laissée dormir dans son lit.

J'ai passé les deux dernières semaines sur le trottoir et je n'ai toujours pas revu Camila. Il y a quelque chose dans l'air, dans la façon dont tous les clients me toisent, qui me dis quand il est temps de rentrer chez moi. Je survis avec ce que j'ai obtenu du Type dans les nuages et de Torse nu en plus des quelques économies que j'ai cachées derrière le miroir de la salle de bain.

La semaine dernière Trevor m'a demandé s'il pouvait dormir à la maison, et depuis il n'est pas retourné chez Dee. On a rapporté toutes ses affaires chez moi et désormais je ne me prends plus autant la tête pour essayer de payer son loyer, sauf que si Vernon met Dee dehors, alors Trevor ne pourra plus se montrer dans le coin. J'aime bien l'avoir avec moi et qu'il dorme sur mon matelas, surtout maintenant que Marcus est parti.

Quand je lui ai dit que je n'aurais ni gâteau d'anniversaire, ni cadeau, ni rien, Trevor m'a répondu qu'il m'aiderait à préparer un gâteau. Il a dit qu'on devrait tous en avoir un pour notre anniversaire. Je n'ai pas souvenir que Dee lui en ait jamais préparé un pour le sien, mais ce ne serait pas étonnant de la voir débarquer à minuit le jour de ses dix ans avec une pièce montée en chocolat et aucun souvenir de qui l'a préparée. Elle est aussi insaisissable que ça, Dee, elle sort de nulle part et elle pourrait très bien ouvrir la bouche, transformer la ville entière en éclat de rire et tout rendre beaucoup plus doux.

Je demande à Trevor de jeter un œil dans l'autre placard, alors il descend, il va l'ouvrir en marmonnant une blague sur mon incapacité à faire le ménage et il sort une bouteille du fond du placard, du sirop à pancakes de la marque Aunt Jemima.

– On n'a qu'à faire un gâteau de pancakes, du coup.

Il me l'apporte près du comptoir et je jurerais qu'il a encore pris deux bons centimètres depuis le mois dernier parce qu'il fait presque ma taille et peut regarder dans le bol sans avoir à se dresser sur la pointe des pieds.

– On en met quelle quantité ? je lui demande.

Il dévisse le bouchon.

– On met tout. Faut que ce soit super-sucré, Ki.

La bouteille est à moitié pleine et je sais déjà que ce gâteau aura le même goût que si Aunt Jemima avait explosé dans la cuisine. Je laisse quand même Trevor tout mettre.

Il finit de mélanger, je récupère le saladier et je verse la pâte dans le moule que j'ai déniché chez Dee. Il est en forme de cœur et je parie que c'était un cadeau de Saint-Valentin et qu'elle l'a oublié, car il est tout rouillé alors qu'il n'a jamais servi. Trevor m'ouvre la porte du four et je glisse le gâteau à l'intérieur.

– Ça doit cuire combien de temps ?

– Sur la boîte ils disent vingt minutes. Va chercher ton ballon, on va travailler tes dribbles ou autre chose.

Trevor court vers le matelas et jette les draps et les vêtements sur le côté à la recherche de son ballon. Il revient et me le lance. On sort, on s'entraîne sur la coursive jusqu'à ce que le ballon finisse par tomber près de la piscine. Je pourchasse Trevor en bas des escaliers, et même si mes jambes sont un peu plus longues que les siennes, le petit bonhomme sait comment transformer son corps en éclair.

Je ralentis quand il semble sur le point de me battre.

– Du coup, la première part de gâteau elle est pour moi, pas vrai ? me crie-t-il.

J'essaie de pincer les lèvres mais ma bouche se répand dans un sourire.

– Tu ferais mieux de ramener tes fesses là-haut avant que le gâteau brûle.

Aujourd'hui c'est mon dix-huitième anniversaire, celui que j'attendais. J'autorise cette journée à n'être rien que pour Trevor et moi, notre gâteau et les rediffusions de *Sesame Street* à la télé. Trevor et son ballon filent en haut des escaliers et j'entends la porte de l'appartement claquer avant même d'atteindre l'étage. Peut-être que devenir adulte, ça nous ralentit. C'est ce que je ressens en tout cas.

Trevor a déjà enveloppé un torchon autour de ses mains, il se penche vers le four et en sort le moule. Quand il le pose sur le comptoir, une odeur sucrée envahit violemment la pièce.

– Ça sent pas bon, ça ?

Trevor pose sa tête sur ses bras juste à côté du gâteau et il inspire, les yeux grands ouverts et remplis d'impatience.

J'éclate de rire.

– Ça sent comme si t'avais fait tomber toute la bouteille de sirop dans la pâte. Faut le laisser refroidir un peu, on ferait mieux de s'occuper en attendant. Tu veux faire quoi ?

J'enveloppe mes bras autour de son ventre, je le soulève et je le repose par terre.

– On peut aller nager ? me demande-t-il.

– Je t'ai déjà dit que j'ai aucune intention de mettre un pied dans la piscine à crottes.

Trevor s'arrête dans l'encadrement de la porte et se retourne pour me regarder. Son visage enlace ses yeux tendrement comme s'ils étaient fragiles, sur le point de dégringoler.

– S'il te plaît.

Il prend l'une de mes mains, qu'il ficelle avec ses doigts, et il tire doucement.

– Je sais même pas comment on fait pour avancer dans l'eau.

Tout son visage s'illumine et ses joues se réhaussent.

– Je vais t'apprendre.

Je n'ai pas dit oui, mais Trevor sait que ma capacité à lui refuser quoi que ce soit est en train de décliner et il m'entraîne jusqu'en bas de l'escalier. J'ai beau résister, toutes ses séances de basket ont fait travailler ses bras maigrichons et leur ont donné assez de muscles pour réussir à me faire céder.

Une fois devant la piscine, je lui dis que je n'ai pas de maillot.

– Personne se baigne en maillot de bain.

Et avant même que je puisse protester, il retire son T-shirt et son short et le voilà en boxer devant moi avec sa silhouette de gamin à la fois maigrelet et aux muscles en pleine croissance.

Ce que je ferais pas pour ce gosse.

Je retire mon T-shirt et mon jean, ne gardant que ma brassière de sport et ma culotte.

– Le mieux c'est de sauter, c'est un peu plus facile comme ça.

Trevor me reprend par la main et on se tient tous les deux au bord de la piscine.

– On compte jusqu'à trois.

En fait c'est Trevor qui se charge du décompte pour nous deux. À trois, on saute, et j'ai l'impression d'être catapultée directement dans l'océan. La seule chose que je me dis c'est qu'« il y a de la merde dans cette piscine ». Mais comme je ne me suis pas douchée depuis quelques jours, cette eau fraîche est un agréable soulagement. On a sauté là où on a pied, alors je prends appui contre le fond de la piscine, je me redresse et je m'essuie les yeux. Trevor est déjà revenu à la surface et son sourire est si large que ses joues semblent sur le point de sortir de son visage et de se mettre à danser.

– Et maintenant ? je lui demande en crachant de l'eau.

– Tu bouges tes bras comme ça, comme si t'étais une grenouille.

Trevor s'élance, il rapproche ses mains l'une de l'autre, il étire tout son corps puis il recommence, on dirait qu'il fait un ange de neige sur le ventre.

Arrivé de l'autre côté du bassin, il se retourne et revient dans ma direction.

– Je sais pas ce qui te fait croire que je peux flotter à la surface comme ça.

Il me prend par le bras et m'entraîne là où c'est plus profond.

– Vas-y, je te tiens.

Trevor me prend une main tandis qu'avec mon autre bras j'essaie de faire la grenouille comme il m'a montré, de manière coordonnée. Mais mon bras ne m'écoute pas et s'agite vainement dans l'eau autour de moi.

– Faut pas que t'aies peur de l'eau. Elle va pas te faire de mal.

La main de Trevor reste dans la mienne.

Je laisse ma tête plonger sous la surface puis je remonte prendre de l'air. Ce n'est pas si désagréable que ça d'y souffler. J'aime le bruit de ma respiration quand je suis sous l'eau, un gargouillis qui flotte dans le vide. Si on était dans la baie, je suis certaine que toutes les créatures aquatiques pourraient entendre mes bruits voyager à travers les molécules. Sous l'eau, rien n'a aucune limite.

Bientôt, mon bras remue à peu près comme celui de Trevor mais avec davantage d'éclaboussures, et mes pieds ne suivent pas en rythme. Mon bras libre s'agite et mes pieds tournoient sous l'eau en faisant des demi-cercles rapides. Trevor libère mon autre main et je reste à la surface de l'eau, du moins pendant un instant.

Je panique, mes bras perdent leur cadence et se mettent à faire tout ce qu'ils peuvent pour m'éviter de couler. Je commence à nager, j'atteins l'extrémité de la piscine et je fais volte-face. Mes pieds touchent la paroi, je pousse dessus et je glisse en fendant l'eau, j'ai l'impression de voler. Je recommence à faire bouger mes mains, je remonte prendre de l'air et je cligne des yeux pour essayer d'enlever l'eau de mes cils avant de replonger. Je ne vois pas grand-chose. À part l'image furtive d'une chaussure. Retour sous la surface. Une pochette de bleu profond. L'eau submerge tout. Les yeux de Trevor s'agitent dans tous les sens.

Mes pieds touchent le fond et je suis debout face à des uniformes qui ne devraient pas m'être si familiers, Trevor se tient bien droit dans la piscine avec de l'eau jusqu'à la taille et il regarde son ventre comme s'il s'attendait à ce que du sang jaillisse d'une blessure invisible.

Je n'ai jamais été aussi près d'une femme flic avant, mais c'en est bien une qui s'est accroupie au bord de la piscine. Et qui me regarde comme s'il valait mieux que j'aille me rhabiller. Même si j'ai très envie de retourner sous l'eau, je sais que je dois mettre des vêtements sur le dos de Trevor et le mettre en sécurité avant qu'ils commencent à lui demander où est sa maman. On n'a pas la place pour gérer en plus le Service de protection de l'enfance.

– Allez, Trev. Va chercher des habits propres et quelques serviettes.

Il me regarde, regarde la femme flic qui nous fixe, puis ses yeux reviennent sur moi et je vois des spasmes furtifs secouer son torse. Je lui fais un signe de tête et j'ouvre les paupières en grand, comme si je n'étais pas du tout inquiète.

Trevor pose ses deux mains sur le rebord, il se hisse hors de l'eau et son boxer trempé menace de glisser de ses hanches. Il le retient à deux mains et se met à trottiner en direction de l'escalier, monte les marches et rentre à l'appartement.

– On vous accorde une minute, me dit Fliquette, puis elle se relève et rejoint son collègue.

Ses cheveux sont retenus dans un chignon si serré que je me demande si ça ne lui donne pas mal à la tête.

Trevor revient quelques minutes plus tard avec une pile de serviettes et un T-shirt. Il a déjà enfilé un autre boxer et un short. Je m'agrippe au rebord de la piscine, je pousse sur mes bras pour en sortir et j'attrape la serviette qu'il me tend. Je me dépêche de me sécher, juste assez pour pouvoir enfiler mon jean et mon T-shirt. Trevor met le sien, celui avec l'image d'une montagne dessus, et il a l'air d'un boy-scout. Les flics se tiennent à côté, visiblement mal à l'aise, ils essaient de ne pas nous regarder.

Je me relève et prends Trevor par la main. Il ne me laisse plus trop lui prendre la main d'habitude, mais là je ne lui demande pas la permission. Si on est liés par la peau, il sera plus difficile de nous séparer.

– Je peux faire quelque chose pour vous ? je leur demande.

Je suis toujours en train de dégouliner, le front baissé. Ce coup-ci c'est les deux flics qui s'approchent et je ne peux pas détacher mon regard de leurs lèvres. Il y a quelque chose dans leur manière de les serrer l'une contre l'autre, quelque chose dans leurs gerçures qui me fait penser que ces gens savent parfaitement comment assécher une phrase, comment annoncer une mauvaise nouvelle avec une ligne droite gravée sur la bouche. Les lèvres de l'homme sont cernées de rouge et je n'arrive pas à déterminer s'il a l'air d'avoir la bouche en sang ou si on dirait plutôt qu'il s'est mis du rouge à lèvres avant de partir ce matin.

Il est clair que c'est la femme qui commande ici, elle marche avec le ventre en avant comme si seul le centre de son corps comptait, avec le cœur de cible dans son nombril.

– Nous sommes à la recherche de Kia Holt. J'imagine que c'est vous, mademoiselle ?

L'un d'*eux* l'a envoyée ici, je le sais parce que c'est le nom que j'ai donné à Camila, à tous ceux qui m'ont vue sur le trottoir. Ils ont réussi à me retrouver. Aujourd'hui est peut-être bien le jour où ils vont m'arrêter, où ils vont enregistrer mes empreintes digitales dans leur ordinateur et laisser Trevor tout seul.

– C'est possible. Je peux faire quelque chose pour vous ?

L'homme prend le relais dès que Fliquette lui fait un signe de tête. Elle ne le regarde même pas, elle se contente de ce petit signe et ils doivent être rodés parce que la bouche du flic s'ouvre immédiatement après :

– Nous menons une enquête interne et on va avoir quelques questions à vous poser. Je suis l'inspecteur Harrison et voici l'inspecteur Jones.

Je me frotte le visage de ma main libre, j'essuie l'eau qui dégouline toujours de mes cheveux.

– Trevor, pourquoi tu remonterais pas à l'étage pour attaquer le gâteau ? Je te rejoins très vite.

Je presse sa main et baisse les yeux sur lui. Son visage prend la direction de la peur en ligne droite jusqu'à la crise de panique, mais je n'ai pas le temps de le réconforter tant qu'ils restent là à me fixer au moment même où je sors de la piscine à crottes. Je libère la main de Trevor et je lui donne un petit coup de coude dans l'épaule en direction des escaliers, je le regarde grimper et j'attends que la porte claque.

La femme, l'inspecteur Jones, remonte si fort les lèvres vers son nez qu'elles se rident.

– À vrai dire, je pense que ce serait mieux pour vous de nous accompagner au poste. On va avoir besoin d'enregistrer votre déposition et de remplir quelques papiers, et autant tout faire en même temps. Ça simplifierait les choses, vous ne croyez pas ?

Elle essaie de rendre sa voix plus aiguë qu'elle ne l'est naturellement. Je m'en rends compte parce que ses aigus grincent à la fin de chacune de ses phrases et elle a le coin des yeux qui se plisse, elle essaie très fort de rester douce. Je parie qu'elle joue le gentil flic dans leur petite mise en scène. Et je parie qu'elle n'aime pas vraiment ça.

J'aurais dû me douter que ça finirait comme ça. Au commissariat. Les menottes ne vont sans doute pas tarder.

– Ça va prendre longtemps ?

Je croise les bras pour couvrir la brassière qui apparaît à travers mon T-shirt mouillé.

L'inspecteur Harrison prend son visage de méchant flic, son nez se fronce et il lève le menton.

– Vous serez de retour chez vous avant la nuit, c'est certain. Sauf si vous décidez de vous compliquer la tâche. Dans ce cas, ce sera plus long.

Je ne sais pas ce qu'il entend par là, mais il est évident qu'ils ne vont rien me dire de plus, alors je hoche la tête et j'enfile mes baskets. Jones agite le bras pour m'indiquer de suivre Harrison jusqu'au portail. Je marche derrière lui, prise en sandwich entre eux deux, et j'essaie de saisir une dernière image de Trevor sur la coursive. Personne.

J'ai vécu ici toute ma vie et je ne suis jamais allée au QG de la police d'Oakland. Je n'y ai même jamais fait attention. L'immeuble est pourtant plus grand que tous les autres bâtiments du quartier. Installé entre Jack London Square, Chinatown et Old Oakland, il surplombe le centre de la ville comme une caméra cachée en pleine lumière. Toutes les voitures de patrouille émergent de ce QG pour déferler dans les rues avoisinantes.

J'espérais que je n'aurais jamais aucune raison de passer ces portes. À l'intérieur, on dirait que tout est métallique même quand ce n'est pas le cas. Même les fenêtres ont l'air d'être en métal, un truc particulièrement fin qui se fait passer pour du verre. J'ai envie de taper dessus pour savoir si ça sonne aussi comme du métal, si c'est aussi froid et impénétrable.

Ils m'ont fait faire le trajet à l'arrière de la voiture, et même si j'ai été dans des voitures de police bien plus souvent que ce que j'aurais aimé, cette fois-ci je me suis surtout sentie comme une criminelle et pas comme une victime ou comme une femme. Jones était assise sur le siège passager avec le corps à moitié tourné vers moi et elle me fixait à travers les barres métalliques qui nous séparaient. Aucune issue de secours.

Mes chaussures crissent à travers le hall, je croise des uniformes, encore et encore, en suivant Harrison jusqu'à l'ascenseur. Je prends toujours les escaliers parce que quand on entre dans un ascenseur, on ne peut jamais être sûr que les portes vont se rouvrir et mes jambes sont plus fiables que n'importe quelle machine. Mais Harrison entre en premier, il passe son bras à travers l'encadrement et maintient les portes ouvertes en nous attendant, l'inspecteur Jones et moi. Dès que les portes se referment, il appuie sur le bouton et j'ai l'impression que mes yeux sont sur le point de se déchirer.

– J'ai rien fait.

Je n'ai rien dit depuis qu'on est entrés dans la voiture et ils me regardent tous les deux comme s'ils étaient surpris que je sache parler, ils fixent mes lèvres.

– On discutera de ça quand on sera dans le bureau.

L'inspecteur Harrison essaie de ne pas me regarder. Ça va sans doute avec le rôle du méchant flic. Jones en revanche a les yeux braqués sur les miens mais je n'ai pas l'impression qu'elle me voie. Je jurerais que son regard est trouble et je dois être complètement floue, ou alors ressembler à un de ces portraits sans aucune ligne distincte. *Fille à la bouche grande ouverte.*

Je serre les poings pour sentir mes ongles s'enfoncer dans mes paumes, pour vérifier que j'ai toujours des griffes.

– Vous m'arrêtez ?

– Si on avait prévu de vous arrêter, c'est par là qu'on aurait commencé.

Jones en a déjà marre de moi.

On sort de l'ascenseur et on arrive dans un couloir identique à ceux de n'importe quel immeuble de bureaux, sauf qu'il y a des caméras de sécurité alignées au plafond et que c'est beaucoup trop silencieux. Des téléphones sonnent mais on n'entend aucune voix. Harrison nous guide le long du couloir, on passe devant des portes, plein de portes, jusqu'à celle où INTERROGATOIRE est écrit en gras.

Cette pièce ressemble à toutes les salles d'interrogatoire qu'on voit à la télé dans *NCIS* ou *New York, Police judiciaire*. Quand papa a été relâché, il lui arrivait de nous raconter comment les flics l'avaient emmené dans l'une de ces pièces, comment ils avaient essayé de l'enterrer, de le broyer, ça se passait comme ça dans les années 1970 quand les Panthers ont pris les armes dans la rue.

Jones me dit que je peux « prendre place, je vous en prie », et une onde de choc qui part de la base de ma colonne vertébrale se met à ramper le long de mon dos, sous la peau, et ça me donne envie de la cogner. Je ne me suis pas bagarrée depuis le collège, mais si je pouvais voir saigner ses lèvres gercées, je n'hésiterais pas une seconde. Je m'assieds sur la chaise placée d'un côté de la table en métal et Harrison s'installe face à moi.

Jones se retourne, elle se dirige vers un bureau où elle prend des verres sur une étagère avant de les remplir d'eau. Elle les pose ensuite sur la table, un pour chacun de nous. Au moment de me tendre le mien, sa main se crispe et je retrousse mes lèvres en un petit sourire en constatant à quel point ça la met mal à l'aise de me servir. Harrison se lèche les lèvres et boit une gorgée, c'est manifestement lui qui posera les questions ici.

Jones fait glisser un carnet sur la table en direction de son collègue, qui sort un stylo de sa poche.

– Pouvez-vous me donner vos nom, âge et profession ?

Mon regard erre dans la pièce, se précipite dans chaque recoin. Je pensais qu'ils allumeraient un magnétophone ou quelque chose comme ça, mais je suis filmée depuis que je suis entrée dans cet immeuble et c'est pareil dans cette salle d'« interrogatoire ». Mon genou se met à trembler. J'essaie d'ignorer cette envie irrépressible de renverser la table et de m'enfuir en courant.

Harrison lève la voix :

– Répondez à la question.

– Je m'appelle Kia.

Je m'interromps, je cherche la meilleure manière de répondre à ses questions. La vérité, ça n'existe pas dans un tel endroit.

– Je viens d'avoir dix-huit ans mais j'imagine que vous le savez déjà.

Le stylo d'Harrison gribouille sur la page puis il s'arrête. Il me fixe pour la première fois et son regard est simple et accueillant. Il a l'air curieux, il m'étudie.

– Profession ?

– Sans emploi.

D'après les critères fédéraux en tout cas.

Harrison se penche en avant et son torse touche le bord du verre d'eau, qui manque de se renverser.

– Sans emploi ?

– Je suis pas là pour remplir ma déclaration de revenus, que je sache.

Il se recule et attrape son verre. Je remarque que sa jambe a commencé à s'agiter et je pense qu'une partie de lui savoure pleinement le petit duel que j'ai mis en place.

Jones n'est pas très contente, elle attrape la chaise du bureau et la traîne jusqu'à nous.

– Écoutez, on sait tous les deux ce que vous faites et je crois sincèrement que ce serait mieux que vous nous racontiez toute l'histoire.

Je me penche à mon tour en avant, aussi près que possible de leurs visages. À force d'observer Oncle Ty pendant toutes ces années, j'ai beaucoup appris sur la façon de briser quelqu'un rien qu'avec les yeux. Pas besoin d'avoir le contrôle pour leur donner un sentiment d'impuissance. Mon regard passe de l'un à l'autre, je garde les lèvres joliment retroussées et même si j'ai encore quelques frissons à cause de mes tresses mouillées, je ne leur permets pas de se manifester ailleurs que sur mes mains, cachées sous la table et occupées à laisser des marques de griffes partout sur ma peau.

– Et ce serait quoi cette histoire ?

Jones et Harrison se regardent pour la première fois. Ses lèvres à lui s'entrouvrent tandis que celles de Jones semblent se pincer encore un peu plus. Il est le premier à se détourner et il fait rouler sa langue exactement comme je m'y attendais. Il n'est pas très doué dans le rôle du méchant flic.

– On nous a signalé un éventuel incident qui vous concernerait, vous et plusieurs membres des forces de l'ordre.

Pendant qu'il parle, j'observe sa langue bouger de haut en bas, jouer à chat avec son palais.

Je m'approche davantage de lui pour que mon visage remplisse son champ de vision.

– Un incident ?

– Probablement lié à une affaire d'exploitation sexuelle.

Le fauteuil de Jones recule dans un crissement qui brise la gravité de l'air entre Harrison et moi.

Tout devient clair. Ils ont fait venir cette femme flic pour sauver les apparences pendant l'interrogatoire d'une fille qu'ils auront plus tard besoin d'enterrer dans un rapport quelconque.

Jones fait les cent pas, à la recherche d'une fenêtre dans une pièce sans fenêtre. Puis elle se retourne d'un coup sec vers moi et ses lèvres deviennent folles, elles remuent dans tous les sens :

– On a simplement besoin que vous nous racontiez comment ça se passe quand vous vendez votre corps aux hommes. Peut-être qu'un homme vous est juste tombé dessus un jour, vous lui avez dit que vous étiez majeure, vous avez eu une relation sexuelle et c'est seulement plus tard qu'il a découvert votre profession et votre âge. Peut-être même qu'il n'était au courant de rien parce que vous lui avez menti, comme vous le faites à chaque fois, je me trompe ?

– Je sais pas de quoi vous parlez mais c'est des conneries.

Je griffe mon poignet si fort que le sang se met à couler.

Sa voix retrouve peu à peu son tempo naturel. Elle parle de manière rythmée, ça pénètre tous les creux de mon corps et j'ai presque l'impression qu'elle ne s'arrêtera jamais. Le visage d'Harrison se transforme en pierre et je n'arrive pas à savoir s'il nous écoute, en tout cas c'est la voix de Jones qui remplit toute la pièce.

– Racontez-moi, me dit-elle avant de s'interrompre pour respirer un instant.

Je ne sais pas ce qui serait pire : lui dire ce qu'elle veut entendre, même si je sais que c'est un crime et qu'ils pourraient m'enfermer si l'envie les prenait, ou nier, ce qui pourrait les mettre encore plus en colère et me faire prendre des risques dont j'ignore encore la nature.

Ma lèvre supérieure tremblote comme si elle ne comprenait pas comment faire pour parler.

– Je dirai que dalle.

Ça recommence, la cavalcade de la voix de Jones, et ses mots jaillissent dans ma tête quelques secondes après comme s'ils étaient là depuis des années et bientôt mon verre d'eau est vide et Harrison a quitté la pièce et les lèvres de Jones se sont craquelées à force de remuer et ça fait des heures que j'ai été avalée par cet immeuble de métal.

Cette fois-ci, elle s'assied sur le bord de la table et moi je ressors mes mains qui étaient dessous pour les poser sur la surface froide. Elles sont parées de sang et de marques en forme de croissant là où mes ongles m'ont rappelé que je respirais toujours.

– J'ai cru comprendre qu'il y avait un gâteau qui vous attendait chez vous. Vous devez avoir faim.

Sa langue a remué tellement vite que j'ai failli ne pas la voir.

– Racontez-moi tout et je vous ferai sortir d'ici.

Je ne sens plus ma bouche. Elle s'est engourdie comme le reste et si ça se trouve tout mon corps s'est desséché, si ça se trouve je suis toujours en train de nager ou si ça se trouve je me suis noyée dans la piscine à crottes. La seule chose dont je suis sûre, c'est que l'odeur de cette femme a étouffé toutes les particules d'air et que je dois sortir d'ici. Je parle. Je n'entends rien de ce que je dis, mais je dis ce qu'elle dit, je répète, je laisse tout s'écouler comme on dit que le fait la vérité. La vérité, comme l'eau. La vérité, ça ne ressemble plus du tout à ce que c'était une fois que le métal s'est refermé dessus.

Je suis un peu surprise quand Jones m'ouvre la porte, que je vois Harrison à l'extérieur de la pièce, qu'elle part et qu'il me raccompagne vers l'ascenseur. On sort dans le hall où attend une dame en tailleur violet. Elle me fixe plus longtemps qu'elle ne le devrait et elle regarde Harrison. Il marmonne un « Salut » et la dépasse. Je le suis et les yeux de la femme s'attardent sur nous jusqu'à ce qu'on sorte.

Sur le court trajet entre la porte et la voiture de police qui m'attend, j'entends des mégaphones, des tambours et des chants. À quelques pâtés de maisons de là, des centaines voire des milliers de personnes défilent en direction du QG, leurs voix forment une chorale bien compacte, avec un appel et une réponse où le nom de Freddie Gray retentit en plein milieu, et je remarque que plus on s'approche du véhicule, plus la tête d'Harrison s'incline. Je grimpe à l'arrière et je regarde par la fenêtre. Je me demande s'il leur arrive aussi de chanter pour les femmes, pas seulement pour celles qui se font assassiner mais aussi pour celles qui subissent cette violence si spéciale qui consiste à avoir un flingue contre la tempe. Pour les femmes sans joli duvet autour du front mais avec des mèches tout emmêlées, des yeux qui tombent et personne pour filmer et raconter ce qui s'est passé, juste une bouche et quelques cicatrices.

Harrison démarre la voiture et je me demande s'il pense la même chose que moi, qu'ils n'avaient peut-être pas besoin de me forcer à avouer, parce que ça intéresserait qui de toute façon ? Ou bien il est juste en train de se dire qu'il ferait mieux de s'éloigner des manifestants, qu'ils ont tort de le détester, qu'il a fait tellement de sacrifices pour protéger les habitants de cette ville. Et si ça se trouve il se dit que la valeur d'une vie ou celle de plusieurs milliers de vies est un prix qu'il est prêt à payer. Que la destruction d'une fille triste aux cheveux crépus et aux tresses vieilles de trois mois en est un autre qu'il paierait volontiers si ça lui permettait de garder sa voiture, son flingue, son pouvoir.

Je ne me rappelle pas vraiment le reste du trajet jusque chez moi, seulement qu'Harrison ne me regardait pas, et je crois qu'il a allumé les sirènes car on allait aussi vite que dans une course-poursuite. Il m'a déposée en face du Regal-Hi et j'ai eu l'impression que c'était plus grand que le matin même. Il ne m'a pas dit au revoir mais il m'a observée en se mordant la lèvre et quelque chose m'a fait comprendre qu'on était loin d'en avoir fini.

J'ouvre la porte de mon appartement, je m'attends à trouver Trevor sur le canapé ou en train de faire rebondir son ballon en faisant les cent pas, mais il est allongé sur le matelas et il ronfle aussi fort qu'un moteur. Mon gâteau est posé sur le comptoir. Intact.

Dans ma liste de contacts il n'apparaît que sous son numéro de matricule, 190, et je décroche à contrecœur – à part Trevor, c'est la première personne à qui je parle depuis mon anniversaire il y a deux jours.

– L'autre fille nous a fait faux bond et on a besoin de toi ce soir. Cadeau d'anniversaire pour un collègue, me dit-il d'une voix qui résonne froidement dans le combiné.

– Je peux pas, je lui réponds en repensant à Jones et Harrison.

Je veux sortir de ce bordel.

– « Non » ne fait pas vraiment partie des options pour ce soir. Il nous faut une fille, il les aime jeunes et on n'a pas le temps d'en dégoter une autre.

Il s'interrompt avant de reprendre :

– J'avais pas envie d'en arriver là, mais tu risques une arrestation si t'es pas là à vingt et une heures pétantes. Tu seras payée, cinq cents avant.

Je me demande s'il est vraiment désolé, s'il n'a vraiment pas envie de me menacer ou alors si c'est juste pour faire le malin comme ils le font tous : les uniformes, les sourires en coin, le numéro du gentil-flic-méchant-flic. Je commence à croire que les gentils flics ça n'existe pas, que l'uniforme efface la personne qui est à l'intérieur.

Je suis prête à laisser tomber, à les laisser m'arrêter juste pour ne plus jamais devoir sentir l'un d'eux en moi, mais alors l'image de la bouche de Trevor barbouillée de gâteau rassis jaillit dans mon esprit. Je ne peux pas l'abandonner et on a besoin d'argent. Une nuit de plus, qu'est-ce que c'est ?

– D'accord, je réponds.

Il soupire et sa voix résonne enfin comme dans mes souvenirs : avec douceur.

– Je t'envoie l'adresse par texto.

Le bip de fin d'appel retentit et je repense à tous les moments où j'aurais pu faire en sorte que ça ne finisse pas comme ça, puis je vais dans la salle de bain pour me préparer et abandonner mon vrai moi dans l'appartement en compagnie de Trevor, tous les deux déliés.

Quand j'arrive à la porte de cette maison qui ressemble à un manoir, je suis accueillie par des hommes en chemise déboutonnée et débraillée, sans uniforme, mais avec leur insigne bien accroché à la poche de leur pantalon. Chacun en a un différent : de Richmond à Berkeley en passant par San Francisco et Oakland. Je reconnais une poignée d'entre eux que j'ai croisés ces derniers mois, au cours de soirées plus modestes que celle-ci.

190 me paie et m'entraîne à l'intérieur en me prenant par la main, et tous les types présents explosent dans une gerbe d'applaudissements et de rugissements imbibés de bière qui me rappellent Marcus et Cole quand ils croient qu'ils tiennent un morceau digne d'un disque de platine. La main de 190 est plus froide que la mienne mais elles sont

toutes les deux de la même couleur et on dirait presque que ma peau a été cousue à la sienne. D'après les souvenirs qu'il me reste de la dernière fois où j'ai vu 190 à l'Hôtel à putes, il aime bien parler. Ce soir-là il m'a emmenée sur le parking, m'a fait grimper sur la banquette arrière de sa voiture et m'a vaguement pelotée, mais ce qu'il a surtout fait ça a été de révéler tout ce qui était coincé en travers de sa gorge. Il m'a parlé de son papa qui n'était pas content qu'il rejoigne la brigade, il m'a dit qu'il en avait marre de devoir s'occuper de son papa comme si c'était lui le parent et pas l'enfant, il a laissé déborder toutes les brèches de son corps. Les hommes se fichent de pleurer autant quand ils paient pour ça, quand il savent qu'ils n'auront pas à me revoir s'ils n'en ont pas envie.

Pas étonnant qu'il ait froid, cela dit. Ils ont clairement mis la clim' à fond dans cette baraque aux murs bardés de peintures dont personne ne doit connaître les noms, et j'imagine que le prix sur l'étiquette est plus important que l'art lui-même étant donné que même moi je suis capable de peindre mieux que ça dans le noir, mais personne n'a jamais affiché mes peintures sur ses murs.

– Les gars, voici Miss Kia Holt.

190 lève nos deux mains comme si on venait de remporter un championnat, mon bras levé tire haut sur ma jupe et aucun regard n'est posé ailleurs que sur mes cuisses.

Ils se lancent dans une chorale de bienvenue depuis les canapés en cuir sur lesquels ils sont en train de regarder un match de base-ball en sirotant des bières et en me jetant des œillades. Il y en a d'autres que j'entends beugler en haut des escaliers sur ma gauche, et encore plus qui vont et viennent dans la pièce avec des assiettes pleines à la main ou des verres qu'ils vident d'une traite. 190 me conduit dans la pièce aux canapés et deux hommes nous font de la place pour que je puisse m'asseoir. Je croise les jambes et les regards changent.

À côté de nous il y a Flic, celui qui conduisait la voiture la toute première fois, dans la ruelle près de la 34e.
Il lâche un petit rire.

– Ne la garde pas pour toi toute la nuit, Thompson.

190 fait un bruit de bouche, retire le bras qu'il a passé autour de mes épaules et se relève.

– Je vais me chercher une bière. Tu veux quelque chose ? me demande-t-il.

Je secoue la tête. J'ai envie d'un verre plus que n'importe qui d'autre mais une partie de moi a toujours peur qu'ils me droguent à mon insu, qu'ils m'étalent dans le salon et se régalent.

– Elle sait pas parler ? demande un officier de Richmond.

190 plisse les yeux dans sa direction, il lui répond : « Pas avec les connards, visiblement », et il quitte la pièce.

Je crois que 190 a une lune à la place du cœur ; elle croît et elle décroît, ne sachant jamais quand elle est pleine. Je ne comprends pas les hommes comme ça, comme Tony et Marcus, mais on dirait que je ne peux pas les éviter. J'ai envie de poser ma tête contre leur lune pour savoir si elle bat elle aussi. Ce soir, il y a une chambre à l'étage qu'ils ont réservée juste pour moi et une porte qui pivote pour laisser entrer des hommes avec des ceintures qu'ils ont trop hâte de retirer. 190 vient me voir de temps en temps pour vérifier que tout va bien. Il frappe à la porte et je remets ma jupe avant qu'il entre.

– Ça te dirait de descendre boire un verre ? Ou de manger quelque chose ?

J'y réfléchis à nouveau mais je finis par y renoncer. Ce serait trop simple d'y glisser quelque chose pour me plonger complètement dans les vapes, et ils ne me paieraient même pas pour ce qu'ils feraient à mon corps une fois qu'il aurait glissé dans les ténèbres. 190 a l'air de vouloir s'asseoir sur le lit mais il a laissé sa main sur la poignée de la porte et je suis trop épuisée pour le prendre dans mes bras pendant qu'il sanglote.

Je passe une main sur le haut de mon front, j'essaie d'arranger mes petits cheveux.

– J'ai juste besoin de prendre un peu l'air.

Il acquiesce et me fait un geste de la main pour m'inviter à sortir de la chambre. Il referme la porte derrière moi. J'hésite d'abord puis je m'approche de lui et je lui prends la main. C'est agréable de pouvoir toucher quelqu'un sans qu'il me dise de le faire. Il sourit et il marche en se tenant un peu plus droit.

Dès que je reviens au milieu de leur essaim, une nouvelle et abominable éruption de beuglements commence. 190 chasse quelques regards dont ils semblent ne pas avoir conscience, ils se contentent de vider leur verre dans leur gosier. Il me conduit à travers des couloirs et je me dis que cette maison est aussi immense que le labyrinthe de maïs au festival du comté d'Alameda. Il y a plus de monde ici que ce que j'aurais cru au départ, tous dispersés dans différentes pièces ou en train de traîner dans les couloirs. J'aperçois quelques femmes avec des yeux comme les miens, probablement en train de regagner les chambres qu'on leur a attribuées, et chacune est là pour satisfaire un fantasme différent. J'en vois aussi certaines en tailleur ou en uniforme et je me demande si elles savent pourquoi je suis là, mais aucune ne croise mon regard et je n'arrive pas à savoir si c'est parce qu'elles ne me remarquent pas ou parce qu'elles font tout pour ne pas me voir.

190 finit par ouvrir une porte vitrée et on atterrit sur la plus grande terrasse que j'aie jamais vue, elle s'étire entre des lampes chauffantes, un barbecue et encore des canapés. Une vingtaine de personnes y sont éparpillées. Je prends une grande inspiration et je regarde le ciel. Nous sommes à Berkeley et j'ai l'impression que les étoiles sont un tout petit peu plus visibles au-delà des limites de la ville parce que je parviens à repérer la Grande Ourse après quelques minutes seulement.

190 reste un moment à côté de moi pendant que je contemple le ciel puis il me donne un coup de coude.

– Ça va si je te laisse ici ? Rentre quand tu seras prête.

J'acquiesce.

Il s'en va et c'est un tel soulagement d'être seule, d'avoir cette sensation de liberté dans les bras, sur cette terrasse qui ne me paraît pas si étrangère parce qu'aussi loin que je me souvienne, le ciel a toujours été mon ami. Il s'étend à l'infini. Je crois que quoi qu'il y ait là-haut, ça nous rassure seulement quand il fait assez sombre pour qu'on puisse imaginer qu'il y a quelque chose au-delà.

Le plus souvent je dis que je ne crois en rien, sauf que la façon dont la nuit met des couleurs sur tout me donne envie de croire. Pas à l'au-delà, ni au paradis, ni à aucune de ces conneries. Ça, c'est juste des trucs qui nous font nous sentir mieux par rapport à la mort et moi je n'ai aucune raison de craindre la mort. Je crois simplement que les étoiles pourraient s'aligner et atteindre un autre monde.

Pas la peine que ce soit un monde meilleur parce que ça, ça n'existe sûrement pas. Je pense que c'est autre chose, un quelque part où les gens marchent un peu différemment. Si ça se trouve, ils parlent par vibrations. Ou alors ils ont tous le même visage, ou pas de visage du tout. Quand j'ai le temps de fixer le ciel, je m'imagine avoir assez de chance pour apercevoir ce quelque chose. Mais je finis toujours par être ramenée sur cette planète.

Je n'aime pas que les gens me touchent quand je ne m'y attends pas et la femme derrière moi fait encore pire que ça, elle m'attrape la main et m'entraîne sans un mot. Le ciel se dissout dans le visage de cette femme et je lève mon autre bras pour la gifler. Si je ne l'avais pas reconnue au dernier moment, c'est sans doute ce que j'aurais fait.

Le visage de Tailleur violet s'est incrusté dans mon esprit comme mon empreinte digitale est imprimée pour toujours sur le cou de Marcus. Elle ne le quittera jamais. Ce soir, face à moi, elle est en jean et en veste et elle a l'air plus jeune que devant l'ascenseur du QG. Je ne sais pas si c'est parce que je ne la vois pas très bien dans le noir, mais elle a l'air d'avoir le même âge que maman, cinquante ans peut-être.

Elle ne porte pas de maquillage, contrairement à la dernière fois, et je dois vraiment faire un effort pour maintenir mon regard sur ses yeux et non sur les cicatrices de sa joue. On dirait qu'elles ruissellent, dans une nuance de brun juste un peu plus foncée que sa peau, pas loin de se fondre dedans.

– Vous faites quoi, là ?

J'arrache ses doigts de mon poignet et je me recule.

Elle tend la main, me supplie de revenir.

– Ne te remets pas dans la lumière. Je peux seulement te parler si tu reviens par ici. S'il te plaît.

Elle est dans tous ses états, debout dans un coin de la terrasse, protégée par l'ombre de la lampe qui la surplombe.

– Je vois pas de quoi vous voulez me parler. Vous savez que j'ai déjà répondu aux questions de vos collègues au QG. Je croyais qu'on en avait fini avec ça.

Je fais un pas dans sa direction et me retrouve dans l'ombre, comme elle. D'ici, je vois mieux ses cicatrices de toute façon.

– Tu sais pourquoi ils voulaient te voir ?

Je hoche la tête.

– Ils voulaient m'interroger à propos d'une enquête.

– Un suicide.

Je pivote sur le côté.

– Jamais entendu parler d'un suicide.

– Ce n'est pas le suicide qui les intéresse. C'est la lettre. Un agent a mis fin à ses jours après l'avoir rédigée et dans cette lettre il parle de toi. De toi et d'autres hommes de la brigade, plus que je ne peux en nommer. Et quand ils ont trouvé cette lettre, ils ont ouvert une enquête interne. Mon service gère toutes les affaires d'enquête interne et la seule information qu'on ait reçue, c'est une retranscription de ton interrogatoire dans lequel tu dis l'équivalent d'un « C'est de ma faute » et qui stipule que tu es repartie au bout d'une heure. Le problème, c'est que je t'ai vue sortir de ce bureau six heures après avoir été filmée en train d'y entrer, et je commence à penser que tu n'as pas dit toute la vérité.

Un suicide. Dans l'obscurité de la terrasse, j'ai du mal à assimiler ce qu'elle me dit, mais ça, ça reste. Le mot. Il a l'air si court et si simple, totalement innocent, pourtant c'est l'image la plus sanglante que j'aie jamais vue. C'est pas comme si maman avait réussi le sien. J'imagine un homme qui ferme les paupières très fort en attendant que le monde se referme sur lui, tout ça à cause de moi. Je me demande comment il s'y est pris, s'il était plus intelligent et plus riche que maman, s'il a avalé des pilules au lieu d'essayer de se saigner à mort. Difficile de croire que ces types éprouvent le moindre remords quand ils me serrent si fort la nuque, quand ils défont leur ceinture et qu'ils ouvrent la portière de leur voiture pour me pousser à l'intérieur en me disant que j'ai de la chance de ne pas me faire arrêter. Difficile de croire qu'ils pourraient se saigner à cause de moi.

Tailleur violet est toujours là à me regarder, elle attend que je lui raconte ce qui s'est passé ce jour-là au commissariat, quand ils m'ont gardée à cette table, mes poignets lacérés de marques en forme de croissant.

– J'ai dit ce que je devais dire. Je me fiche de ce qu'ils savent ou pas. J'ai rien à gagner à leur raconter la vérité.

Je croise les bras sur ma poitrine, bascule tout mon poids sur une hanche. J'aimerais qu'elle s'éloigne, que ces images de bain de sang et de suicide disparaissent avec elle.

Elle hoche la tête.

– C'est bien ça, le problème. Les autres agents du service n'ont peut-être pas de code moral, mais moi si. Et je parie qu'ils profitent de toi bien plus que tu ne le crois. À ton avis, pourquoi est-ce qu'ils ont attendu le jour de tes dix-huit ans pour t'interroger ? Maintenant que tu n'es plus mineure, ces types vont tout faire pour cacher ton âge au moment des faits, mais c'est immoral et injuste, et j'ai bien trop de respect pour toi pour les laisser enterrer l'affaire. Un homme est mort et dans ses derniers instants il a écrit une lettre qui parle de toi.

Je parviens à visualiser un flic sans visage gribouiller quelque chose, pris de panique au moment d'écrire le nom qu'il croit être le mien. Il faut que Tailleur violet arrête avant que je ne puisse plus voir autre chose que cet homme, avant d'avoir envie de me saigner à mon tour, rien que pour ne pas avoir à porter le poids d'une autre mort.

– Je suis au courant de rien de tout ça. Et de toute façon peu importe, c'est mon travail. Ils me paient ou me filent des infos qui valent autant que de l'argent.

– Arrête de me raconter des conneries, réplique-t-elle avec un claquement de langue.

Je fais un pas en arrière, à mi-chemin de la lumière.

– Mais pourquoi vous êtes venue me dire ça ?

Elle baisse les yeux au sol et les relève pour me fixer. Ses yeux tremblent dans leurs orbites, puis elle reprend d'une voix douce :

– Le seul moyen de ramener un peu de justice, c'est de rendre l'affaire publique. Kiara, c'est ça ? Ils t'appellent Kia mais c'est Kiara ?

Je ne réponds pas.

– Kiara, je vais faire fuiter l'affaire.

Le petit creux entre mes poumons et mon estomac se resserre et c'est presque comme si j'avais le mal de mer, comme si la baie de San Francisco était entrée dans ma poitrine sans que je m'en rende compte. Je me rapproche d'elle et je réponds en serrant les dents :

– Si vous faites ça, vous foutez toute ma vie en l'air.

– Si je ne le fais pas, je fous quand même ta vie en l'air et celle des autres filles avec lesquelles ils s'amuseront quand ils en auront fini avec toi. On sait toutes les deux qu'ils ont sans doute déjà mis la main sur une poignée d'autres gamines plus jeunes dont personne ne sait rien. Voilà notre seule chance de les sauver.

Ses yeux dégoulinent, mais pas de larmes. Ça pourrait être de la pitié ou de la culpabilité, ils sont devenus complètement vitreux.

– Je te dis ça parce que je peux faire fuiter ton identité. Je pense que c'est mieux que tout le monde soit au courant, pour que tu puisses parler en ton nom, mais c'est toi qui décides.

Elle attend. La chaleur de la lampe a inondé mon front de transpiration et je grince des dents si fort qu'elles pourraient s'effriter. Je ne la regarde pas. Je sais qu'elle croit faire ça pour mon bien, mais cette femme n'est rien qu'un costume comme les autres avec un complexe de toute-puissance et il est clair qu'elle ne me sauvera pas. Les hommes dans cette maison me tueraient bien avant que je puisse les démolir.

– Qu'est-ce que j'ai à y gagner ? je lui demande.

Tailleur violet hausse les épaules.

– Une forme de justice ? À ce stade, je ne sais pas quoi t'offrir, mais je suis là pour t'aider si nécessaire. Voilà mon numéro, me répond-elle en me tendant sa carte. Sincèrement, Kiara, je ne vais pas avoir d'autre choix que de faire fuiter l'affaire, que tu le veuilles ou non. C'est la meilleure solution, mais je te laisse le choix : tu veux que ton nom sorte ou pas ?

Je secoue la tête, je n'arrive pas à croire qu'on puisse m'acculer dans un coin et me dire que j'ai le choix.

– Vous n'avez pas intérêt à donner mon nom, je lui lance.

Puis je m'éloigne, sans prendre la peine de lui dire au revoir.

Je retourne à l'intérieur, à travers le labyrinthe de couloirs jusqu'à la chambre à l'étage qui est la mienne pendant ces quelques heures, et je recommence. La tête contre l'oreiller, pressée contre le tissu, je laisse les larmes tacher mes joues. Personne ne regarde mon visage de toute façon.

Depuis quelques jours, je sens des picotements parcourir mon front, comme quand on a les yeux bandés mais que le corps continue de percevoir les regards. Trevor et moi on va au terrain de basket pour le match improvisé du jeudi soir et ils nous observent de loin. Je ne pourrais pas dire d'où, mais mon front me dit qu'ils regardent.

On perd la première partie et le visage de Trevor n'est plus qu'un sac de nœuds. Il ne prononce pas plus de deux ou trois mots. On gagne la deuxième partie et le verrou de sa langue s'ouvre de lui-même.

Les picotements sur mon front deviennent des spirales et le gazon s'estompe dans son vert pâle. Je sonde chaque recoin : des rues aux terrains en passant par la pelouse, mais les yeux doivent être bien cachés parce qu'ils ont réussi à échapper à mon champ de vision. J'attrape Trevor par l'épaule pour le reconduire à la maison.

– On peut pas rester un peu ? me demande-t-il, et il ne se rend même pas compte que les regards sont en train de s'incruster dans son dos. Ramona a dit qu'ils allaient chercher des glaces.

Je jette un coup d'œil autour de nous, je me penche vers lui et je murmure :

– Il faut qu'on rentre, Trev. On est suivis et t'es pas en sécurité tant qu'ils peuvent te voir.

Je me mets à le pousser jusqu'à ce qu'il pique un sprint et il se retourne pour me lancer en chuchotant presque : « T'es devenue folle ? On dirait maman. » Je n'ai pas le temps de laisser le visage de Dee jaillir plus d'une seconde dans mon esprit. Dee, elle n'a jamais essayé de protéger son bébé comme je le fais.

On se retrouve encore à courir, comme d'habitude, sauf que cette fois ce n'est pas pour s'amuser. Tout en courant je sens les picotements s'évanouir, de brèves portions de rue comme des flashs pendant lesquels on est à nouveau libres. Puis ils reviennent. En chasse. Trevor grogne sur tout le trajet jusqu'à la maison, il se plaint parce que je gâche tout et moi je reste silencieuse, mais dès qu'on arrive derrière le portail du Regal-Hi j'attrape le cordon de son sweat et je l'approche juste assez pour qu'il puisse goûter mon souffle.

– Bonhomme, va pas me comparer à ta maman alors que je suis là pour te protéger. Tu ferais mieux de bouger tes fesses et d'aller lire là-haut avant que je me mette vraiment à me comporter comme ta mère et que je sorte le martinet.

Trevor se précipite dans l'escalier, les os de ses fesses pointant à travers son short. Je le suis à l'étage, je pénètre dans mon appartement, puis je verrouille la porte, je baisse tous les stores, et on se retrouve debout dans l'obscurité.

– Comment je suis censé lire si tu nous mets dans le noir ? me demande-t-il d'une voix plaintive à moins de deux mètres de moi.

– Utilise ton cerveau et débrouille-toi sans lumière.

Il a fallu moins de vingt-quatre heures pour que la lettre de suicide se retrouve à la une de tous les journaux du coin et que les articles se multiplient à chaque nouvelle recherche dans Google. Comme promis, Tailleur violet a anonymisé mon nom. Mais ça fait moins de deux jours et il y a déjà des yeux qui me traquent dès que je mets un pied dehors, ils me suivent. J'aurais dû me douter que les flics découvriraient que c'était moi, qu'ils n'allaient pas tout simplement me laisser tranquille. Ça va juste être tellement long avant qu'ils se montrent. Papa disait toujours que les flics pouvaient aller se faire mettre, mais qu'il ne fallait pas les chauffer à moins d'avoir une bonne raison. J'imagine que j'ai chauffé quelques flics, que je me suis fait mettre par d'autres flics, et maintenant j'en suis réduite à un bourdonnement paranoïaque.

J'ai trop peur pour sortir le soir et je ne dois pas avoir beaucoup plus d'argent que maman. J'ai appelé Lacy, je lui ai demandé si elle pouvait me pistonner pour un boulot mais elle m'a répondu que ce n'était pas possible, pas après ce que Marcus a fait. Dee continue de laisser trente balles sur le comptoir de sa cuisine toutes les semaines environ, et Trevor et moi on s'est mis à n'acheter que des céréales et des ramens. J'ai l'impression que mon estomac est une véritable éponge, posée dans les ténèbres. Trevor s'est endormi dès qu'il a commencé sa lecture, je suis seule et petit à petit mes yeux gagnent en vision nocturne.

Je n'ai pas envie de trop m'approcher de la fenêtre au cas où ils seraient là à regarder, mais j'ai faim. Du genre à dévorer un poulet entier.

Je fixe mon téléphone pendant un moment et je finis par composer le numéro d'Alé. Elle décroche :

– Salut.

– Salut.

J'ai l'habitude qu'elle parle peu, mais le silence fait glouglouter mon estomac.

– Je suis contente de t'entendre.

J'essaie d'avoir un ton détaché, sauf qu'à cet instant il n'y a rien de tranquille en moi et ma voix se brise.

Elle s'éclaircit la gorge.

– Ouais. T'as besoin de quelque chose, Kiara ?

Je me tais. Je ne devrais peut-être pas me précipiter vers Alé quand tout commence à se briser en miettes. Des miettes, elle en a déjà ramassé bien assez.

– J'ai faim, je finis par murmurer dans le combiné en espérant presque qu'elle n'entende pas.

Son rire résonne du même tintement que d'habitude. Je disparais dans sa voix.

– T'as faim. Bon, OK, viens, je vais te préparer quelque chose.

Je ravale mon souffle.

– Je peux pas sortir de l'appartement.

– Comment ça ?

– Écoute, je suis suivie, je peux pas sortir et j'ai besoin de toi ici parce que j'ai pas d'argent, je dois trouver de quoi nourrir Trev et je meurs de faim, Alé. S'il te plaît.

Mes mots sont tellement emmêlés que je ne suis pas certaine qu'elle me comprenne.

– Donne-moi vingt minutes.

Elle raccroche avant que je trouve le cran de lui dire « Je t'aime ».

Vingt minutes se transforment vite en une heure et maintenant ma vision est devenue plus perçante dans l'obscurité qu'en pleine lumière. Je m'assieds près de la porte, les genoux contre la poitrine, et je regarde Trevor de l'autre côté de la pièce qui dort pelotonné comme une balle.

Les coups font résonner mon diaphragme et je lève la main si rapidement qu'elle se cogne contre le mur. Je lâche un juron, je l'agite dans tous les sens jusqu'à ce que le choc cède la place à une douleur légère et je me lève.

– C'est qui ? je demande en appuyant l'oreille contre la porte.

– Alejandra, qui ça pourrait être d'autre ? répond-elle, et sa voix se fond dans un marmonnement qu'elle me croit peut-être incapable d'entendre. *No seas cabez hueca, ay.*

J'ouvre la porte juste assez pour qu'elle puisse se glisser à l'intérieur. Elle m'a apporté un sac qui sent comme la cuisine de sa mère et moi j'ai juste envie de le lui arracher des mains et de m'empiffrer, mais je prends le temps de bien la regarder. Alé est fidèle à son image, le blanc de ses yeux brille plus que tout ce qui se trouve dans cette pièce. Elle a peur.

– Alors comme ça t'allumes même plus pour moi ?

Elle s'avance doucement, les bras tendus comme si elle marchait sur une corde d'équilibriste, et je parie qu'elle se croit enveloppée de ténèbres mais je la vois aussi clairement que d'habitude. Presque trop facile à voir. Elle tient fermement le sac en papier, qui est tout froissé.

– Je vais pas pouvoir te donner à manger si tu me laisses dans le noir.

Elle n'est même pas tournée vers moi, elle se tient face à Trevor de l'autre côté de la pièce et manque de peu percuter le comptoir. J'allume la lampe la plus proche et la moitié de l'appartement s'éclaire d'un orange pâle.

Alé pivote pour me faire face. C'est comme si c'était la première fois qu'elle me voyait pour de vrai parce que les lignes de son visage se relâchent et sa peau s'adoucit tendrement, plissée comme celle d'un bébé.

– Ça me fait plaisir de te voir, je lui dis, toujours debout à côté de la lampe dans le coin de la pièce.

Les coins, c'est plus sûr, je crois. Deux murs au lieu d'un.

– Ouais, soupire-t-elle. J'ai cru comprendre que t'avais faim ?

J'acquiesce et elle pose le sac sur le comptoir, elle l'ouvre et laisse s'en échapper une tornade de vapeur et d'odeurs de poisson, de *carnitas* et de tous ces plats dont je rêve depuis le jour où l'adjectif « normal » a laissé place à tout ça. Elle sort trois boîtes en plastique.

– Je les ai fait passer dans le dos de maman, genre pour une livraison, et elle a dit que dalle, explique-t-elle en riant, et son rire fait comme des petites bulles de son qui s'échappent de sa bouche.

– La Casa fait même pas de livraisons, je réponds en rigolant avec elle.

Alé replonge la main à l'intérieur du sac et en sort une bombe de peinture violette.

– Au fait, joyeux anniversaire.

Je souris.

– Merci.

– Tu viens ?

Elle est toujours dans le coin cuisine, les sourcils levés.

– Tu pourrais pas tout ramener par ici ?

Je fixe les craquelures de l'abat-jour, les éclats de lumière crue qui brisent sa chaleur délicate.

Alé soupire.

– Là tu me fais vraiment peur, Ki.

Elle empile les boîtes et la peinture dans ses bras et elle s'approche de moi.

– Assieds-toi, au moins.

La lumière naturelle de sa voix – cette petite intonation facétieuse qui ponctue chacun de ses mots – a disparu et elle a simplement l'air épuisée.

Je m'assieds par terre, aussitôt imitée par Alé. J'ai juste envie de lui prendre la nourriture des mains et de me jeter dessus, mais elle s'y accroche fermement et je sais qu'elle ne me laissera pas manger tant que je n'aurai pas parlé. La fille la plus silencieuse que je connaisse veut discuter. Je fais un signe de tête en direction de Trevor et pose un doigt sur mes lèvres pour qu'elle comprenne qu'on ne doit pas le réveiller. Elle acquiesce.

– Tu vas te relever et me laisser tomber encore une fois si je te raconte.

La seule chose que je peux regarder, ce sont mes mains. Toutes ces lignes sur ma paume qu'Alé avait l'habitude de lire sont coupées ; certaines saignent, certaines sont couvertes de croûtes et d'autres sont trop profondes pour pouvoir guérir toutes seules. J'ai commencé à les griffer une fois tous mes ongles rongés.

Alé pose les boîtes à côté d'elle, se penche vers moi, jambes croisées, et continue de s'approcher jusqu'à ce que ses genoux touchent les miens. Elle incline la tête pour avoir les yeux face à mes mains et elle regarde mon visage. Elle s'assure d'avoir bien capté mon regard. Gagné.

– J'aurais jamais dû te laisser tomber. Dis-moi de rester et je resterai. Raconte-moi ce qu'il y a à raconter et je resterai. *Siempre.*

Elle ne cille pas.

Je tousse dans mon poing.

– T'as entendu parler de cette histoire à propos du flic qui s'est suicidé ?

Ses sourcils oscillent brièvement et son regard se ternit un peu.

– Oh, putain.

Je sais bien qu'elle aimerait se détourner, je vois ses paupières s'agiter comme si me regarder dans les yeux était la dernière chose dont elle avait envie, et je ne peux pas lui en vouloir parce que c'est le seul truc qu'elle m'a toujours dit de ne pas faire et je parie que je suis en train de lui briser tous les os comme maman a fait avec moi. Si seulement ses « chaussures du dimanche » et un nouveau jour d'enterrement pouvaient faire le deuil de toute cette merde, panser nos corps entiers.

– J'ai jamais voulu ça. Mais ils m'ont chopée et c'était soit la prison, soit ça, et tu sais ce que maman a vécu, j'avais pas l'intention de me laisser enfermer.

Les yeux d'Alé se ferment.

– Je suis désolée, je murmure après un silence.

– Pourquoi tu serais désolée ?

Elle a toujours les yeux fermés.

– Je sais que tu voulais pas que je me laisse embarquer dans ces conneries et…

– Alors t'es désolée parce que tu penses m'avoir déçue ?

Il y a quelque chose de rauque dans sa gorge et je n'arrive pas à savoir si elle est en colère ou triste ou si elle trouve que c'est le truc le plus drôle qu'elle ait entendu depuis longtemps.

Je bredouille :

– J'imagine que oui.

Elle me regarde et sourit, le brun de ses yeux est magnétique.

– Je voulais juste te protéger, Kiara, dit-elle en haussant les épaules, et je me demande si elle pense à Clara. La seule chose qui me déçoit, c'est qu'on soit jamais au même endroit en même temps.

Elle se racle la gorge, sans doute pour se débarrasser de la nudité de sa voix ou alors tout simplement pour remplir la pièce de bruit.

– Sauf peut-être quand on mange ensemble.

Alé ouvre les couvercles, il y a trois tacos par boîte et elle les fait glisser vers moi. Elle se recule un peu de sorte qu'on ne se touche plus, je prends un taco aux crevettes et je l'engloutis en trois bouchées. J'attrape le suivant. Elle pourrait manger mais au lieu de ça elle m'observe, sourire espiègle. Moi je regarde le nouveau tatouage sur son cou. C'est une ruche, sauf que je ne pense pas qu'elle soit remplie d'abeilles. Je m'approche, la sauce coule au coin de mes lèvres. En fait, ça représente une nuée de papillons en plein vol. J'ai envie de les toucher pour voir si leurs ailes vont s'agiter tellement on dirait qu'ils sont vivants, mais il y a encore à manger et c'est bien trop dangereux d'entrer en contact avec la peau d'Alé quand il fait sombre.

– Il en reste pour moi ?

Mon estomac bondit au son de la voix de Trevor. On tourne la tête toutes les deux pour regarder le petit bonhomme assis dans son lit. On a dû faire trop de bruit.

Alé lui fait signe de s'approcher et il se précipite droit sur nous. Je n'ai pas souvenir de l'avoir vu retirer son T-shirt mais il ne le porte plus, et quand je vois son torse j'ai envie de l'enlacer et de câliner son corps en pleine croissance et tout le reste. Ce gamin est un miracle. C'est ma pluie d'automne. La dernière image que j'ai du soleil avant qu'il se couche. Les journées seraient impossibles sans Trevor. Même pas sûre que le soleil se lèverait sans lui.

Il s'assied près de nous et attrape un taco. Je m'immobilise pour le regarder mordre dedans et mastiquer avec la bouche ouverte, exactement comme je le prévoyais. Il me regarde, il attend que je lui dise de fermer la bouche quand il mange mais ce soir je ne dis rien. Si le gosse veut manger sans manières, est-ce qu'il ne mérite pas ce petit plaisir ? Il fait trop sombre pour que quiconque le voie de toute façon.

Trevor marque une pause avant de prendre une nouvelle bouchée et il regarde l'obscurité qui nous entoure.

– Vous croyez qu'il y a des fantômes ici ?

Alé jette un coup d'œil au plafond comme si c'était là qu'elle allait en trouver.

– Nan, rien que des araignées.

Alé, quand elle dort, on dirait un mélange entre un cadavre et une étoile de mer. Elle n'a jamais dit qu'elle passerait la nuit ici, mais on a toutes les deux su qu'elle le ferait au moment où elle a posé sa tête sur mes genoux. Je n'ai jamais vu personne dormir comme ça sur un plancher en bois, les membres écartés et complètement immobile, la bouche juste assez ouverte pour qu'on puisse constater qu'elle a bien des dents mais zéro langue.

Je l'ai observée toute la nuit en attendant que mon corps m'envoie lui aussi tournoyer dans le sommeil. Ça n'a pas marché. Une fois les tacos terminés, Trevor est retourné sur le matelas et il s'est rendormi. J'ai raconté tout le reste à Alé au sujet des flics, de Tailleur violet et des picotements et elle a dit qu'il me fallait Tony ou Marcus avec moi, juste au cas où les picotements se transformeraient en véritable séisme et que même les stores ne pourraient plus me protéger. On s'est disputées et je lui ai dit pour Marcus mais elle ne voulait rien entendre, alors on a passé un marché : j'irai chez Cole dans la matinée et elle, elle emmènera Trevor à la *taquería* et s'assurera qu'il ait de quoi manger.

Là, j'attends simplement que son corps manifeste de nouveau des signes de vie. Il fait grand soleil. Je le sais parce que nos stores laissent filtrer un peu de lumière qui dessine des formes sur le plancher. Les rayons se répandent sur la silhouette endormie d'Alé, la transformant en une tapisserie faite de clarté et d'obscurité.

Ça part de sa mâchoire. Au début, elle s'ouvre juste un petit peu, puis elle remue d'un côté et de l'autre, elle fait un cercle complet et elle termine par un bâillement. Quand elle cligne des yeux, j'ai envie de caresser son visage. C'est presque comme si tout mon corps voulait lui monter dessus et toucher la courbe de sa joue.

– Bonjour.

Sa voix a changé d'intonation deux ou trois fois avant de sortir dans un grognement.

J'éclate de rire.

– Bonjour.

– Trevor dort encore ? me demande-t-elle.

Je jette un coup d'œil au garçon, toujours recroquevillé et tourné face à l'autre mur.

– Oui.

Les cheveux d'Alé se sont complètement extraits de son chignon habituel, du coup je les saisis à pleines mains, je les lisse et je les réenroule harmonieusement en laissant une mèche noire de côté. J'observe la manière dont ça effile son visage, j'ai envie de croire que parfois ça la chatouille et parfois elle rit sans raison et les petits papillons en elle se mettent à chanter.

Elle s'assied pour me regarder un instant, puis à quatre pattes sur le plancher avec cette large silhouette qui ressemble à celle d'une enfant elle va jusqu'à Trevor et le secoue.

– *Buenos días*, chante-t-elle d'une voix qui est redevenue un grognement monocorde, mais je suis tellement contente d'entendre du bruit dans cet appartement après toutes ces heures de silence que j'ai juste envie qu'elle continue à parler et à chanter toute la journée.

Trevor roule avec les bras devant les yeux. Alé les écarte, elle se penche et lui hurle un *Buenos días* en plein visage, alors il saute sur ses pieds comme un ninja et se jette sur moi pour me plaquer au sol. Je suis par terre, morte de rire, et ses yeux fraîchement réveillés sont brillants et grands ouverts.

Je finis par me dégager.

– Reste pas sur moi, bonhomme.

Il se pousse et se relève.

– J'ai faim, dit-il.

– T'as tout le temps faim, je réponds en riant.

Alé cst déjà en train de mettre ses chaussures.

– Va te préparer, Trev. On va à La Casa Taquería.

Trevor se précipite sur les vêtements empilés dans un coin et s'habille plus vite que j'ai jamais vu personne le faire. Il enfile ses baskets et se campe devant la porte alors que je suis toujours assise près de la lampe. Alé s'approche de moi, puis s'accroupit pour me parler sans que Trevor entende.

– Ça va aller ? murmure-t-elle.

J'acquiesce.

– Assure-toi simplement qu'il reste en sécurité, OK ?

Je fais un signe de tête en direction de Trevor.

Alé sourit en me touchant le genou. La chaleur se répand.

Je les regarde partir et j'espère vraiment que les yeux m'attendent moi et pas lui, qu'ils cherchent à me suivre moi et pas lui. Une fois la porte refermée, des images de Marcus, de ses poings, de la dernière fois que je l'ai vu s'impriment dans ma tête, et j'ai envie de tout sauf de quitter cet appartement pour aller réparer un truc aussi morcelé. Mais je n'ai pas le choix. Alé a raison : s'ils me trouvent et que je suis seule, je suis foutue.

J'attrape mon portable et compose le numéro. Shauna décroche à la première sonnerie.

– Qu'est-ce que tu veux, Kiara ?

Sa voix est aussi énervée que ce à quoi je m'attendais.

– T'as toujours ta bagnole ?

La mère de Cole a donné sa vieille voiture à Shauna quand le bébé est né. C'est la seule personne que je connaisse qui pourrait venir me chercher.

Shauna marque un temps.

– Ouais. Pourquoi ?

– Je suis dans la merde et je dois absolument voir Marcus, mais je peux pas sortir seule dans la rue pour l'instant. Faudrait que quelqu'un passe me prendre.

J'ajoute quelques « s'il te plaît » et lui propose de m'occuper de sa fille de temps en temps. Elle ne dit rien pendant un moment.

– Je peux être là dans dix minutes, finit-elle par répondre, mais t'as pas intérêt à me demander quoi que ce soit d'autre après ça. Je te ferai remarquer que t'as pas bougé le petit doigt la dernière fois que je t'ai demandé de me rendre service.

Elle raccroche et je reconnais que même si ça pique, Shauna n'a jamais rien dit de plus vrai.

Elle arrive en moins de dix minutes et m'appelle pour me dire qu'elle m'attend dehors. J'ai mes chaussures aux pieds mais je n'ai pas encore remonté les stores. Dès que je passe la porte, la lumière me secoue comme la première gorgée de vodka dans un estomac vide et je n'arrive pas à savoir si c'est douloureux ou si le soleil a jamais été plus agréable. C'est comme si ma peau était en train de l'absorber. Je descends l'escalier et dépasse la piscine à crottes sans ressentir aucun picotement, mais ça recommence au moment où je franchis le portail. Ça se répand depuis le haut du crâne. Je me précipite vers la voiture de Shauna, une vieille Saturn Wagon, je monte côté passager et je claque la portière. Un cri explose sur la banquette arrière, je fais volte-face et découvre le bébé dans son siège auto.

– Putain, t'as réussi à la réveiller.

Shauna se tourne pour tapoter le ventre de la petite jusqu'à ce qu'elle cesse de hurler et se rendorme.

Je laisse échapper quelques toussotements.

– On peut vraiment pas rester là.

J'essaie de ne pas le dire trop fort, comme si ça pouvait empêcher Shauna de rouler des yeux, calmer le bouillonnement qui enfle partout en elle. Je sais qu'elle n'aime pas qu'on lui dise quoi faire mais déjà elle se reconcentre, elle fait vrombir le moteur et on part en direction de chez Cole.

Je laisse le silence s'installer quelques minutes, mais la culpabilité me ronge l'estomac pour atteindre l'intérieur de mon corps et tout compresser. Je ne peux pas supporter ça en plus des picotements qui ne me lâchent pas. Je n'arrête pas de regarder derrière nous par le rétroviseur mais je n'arrive pas à savoir où sont les yeux, je sais juste qu'ils sont là. Ça veut au moins dire qu'ils ne sont pas avec Trevor et Alé.

– Écoute, je suis vraiment désolée pour la dernière fois. J'aurais dû t'écouter, mais faut que tu comprennes que les choses n'ont pas été faciles pour moi non plus, et j'étais pas vraiment en état d'aider qui que ce soit. Sauf que c'était injuste envers toi et je suis désolée. J'apprécie vraiment que tu fasses ça pour moi.

On entend un cliquetis continu quelque part sous le capot de la Saturn et je tapote ma cuisse en rythme.

Au feu rouge, Shauna me jette un coup d'œil.

– J'aurais jamais fait ça si j'avais pas besoin de te parler.

Son regard est de nouveau avide, comme il l'était tant de mois plus tôt quand elle gémissait, qu'elle rangeait le sous-sol et que ses tétons étaient tout recouverts de croûtes. Ce n'est pas la faim du prédateur, plutôt celle de l'oiseau malade qui attend d'être nourri avant la nuit, avant qu'il soit trop tard.

– Me parler de quoi ?

On approche de chez Cole mais Shauna ralentit et s'arrête le long du trottoir. Elle gare la voiture et m'observe. Mon regard passe de son visage à celui de la petite, qui est réveillée et qui nous fixe avec des yeux presque aussi brillants qu'un miroir sans tain ; on sait qu'il y a tout un monde derrière, mais on n'y voit rien d'autre que son propre visage.

– Ils ne dealent plus seulement de l'herbe.

J'arrive à percevoir l'accent languissant du Tennessee dans la voix grinçante et terrifiée de Shauna.

– Et ils traînent avec des types flippants qui n'en ont rien à foutre d'eux et de leur famille. Kiara, j'ai un enfant maintenant. Un enfant.

Et Shauna se met à gémir. Cette fois-ci, ses gémissements ressemblent à une plainte arrachée à la voiture. Je jurerais qu'ils glissent directement de sa bouche jusque dans ma gorge parce que j'ai l'impression d'avoir avalé tout le sel du lac Merritt et je n'arrive plus à faire la distinction entre les picotements et la nausée.

Shauna sanglote et la petite nous regarde, les mains tendues dans notre direction, elle ne bouge pas mais elle attend. Je suis la première à en attraper une, je pose mon doigt dans sa petite paume. Shauna me voit faire, toujours aussi attachée au moindre geste de sa fille, et elle se retourne pour poser son doigt dans l'autre paume. Je touche la nuque de Shauna de ma main droite et je frotte doucement, comme maman faisait quand mes cauchemars s'éternisaient dans un claquement de dents. On forme tout un cercle de gémissements intérieurs. Shauna laisse les siens sortir en hurlant. Et ceux du bébé sont si bas que je les entends à peine sous les plaintes de sa mère. Je ne suis pas sûre de ce qui sort de ma bouche, je sais juste que c'est le genre de son qui ressemble à un bourdonnement ou à une chanson, une berceuse inversée.

La petite lâche nos doigts quand le bruit s'estompe pour devenir un murmure, et Shauna me regarde en penchant la tête comme si elle essayait de finir un puzzle mais qu'elle ne savait pas où trouver les pièces.

Mes tempes se mettent à cogner, à cogner fort comme si mes battements de cœur partaient de mon crâne.

– Merde.

Je jette un œil dans le rétroviseur mais rien ne bouge dans la rue à part le filet d'un panier de basket qui s'agite au vent devant un immeuble.

Shauna se replace face au volant mais ne démarre pas la voiture.

– Qu'est-ce qui va pas chez toi, bon sang ?

Je l'ai déjà entendue dire ça un million de fois et jusqu'à présent ça n'exigeait jamais de réponse, mais aujourd'hui elle me regarde comme si elle espérait que je lui en donne une.

– Je me suis mise dans la merde et je crois bien que je suis suivie.

Pas de signe de choc ou de peur ni d'aucune autre expression que je m'attendais à voir sur son visage. Elle se contente de me demander :

– Par qui ?

– Les flics, je crois.

En entendant ça, Shauna se penche vers le volant pour y appuyer sa tête.

– Comment on en est arrivées là, Ki ?

Je ne l'ai jamais entendue parler comme ça, sans barrière et sans défense, et ça me rappelle l'époque où on était jeunes, quand elle était si froide et si sûre d'elle.

Le jour où j'ai rencontré Shauna, Alé m'apprenait à faire du skate sur la 81e, dans le Deep East. Shauna était assise sur les marches de la maison de sa tante, occupée à tresser les cheveux de sa petite sœur, et Alé est montée sur son skate et les a dépassées à toute vitesse pendant que moi je courais derrière comme si j'avais vraiment une chance de la rattraper. Shauna, treize ans et déjà une femme, nous a interpellées. Elle a dit : « Si vous continuez à faire ça, vous allez foutre en l'air sa coiffure », alors on a ralenti pour la regarder parce qu'on n'avait jamais entendu une fille parler comme ça, ni ressembler à ça, ni se tenir comme ça avec le poing sur la hanche, l'air déterminé. Pour de vrai.

J'aimais trop faire la maligne pour laisser quelqu'un me parler sur ce ton, alors j'ai répondu : « Et tu comptes faire quoi ? » Là-dessus Shauna a descendu les marches comme un chien de chasse et a marché droit sur moi en grognant. À l'époque j'étais encore maigrelette de partout, je n'avais aucune chair sur les os pour l'affronter alors qu'elle, elle avait un petit ventre rond porté par des hanches qui semblaient déjà savoir qu'elle tomberait enceinte à peine quelques années plus tard.

Alé, toujours sur son skate, décrivait des cercles autour de nous pour me soutenir. Même ses épaules carrées n'étaient pas de taille face à Shauna. Shauna n'était pourtant pas particulièrement imposante, ni rien ; c'est juste qu'elle était devenue trop grande pour les corps dont Alé et moi n'avions pas encore réussi à nous débarrasser. Elle, elle avait déjà attaqué l'étape suivante, avec sa poitrine qui débordait de son T-shirt à bretelles et qui se balançait quand elle marchait – ou plutôt se pavanait – dans ses baskets défoncées que tout le monde lui répétait de foutre à la poubelle. Shauna disait toujours qu'elle préférerait marcher pieds nus, mais sa tante ne la laissait pas sortir comme ça. Alors elle avait fini par céder et avait autorisé l'un des mecs qui en bavaient pour elle à lui en acheter une nouvelle paire qu'elle n'avait visiblement jamais aimée.

Le jour où on s'est rencontrées, Shauna était prête à se battre. Je ne savais même pas comment donner un vrai coup de poing et Alé ne croyait pas en la bagarre, alors elle se contentait de m'épauler et de m'aimer. Shauna a commencé à dire des conneries, mais les garçons sont arrivés sur leurs vélos. On pensait qu'ils ne faisaient que passer par là, une dizaine de mecs plus vieux que nous d'environ deux ans. Puis l'un d'eux m'a mis la main aux fesses, mais Shauna l'avait vu venir alors elle m'a rapidement contournée, elle a levé la jambe, cuisse tremblante et muscles gonflés, et elle lui a balancé un coup de pied. Elle a balancé un coup de pied au garçon qui m'avait mis la main aux fesses et il est tombé de son vélo.

Les autres avaient commencé à décrire des cercles autour de nous mais l'attaque surprise de Shauna les a fait déguerpir sur leurs bécanes grinçantes. Ce qui devait être notre première bagarre s'est dissipé dans son souffle et mon émerveillement quand je lui ai dit merci. « Pas de problème », m'a-t-elle répondu avant de retourner sur les marches du perron, où sa petite sœur était assise à nous regarder comme si de rien n'était. Shauna s'est replacée derrière elle et s'est remise à lui faire des nattes. Alé et moi, on a continué à faire du skate, en longeant plusieurs pâtés de maisons, mais on revenait toujours devant le porche, et là on ralentissait pour regarder. Après trois ou quatre tours, Shauna nous a appelées :

– Si vous voulez mater, vous avez qu'à venir vous asseoir et prendre un Coca.

On l'a regardée tresser tous les cheveux que sa sœur avait sur la tête, fascinées. Quand Shauna est tombée enceinte à dix-sept ans et qu'elle a abandonné le lycée, elle n'avait plus l'air d'une telle merveille. Juste d'une nana comme nous qui essayait de s'en sortir dans la vie. Sa tante a épousé un type, elle a déménagé dans West Oakland et elle ne voulait pas que Shauna l'accompagne avec le bébé et tout. Alors Shauna s'est installée chez Cole et sa mère, et tous les rêves qu'elle avait jamais eus se sont transformés en gémissements et on se retrouve assises côte à côte dans une voiture pour fuir ce que personne ne peut fuir et tenter d'oublier qu'on était juste des gamines qui voulaient faire du skate et marcher pieds nus dans la rue.

– Je sais pas, je réponds, même si je le sais. Même si ça semble trop évident, comme une longue route qui ne pouvait pas finir ailleurs qu'ici. Parfois faut faire ce qu'il faut pour les personnes qui ont besoin qu'on le fasse.

Je me penche et regarde à nouveau la banquette arrière, les yeux miroirs.

– Comme tu disais, t'as un enfant maintenant.

Shauna essuie une dernière larme et redémarre la voiture. Elle ne répond pas et n'a pas besoin de le faire. Toutes les deux, on sait. Encore deux minutes et on s'arrête devant chez Cole, ma tête vibre toujours. Je dis à Shauna qu'on doit se dépêcher d'entrer, qu'on ne peut pas rester dehors trop longtemps, alors elle prend sa fille sur la banquette et la cale contre sa hanche. On se dirige vers la maison le plus vite possible avant de filer directement au sous-sol. On dirait que Shauna a arrêté d'essayer de garder cet endroit propre car les jouets et les vêtements sales de Cole sont tous éparpillés par terre. Une partie de moi a envie de les ramasser et en même temps ça paraît tellement approprié comme ça, ce serait presque déplacé si la pièce était rangée et immaculée quand rien d'autre ne l'est.

On peut entendre la musique avant même d'ouvrir la porte du studio.

– Cole est sorti mais il va pas tarder à rentrer. C'est pas moi qui vais t'arrêter si tu te sens d'humeur à leur botter le cul à tous les deux, me lance Shauna.

Elle est sur le canapé et fait sauter sa fille sur ses genoux en souriant. Pas avec les dents, mais avec l'inclinaison de ses épaules. Je vais jusqu'à la porte et je l'ouvre. Marcus n'est pas debout dans la cabine d'enregistrement comme à son habitude mais la musique retentit à fond. Il est tout seul dans la pièce, assis par terre les yeux fermés, en train de se tordre les mains.

– Marcus ?

Je l'enjambe pour éteindre la musique sur la table de mixage et la pièce plonge dans le silence. Je m'accroupis près de lui. Il secoue la tête puis ouvre les yeux, ils sont injectés de sang et ils débordent.

– Qu'est-ce qui se passe ? je lui demande.

– Comme si t'en avais quelque chose à foutre, me crache-t-il, et je me dis que je ferais peut-être mieux de partir et de le laisser rester le type égoïste qu'il est devenu quand il m'a laissée tomber.

Là-dessus il soupire et murmure un « Désolé ».

Il me regarde. Je prends une grande inspiration.

– Je te raconterai mes emmerdes si tu me racontes les tiennes.

– On n'est plus au collège, Ki, répond-il en secouant la tête encore une fois. C'est pas un jeu.

Je ne relève pas.

– Je sais pas si t'as regardé les infos, mais j'ai couché avec des flics contre de l'argent pendant des mois et apparemment l'un d'eux s'est foutu en l'air et a mentionné mon nom dans une lettre et maintenant ils mènent une sorte d'enquête. Il y a des flics qui me suivent.

L'expression qui submerge Marcus est toute nouvelle pour moi, je ne l'ai jamais vu comme ça avant. Je croyais qu'il serait un peu énervé ou qu'il allait avoir honte, qu'il refuserait d'être mêlé à mes conneries. Ou que son sourcil gauche s'agiterait comme il fait parfois, ou alors que toutes les veines de son cou gonfleraient. Ou même que l'empreinte de mon pouce se mettrait à danser. Mais à la place, le visage de Marcus se déchire en plein milieu et ses yeux s'ouvrent en grand.

– Merde.

Pendant un moment, aucun de nous ne dit rien, puis il se met à balayer le studio des yeux comme s'il le découvrait pour la première fois. Il s'étouffe avec sa propre voix en murmurant :

– C'est pas à moi que ça arrivera.

– De quoi tu parles ? je demande.

Il a l'air tellement petit.

– T'avais raison. Y a rien de vrai dans tout ça, aucun label ne veut me signer, j'arrive pas à décrocher de concert, et si j'ai un endroit où dormir c'est uniquement parce qu'avec Cole, on s'est mis à dealer. Et j'ai même pas fait ce que j'ai dit que je ferais, veiller sur toi, tout ça. J'aurais dû être là pour te protéger.

On dirait qu'il se noie dans son propre visage et même si j'ai longtemps espéré qu'il me parle comme ça, j'aurais préféré qu'il n'ait pas à le faire. J'aimerais en tout cas que ces paroles puissent tout réparer. Je m'approche pour l'embrasser sur le sommet du crâne. Il passe ses bras autour de moi et je le sens trembler.

– On est toujours une famille, Mars.

Il continue à sangloter contre ma poitrine, je regarde par-dessus son épaule et je vois Tony appuyé contre le cadre de la porte. Sa grimace se transforme en sourire.

– Il faut que tu fasses quelque chose pour moi, je murmure à l'oreille de Marcus.

Il s'écarte juste assez de ma poitrine pour pouvoir me regarder et il hoche la tête.

– Toi aussi, Tony, j'ajoute.

Tony acquiesce à son tour sans même prendre la peine de faire comme s'il ne nous avait pas écoutés.

Puis il nous rejoint et s'assied sur le canapé tandis que Marcus et moi on reste sur le tapis. Le studio a complètement changé, tout y est éclatant : nouveau canapé et tapis jaune avec un C géant en plein milieu. Plus un tout nouvel équipement : enceintes et table de mixage. La table basse est maintenant occupée par un clavier même si aucun d'eux ne sait en jouer, du coup je ne comprends pas vraiment pourquoi il est là, posé sur la table à attendre que quelqu'un y pianote un morceau.

J'inspire profondément.

– J'ai besoin de votre aide. À vous deux. Je l'ai expliqué à Marcus mais je suis vraiment dans la merde et les flics me suivent à la trace. Je suis pas en sécurité quand je sors toute seule et j'ai personne d'autre à qui demander.

– Bien sûr, répond Marcus.

Je regarde Tony.

– T'as des ennuis ? me demande-t-il.

Je n'avais pas envie de lui en parler, pas envie que ces deux-là me regardent comme si j'étais encore plus souillée que ce que je crois, mais je n'ai pas le choix.

– Les flics font une enquête sur moi, ils m'ont pas encore arrêtée et ils m'ont dit qu'ils le feraient pas, mais ils m'ont emmenée pour m'interroger et maintenant je suis surveillée.

– Pourquoi une enquête ? me demande Tony.

Je détourne le regard.

– J'ai filé quelques coups de main à certains. Dans des chambres de motel, ce genre de truc.

Tony ne dit rien mais je sais qu'il me regarde et qu'il imagine ce que j'ai pu faire, qu'il essaie de me pardonner tout ça.

Marcus pose une main sur mon genou et le secoue.

– On est toujours une famille, Ki.

Et je crois qu'il le pense, au-delà des mots, au-delà de ce moment, au-delà de ce que nos parents ont fait de nous quand ils nous ont laissés complètement brisés.

Je hoche la tête et pour la première fois je pense à ce que j'ai fait, à la panique qui s'empare de moi quand n'importe qui me touche comme Marcus vient de le faire, je pense au nombre de flingues plaqués contre ma tempe, aux doigts qui raclent ma peau, aux poings dans mes cheveux. Dans cette pièce, avec ces deux garçons en or, tous les trucs que j'ai faits me semblent vulgaires, accablants, et c'est comme si je ne méritais plus d'être aimée.

– J'envoie un message à Cole pour qu'il passe nous prendre et qu'on te ramène à la maison, OK ?

Marcus est déjà en train de se reprendre et de recomposer son visage, il sort son portable de sa poche.

– Je crois que Cole a une batte ou un truc de ce genre dans le garage. Je vais la chercher et je vous retrouve devant, me dit Tony en se relevant, puis il disparaît hors du studio.

Marcus se met debout à son tour, il me soulève du sol et passe un bras autour de mes épaules. On sort du sous-sol, où Shauna est en train de bercer sa fille, on monte l'escalier et on débouche sur le perron. Il me faut quelques instants pour prendre conscience que je suis de retour à l'extérieur, qu'il fait lourd et chaud et que je suis toujours suivie.

Cole vient garer sa Jaguar tape-à-l'œil devant la maison au moment précis où Marcus et moi posons le pied sur le trottoir. Il baisse sa vitre et hurle : « Kia ! Ma belle, t'es de retour ! » avant de sortir de la voiture en laissant tourner le moteur. Il trottine jusqu'à Marcus pour l'embrasser et lui taper dans le dos, puis il se retourne et m'enlace.

C'est à ce moment-là que la voiture s'arrête, noire et brillante avec des lumières qui clignotent de l'intérieur, et que des hommes en sortent, les mains posées sur leurs insignes et les flingues attachés à leurs ceintures. Je reconnais les numéros 220 et 17, deux des flics de l'Hôtel à putes, qui me regardent droit dans les yeux quand ils font passer les mains de Marcus dans son dos, puis celles de Cole, et qu'ils font claquer les menottes en marmonnant un laïus où il est question de leurs droits et de la Jaguar qu'il leur faut inspecter. 220 laisse 17 les installer sur la banquette arrière de la voiture banalisée pendant que lui ouvre le coffre de la Jaguar de Cole, d'où il sort des sachets de poudre et des armes automatiques.

Je regarde à travers la vitre teintée et vois Marcus qui est en train de pleurer, de pleurer de peur comme le jour où ils ont emmené papa, et moi je hurle, je supplie 220 qui me lance un sourire en coin, qui se rapproche juste assez pour que je puisse sentir son souffle et qui m'agrippe le bras. Il grogne un « T'as pas intérêt à dire mon nom sinon je m'assurerai que tout le monde connaisse le tien.

On t'a à l'œil ». Puis il me relâche, retourne vers la voiture et s'installe sur le siège passager.

Le visage de Marcus n'est plus visible et soudain Shauna se précipite vers la voiture de police, elle cogne sur la vitre en sanglotant. Le véhicule part dans un crissement de pneus, elle se retourne pour me regarder, folle de rage, et Tony débarque derrière moi à l'instant précis où il n'y a plus de danger et il me prend dans ses bras. Je ne crois pas que Tony m'ait jamais prise dans ses bras avant, pas comme ça, pas comme s'il m'avait capturée et qu'il était incapable de me laisser partir. Une partie de moi a envie qu'il me serre jusqu'à briser l'une de mes côtes, jusqu'à ce que je cesse d'avoir l'impression de flotter, envie qu'il serre assez fort pour que les picotements s'évanouissent et que ses bras deviennent la seule chose digne d'être sentie contre moi.

Mais une autre partie de moi ne supporte pas qu'il soit resté planté devant la porte, qu'il ait regardé mon frère se faire embarquer sans lever le petit doigt, et ma poitrine commence à s'alourdir. Je me mets à le repousser et à le bousculer, mes ongles labourent son T-shirt jusqu'à ce qu'il finisse par me libérer.

– Désolé, me dit-il.

Je suis à bout de souffle. Je le dévisage et mon estomac se retourne comme devant la pire des trahisons, mais qu'est-ce qu'il m'a fait, lui ? Il y a des hommes qui ont fait bien pire que de m'enlacer une minute de trop.

– Pourquoi t'as pas réagi ? je lui crie en le poussant encore une fois tandis que mes larmes se mêlent à mes postillons.

Tony trébuche en arrière comme si mes mains avaient la force de le faire tomber et on dirait qu'il va protester, il se met à bredouiller quelque chose, trop vite pour que je puisse comprendre quoi que ce soit, il secoue la tête et il ne me regarde même pas quand il répond : « Je voulais pas me faire embarquer moi aussi. » Il fait un pas en avant, essaie de me prendre la main. « Je suis désolé. » Il n'arrête pas de dire qu'il est désolé, encore et encore, mais ça ne change rien, je lui dis que je n'ai pas envie de le voir maintenant, puis je tourne les talons et soudain je n'ai plus peur des picotements, des flics et des hommes qui risquent de me trouver, parce que mon frère vient de se faire arrêter et que je commence à avoir l'impression de n'avoir plus rien à perdre.

Je grimpe dans le bus mais il n'y a aucune place libre, alors à chaque fois qu'on se prend un nid-de-poule je tombe sur la personne à côté de moi et mon corps entier fait des saltos intérieurs. Tout est flou. Au moins je ne sens plus aucun picotement en me tenant derrière la vitre. Même quand je descends à mon arrêt, ils restent à l'écart, mais l'image du visage paniqué de Marcus persiste, comme si elle n'allait jamais me quitter.

La Casa Taquería est toute petite et réconfortante avec ses stores bleus et les bruits incessants du chantier. Alé est derrière la caisse, Trevor est assis sur un tabouret devant elle en train de faire des avions en papier, et ces deux-là, c'est quelque chose, une sorte de miracle qu'on m'aurait offert au milieu de tout ce bordel. Quand Alé lève les yeux, je devine qu'elle voit ma panique au moment où son regard se pose sur le mien, et elle demande à Trevor d'aller filer un coup de main en cuisine.

Je m'approche d'elle et elle me prend les deux mains.

– Qu'est-ce qui se passe ? Ça a pas l'air d'aller.

– Ils ont arrêté Marcus.

Alé m'attire contre sa poitrine et murmure à mon oreille :

– Je suis désolée. Le rush du déjeuner est presque terminé et je pense que les autres peuvent se débrouiller. Tu m'accompagnes à l'étage ?

Je n'ai aucun souvenir d'Alé m'invitant chez elle comme ça avant. J'ai toujours cru qu'elle avait peur que je la juge ou que je la prenne pour quelqu'un de bordélique. J'acquiesce, j'attends qu'elle aille dans la cuisine pour dire à sa famille et à Trevor où on va. Elle revient, me fait signe de la suivre, et on monte les escaliers.

Elle essaie de pousser la porte de l'appartement, mais celle-ci ne bouge pas d'un pouce.

– Ça lui arrive de se coincer, me dit-elle, et elle se met à la percuter de tout son poids jusqu'à ce qu'elle cède.

Les lieux sont décorés d'une multitude de couleurs, autant que dans une salle de classe de maternelle : un océan de rouge et de bleu et de toutes les nuances de la terre. Je n'ai jamais vu autant de draps, de rideaux et de bibelots. Ils ont mis des nappes et des broderies cousues main sur les murs. Il y a un lit dans chaque coin et une porte qui s'ouvre sur une autre chambre avec deux autres lits et un frigo. La salle de bain est directement reliée à cette chambre, je perçois même le parfum du savon et je suis certaine qu'ils le font eux-mêmes parce que ça sent exactement comme les trucs dans lesquels Alé fait infuser son herbe.

Les lits ne sont même pas de véritables lits, plutôt des canapés qu'ils ont transformés en de fantastiques pays des rêves. Les oreillers hurlent pour qu'on les touche mais d'abord pour qu'on les regarde : des personnages en plein milieu d'une histoire, des fables familiales saisies par la broderie. C'est un truc que j'aimerais bien savoir faire, transformer l'art en quelque chose sur lequel je pourrais poser ma tête.

– C'est magnifique.

Alé marmonne un « Merci » comme si elle était gênée d'habiter un endroit aussi parfait, mais toute son attention est portée sur moi.

– Il s'est passé quoi ? me demande-t-elle.

– Ils m'ont suivie, et quand ils ont vu Marcus et Cole j'imagine qu'ils ont sauté sur l'occasion pour m'emmerder. Ils les ont chopés avec des kilos de saloperies, des flingues et Dieu sait quoi.

Alé marche jusqu'à l'un des lits. Il est bleu de partout et sur les oreillers il y a des images d'enfants. Elle m'invite à la rejoindre et je m'assieds. Ça doit être son lit, les coussins sur lesquels elle pose sa tête. Elle transpire dans ces draps toutes les nuits, tripote les fils qui s'échappent de ces oreillers. Évidemment que c'est le sien : le bébé de la famille, que du bleu.

– Ça va ? me demande-t-elle en me regardant, en m'absorbant tout entière.

– Non, je réponds, puis je m'appuie contre elle, je la laisse supporter un peu de mon poids. C'est entièrement de ma faute et je peux rien y faire.

Je me demande si maman a ressenti ça, elle aussi.

– On va te sortir de là. Et pour Marcus aussi, on va se débrouiller.

– OK.

Il n'y a rien de plus à dire, aucune promesse à faire, aucune solution à trouver.

– Il n'a probablement pas encore été incarcéré, mais quand ce sera fait il appellera. Ou alors on le fera nous, me dit-elle en m'attirant plus près. Pour l'instant, j'ai un truc à te montrer.

Alé se penche, elle glisse la main sous le lit et en sort des pots. Ses pots à herbe. Il est devenu tellement difficile de se souvenir de l'époque où cette scène aurait été normale, une journée rien qu'à nous, que ça me fait rire. Elle en ouvre deux et commence à émietter et à rouler.

– Ici ? je lui demande en jetant un coup d'œil vers la porte comme si sa mère allait entrer à tout moment.

Elle se moque de moi.

– T'inquiète pas, personne va entrer. Et puis maman a fumé un joint avec moi la semaine dernière.

Je pense à sa mère, j'essaie de l'imaginer défoncée et hystérique, mais tout ce que je réussis à visualiser c'est ses doigts délicats en train de faire des nattes à Alé et les plis qui se sont forgés sur son front depuis la disparition de Clara.

Alé ouvre la fenêtre à côté de son lit et ça fait tinter la clochette de son attrape-rêves. J'ai envie de m'en saisir, de le tenir, de tenir les rêves d'Alé dans le creux de ma main.

Elle allume le premier joint et me le passe.

– Celui-là, je l'appelle Chava, me dit-elle.

Je le prends entre mes doigts, je le coince entre mes lèvres et je tire dessus. Ça sent le miel et la menthe, c'est comme se faire un trip sous l'eau. La fumée s'échappe en formant une buée parfaite et je tousse jusqu'à commencer à planer. Alé est déjà en train d'allumer le second et on échange. Je tire sur celui-là et je suis instantanément frappée par son goût si familier : les « chaussures du dimanche ». La lavande. Les jours d'enterrement et les vêtements troués qu'on pleure comme des corps.

Une fois que je suis défoncée, toutes les barrières que j'ai bâties au cours de ces derniers mois s'effondrent et je peux sentir les plis de mon cou se remplir de larmes tandis qu'Alé me regarde pleurer devant elle pour la première fois depuis des années.

– Je suis vraiment désolée, Ki, murmure-t-elle.

J'essaie de ravaler l'envie irrépressible de sangloter pour de bon, mais ça m'échappe quand même et j'ai l'impression d'être une femme blessée, vieille et ridée avec le dos en miettes, il n'y a pas assez d'espace libre dans ma vie pour que je sente quoi que ce soit et pourtant je me tiens là, défaite. À m'effilocher tout entière. Alé me frotte le dos entre les omoplates.

– Je voulais juste une famille. Je voulais juste qu'il y ait un truc qui fonctionne, un truc qui soit à moi.

– Je sais, Kiara. Je sais.

Je m'adosse à la poitrine d'Alé et on est désormais totalement étendues sur le lit. On reste allongées jusqu'à ce que mes sanglots finissent par ralentir. Les deux joints ont disparu et on plane, jambes et bras entremêlés le temps d'oublier que nos peaux sont supposées vivre en solitaire. Chaque centimètre de ce lit est un réconfort, c'est doux et ça sent comme tous les rêves que j'aimerais pouvoir faire si j'en avais la place. Ça sent comme Alé, comme l'herbe et comme le fait de ne plus jamais avoir à s'inquiéter des yeux braqués sur soi. C'est comme cette chaleur, celle qui met tout mon corps en transe. Et si ça se trouve, l'histoire qu'on gardera en mémoire sera celle de notre sieste, ou ce sera ses lèvres contre les miennes, ou alors ce sera le moment où elle est partie et moi qui me réveille seule sans être certaine que tout ça était réel.

Quand mon portable sonne, l'effet du joint s'est dissipé mais je suis toujours allongée sur le lit d'Alé et j'essaie de comprendre pourquoi il y a autant de fissures au plafond. J'ai décidé que c'était sans doute la faute au tremblement de terre, celui qui a transformé San Francisco en désert et qui a forcé tous les gens à se cacher à l'intérieur de leurs cauchemars. Je parie que la mère d'Alé et toutes ses tantes l'ont regardé secouer et fracturer leur plafond, le transformer en un labyrinthe de fissures.

Je plane peut-être encore un peu parce que je ne comprends pas bien ce que me dit le message automatique au moment où je décroche, je me contente d'appuyer sur le bouton que m'indique la voix de la dame robot. Il faut que j'entende sa voix à lui pour que le choc me réveille vraiment.

– Kiara.

La voix de mon frère résonne comme si elle venait d'une autre dimension. Cette fois elle semble déformée et faible. Le tourment de tout à l'heure est toujours là, caché sous la fatigue, mais par-dessus ça Marcus a surtout l'air terrifié. Je parviens maintenant à visualiser son visage qui dégouline de peur comme le jour où on a trouvé maman dans la baignoire. Comme à l'enterrement de papa ou la première fois qu'on est allés voir maman derrière les barreaux.

– T'es où, Mars ?

– Ils nous ont envoyés à Santa Rita, la prison du comté.

Il sanglote tellement que mon empreinte digitale doit être en train de barboter dans ses larmes.

J'ai envie de lui dire que je vais arranger ça, que je vais faire fondre les barreaux de la cellule dans laquelle ils l'ont enfermé et que je l'emmènerai en cavale dans une voiture que je n'ai pas.

– Je suis désolée.

Il tousse un peu.

– C'est peut-être à cause de toi que les flics étaient là, mais c'est ma merde à moi qu'ils ont trouvée. Écoute, je veux pas que tu t'inquiètes pour moi, OK ? L'important, c'est que tu fasses gaffe et que tu restes en sécurité, et j'ai aussi besoin que tu fasses quelque chose pour moi. Tu veux bien, Ki ?

– Bien sûr.

– Je voudrais que tu retrouves Oncle Ty, OK ? Il saura quoi faire, il est déjà passé par là et il me doit bien ça. Ramène-le ici, et peu importe ce que tu lui dis pour le convaincre, compris ?

– J'en sais rien, Marcus, j'ai déjà essayé…

– J'ai pas envie de crever ici. S'il te plaît.

Même après tout ce qu'il m'a fait endurer, il ne m'en faut pas plus pour avoir envie de l'aider. S'il est prêt à me demander quelque chose plutôt que de se contenter de me l'arracher, alors j'irai jusqu'au bout du monde pour lui.

– D'accord.

C'est peut-être l'herbe, le lit, les « chaussures du dimanche » ou la culpabilité. Je n'aurais jamais envisagé de revoir Oncle Ty. Pourtant j'accepte, et Marcus raccroche et tous mes membres sont ligotés à leurs articulations.

Marcus a peur. Ça s'entendait aux tremblements dans sa voix, aux frissons. Mais au-delà de ça, rien qu'en l'écoutant prononcer le nom d'Oncle Ty j'ai compris tout ce que j'avais besoin de comprendre sur la manière dont il est en train de se réorganiser de l'intérieur. C'est la chaleur du métal qui fait ça. Les sirènes aussi. Je ne sais pas plus que lui comment trouver Oncle Ty, vu que maman n'a pas son numéro. J'ai appelé Shauna quand la voix de mon frère a cessé de résonner dans ma mâchoire, et elle m'a dit d'aller me faire voir, que c'était à cause de moi si Cole avait été arrêté et qu'elle ne voulait plus avoir à faire avec moi. Les yeux miroirs de sa fille se sont élargis en grand dans mon esprit, me rendant mon regard. Mon visage réduit à un drap gris.

Si Marcus pense qu'Oncle Ty est la solution, je n'ai plus rien aujourd'hui qui pourrait me laisser penser qu'il a tort. Les gens ne croient pas en Dieu parce qu'ils ont des preuves, seulement parce qu'ils savent que rien ne peut prouver qu'ils se trompent.

Alé m'a dit qu'elle allait garder Trevor quelque temps pendant que j'essaierais d'arranger tout ça, alors j'embrasse Trevor sur le front et il se dégage immédiatement.

– OK. On se revoit dans quelques jours, je lui dis en plaquant sur mon visage un sourire juste assez recourbé pour être rassurant.

Trevor hoche la tête et Alé tend la main, elle l'appuie contre ma joue et la caresse avec son pouce avant de me relâcher.

Je passe la porte, je traîne dans l'ombre sur le long chemin qui me ramène au Regal-Hi. Le même chemin que j'ai pris avec Marcus la dernière fois qu'il m'a accompagnée chez Alé, à l'époque où on commençait déjà à se séparer comme les vieilles perles de mon bracelet quand l'élastique se détend. Lorsque j'arrive devant le portail, je ne me laisse pas arrêter par la piscine et tout son bleu même si elle cherche à m'attirer avec son parfum si-frais-qu'on-dirait-du-vrai-parfum. Puis je sens une petite odeur de soufre derrière celle du chlore et ça me rappelle qu'on ne peut pas faire confiance à un truc aussi chimique.

Marcus et moi, on se disputait toujours pour savoir lequel d'entre nous choisirait le dessin animé du matin. On se battait pour la télécommande, criant, pleurant, suppliant, faisant tout ce qu'on pouvait pour prendre le contrôle des boutons. L'un de nous finissait par l'attraper et s'en servait pour cogner sur la tête de l'autre sous l'effet de l'énervement. Celui qui se faisait taper se mettait à saigner ou à enfler, alors maman venait engueuler celui qui avait commencé et elle donnait la télécommande à l'autre. Quand c'était moi la responsable, j'allais m'asseoir dans un coin et je sanglotais. Pas parce que je voulais la télécommande ni même parce que je me sentais coupable. Je voulais seulement inverser le temps et faire que le plastique n'ait pas cogné mon frère. Je voulais seulement faire marche arrière.

C'est un peu ce que je ressens maintenant : cette impuissance-là. C'est comme être sur la route qui conduit jusqu'ici et remarquer un chemin dont on ignorait l'existence sans être capable de le prendre. Comme si la route qui mène jusqu'ici n'avait jamais été la seule possible mais que le temps m'avait fait oublier ça jusqu'à ce que je me mette à sangloter, que le brouillard se dissipe, que je regarde en arrière et que je distingue une intersection, un autre chemin.

J'entre dans mon appartement, tellement vide sans Trevor, puis je m'assieds sur le bord du canapé et je compose le numéro que Tailleur violet m'a donné en mordillant les derniers bouts d'ongles qu'il me reste jusqu'à ce que mes doigts se mettent tous à saigner. Elle décroche à la seconde sonnerie.

– Ils ont arrêté mon frère.

– Allô ? Qui est à l'appareil ?

– Kiara Johnson. Des flics ont arrêté mon frère, il est à Santa Rita et je savais pas qui appeler.

Tailleur violet reste silencieuse un instant. Quand elle reprend la parole, elle semble tendue.

– Je suis navrée d'entendre ça, Kiara. En fait, je dois moi aussi t'annoncer quelque chose, à moins que tu sois déjà au courant.

– Quoi ?

– Ton nom a filtré dans la presse hier. Seulement ton pseudonyme pour le moment, mais ça ne prendra pas longtemps avant qu'ils découvrent ta véritable identité et ton adresse. C'est dans tous les journaux, surtout la presse locale, mais l'info a été reprise jusque dans le *Los Angeles Times* ce matin. Je suis désolée.

Je repense aux menaces de 220, quand il a dit qu'il donnerait mon nom si je donnais le sien, et moi je n'ai rien dit à personne mais j'aurais dû me douter que l'un d'eux me balancerait, que je ne pourrais pas me sortir de tout ça en conservant mon anonymat.

Tailleur violet se racle la gorge.

– J'ai envie de vous aider ton frère et toi, mais je n'ai aucune autorité sur les arrestations, Kiara.

– C'est pas ça que je vous demande. J'ai besoin de contacter mon oncle mais j'ai pas son numéro et je me suis dit que vous auriez peut-être un moyen de le trouver, en enquêtant ou quoi.

Je peux presque voir Tailleur violet hocher la tête dans son bureau du QG.

– J'ai accès à la base de données des permis de conduire, donc s'il est enregistré en Californie, je trouverai facilement ses coordonnées. Je veux bien y jeter un œil, mais il va falloir que tu fasses quelque chose pour moi.

– J'ai pas déjà assez morflé à cause de vous ? Vous allez vraiment m'en demander plus ?

– J'essaie simplement de t'aider, Kiara.

J'en ai marre des gens qui me demandent de faire des trucs, mais si Tailleur violet est prête à me donner l'info dont j'ai le plus besoin, je n'ai pas vraiment le choix.

– D'accord.

– J'ai une amie qui s'appelle Marsha Fields, elle est avocate et elle peut t'épauler vu tout ce qui risque d'arriver à cause de cette enquête. J'aimerais que tu la contactes, tu veux bien ?

On dirait qu'elle essaie de convaincre quelqu'un de ne pas sauter du toit.

– OK.

Elle me dicte le numéro et je le note sur un morceau de papier.

– En ce qui concerne ton oncle, est-ce que tu peux me donner son nom complet et sa date de naissance ?

J'ai rarement appelé Oncle Ty autrement que par son surnom, du coup j'ai besoin d'un moment pour me rappeler ce à quoi correspond le diminutif Ty.

– Tyrell Johnson. Né le 8 août 1973.

Je me souviens que Marcus lui faisait des cartes pour tous ses anniversaires, il les portait lui-même à la boîte aux lettres. J'attends pendant que Tailleur violet entre un truc dans son ordinateur, le cliquetis de son clavier flottant à travers le téléphone.

– J'obtiens trois personnes correspondant à ce descriptif en Californie.

Tailleur violet me donne les trois numéros et je les écris sous celui de l'avocate.

– Merci.

– Pas de problème. N'oublie pas d'appeler Miss Fields.

Je raccroche et regarde la pièce autour de moi. Ces murs entre lesquels on vit depuis qu'on est nés, Marcus et moi, depuis que nos parents se sont trouvés et qu'ils ont cru fonder la plus miraculeuse des familles, avant la dégringolade jusqu'au désastre. Jusqu'à ce que cette famille se retrouve dans un cercueil ou derrière des barreaux au lieu d'être libre.

J'appelle tous les numéros dans l'ordre. Pour le premier, je tombe sur une messagerie mais je ne peux pas dire que ce n'est pas mon oncle d'après la voix du répondeur. En composant le suivant, j'ai l'impression de téléphoner pour une sorte de campagne de financement, avec la certitude que l'inconnu au bout du fil n'aura aucune envie d'acheter mes conneries. Je suis surprise que quelqu'un décroche et c'est bien sa voix, identique à celle qu'il a toujours eue, un écho de la voix de papa une gamme en dessous. Oncle Ty est plus jeune que papa, même plus jeune que maman, et je crois qu'il essaie aussi de rendre sa voix plus jeune vu comment il balance chaque mot par-dessus le suivant.

– Oncle Ty ?

Silence.

– Comment t'as eu mon numéro ?

Il n'a pas l'air content de m'entendre, mais il ne raccroche pas pour autant.

– T'inquiète pas, j'appelle pas pour te demander du fric ou pour que tu viennes t'occuper de nous. Avec Marcus on est dans la merde et je savais pas qui appeler d'autre.

Je m'interromps en espérant l'entendre répondre qu'il serait ravi de nous aider et qu'il regrette de nous avoir abandonnés, mais il ne le fait pas.

– Marcus a dit que tu lui devais bien ça, je reprends.

– Alors pourquoi c'est toi qui appelles ?

Le nom de mon frère a attendri la voix d'Oncle Ty.

– Il est à Santa Rita.

– Cette famille a de véritables pulsions suicidaires ou quoi ? J'ai dit à ta mère que je ne voulais plus être mêlé à vos affaires après le procès.

Je me souviens du jour où Oncle Ty nous a quittés, il n'a même pas pris la peine de nous dire qu'il s'en allait, il a juste arrêté de répondre au téléphone, il a changé de numéro et il a demandé à maman de nous prévenir à notre prochaine visite, mais maman était déjà bien atteinte à ce moment-là et elle ne se souvenait même plus de leur conversation. Au début, Marcus pensait qu'Oncle Ty s'était fait tuer ou enlever, mais moi je savais. Puis sa voix a jailli dans cette boîte de nuit, un peu plus tard je l'ai entendue à la radio et c'était indéniablement la sienne, flanquée d'un rythme qui noyait la moitié de ses paroles. On a vérifié et on a vu qu'il avait une page Wikipédia et qu'il avait été signé par une maison de disques.

Marcus a continué à se renseigner pendant des mois, il regardait tous les nouveaux articles qui sortaient à son sujet avec les photos prises sur les tapis rouges. Je ne m'attendais pas à être autant en colère, mais quand j'entends Oncle Ty me faire la morale à l'autre bout du fil ça me fout la rage, j'ai envie de lui dire qu'il n'a aucun droit de juger une famille dont il ne fait plus partie.

– Je m'en tape de savoir pourquoi tu t'es barré, je sais seulement que Marcus a besoin de toi et il a dit que t'irais le voir à Santa Rita. C'est pas moi qui demande, tu sais que j'ai jamais rien attendu de toi, mais lui a besoin de ton aide.

Oncle Ty ne répond pas. Il respire fort, comme s'il faisait tourner son souffle dans sa bouche avant de le laisser sortir.

– OK. Je prendrai un avion demain mais je vais pas rester, j'ai une vie qui m'attend ici. T'es toujours au Regal-Hi ?

– Toujours.

Oncle Ty m'explique qu'il louera une voiture pour me retrouver chez moi dans la matinée et qu'il m'emmènera voir Marcus parce qu'il n'a aucune envie d'y aller seul. Je sens qu'il veut raccrocher mais je ne le laisse pas faire.

– Je comprends pas. Pourquoi tu veux pas le voir ? Je croyais que c'était le seul que t'aimais.

Oncle Ty se racle la gorge.

– Je t'ai déjà dit que je me suis fait une vie à moi ici.

– Et alors ? T'en as plus rien à foutre de lui ?

Je ne sais même pas pourquoi je lui laisse le temps de s'expliquer, mais j'ai besoin de l'entendre.

– Bien sûr que si, c'est juste que j'ai pas envie de le voir comme ça.

Sa voix est toujours bien trop froide et pour je ne sais quelle raison j'ai du mal à le croire. C'est pas qu'il ne veut pas voir Marcus enfermé ou blessé, c'est juste par rapport à lui-même, parce qu'il ne veut pas éprouver de remords pour la vie qu'il a maintenant ni se cramponner aux regrets. Après avoir raccroché, et une fois ma colère évaporée dans le vide, je ne peux pas m'empêcher de me demander si Oncle Ty va vraiment faire ce qu'on n'espère plus qu'il fasse pour nous sauver. Nous emmener avec lui à L. A. ou simplement se mettre à nous appeler toutes les semaines, acheter à Marcus un micro et une table de mixage dignes de ses rêves pour qu'il ne dépende plus de Cole, nous aider à nous extraire d'une vie qu'on n'a jamais choisie. Mais je ne suis pas complètement stupide et je ne fais pas assez confiance à Oncle Ty pour m'autoriser à espérer qu'il change ce qu'il est.

Je fais les cent pas derrière le portail du Regal-Hi en regardant la piscine à crottes scintiller dans la lumière du matin. Oncle Ty est en route, il m'a envoyé un message il y a une demi-heure pour me dire qu'il avait atterri et qu'il passerait me prendre devant chez moi. Il ne sort même pas de la voiture, il se contente d'appuyer sur le klaxon de sa berline noire de location, alors je soulève le loquet du portail, je descends du trottoir et en ouvrant la portière, je découvre l'un de ces visages que je n'aurais jamais cru voir réapparaître dans ma vie.

Oncle Ty s'est laissé pousser les cheveux pour en faire des dreadlocks courtes qui pendent comme une couronne, et je comprends tout de suite que son T-shirt blanc coûte plus cher que ses chaussures parce qu'il est déchiré exprès par endroits. Oncle Ty sourit de toutes ses dents comme si c'était la partie la plus importante d'un sourire, puis il tapote le siège passager alors je m'installe dans la voiture et il me touche l'épaule. Je pense que c'est la première fois de ma vie qu'il me touche et je sais qu'il fait ça uniquement pour dissiper le malaise de ce trajet, de ce monde dans lequel il est de retour pour un moment seulement.

– T'as bien grandi, dis donc.

Il redémarre, accélère et prend la bretelle pour rejoindre le flot de voitures de la voie rapide.

– Ça fait un bail, je lui réponds.

On dirait qu'Oncle Ty n'a pas pris une ride, et pourtant il y a quelque chose en lui qui a vieilli. Il a branché son téléphone au système stéréo et fait hurler une chanson dans laquelle il fait un featuring, c'est un déluge d'ego dans tout l'habitacle. Mais son visage ne peut pas me duper, pas avec ce regard qui s'agite sur la route et ces lèvres pressées l'une contre l'autre.

Oncle Ty se racle la gorge.

– Je voulais te dire que j'ai lu les articles au sujet des flics et j'ai fait le rapprochement, je sais que c'est toi, lâche-t-il avant de toussoter encore une fois. Je crois que quelqu'un devrait te dire quelque chose et j'imagine que c'est à moi de le faire. Ton père serait très déçu.

Je tourne la tête sèchement pour le regarder.

– T'avise pas de dire quoi que ce soit sur papa alors que t'as laissé ses gosses tout seuls. Tu sais rien de moi et de ma vie ni de ce que mon père aurait pensé.

Le jour de l'arrestation de papa, maman s'occupait de nos cheveux. C'était la première fois qu'elle me faisait de vraies extensions tressées, des longues qui descendent jusque sous les épaules. Marcus avait neuf ans et elle le coiffait encore lui aussi, surtout des boucles ou des petites tresses quand il n'avait pas les cheveux coupés très court. Ça prenait toute la journée et maman nous faisait asseoir par terre devant le canapé face à la vieille télé pour nous laisser regarder des dessins animés.

En milieu d'après-midi, deux amis de papa qui avaient fait partie des Panthers sont venus voir un match de foot à la maison, alors il a interrompu nos dessins animés et moi j'ai piqué une crise jusqu'à ce qu'il promette de me mettre lui-même au lit ce soir-là. Je suppliais toujours pour que ce soit lui qui vienne me border parce que maman se contentait de m'embrasser sur le front alors que papa restait jusqu'à ce que je m'endorme, il me racontait toutes sortes d'histoires sur le temps d'avant mon existence, quand il n'y avait que lui et Oncle Ty.

Ce jour-là, les amis de papa se sont assis sur le canapé à côté de maman et l'un d'eux, celui avec une longue barbe biscornue, s'est penché vers moi et m'a dit que mes cheveux étaient très jolis. Il n'y avait aucune raison de croire que cette journée serait différente des autres journées coiffure jusqu'aux coups à la porte. Papa est allé ouvrir et on n'a rien compris si ce n'est que soudain il y avait des pistolets pointés sur nous et que papa et ses amis se faisaient menotter, accusés de complicité dans un trafic de drogue même si papa a répété par la suite qu'il ne savait pas du tout de quelle drogue ils parlaient. Maman les a suppliés de le relâcher tandis que Marcus et moi on se cachait derrière le canapé avec les cheveux à moitié coiffés, et on a attendu que la porte se referme enfin et que maman nous entraîne dans la salle de bain au cas où les flics reviendraient, et elle a appelé toutes les personnes qu'elle connaissait pour essayer de trouver un moyen de joindre papa. Cette nuit-là, j'ai attendu qu'il rentre à la maison pour tenir sa promesse et qu'il vienne me border, mais il ne l'a jamais fait.

Papa savait ce que ça fait de décevoir et d'être déçu, et pas une seule fois je n'ai imaginé qu'un jour il pourrait me regarder et me dire que je n'avais pas été à la hauteur, m'exprimer autre chose que son amour.

– Fallait que ce soit dit, ajoute Oncle Ty en secouant la tête.

– Pas la peine de me sortir ce genre de conneries. On est là pour Marcus.

Je garde les yeux sur la route et j'essaie de noyer la présence de mon oncle dans cette musique qui ressemble beaucoup trop à celle que Marcus essayait de faire.

Oncle Ty tente de me parler de L.A. mais je n'écoute pas, pas maintenant alors qu'on approche de la prison avec cette longue allée où s'alignent les voitures de flics et ce bâtiment en ciment tout au bout, un piège à peine plus petit que celui dans lequel papa a passé trois ans. Oncle Ty se gare et je sors de la voiture en laissant mon portable sur le siège. Mon oncle fait pareil, il me suit jusqu'à la rampe d'accès et une fois à l'intérieur du bâtiment on s'enregistre à l'accueil et on attend notre rendez-vous avec Marcus.

Quand on nous appelle enfin, Oncle Ty est le premier à se lever, d'un bond, et on dirait qu'il va se mettre à avoir des haut-le-cœur tandis qu'on suit le gardien le long du couloir jusqu'à une grande pièce où sont alignées des tables occupées par toutes sortes de types habillés en gris face à leurs visiteurs. Marcus est là, ses yeux parcourent les lieux jusqu'au moment où il nous aperçoit, et tout son visage s'éclaire quand il pose son regard sur Oncle Ty, sur moi et à nouveau sur Oncle Ty.

On s'assied face à lui, il saisit l'une de mes mains et la serre doucement. Personne ne dit rien et je sens trembler la main qui tient la mienne. Oncle Ty baisse les yeux sur la table, puis il les lève de nouveau vers Marcus et finit par lâcher :

– J'ai pris l'avion jusqu'ici pour te voir.

Je secoue la tête en pensant à tous ces hommes qui n'apprennent jamais rien, à Oncle Ty qui au lieu de simplement débarquer pour s'occuper de nous préfère commencer comme ça.

Je lui jette un coup d'œil avant de revenir sur mon frère.

– Dis-lui ce que t'as à lui dire, en tout cas moi j'ai une avocate maintenant et je vais t'aider à sortir d'ici.

Marcus hoche la tête et j'aimerais qu'il ait l'air un peu plus en colère mais il semble surtout résigné ou blessé, son regard flotte à travers la pièce et réatterrit sur Oncle Ty.

– C'est à cause de toi que je suis là, lui explique-t-il calmement comme s'il lui racontait ce qu'il avait mangé au petit-déjeuner.

Oncle Ty semble pris au dépourvu.

– Je t'ai seulement filé un coup de main, je t'emmenais avec moi dès que tu me le demandais et je t'ai même aidé à améliorer ton flow. Alors viens pas m'accuser de t'avoir mis dans cette merde, tout ça c'est la faute de ta mère, réplique-t-il en donnant un coup sur la table.

– J'ai jamais rien espéré de maman. Y avait que toi, t'es le seul à m'avoir élevé et un jour tu m'as tourné le dos et moi j'avais plus rien à quoi m'accrocher à part la musique, alors je me suis foutu dans la merde pour essayer de vivre comme toi mais je suis pas toi, répond Marcus, et ses paupières se plissent comme elles le font toujours avant qu'il se mette à pleurer. J'ai abandonné Ki pour toi et voilà où on en est. Fallait que tu voies ça. Regarde autour de toi, Ty, regarde bien.

Les yeux de notre oncle s'agitent pendant une seconde mais Marcus attend qu'il fasse pivoter son torse et remarque ce qui l'entoure : les genoux dans les survêtements qui tremblent sous les tables, les deux gamins qui se pourchassent en faisant des allers-retours jusqu'au détecteur de métal, les tuyaux du plafond qui fuient chacun leur tour. Ty me regarde, et moi je suis assise sur cette chaise avec l'espoir de pouvoir m'accrocher à la seule famille qu'il me reste alors que Marcus refoule tout et tous les deux on le fixe, on fixe ce type qui ne fait plus partie de notre vie.

Le cou d'Oncle Ty perd sa capacité à tenir sa tête droite et il s'effondre, comme un homme englouti par la honte. Il lève les yeux. Je les observe tous les deux, ils se regardent fixement et soudain la main d'Oncle Ty bondit pour tenter de saisir celle de mon frère mais Marcus la pose sur ses genoux. J'ai l'impression que je ne devrais pas être ici à assister à leur rupture définitive.

– Faut que tu comprennes que j'ai pris soin de ta famille pendant si longtemps que quand votre sœur est morte, j'ai réalisé que je n'avais rien qui soit à moi. J'ai réalisé que vous n'étiez pas mes enfants, que votre mère n'était pas ma femme et que j'étais pas à ma place ici. Alors quand un de mes potes m'a proposé de venir vivre avec lui à L.A., j'ai vu ça comme une vraie opportunité, l'occasion pour moi d'avoir enfin quelque chose de plus grand. Toi Marcus, t'avais dix-huit ans et je me suis dit que j'allais te laisser vivre ta vie. Comment j'étais supposé m'occuper de vous et faire mes propres trucs en même temps ?

Les bras d'Oncle Ty sont posés sur la table pour soutenir sa tête et il nous regarde avec de grands yeux dans lesquels le blanc est teinté de rouge.

– Vous commenciez à trop me rappeler votre mère et j'arrivais pas à vous regarder comme avant, pas après ce qu'elle avait fait, ce qu'elle était devenue, alors j'ai fait une dernière chose, j'ai payé sa caution, et ensuite je me suis barré. Il le fallait.

Marcus secoue la tête, ses larmes coulent et il serre ma main si fort que mes doigts sont en train de virer au jaune.

– Aujourd'hui on s'en fout de ce que t'avais l'intention de faire, ce qui compte c'est ce que t'as vraiment fait, lâche Marcus en cognant la table de sa main libre, et les vibrations font se redresser Oncle Ty.

– Je suis désolé, répond-il en me jetant un coup d'œil avant de retourner à mon frère. Comment je peux arranger les choses ?

Je n'ai toujours pas confiance en lui ou en ses excuses, mais je peux sentir le désespoir qui l'habite, l'envie d'être pardonné.

– Rien, dit Marcus d'une voix brisée.

Le gardien le plus proche nous signale qu'il reste cinq minutes et Oncle Ty se penche encore davantage vers mon frère.

– Je ferais n'importe quoi.

Marcus hoche doucement la tête.

– Emmène Ki à L.A. avec toi.

Oncle Ty me jauge intégralement, comme pour décider si ça vaut le coup de faire ça pour Marcus.

– Tu sais bien que c'est pas possible. J'ai une famille là-bas, je peux emmener aucun de vous.

Les lèvres de mon frère se redressent en un petit sourire qui ressemble surtout à une grimace, celle que fait Trevor quand on perd un match.

– Alors je crois qu'on en a terminé.

Marcus commence à se lever et lâche ma main.

– Attends, dit Oncle Ty.

Il se lève à son tour, il est presque aussi grand que Marcus.

– Laisse-moi au moins payer ta caution. Ils ont annoncé cent mille, c'est ça ? Je peux avancer les dix pour cent qu'ils demandent pour te libérer en attendant le procès.

Je regarde mon frère secouer la tête, il me rend mon regard, puis il fixe à nouveau Oncle Ty.

– Paie celle de Cole McKay, pas la mienne. J'ai passé trop de temps à jouer au con avec tout le monde. Le moins que je puisse faire, c'est de laisser une petite fille retrouver son papa.

Les yeux du bébé me reviennent à l'esprit et cette fois-ci c'est Cole que je vois dedans, il éclate de rire et ce regard s'illumine. Je ne sais pas si Marcus fait ça pour moi, pour

Cole ou pour sa fille, mais je crois que je n'ai jamais été aussi fière de lui, jusque-là je ne l'ai jamais regardé en me disant : « Lui, c'est un type bien. » Il a encore beaucoup de choses à se faire pardonner et je ne sais pas si j'arriverai un jour à vraiment oublier ce qu'il a fait toute cette année, mais quand j'aperçois la petite étincelle de la personne que je sais être mon frère, ça me redonne de l'espoir là où je croyais qu'il ne m'en restait plus.

Le gardien s'approche de Marcus pour le ramener dans sa cellule, dans le labyrinthe de tunnels qu'est ce bâtiment, et pour la première fois mon frère ne regarde ni Oncle Ty ni aucun des visages de cette pièce à part le mien, il me laisse avec un dernier aperçu d'un sourire que je reconnais, celui qui date de l'époque où on ne savait pas encore à quel point on peut être seul, puis il est entraîné loin de la table et j'ai une dernière vision furtive de mon empreinte digitale qui disparaît le long du couloir.

Oncle Ty trouve une place juste devant le Regal-Hi et il coupe le moteur, puis il se tourne et me regarde pour la première fois depuis qu'on a quitté Marcus. Il n'a pas allumé la musique sur le trajet du retour et il n'a pas parlé non plus, c'est seulement maintenant qu'il se décide à ouvrir la bouche.

– Je sais que j'ai fait un choix il y a des années quand je suis monté dans cette voiture sans même vous laisser un numéro. Je le sais.

Ses yeux sont toujours aussi rouges, aussi secs. Je ne m'attendais à rien d'autre.

– Et vous aussi, vous avez fait vos propres choix, mais je veux que tu saches que je continue à vivre avec les conséquences de tout ça.

– T'as plusieurs voitures et une putain de villa, Ty. T'as aucune idée des conséquences.

– J'ai qu'une seule voiture et une maison assez grande pour ma femme et mes enfants, OK ? Je sais pas pourquoi tu t'es mise à imaginer que j'étais riche, mais je suis sur le point de dépenser le fric destiné aux vacances pour payer la caution de votre pote, alors viens pas me parler d'argent. Les pires conséquences, elles n'ont rien à voir avec le fric de toute façon.

Son regard se porte sur le Regal-Hi.

– La dernière fois que j'ai vu ta mère, elle était en taule et elle avait l'air totalement différente de la femme que j'avais connue. Toutes les emmerdes par lesquelles elle est passée, les conneries qu'on a tous faites, ça change les gens et je ne pouvais pas affronter ça, tu comprends ? Je ne sais toujours pas comment affronter ça. Au lieu de détester ta mère parce qu'elle n'était plus celle qu'elle avait été, j'aurais dû essayer de comprendre celle qu'elle était devenue, mais j'ai choisi de partir et aujourd'hui je ne vous connais plus ni l'un ni l'autre, plus vraiment en tout cas. Les voilà, les conséquences pour moi.

– Et du coup maintenant tu vas tout simplement sauter dans un avion et te barrer ? Pour ne plus jamais nous revoir ? T'es là à me dire que mon père serait déçu mais en fait c'est toi qui l'aurais vraiment déçu.

Oncle Ty se tourne face au volant.

– J'ai fait mon choix. T'as fait le tien.

Il ne me jette même pas un coup d'œil, il ne me dit pas au revoir ni rien, il se contente d'attendre que je sorte de sa voiture et il s'éloigne sur la route avant de s'envoler pour retourner là où le sable est chaud et où il n'a pas à penser ni à Marcus, ni à tous ces trucs qu'on aurait pu gérer autrement, ni à ce que ça fait d'avoir une vie dont on ne peut pas s'échapper.

J'ouvre la porte de mon appartement et Trevor est là, debout en boxer sur le matelas en train de danser sur une chanson des Backstreet Boys qui passe à la radio. Il me jette un coup d'œil et m'adresse un signe de tête, celui d'un petit garçon qui se prend pour un homme.

– Qu'est-ce que tu fais ici ? je lui demande. Et Alé, elle est où ?

– Elle m'a ramené ici y a environ une heure. Elle a dit qu'elle allait t'appeler.

Je sors le téléphone de ma poche et je vois clignoter l'appel manqué d'Alé. Elle a dû essayer de me joindre quand on était avec Marcus.

– Je vais la rappeler, je dis à Trevor en m'éclipsant dans la cuisine, le portable contre l'oreille.

Alé répond à la deuxième sonnerie et je l'entends au son de sa voix : son cœur est tendu à l'extrême.

– Coucou, ça va ?

– Ils ont cru qu'ils avaient trouvé le corps de Clara, me dit-elle d'une voix tremblante. Ils ont appelé pour qu'on vienne l'identifier, mais c'était pas son visage. Juste une autre fille de vingt ans tabassée à mort.

Alé ne semble pas sur le point de pleurer, on dirait surtout qu'elle est prête à aller se coucher, comme si elle avait besoin de tout bloquer avant de craquer.

– Maman est dans un état pas possible et je dois m'occuper d'elle, gérer le resto et tout. Je peux pas garder Trevor plus longtemps.

Elle annonce ça froidement, pas comme si elle n'en avait rien à faire, plutôt comme si elle ne savait pas comment faire là maintenant.

Je ne trouve pas quoi répondre.

– Je suis sincèrement désolée, Alé. Mais si c'était pas elle, ça veut dire que Clara est peut-être toujours en vie quelque part. Il y a encore de l'espoir. T'as besoin d'aide ? Je peux venir faire quelques heures au restaurant ou…

– Non. Pour le moment, je sais pas comment me comporter avec toi, pas après les choix que tu as faits. Elle, elle a pas eu le choix, Kiara, et aujourd'hui elle pourrait bien être morte. J'ai besoin d'un peu de temps, OK ? C'est trop, toi, maman, Trevor. Je peux pas gérer tout ça.

Alé raccroche avant que je puisse lui dire au revoir et Trevor est là, qui me regarde dans les yeux, et du coup je ne peux même pas commencer à imaginer le visage d'Alé, tiré et humide de sueur. Alé qui ne supporte même plus d'entendre le son de ma voix maintenant.

Je me ressaisis.

– Rien que toi et moi, bonhomme, je lui dis en retirant mes baskets.

J'avance vers le matelas, sur lequel il continue à se déhancher maladroitement avec son petit ventre rebondi et rien que des os autour. J'essaie d'oublier la voix d'Alé en cachant cette histoire derrière tous les trucs auxquels je dois penser.

Trevor s'illumine.

– On peut faire des pancakes ?

Comme toujours, le seul mot que je peux lui répondre c'est oui. Dix minutes plus tard, on est couverts de farine et il plonge sa main dans un paquet de M&M's. Il en pioche une poignée parce qu'on n'a pas de pépites de chocolat et il les ajoute à la pâte. La poêle grésille sur le feu. Il est désormais assez grand pour verser la pâte lui-même, et il en met tellement que ça remplit toute la poêle, un cercle parfait.

– Ça suffit, c'est bien comme ça.

Je récupère le bol avant qu'il verse tout sur le pancake géant qui est déjà en train de frémir de partout sauf au milieu.

– Tu sais que ça va mettre un petit moment à cuire.

Trevor hausse les épaules et moi je souris en secouant la tête. Un de ces nouveaux morceaux de techno bop passe à la radio et je trouve qu'il n'y a pas assez de basse mais lui se met à sautiller, à se tortiller et à s'agiter dans la pièce en se jetant sur le lit. Il monte le volume de la stéréo et le sifflement de la musique explose dans l'appartement, si fort que je n'entends pas les coups à la porte. C'est la lumière qui inonde les lieux quand elle s'ouvre qui me pousse à me retourner.

Vernon est là, exactement comme dans mes souvenirs : coiffure afro carrée, pantalon cargo avec des taches de graisse ou de peinture ou même simplement d'eau. Pour un type si petit, il a l'air très grand, et son pas est lourd sur le plancher. Je le regarde s'imprégner de la scène. Le pancake dans la poêle, la radio, moi avec les paumes toujours couvertes de farine et Trevor qui se dandine.

– Dee est dans le coin ?

Il s'est tourné vers moi, sa voix résonne comme une écorchure de graviers contre la musique.

Je lance un regard à Trevor et il baisse le son.

– Non, elle n'est pas là, je lui réponds en croisant les bras pour cacher mes mains contre ma poitrine. Pourquoi vous n'allez pas voir dans son appartement ?

Vernon hoche doucement la tête en réinspectant la pièce.

– Déjà fait. J'imagine que tu ne sais pas quand elle rentrera ?

– Je fais juste du baby-sitting. Pourquoi vous me demandez à moi ?

Je retiens l'envie de lui rentrer dedans, de le pousser dehors et de lui claquer la porte au nez.

– J'ai pensé que t'aurais peut-être une idée. Je dois récupérer le loyer, dit-il avant de marquer une pause. Mais tant que j'y suis, faut que je te dise que ça fait partie de mon boulot d'alerter les autorités en cas de négligence parentale. Compris ?

Il a parlé lentement, comme si ce qu'il avait vraiment en tête était caché dans les espaces qui séparent ses mots.

– Je vois pas pourquoi vous devriez faire un truc pareil. Je suis sûre que Dee sera bientôt de retour et je lui dirai qu'il vous faut le loyer.

Je suis appuyée contre le comptoir, à attendre qu'il se tire. Il me regarde droit dans les yeux pendant un moment puis il hoche la tête une fois de plus avant de s'en aller. Trevor est face à moi, toujours debout sur le matelas, et je ne suis pas certaine qu'il ait cligné des yeux une seule fois.

L'odeur me force à tourner la tête vers la poêle, dans laquelle le cœur liquide du pancake s'est solidifié alors que le bord est entièrement carbonisé.

– Eh merde, je lâche, en me mettant en quête d'une spatule.

J'éteins le feu mais la poêle est trop chaude et le pancake continue à cuire. Je plonge la spatule dessous et j'essaie de le soulever. Un seul morceau se détache, tout de traviole.

Trevor est maintenant à côté de moi, une fourchette à la main.

– Je me charge d'un bout et toi de l'autre, me dit-il en glissant l'extrémité de sa fourchette sous un côté du pancake.

Je glisse la spatule sous l'autre côté, je lance le compte à rebours et à un on soulève le tout en même temps et on le retourne.

Le pancake se déchire en deux, avec le côté brûlé tourné vers le haut, complètement noirci. Je regarde Trevor, son visage s'est rempli de chagrin et il mâchouille sa lèvre inférieure.

– Hey, ça va aller. On va le recouvrir de sirop et ça sera tout aussi bon.

Ses larmes ne coulent pas encore, mais je les vois déjà se préparer à lézarder son visage.

– Va t'asseoir pendant que j'arrange ça.

– Comme t'arranges les choses avec maman ? me réplique-t-il.

– De quoi tu parles ?

– À chaque fois tu dis que tu vas t'en occuper, mais y a jamais rien qui change.

Trevor secoue la tête et va s'asseoir par terre au pied du matelas. J'essaie de bricoler une réponse en farfouillant dans les placards à la recherche du sirop et je trouve Aunt Jemima sur l'étagère du haut, exactement là où on l'avait rangée pour remplacer la bouteille vide de mon anniversaire. Je retire chaque moitié de pancake de la poêle et je les réassemble sur une assiette. Il est peut-être cramé et déchiré en plein milieu, mais c'est toujours un cercle parfait.

J'y verse une épaisse couche de sirop qui s'écoule lentement, tout gluant. C'est la magie d'Aunt Jemima : il s'en dégage toujours la même odeur douceâtre. Le mélange parfait entre le sucre et quelque chose de bien trop marqué pour être naturel. Aucun goût de bois ni d'érable, rien que le croquant des gaufres étouffé par le sucre.

J'apporte l'assiette et deux fourchettes là où s'est assis Trevor et je pose le tout par terre. Je lui tends une fourchette, puis je m'assieds en face de lui. Il a les yeux rivés au sol et je n'arrive pas à savoir s'il regarde le pancake ou l'intérieur de ses paupières.

Il finit par ouvrir la bouche avant que je puisse dire quoi que ce soit, mais je n'entends rien d'intelligible, juste un marmonnement dans un filet de voix qui ne lui ressemble pas.

– Qu'est-ce que tu racontes ?

Je me penche vers lui.

– Ma maman va revenir ?

– J'en sais rien.

J'ai conscience qu'il y a plus à dire, qu'il y a plus de questions ancrées sous sa langue, mais je ne sais pas comment donner à un enfant une réponse qui risque de le briser. Comment dit-on à un petit garçon qu'il est tout seul ? Il n'existe aucune bonne manière d'expliquer ce type de solitude, celle qui prend racine dans l'estomac, qui nous fait croire qu'il y a un truc caché dans notre chair et que c'est à cause de ce truc que le monde entier nous tourne le dos. Comme quand papa est mort et que maman m'a dit qu'ils allaient réduire son corps en cendres après les obsèques. Le corps de papa brûlé comme un pancake. Je n'ai pas regardé maman dans les yeux pendant une semaine après ça. Comment j'aurais pu ? Tout se cassait la gueule et elle, elle voulait que je croie qu'elle resterait, qu'elle serait l'exception.

– Il est où, Marcus ?

Trevor n'a toujours pas avalé une bouchée, il n'a toujours pas levé les yeux vers moi.

– Il n'est plus dans les parages, je lui réponds, parce que j'ai trop peur de dire quoi que ce soit d'autre.

– Pourquoi ?

Trevor pose son regard sur moi et ses yeux lancent un éclair de rage que je crois n'avoir jamais vu auparavant.

– Parce qu'il est en prison.

– Ma maman aussi elle est là-bas ?

– Non.

C'est presque pire de lui dire ça. De regarder son visage se plisser et essayer de comprendre comment quelqu'un peut l'abandonner sans qu'il y ait ni cellule ni tombe pour les maintenir séparés.

– Elle va revenir ? me demande-t-il à nouveau, et cette fois-ci il garde les yeux sur moi.

– Je crois pas, je lui réponds, et il appuie sa tête contre le matelas pour ne plus rien voir que le plafond.

Une heure plus tard, Trevor ronfle, tout repu de pancake. Je compose le numéro de téléphone que j'ai promis à Tailleur violet de composer parce qu'il n'y a pas d'alternative quand deux garçons brisés ont besoin de moi et que je n'ai pas assez de mon corps pour leur donner ce qu'il leur faut tout en continuant à respirer. Marsha Fields répond en gazouillant et je commence à parler ; je n'ai plus rien d'autre à faire que de laisser les mots s'échapper.

Marsha est blonde. Pas seulement blonde, elle a aussi les yeux les plus bleus que j'aie jamais vus et elle est toute petite mais grande avec ses escarpins et sa jupe fourreau, exactement comme n'importe quelle série télé aurait permis de l'imaginer. Et pourtant elle est là, juste à côté de la piscine à crottes, en train de faire comme si ça ne la dérangeait pas : l'odeur en arrière-plan, le soufre toujours enfermé dans chaque molécule malgré les produits chimiques que Vernon verse une fois par mois.

Quand j'ai appelé Marsha, je ne m'attendais pas à ce qu'elle dise qu'elle serait là à la première heure le lendemain matin, que cette première heure serait neuf heures et qu'elle aurait un visage aussi angélique, sans aucune tache dessus. Ses cheveux sont tellement fins que je parie que je pourrais tout arracher d'un coup, et il y a des petits chats sur la chemise qu'elle porte sous sa veste, le style décontracté du dimanche glissé dans sa jupe fourreau.

Marsha s'avance histoire d'être assez près pour me tendre la main et, avant que je la lui serre, mes yeux se fixent dessus un moment, observent la longueur de ses doigts. Elle commence par le classique « Ravie de vous rencontrer ». Elle brille de partout, un fond de teint poudreux recouvre son visage et on dirait que c'est le plus beau jour de sa vie alors que moi, on me force à entrer dans des salles remplies d'hommes, de costumes et d'uniformes et à recevoir des coups de fil passés depuis des cellules. J'aimerais me montrer reconnaissante et croire que Marsha sera mon dieu, mais une bonne partie de moi lui en veut, en veut à ses escarpins et à sa façon d'entrer et de sortir d'une pièce sans avoir à demander la permission à personne. Je parie qu'en plus elle a un salaire à six chiffres.

Elle parle plus vite que toutes les personnes que j'ai entendues parler dans ma vie, comme si sa langue faisait une sorte de course de relais avec les phrases. J'en saisis quelques bribes, je digère uniquement les mots que je pige vraiment. Marsha me balance un paquet de conneries juridiques en sachant très bien que seuls les gens qui ont fait une fac de droit peuvent les comprendre.

Quand elle parle, ses mains s'agitent, mimant ses paroles. À chaque fois qu'elle dit « ils », elle projette une main par-dessus son épaule tout en levant à moitié les yeux au ciel. Je ne sais pas si elle parle des flics ou des inspecteurs ou du service de police ou, merde, si ça se trouve elle parle de tous ces Blancs dans leurs petits bureaux qui s'amusent à se déguiser avec des flingues. Probablement pas, parce que ça voudrait dire que Marsha fait partie de ces « ils » alors qu'elle a plutôt l'air de croire qu'elle fait partie d'un « nous », comme si elle venait d'entrer dans mon appartement et s'était sentie instantanément chez elle au milieu de tout ce vide, ces murs nus, sans même un cadre de lit.

Une fois son laïus terminé, elle se tourne vers le portail, impatiente de s'échapper du Regal-Hi comme s'il allait la pourchasser toutes griffes dehors. Sa voiture est en bas de la rue et Marsha avance vite, elle fait des pas de géant qu'elle ne devrait même pas être capable de faire avec de si petites jambes. J'essaie d'imiter ses mouvements, je détends mes poings et balance mes bras plus largement. Je me demande pourquoi elle fait ça, pourquoi elle allonge ses jambes bien plus loin que nécessaire.

Marsha continue à marcher comme ça et je crois que c'est tout simplement sa façon de bouger. Moi, ça m'essouffle, alors je laisse mon corps retomber dans sa nonchalance habituelle, avec le ventre qui ondule, un peu avachie. Marsha finit par s'arrêter devant une voiture noire qui doit être la sienne et elle sort ses clés. Elle appuie sur un bouton et la voiture clignote.

Marsha ne sait pas comment rester assise sans rien faire et elle démarre tout en continuant à parler.

– Normalement, je ne travaille pas le dimanche, mais j'ai discuté avec Sandra la semaine dernière et elle m'a dit que tu appellerais, elle m'a expliqué la situation.

Au début, je ne sais pas de qui elle parle, mais je finis par comprendre que Sandra doit être le prénom de Tailleur violet.

– D'ordinaire, je ne fais pas dans le social, mais ton cas, chère Kiara, est un cas particulier. J'imagine que tu vas avoir du mal à trouver quelqu'un de compétent pour ta défense. La prochaine fois, demande toujours à parler à un avocat si des inspecteurs un peu louches te font asseoir seule dans une pièce pour te poser des questions. Tu as bien fait de m'appeler au moment où tu l'as fait.

– Je crois que vous ne comprenez pas. C'est pas moi qui ai besoin d'être défendue, c'est mon frère, Marcus. Il lui faut un avocat, je lui réponds.

Marsha sourit.

– Oh non, ma toute belle, c'est toi qui as besoin d'un avocat. Sandra ne t'a pas briefée ? Tu seras bientôt au tribunal, et avec un bon avocat la bataille est déjà à moitié gagnée.

– Mais c'est mon frère qui est en prison. Vous êtes en train de me dire que moi aussi je vais me faire arrêter ?

Le sourire de Marsha s'affaisse, on dirait qu'elle en a marre de moi.

– Non, je ne crois pas. Mais ça ne veut pas dire que tu es en sécurité. On pourra parler de ton frère aussi, je pourrai peut-être l'aider, mais il faut commencer par toi.

Marsha continue de blablater et son charabia me laisse le temps de regarder par la fenêtre, d'apprécier la vitesse de la voie rapide et la baie de San Fransisco qui s'étend vers l'infini, uniquement interrompue par le pont tandis qu'on continue vers le centre-ville en empruntant une route bien plus proche de l'eau que les chemins que je prends habituellement. Je repense à la salle d'interrogatoire, tout ce métal partout, ce qui a pu sortir de ma bouche après ces heures interminables, quand je voulais juste rentrer chez moi et retrouver Trevor.

À chaque fois que je jette un coup d'œil à Marsha, j'ai envie de m'éloigner un peu plus d'elle, de me glisser par la fenêtre de la voiture et de plonger directement dans l'eau. Je n'ai jamais été aussi près d'une femme blanche, dont je suis en plus supposée croire les paroles. C'est pas qu'elle n'a pas l'air de quelqu'un de confiance ; elle a des yeux sympathiques, ils bougent parfois un peu trop et elle semble du genre fantasque, mais plutôt comme Trevor quand il est tout excité après avoir gagné plusieurs matchs d'affilée et que les gains des paris s'empilent suffisamment pour payer une facture ou deux. Marsha ne pense sans doute jamais à ses factures, elle a juste besoin de sentir qu'elle est en train de gagner, de monter en grade, qu'elle s'offrira bientôt une deuxième voiture.

Elle active son clignotant pour prendre la sortie.

– Quand on sera au bureau, il faudra signer quelques documents afin de pouvoir profiter des privilèges d'une relation avocat-client, un accord conventionnel. Puis on parlera en détail de l'affaire. En temps normal je suis plutôt à la défense – cela dit, à ce stade, tu n'as rien d'une prévenue. Par contre, je peux t'assurer que tu vas avoir besoin d'un sacré bon avocat, et avec toutes les horreurs qu'ils sont déjà en train de déballer, tu peux t'attendre à ce que ce soit difficile. L'affaire fait la une, ou alors c'est une question de jours, et nous allons devoir être très attentives aux apparences. À partir de maintenant, quoi que tu fasses, tu m'en parles avant.

En entendant ça, j'appuie mon corps contre la fenêtre.

– J'ai rien demandé de tout ça, je lui dis, et mon souffle fait de la buée sur la vitre. J'essaie juste d'aider mon frère.

Marsha continue de remuer les mains quand elle parle, elle lâche le volant pendant une seconde ou deux avant de le rattraper.

– Personne ne demande jamais rien. Si tu refuses mon aide, je ne peux pas te promettre que tu ne te retrouveras pas du côté des prévenus d'ici quelques mois, quelques semaines, voire quelques jours. Comme je le disais, je peux aussi essayer d'aider ton frère, mais ce que je ferai n'aura aucun impact si tu ne m'écoutes pas.

Je ne gagnerais rien à contredire Marsha, alors je continue de regarder par la fenêtre et j'attends qu'elle se gare devant un gigantesque immeuble de bureaux. Nous sommes dans Jack London Square, la partie la plus fraîche de la ville, pile au-dessus de l'eau. Elle ouvre sa portière, j'ouvre la mienne et je suis le cliquetis de ses talons à travers le labyrinthe de voitures jusqu'à l'entrée du bâtiment.

Elle sort un badge de son sac, déverrouille la porte et la tient ouverte pour me laisser passer. Un agent de sécurité est assis derrière un bureau en train de mâchouiller un cure-dent. Il fait un signe de la main à Marsha et elle lui répond : « Contente de te voir, Hank. » L'homme rougit instantanément en remuant de droite à gauche sur sa chaise.

Marsha va droit à l'ascenseur.

– Faut vraiment qu'on monte dans ce truc ? je lui demande, tandis qu'une bourrasque explose dans ma poitrine à l'idée d'être enfermée dans une nouvelle boîte en métal.

Marsha se tourne vers moi et ses cheveux blonds tressautent.

– Tu préfères monter les six étages à pied ?

Je sais qu'elle croit poser une question rhétorique, mais ça ne me dérange pas de transpirer un peu si ça me permet de rester libre de mes deux pieds.

– C'est vous qui portez des talons, je lui réponds.

Elle me regarde comme si elle était troublée, comme si elle essayait de lire sur mon visage. Puis elle retire ses chaussures et se dirige en collants, ses talons à la main, jusqu'à une porte à côté de l'ascenseur. Elle donne sur des escaliers en béton qui n'ont pas vraiment l'air à leur place dans ce genre d'endroit.

Marsha me laisse passer devant, et je pense que c'est surtout parce qu'elle s'attend à ce que j'abandonne au bout d'un étage ou deux. Je continue. Au moment d'arriver au sixième, ses cheveux fins sont trempés et son fond de teint dégouline. Je suis à bout de souffle mais pas plus qu'après un entraînement avec Trevor. Marsha me dit qu'elle a besoin de faire une pause sur le palier, alors je la regarde récupérer, sortir un mouchoir de son sac et tamponner chaque centimètre de son visage moite.

Elle n'est pas seulement petite, elle est aussi compacte, avec des épaules bien musclées cachées sous sa veste, qu'elle finit par retirer tellement elle transpire. On pourrait croire qu'elle fait du sport régulièrement, mais ses muscles font juste naturellement partie de sa silhouette et je ne pense pas qu'elle ait vu une salle de gym depuis ses années de fac.

Je m'accroupis pour détendre un peu mes genoux, j'y appuie mes bras et je lève les yeux vers elle.

– Faut pas que je rentre tard, on a bientôt fini avec tout ça ?

Marsha se penche pour remettre ses talons, puis elle déroule son corps pour se redresser comme si on était à un cours de yoga. Elle ne dit rien, sans doute parce qu'elle n'a toujours pas repris son souffle, mais elle avance le long du couloir. Ces couloirs ressemblent trait pour trait à ceux du poste de police, sauf qu'il y a de la moquette au sol. J'ai très envie de retirer mes chaussures moi aussi et de glisser mes pieds nus dans cette moquette, de sentir de la douceur sur ma peau.

Marsha déverrouille sa porte et m'invite à m'asseoir dans un fauteuil orange, la seule couleur vive de toute la pièce. Celle-ci ressemble exactement à l'idée que je me fais d'un cabinet de psy : des citations encadrées aux murs, le tout dans des teintes bleues et blanches très douces, un copié-collé de Pinterest. Il y a des peintures de fleurs et un bureau en bois parfaitement laqué. Juste derrière, une porte vitrée coulissante donne sur une terrasse avec vue sur la baie.

Marsha regarde autour d'elle comme si c'était la première fois qu'elle aussi mettait les pieds ici, puis elle soupire et dit :

– Je voulais que ce soit apaisant, tu comprends ? On vit dans un monde où tout est tellement lourd.

Elle a dû faire des recherches sur « comment devenir la meilleure version de soi-même » et trouver un article de *Cosmo* sur l'accomplissement personnel. Je parie que ça aussi, ça fonctionne sur elle.

Le fauteuil orange me fait penser à un nuage, j'ai l'impression d'être installée dans le duvet d'un pissenlit.

Marsha ne s'est pas encore assise.

– Tu veux un thé ? Un café ?

– Un burger, c'est possible ?

Elle rit bien plus fort qu'elle ne le devrait.

– Il n'est même pas dix heures du matin.

– Sans déconner, je meurs de faim.

C'est vrai, je n'ai rien mangé depuis le pancake et c'est Trevor qui l'a presque entièrement dévoré.

– Oh, bredouille-t-elle rapidement en regardant autour d'elle comme si elle allait sortir un sandwich du tiroir de son bureau. Je peux te faire livrer un truc.

– C'est vous qui allez payer ?

– Bien entendu.

Elle sourit, contente de voir que j'accepte enfin quelque chose.

– Je ne sais pas ce qui est déjà ouvert à cette heure-ci, peut-être le petit italien en bas de la rue.

– Le petit italien ?

Marsha m'explique qu'elle ne connaît pas beaucoup d'autres restaurants qui livrent, alors je lui dis qu'elle n'a qu'à commander une pizza, et quand elle me demande ce que je veux dessus je lui réponds que je veux celle avec le plus de viande possible. Elle éclate à nouveau de rire comme si elle était mal à l'aise et tentait de me décrypter. Je lui dis qu'elle devrait en commander une grande, comme ça on pourra partager, mais elle répond qu'elle essaie de réduire son apport en calories et je lui dis que c'est rien que des conneries parce que clairement ça ne lui ferait pas de mal d'avaler un bon petit plat.

Vingt minutes plus tard, Hank frappe à la porte, un carton de pizza à la main.

Marsha finit par s'asseoir dans le fauteuil à côté de moi. Je dépose une part dans mon assiette en plastique et une autre dans la sienne. Marsha essaie de refuser mais je lui réponds que je ne dirai rien si elle ne mange pas, alors elle pose l'assiette sur ses genoux et commence à retirer tous les morceaux dc fromage en prenant bien soin de ne pas manger la pâte.

Je l'observe, la méticulosité avec laquelle elle fait ça.

Pendant qu'on attendait le livreur, Marsha m'a fait signer le contrat dont elle m'avait parlé. Des pages et des pages délicatement imprimées, mais elle m'a fait tout lire, elle a dit qu'il ne fallait jamais rien signer sans lire d'abord. Après ça, elle a sorti les photos. Je ne sais pas comment elle s'est débrouillée pour les récupérer si rapidement, mais elle a tous les portraits des flics, aussi nets qu'en plein jour, avec leur uniforme, leur insigne et leur matricule. Il ne lui manque plus que leurs voix, là j'aurais pu tous les reconnaître en moins d'une seconde. Mais je me souviens malgré tout de chacun d'entre eux, de leur peau, de leurs doigts, de chaque fossette, de chaque crâne dégarni.

C'est logique. Voilà ce qui me vient à l'esprit quand je le vois : c'est tellement logique. Les taches de rousseur de 612 sont encore plus foncées sur cette photo, comme si du blush était venu s'ajouter à sa carnation ternie, et il sourit de toutes ses dents. Ça paraît forcé. D'ailleurs, tout était forcé chez lui. Jeremy Carlisle me regarde à travers la photo précisément de la manière dont il refusait de me regarder le matin où je me suis réveillée dans son lit.

612, c'est lui qui a écrit mon nom dans sa lettre de suicide. C'est lui qui a fait valdinguer mon univers.

Je n'ai rien raconté de tout ça à Marsha parce qu'elle m'a dit de ne pas commencer à parler tant qu'elle ne me demanderait pas de le faire.

Après avoir débarrassé sa pizza de tout ce qui devait être retiré, elle porte à nouveau son attention sur moi.

– Je vais enregistrer notre conversation, comme ça je pourrai la retranscrire et l'intégrer à ton dossier. Ça restera totalement entre nous, alors n'hésite pas à dire tout ce dont tu as envie.

Elle installe le magnétophone sur la table et appuie sur le bouton rouge.

– Très bien. Pour commencer, j'aurais besoin que tu me parles de ta relation avec chacun des membres de la police d'Oakland, en particulier avec les agents Carlisle, Parker et Reed.

Ça fait bizarre d'entendre leurs noms, des noms que je n'arrive à mettre sur aucun parce qu'ils n'ont jamais été des personne à mes yeux. Je ne les ai jamais vus comme les branches d'un arbre généalogique ou des hommes qui donnent leur nom à la femme qu'ils épousent. C'était des numéros, des insignes et des mâchoires. J'explique à Marsha que je ne vois pas très bien qui sont Parker et Reed, que tout ce que je sais c'est que les premiers flics m'ont trouvée cette nuit-là pas loin de la 34ᵉ et qu'ils m'ont fait grimper dans leur voiture. Qu'à chaque fois qu'ils refusaient de me payer, ils disaient que leur protection était mon paiement. Je lui parle du jour où les inspecteurs se sont pointés près de la piscine, de la pièce qui s'est refermée sur moi, des yeux partout et des picotements sur ma peau. Je lui parle de 612, Carlisle, de sa façon de me toucher, de sa maison qui était assez grande pour une famille de cinq mais qui visiblement n'abritait que lui et son flingue. Je lui parle du jour où ils sont venus pour Marcus et Cole.

Marsha me demande des dates, des heures, des noms, comme si je pouvais m'en souvenir. Tout ce que je sais, c'est que les inspecteurs sont venus le jour de mon anniversaire, la chaleur nous poursuivait.

Quand je lui explique ça, elle m'interrompt et me demande de répéter.

– Tu as été en contact avec ces agents avant ton dix-huitième anniversaire ?

Je sens que je suis sur le point de dire quelque chose qui va me valoir des emmerdes, j'hésite.

– Tout restera confidentiel, Kiara, me rappelle-t-elle.

Je prends une bouchée de pizza pour gagner du temps, je l'avale et je réponds :

– Ouais.

– Et ils connaissaient ton âge ?

Je m'arrête pour réfléchir et mords à nouveau dans ma pizza.

– Pas sûr. Certains m'ont demandé et généralement je me contentais de répondre que j'étais assez vieille, mais je crois que la plupart préféraient pas savoir. Comme ça ils pouvaient s'imaginer tout ce qu'ils voulaient, genre le fantasme de la petite fille mais sans les conséquences.

Marsha me pose d'autres questions que je ne pensais même pas qu'il fallait poser, et progressivement il devient de plus en plus évident que ce n'est pas juste un mauvais moment qui va bientôt se terminer et qu'il y a peu de chances que Trevor et moi soyons de retour sur le terrain de basket d'ici une semaine. J'ai peur d'interroger Marsha, mais nos assiettes sont vides et on s'approche du moment où elle va me dire ce que je n'ai aucune envie d'entendre.

– Et maintenant, il va se passer quoi exactement ?

Marsha croise les jambes, balaie les dernières miettes de sa jupe et incline la tête.

– Avec tout ce buzz, il y aura sûrement une enquête criminelle.

Je lâche un petit rire sardonique.

– Ils vont arrêter la moitié de la brigade de police ?

Marsha lève les sourcils et secoue la tête de façon appuyée.

– Oh non, ce n'est pas comme ça que ça fonctionne. Pas avec la police. Si les choses se déroulent comme je m'y attends, il ne sera pas question d'arrestation, pas pour commencer. Au lieu de ça, il y aura un grand jury.

Je ne vois pas vraiment ce que ça implique, mais j'ai regardé assez de reportages pour savoir que les seules fois où il est question de grand jury, c'est quand un flic tire sur un Black et que les autorités font semblant de s'en soucier. Ça ne mène jamais à rien, à part que le petit Black se retrouve à la une des journaux, capuche sur la tête, et que quelques témoins racontent qu'il a fumé un truc quand il était au collège. Moi, j'ai fait bien pire.

– Alors je vais être jugée ? je lui demande.

Marsha prend une inspiration avant de répondre.

– Il faut que tu comprennes qu'un grand jury, ce n'est pas un procès. C'est ce qui vient *avant* le procès. Si les jurés décident d'inculper, ça veut simplement dire qu'ils estiment qu'il existe suffisamment d'éléments justifiant un procès. Du coup, il n'y a pas d'arrestation, et même s'il y en avait une, ce n'est pas toi qu'on arrêterait. Toi, tu es le témoin clé, la raison d'être de toute l'affaire. Comme je te l'expliquais, tout sera très médiatisé, même si en théorie les grands jurys ne sont pas censés être rendus publics.

– Et dans mon cas ?

Marsha fait rebondir l'un de ses escarpins.

– Dans ton cas, les journalistes vont se débrouiller pour que rien ne reste privé, à l'exception de ce qui se passera à l'intérieur de la salle d'audience. Ça, ce sera strictement confidentiel.

Elle marque une pause puis reprend :

– Le trafic d'êtres humains, c'est un crime très grave, Kiara.

– J'étais pas dans un trafic d'êtres humains.

– Peu importe comment tu appelles ça. Tu étais mineure et eux étaient des adultes en position d'autorité.

Le bleu de cette pièce devient plus criard à chaque nouveau mot qui s'échappe de la bouche de Marsha. Je ferme les paupières quelques secondes en espérant que lorsque je les rouvrirai la pièce sera devenue rose ou jaune ou n'importe quoi d'autre pourvu que ça ait l'air moins étouffant que ces murs bleus bizarres et le KEEP CALM AND CARRY ON qui y est encadré.

J'ouvre les yeux, le bleu est toujours aussi violent et maintenant la nausée est de retour, la pizza menace de ressortir. Mon visage doit me trahir parce que Marsha me demande si je vais bien et je lui demande si on peut ouvrir la porte de la terrasse et je crois qu'elle dit oui, de toute façon je m'en fiche, je titube en direction de la porte et je tire dessus jusqu'à ce qu'elle cède et je me retrouve dehors, penchée par-dessus la rambarde de la terrasse avec le regard qui plonge dans la baie en contrebas.

S'il existait un contraire au mal de mer, je crois que ce serait l'effet que la baie a sur moi : tout s'immobilise à l'instant même où le parfum du sel me saisit, quand la brise de l'océan s'enroule autour de ma taille découverte et que le vent emmêle encore plus mes cheveux. C'est pas que je me sente libre, mais je me sens chez moi. Sans doute bien plus chez moi que n'importe où ailleurs, et c'est plutôt ironique étant donné que c'est tout aussi bleu ici, et je sais qu'aussitôt emportée par la vague je me noierais.

Marsha me rejoint dehors, elle me demande si je vais bien deux ou trois fois de plus, mais je n'ai pas encore la force de lui répondre. J'ouvre juste assez la bouche pour que l'air infusé à l'odeur de marée puisse toucher ma langue. J'ai envie d'y goûter, de savoir que la baie existe au-delà de tout ça. Peu importe si tout le reste s'effondre demain, elle, elle sera toujours là et elle aura toujours le goût du sel, de la poussière et du bois des bateaux qui ont transporté trop de corps.

En cherchant les bateaux en bas, j'en aperçois un qui passe juste en dessous de Bay Bridge. J'imagine que quelque part à l'intérieur il y a une fille comme Clara, avec des cheveux encore plus noirs que ceux d'Alé, ou alors cette Lexi de la fête de Demond, petite et toute tremblante, coincée entre des piles de marchandises. Le bruit de l'eau, des vagues, des éclaboussures : la seule chose immuable.

Et moi je suis là, hors de l'eau. Je repense à ce qu'Alé m'a dit, comme quoi contrairement à Clara j'ai choisi tout ça, et pour une raison ou pour une autre je suis ici mais pas elle et le monde est tout simplement injuste. La mort est toujours une possibilité quand on fait le trottoir, mais ça n'avait pas l'air si réel jusqu'à maintenant, jusqu'à ce que j'apprenne qu'Alé aurait pu être en train d'organiser l'enterrement de sa sœur et que je devienne un mémento de ce qui lui est peut-être arrivé.

Le moins que je puisse faire, c'est me montrer reconnaissante d'être toujours en train de respirer. Si j'ai assez de chance pour ne pas me laisser submerger, alors peut-être que Marcus aura de la chance lui aussi. Je me retourne vers Marsha qui m'observe, mal à l'aise.

– Et mon frère là-dedans ? je lui demande.

Rien de tout ça ne vaut le coup si je ne récupère pas Marcus et, sans Oncle Ty, je n'ai aucune autre ficelle à tirer. Il faut que j'arrive à le convaincre pour qu'il puisse faire les choses différemment, se rattraper.

Marsha prend une minute pour regarder l'eau, puis elle me rejoint près de la rambarde.

– Ce sera bien pire pour la brigade que ce qu'ils vont prétendre. Si on joue les bonnes cartes, on pourra se servir de ton frère comme d'un moyen de pression pour négocier.

– Quel genre de négociation ?

J'ai été embarquée dans trop de marchandages qui m'ont laissée avec les poches vides et un nœud tendu dans la poitrine, vulnérable.

Marsha sourit.

– C'est ça qui est drôle : nous sommes ici en position de force. Ils vont tenter de te faire croire l'inverse, mais tu n'es pas celle qui a tout à perdre.

Ce n'est pas ce que je ressens.

– Et si je décide de ne pas témoigner ?

– Ils vont te citer à comparaître, que tu le veuilles ou non, donc tu n'auras pas le choix. La seule chose que tu peux contrôler, c'est ce que tu vas dire.

– Et si je mens ?

Marsha soupire, fait glisser sa lèvre inférieure sous celle du dessus.

– Tu seras sous serment et je te conseille de ne jamais le briser. Si tu décides malgré tout de mentir, ton frère ira très certainement en prison pour un bout de temps et le grand jury ne procédera à aucune inculpation, ce qui signifie que tous les agents impliqués continueront à faire ce qu'ils veulent sans avoir à se soucier des conséquences.

– Et si je dis la vérité ?

Le soleil finit par se frayer un chemin au plus haut du ciel et Trevor doit commencer à s'extirper de son sommeil du dimanche.

Tout le corps de Marsha se détend, elle laisse ses épaules retomber pour la première fois.

– Si tu dis la vérité, alors on a une chance d'obtenir une procédure d'inculpation et de changer la manière dont ce genre de chose fonctionne. Après quoi on pourra entamer des poursuites et te permettre d'obtenir assez d'argent pour que tu n'aies plus jamais à faire ce que tu fais, explique-t-elle en soufflant. Pour l'heure, on se prépare. Ils vont chercher à te balancer tout ce qu'ils peuvent. À partir du moment où le bureau du procureur nous enverra la citation à comparaître, il faudra que tu sois prête à répondre à n'importe quelle question, à toutes les petites choses qu'ils pourraient te demander. Seuls le procureur, les membres du jury et le greffier seront présents lors de ton témoignage puisque le grand jury se déroule à huis clos. Ça signifie qu'on va devoir bien te briefer pour que tu n'aies pas besoin de moi au tribunal. Pour l'instant, tu te fais discrète. Je ne veux pas te voir sur le trottoir ou à proximité d'un agent de police, et ce sous aucun prétexte. C'est compris ?

J'acquiesce et je sais qu'en choisissant de faire confiance à Marsha, j'abandonne ces rues et une grande partie de ce qui est devenu mon monde, du moins pour le moment. Je croyais que ce serait comme une fête, et c'est le cas, mais c'est aussi un deuil. J'essaie encore de donner du sens à ces mois, à ces hommes et à tout ce que j'ai abandonné simplement pour avoir l'impression de garder le contrôle, de m'appartenir ne serait ce qu'un instant avant que tout se brise et que je me souvienne. Quand je suis prise par le froid et la fatigue et que j'ai simplement envie de me blottir dans un lit qui ne serait pas un canapé ou de manger quelque chose qui ne sortirait pas du micro-ondes. Marsha m'explique que je suis libre, mais je vis toujours avec les répercussions de ce que j'ai fait, de ce qui ne devait être qu'un boulot jusqu'à ce qu'il devienne beaucoup plus.

Marsha a l'air plutôt satisfaite, elle m'annonce qu'elle va me ramener chez moi. Il reste une demi-pizza et elle me dit que je peux l'emporter. Trevor va la dévorer, se remplir l'estomac jusqu'à ce que je ne puisse plus voir ses côtes. Rien que d'y penser, je souris vraiment pour la première fois de toute la semaine.

Avant de me laisser sortir de la voiture, Marsha tend le bras et serre ma main. La sienne est tellement petite que je parie que ses deux poings font la taille d'un seul des miens.

– Si tu te comportes en faisant comme si tu étais sûre de toi, les gens croiront que c'est le cas. C'est tout ce qu'il y a à savoir, putain, c'est comme ça qu'on gagne.

Entendre Marsha jurer, c'est comme entendre un chien parler, et je sais que c'est voulu de sa part, pour que je l'écoute vraiment. Je hoche la tête, descends de voiture et marche jusqu'au portail.

La piscine à crottes m'accueille et c'est la dernière fois que je la dépasse sans les cris des journalistes, les flashs des appareils photo et les agents de sécurité que Marsha a embauchés en précisant qu'ils sont là pour m'escorter. C'est la dernière fois que je regarde ses profondeurs obscures avec ce bruissement subtil, ce tourbillon d'eau juste devant ma porte. L'incitation à comparaître arrive le lendemain matin et j'oublie presque comment c'était de se réveiller en entendant résonner les rires de Dee, face à Marcus sur le canapé et une journée entière qui finit par se fondre dans les lumières de la nuit.

Trevor veut passer à la télé. À chaque fois qu'on sort de l'appartement, il pique une crise parce que je nous fais passer par-derrière, par le chemin que les journalistes ne connaissent pas. Il se plaint et il dit que si je dois devenir célèbre, alors lui aussi. Il ne se rend pas compte de ce qu'il demande, mais la façon qu'il a de serrer son ballon dans ses bras me rappelle à quel point j'ai envie de le prendre par la main, de le garder tout près de moi.

Aujourd'hui on est coincés à l'intérieur parce que Marsha a appelé pour me dire de ne pas sortir, de n'ouvrir à personne. Elle avait l'air paniquée, elle parlait vite et je me suis dit que ça allait peut-être finalement arriver : ils préparent les menottes pour moi, pour m'ajouter à la liste des incarcérations familiales. Marcus me téléphone tous les jours, sa voix est plus lugubre que jamais et je sais que perdre Oncle Ty l'a projeté dans une spirale infernale. Je n'arrête pas de lui répéter que je vais le sortir de là, mais Marsha ne veut jamais en parler et la plupart du temps je me dis que je devrais arrêter de répondre quand elle appelle. Sauf qu'après il faudra que je dise la vérité à Marcus : qu'il n'aura probablement pas de ticket de sortie.

Et ensuite c'est à moi que je devrai dire la vérité : je suis aussi seule que Trevor.

Trevor est assis sur le lit avec tout un jeu de cartes étalé devant lui, content de ne pas avoir à aller à école aujourd'hui. Je ne sais pas à quel jeu il croit jouer, mais ça ressemble surtout à la manière dont je battais les cartes avant qu'Alé m'apprenne à le faire. J'ai plusieurs fois essayé de l'avoir au téléphone, mais elle n'a jamais répondu et j'ai bien trop de fierté pour la rappeler et tomber à nouveau sur son répondeur.

Marsha m'a demandé de la retrouver à onze heures au niveau de la porte de derrière. Il est onze heures trois, alors je dis à Trevor que je reviens tout de suite, je descends les escaliers et j'atteins la porte. Je perçois la rumeur des journalistes dans High Street, de l'autre côté de la piscine. Quand j'ouvre, Marsha est là avec une main sur la hanche, la tête inclinée sur le côté et les sourcils relevés comme à chaque fois que je l'agace.

– Tu es en retard, me dit-elle.

Je ne prends pas la peine de répondre parce que ça ne changerait rien et que Marsha devrait savoir à quoi s'attendre au lieu d'espérer que je sois à l'heure. Je la guide en haut des escaliers jusqu'à la porte de l'appartement. Ce matin j'ai dit à Trevor qu'une femme blanche allait passer pour discuter avec moi, du coup il est assis là à l'attendre, la tête posée dans le creux de sa main, sans même regarder ses cartes. Ses yeux s'illuminent à sa simple vue, comme si c'était un nouveau jouet, et je ne peux pas le lui reprocher.

Je regarde Marsha entrer avec ses talons hauts, posant d'abord délicatement l'avant de son pied alors que nous, on marche à pas lourds et pieds nus, et elle n'a pas l'air à sa place dans l'appartement, terrifiée à l'idée que le sol se déchire sous elle.

– Vous voulez vous asseoir ? je lui propose en désignant le fauteuil à bascule.

Je me hisse pour m'installer sur le comptoir, histoire de pouvoir regarder à la fois Marsha qui s'installe et Trevor qui la fixe depuis le matelas. Marsha relâche tout le poids de son corps dans le fauteuil et sursaute quand il commence à se balancer. D'avant en arrière, d'avant en arrière. Elle se cale dans la bascule et passe une jambe par-dessus l'autre.

– Tu peux me tutoyer si tu veux. En tout cas il y a eu de l'agitation au cours des dernières semaines, m'explique-t-elle comme une présentatrice de JT sur le point d'annoncer une nouvelle tragique. La police d'Oakland a remercié trois commissaires la semaine dernière et nous sommes invitées à discuter avec la nouvelle recrue, Sherry Talbot.

– OK.

Je ne sais pas trop pourquoi Marsha a l'air si tendue, épaules crispées et presque remontées jusqu'aux oreilles. Elle commence à tout me raconter en détail comme elle le fait à chaque fois. Je jette un œil vers Trevor qui a les yeux braqués sur elle, il ne cille pas.

Apparemment, l'un des commissaires a été pris en photo lors de la fête où j'ai travaillé, celle où Tailleur violet – Sandra – m'a abordée pour la première fois, et du coup on le considère impliqué dans la tentative de dissimulation. C'est comme ça qu'ils l'appellent : tentative de dissimulation. Je ne sais pas trop si ça fait référence à moi ou à eux, s'ils dissimulent le fait que tout ça est arrivé ou le fait qu'ils étaient tous au courant. Marsha me dit que ce n'est pas très clair, du pur bla-bla de tabloïd.

– Le plus important, c'est que la nouvelle commissaire nous a invitées à discuter avec elle aujourd'hui, et je te conseille d'accepter le rendez-vous.

– Pourquoi ? je lui demande en balançant mes jambes contre le comptoir. Si tu l'aimes pas et qu'on n'est obligées à rien, pourquoi on irait ?

– Elle connaît du monde. Et tout ce qu'elle dira pourra avoir des répercussions sur l'enquête ou sur ton témoignage.

Marsha m'explique qu'elle n'est pas certaine qu'ils iront jusqu'à l'inculpation, même si d'après elle la plupart des grands jurys se terminent comme ça. Le fait est que généralement, ils ne cherchent pas à coincer les personnes qui en sont à l'origine. L'inquiétude lézarde son visage. Elle reprend :

– Ça pourrait aussi aider Marcus.

Ma tête se relève brusquement à ces mots, et d'un bond je descends du comptoir.

– C'est à quelle heure ?

– L'entretien commencera à midi. Ma voiture est garée dans la rue.

Je hoche le menton, déjà en train d'enfiler mes chaussures. Je me dirige vers Trevor.

– Je serai de retour dans deux ou trois heures. Il y a à manger dans le frigo, OK ? Va pas dehors, ni rien.

J'embrasse le sommet de son crâne et il se dégage.

Marsha a du mal à s'extraire du fauteuil à bascule. Elle reprend son équilibre, lisse sa jupe, puis elle ouvre la porte et aussitôt la lumière inonde l'appartement. Je la suis à l'extérieur, jusqu'en bas des escaliers, et ça prend un temps infini parce que Marsha s'arrête à chaque marche pour s'assurer que ses talons sont bien stables.

On sort par la porte de derrière, tête baissée, mais au moment d'atteindre la voiture une nuée de journalistes nous rattrape, ils me demandent ce que je pense de la démission du commissaire Clemen quelques jours seulement après celle du commissaire Walden, si j'ai parlé avec eux, si le maire est impliqué dans l'affaire, si j'ai déjà rencontré la nouvelle commissaire.

Marsha me pousse sur le siège passager, elle court aussi vite qu'elle peut avec sa jupe fourreau, puis elle grimpe à bord et démarre la voiture.

Les deux dernières semaines se résument à un tourbillon entre mes remerciements envers tous les dieux susceptibles d'exister pour m'avoir envoyé Marsha et mes prières pour qu'elle se fourre ses talons aiguilles au fond de la gorge. Elle s'est arrangée pour qu'une association caritative me verse une cagnotte d'urgence, histoire que je puisse régler les factures et faire les courses. J'ai arrêté d'essayer de payer le loyer de Dee et il y a quelques jours j'ai entendu des coups à sa porte, un nouvel avis d'expulsion est scotché dessus. Ce coup-ci, Vernon ne plaisante pas, il ne va pas repousser plus longtemps le moment de les mettre dehors. Personne n'est encore venu pour Trevor, mais certaines nuits quand je le regarde se pelotonner sur le matelas, j'angoisse à l'idée d'une visite des services sociaux.

Quand Marsha s'est pointée avec le chèque de la collecte d'urgence, toute ma culpabilité s'est réveillée en moi et m'a ordonné de lui crier dessus alors qu'elle, tout ce qu'elle faisait, c'était nous garder en vie. Voilà ce que ça fait de se fier uniquement à la plante de ses pieds et au bruissement de ses hanches pendant si longtemps : impossible de lâcher quoi que ce soit, de laisser se rompre la digue.

Marsha a dressé la liste des plaintes qu'on va devoir déposer contre la police et contre la ville dès que le grand jury sera terminé. J'ai essayé de lui expliquer que je ne voulais plus être mêlée à tout ça, que moi je voulais juste retourner à ma vie d'avant. Marsha a répondu que c'est comme ça que je pourrai avoir de l'argent, et c'était la première fois que je voyais une femme blanche aussi menue parler comme mon frère ou presque.

Après ça, elle a demandé à Sandra de venir me convaincre qu'il s'agit d'une question de justice, qu'il faut leur faire comprendre qu'ils ne peuvent pas continuer leurs saloperies sans en subir les conséquences. Même si je sais qu'une femme peut être aussi dangereuse qu'un homme, genre l'inspecteur Jones, on en rencontre parfois qui ont des cicatrices peintes sur la peau comme des constellations et ça vaut plus que tout le reste. Une personne qui sait ce que ça fait de s'accrocher à ce qui lui est arrivé, qu'elle l'ait voulu ou non. Je ne pense pas qu'elle connaisse la rue aussi bien que moi, mais il y a quelque chose chez Sandra qui me donne l'impression qu'elle me connaît, moi.

On est sur la voie rapide et je supplie Marsha de me laisser le volant, comme je le fais toujours quand on est toutes les deux dans sa voiture. Notre petit rituel.

– Tu as le permis ? me demande-t-elle.

– Pas encore, mais je t'assure que je conduis super bien. S'il te plaît, Marsh. Allez.

Elle secoue la tête.

– Je ne te laisserai pas conduire ma voiture tant que tu n'as pas le permis.

À chaque fois qu'elle me dit non, je me mets à farfouiller dans la boîte à gants. Elle me laisse faire pendant quelques secondes avant de commencer à s'agiter, puis elle me dit de ne pas « toucher à ça » et bien sûr je l'ignore. Il y a des Post-it éparpillés là-dedans, avec d'étranges messages écrits dessus du genre « Pommes de terre » ou « Rappelle-le ».

– Je n'arrive pas à croire que j'ai accepté de faire ça de mon plein gré, dit-elle en soupirant.

Elle rassemble ses cheveux blonds en queue-de-cheval tout en essayant de garder les roues droites.

– Pourquoi tu l'as fait ?

Jusque-là je n'ai jamais vraiment demandé à Marsha pourquoi elle vouait la moitié de son temps à moi et mon affaire, alors qu'il y a toute une tripotée de personnes qui seraient ravies de vider leurs poches pour s'offrir ses services.

– La justice, non ?

Elle se débarrasse de ma question avec un éclat de rire mais je devine à sa voix que ce n'est pas ça. En plus, je ne pense pas que Marsha s'intéresse à la justice. C'est pas qu'elle s'en fiche, j'imagine, juste qu'elle vit à court terme. Et cette femme aime son fric, ses petites affaires.

– Tu me racontes des conneries.

Marsha me jette un coup d'œil, puis elle aperçoit quelque chose dans la boîte à gants et s'en saisit en gardant une main sur le volant. Des lunettes de soleil, marque de designer. Elle les met sur son nez et reprend la parole :

– Je te l'ai déjà expliqué quand on s'est rencontrées la première fois. Cette affaire est très médiatisée, donc mon nom sera partout et ça, ça va attirer la clientèle.

Je ne suis pas convaincue.

– Et donc ?

– Et donc si la plupart de mes autres clients sont ravis de me payer si cher, c'est parce qu'ils veulent que ce soit une femme qui les défende dans leurs affaires de violences conjugales.

– Je vois. T'en as marre de défendre des enflures.

Elle lève une main.

– Je n'ai jamais dit que tu n'étais pas une enflure.

Je la taquine d'un petit coup de coude.

– Va te faire foutre.

Et pour la première fois depuis que je la connais, Marsha ne me fait pas la morale, elle ne me demande pas d'arrêter de jurer. Elle sourit, tend à nouveau le bras devant moi pour fouiller dans la boîte à gants et en sort une deuxième paire de lunettes. Elle me les donne et je les mets. Le monde entier prend cette couleur auburn qui rend tout un peu plus feutré.

On se gare devant le quartier général de la police d'Oakland et le métal n'a plus l'air aussi intimidant cette fois-ci, il nous invite presque à entrer. C'est peut-être à cause des lunettes, leur manière de tout fondre dans cette teinte brune que je connais si bien. À moins que ce soit Marsha. J'ai enfin appris à suivre le rythme de ses pas, et on marche côte à côte en mêlant le cliquetis de ses talons et le grincement de mes baskets sur ce lino qui n'est pas prêt pour des femmes comme nous.

Marsha ne s'arrête pas à l'accueil comme je m'y attendais, elle va droit à l'ascenseur de service. Personne n'intercepte une femme qui a l'air d'être la maîtresse des lieux. Peu importe qu'elle n'ait pas d'insigne ou qu'elle soit suivie par une fille noire vêtue d'un jean déchiré. La plupart des femmes blanches ont tendance à croire qu'elles sont chez elles partout, et Marsha ne fait pas exception à la règle.

J'hésite mais je la suis dans l'ascenseur, où il n'y a que nous deux. Il nous emporte jusqu'au dernier étage et ça me fait l'effet d'une balade sur la voie des souvenirs, la première fois que je suis entrée dans ce bâtiment. Ils ont déjà remplacé le nom du commissaire sur la plaque du bureau, un bout de Scotch collé dessus et « Talbot » écrit au feutre. La porte est entrouverte.

Marsha nous annonce en frappant et une voix nous dit d'entrer et de nous asseoir. La pièce est toute de gris, réveillée par le coussin jaune du fauteuil vide.

Talbot se lève au moment où on entre. Elle est petite et d'origine incertaine, dans le sens où je suis sûre que les gens lui demandaient souvent ce qu'elle voulait devenir en grandissant et qu'elle devait simplement répondre « humaine » parce que quand on brouille ses contours, c'est plus facile de devenir franche et inflexible comme elle l'est aujourd'hui. Elle me tend la main et je la serre en luttant contre toutes les notions de bien et de mal que j'ai sous la peau. Marsha m'a expliqué que tout repose sur l'impression qu'on donne aux autres et qu'on est donc censées donner les meilleures qui soient.

Marsha tire une chaise depuis un coin de la pièce jusqu'au bureau derrière lequel Talbot s'est rassise. Je prends le fauteuil jaune et je regarde par la fenêtre. On est début mai et le printemps est en pleine floraison, notre ciel plus bleu que jamais et le pont même pas caché par la brume. Une nuée de mouettes volent droit à travers la baie, effleurant ses eaux en créant un miroir d'ombres.

Je déglutis et m'installe comme Marsha, le dos bien droit et les jambes croisées. Il y a un trou dans mon jean au niveau du genou et j'ai instinctivement commencé à le tripoter. Dès que je fais quelque chose que je ne suis pas censée faire, Marsha ravale son souffle, comme si elle allait ensuite me faire la morale, mais elle ne dit rien. Elle attend que je comprenne toute seule. Je glisse mes mains sous mes jambes et je lève les yeux au ciel à l'intention de Marsha, qui déteste ça.

Talbot ne perd pas une seconde avant de commencer à me proposer de l'argent, comme quoi « ça facilitera les choses pour toutes les personnes concernées ». Marsha l'interrompt, elle dit que s'il y a un accord à l'amiable, ça doit être fait de façon réglementaire.

Là-dessus, Talbot se met à parler de Marcus. Je n'ai jamais entendu des paroles aussi dures sortir de la bouche de quelqu'un sans aucune émotion. Sa voix est monocorde, comme si elle était simplement en train de raconter son programme pour la soirée, et elle descend toute ma famille en flèche, elle dit qu'elle connaît des juges qui adorent les longues peines pour les toxicos. Elle dit qu'elle connaît aussi des contrôleurs judiciaires, au cas où ma mère voudrait retourner faire un tour en cellule. La façon dont elle parle me fait gigoter comme Marsha dans la voiture, cette femme a les dents qui claquent à chaque mot, un menton osseux qui pointe vers l'avant et un sourire qui semble ineffaçable.

La colonne vertébrale de Marsha se redresse et il est clair qu'elle n'a aucune envie de rester ici.

– Même si je ne crois pas que nous nous soyons rencontrées auparavant, commissaire, il se trouve que je connais des gens un peu plus haut placés que vous au sein de ce service. Si vous voulez que je leur parle de votre chantage immoral et de votre intervention dans une enquête en cours, je serai très heureuse de m'en charger.

Marsha imite le sourire de Talbot en plus féroce.

Talbot se racle la gorge.

– Ce ne sera pas nécessaire.

– Vous m'en voyez ravie, répond Marsha en récupérant son sac à main posé par terre. Si vous avez terminé, nous allons y aller.

Elle se lève en m'indiquant d'en faire autant.

La commissaire se lève à son tour en me regardant droit dans les yeux.

– En réalité, j'espérais pouvoir expliquer à Miss Johnson notre protocole quant aux cas avérés de négligence parentale et de séquestration d'enfant. La loi nous oblige à en informer le service de Protection de l'enfance.

Talbot ferme la bouche et j'entends ses dents se heurter.

– Je me suis dit que vous aimeriez le savoir avant d'aller témoigner.

Un sourire mielleux. Dans les mêmes nuances de jaune que le fauteuil.

La main de Marsha est posée dans mon dos et me pousse par la porte, qu'elle claque fort derrière elle. Avant de prendre la direction de l'ascenseur, elle tend la main et arrache le Scotch sur lequel est écrit le nom de Talbot.

De retour dans la voiture, je me rends compte que je tremble de tout mon corps, un frémissement léger mais régulier, ma plus grande crainte étant devenue réalité.

Trevor a été ma motivation pour tellement de choses au cours des derniers mois et maintenant il est en danger, une autre conséquence d'un choix que je n'avais pas conscience de faire quand je suis montée dans la voiture de Davon cette première nuit. C'est Marsha qui est censée arranger les choses, mais au moment de démarrer elle expire tout cet air qu'elle gardait à l'intérieur et se met à jurer. Je ne l'ai jamais entendue jurer autant à part la semaine dernière, quand elle a cassé son talon en traversant le hall de son bureau.

Elle est toujours en train de jurer et de cogner le volant de sa belle voiture lorsqu'elle me dépose devant le Regal-Hi, sans qu'il y ait aucune caméra en vue. On s'est mises à brouiller les heures auxquelles elle me raccompagne chez moi pour que les journalistes ne sachent pas quand on va arriver, et la plupart sont déjà partis. Deux d'entre eux sont encore assis sur le trottoir, le nez sur leur téléphone.

Avant même que je puisse lui demander ce qu'on doit faire maintenant, Marsha me dit qu'elle m'appellera un peu plus tard, puis elle attend que je referme la portière et laisse sa voix perçante répéter un autre « Eh merde ».

– Mais putain, qu'est-ce qui t'est arrivé ?

Dès que j'ouvre la porte, je vois les gouttes de sang séché par terre qui vont jusqu'au matelas, jusqu'à Trevor recroquevillé et en train de cracher un amas de salive sanguinolente sur les draps à l'endroit où le jeu de cartes est toujours étalé. Même s'il a la bouche ouverte on ne peut plus voir ses dents, le rouge couvre complètement le blanc.

Je m'accroupis près de lui et glisse une main sous sa tête, histoire qu'il n'ait pas à soutenir tout seul le poids de son crâne. Il grogne, puis il incline un peu plus la tête et il dégobille dans ma main ses céréales préférées teintées de pourpre.

– Oh, mon bébé.

Je me sers de ma main libre pour attraper un T-shirt sale qui traîne au sol et j'essuie le vomi. Ça s'étale en se mélangeant dans un tourbillon liquide d'orange et de rouge. Je soulève le corps flasque et immobile de Trevor pour bien l'installer sur le matelas et je dépose sa tête sur l'oreiller.

– Ça va mieux ? Ou t'en as encore dans le ventre ? je lui demande.

Il ne répond pas, mais il secoue juste assez la tête pour que je puisse estimer que je peux le laisser sur le dos le temps d'aller chercher un torchon, de le passer sous l'eau et de revenir près de lui.

Il y a tellement de sang sur le petit visage bouffi de Trevor qu'on ne peut même plus voir qu'il a des yeux magnifiques ni deviner que ce gosse est capable de passer de la terre ferme à l'eau sans rien perdre de sa grâce longiligne.

Malgré ses nouveaux muscles et ses centimètres en plus, Trevor reste maigre. Je soulève son T-shirt et je remarque que la partie gauche de son torse est en train de virer au bleu. Je peux littéralement voir l'hématome changer de couleur, devenir plus profond et s'étaler jusqu'à sa hanche. Je répète un « Mon bébé » et il se remet à grogner. Je lui dis que je vais le toucher et que ça va faire mal.

Je commence à tamponner son visage avec le torchon mais ça ne fait pas grand-chose sur les traces de sang qui sont déjà sèches. Je commence à l'essuyer mais Trevor ouvre la bouche le plus grand possible et lâche un rugissement qui résonne comme un énorme gargouillis. Je n'ai jamais vu de lion en vrai, mais j'imagine que c'est le bruit qu'ils font quand ils sont jeunes et terrifiés.

Le sang ne quitte pas son visage, à vrai dire il se contente de migrer de ses yeux à sa bouche.

– Je vais devoir te mettre sous la douche, Trev. De l'eau froide, ça va aider à faire dégonfler tes yeux avant qu'ils soient trop boursouflés pour que tu puisses les ouvrir.

Il secoue la tête, des petits mouvements de droite à gauche qui accélèrent dès que je commence à le manipuler.

– Il faut que je le fasse, mon bébé. Je suis désolée.

Je le prends dans mes bras, et même s'il a bien grandi son corps reste assez léger pour que je puisse le blottir contre ma poitrine et le serrer très fort. Ses jambes se balancent quand je me relève et nous transporte vers la salle de bain.

Je l'installe dans le bac de douche en faisant en sorte que sa tête soit bien calée dans le coin. Il s'affale au moment même où je le lâche pour ouvrir le robinet. L'eau coule rose.

Je dis à Trevor que je vais défoncer celui qui lui a fait ça et qu'il a intérêt à tout me dire dès que sa bouche aura réappris à parler. Je ne sais pas trop quoi ajouter mais il grogne à nouveau, il gargouille et il vomit.

J'entre dans la douche avec lui pour m'assurer qu'il ne s'étouffe pas et j'essuie ses yeux. Les bruits qui s'échappent de lui deviennent de plus en plus forts, et tout ce que je trouve à faire, c'est de lui chanter quelque chose. D'abord je lui demande et il ne répond pas, mais il ne secoue pas la tête non plus et cesse de grogner pendant un instant.

Des tas de chansons me traversent l'esprit, sauf que ce sont surtout des morceaux instrumentaux, rien que des trompettes ou de la basse. Le seul morceau avec des paroles c'est celui que papa me chantait, la seule chanson qu'il m'ait jamais chantée. Je crois qu'elle a été écrite dans les années 1950 par un type qui raconte qu'il a envie de taper sur sa nana, mais quand papa la chantait ça faisait plutôt penser à une chanson d'amour.

no kiddin'
I'm ready to fight
been lookin' for my Trevor all day and all night…

J'ai changé les paroles pour Trevor et quand je prononce son nom son visage remue un peu, je ne sais pas si c'est un sourire ou une grimace mais il ne rugit plus et les traces de sang sont presque entièrement effacées. Je ferme le robinet et je lui enlève ses vêtements avant de soulever une fois de plus son corps désormais nu. Je l'installe ensuite sur les toilettes pour retirer à mon tour mes vêtements trempés et je me retrouve en brassière de sport avec un vieux boxer de Marcus. Je tends le bras vers le placard de la salle de bain et j'attrape le pot de beurre de karité. Après quoi je m'assieds par terre face aux toilettes et je tire le corps de Trevor sur mes genoux pour l'y blottir à nouveau.

– C'est bon, le pire est passé, je lui murmure. Ça aussi, ça va te faire du bien.

Je prends une grosse noix de beurre de karité pour lui masser le torse, je suis la ligne de ses côtes jusqu'à ce que tout le brun se mette à briller, puis je remonte vers la clavicule, énorme et toute gonflée sur la gauche. Il grimace sans vraiment grogner. Quand je passe à son cou et à son visage, je fais de petits cercles avec mes doigts. Il se remet à gémir et cette fois-ci c'est le genre de gémissement qu'on pousse quand on ne résiste pas à l'envie de gratter une plaie. Je trace sur son front les lettres de son nom en essayant de rester délicate, mais suffisamment fort pour réactiver son sang.

Une fois qu'il est tout doux et tout luisant, je le porte près du lit et l'installe par terre, puis j'attrape des vêtements propres dans le tiroir et je commence à l'habiller. Je dispose ensuite des oreillers à côté du matelas pour qu'il puisse s'allonger le temps que je change les draps, et je pose une main sur sa joue. Malgré la douche, ses yeux sont trop gonflés pour s'ouvrir.

– Tu peux dormir maintenant, mon bébé. Laisse-toi aller et endors-toi.

Quelques minutes après, il ronfle de son petit ronflement habituel et je commence à retirer les draps pour les fourrer dans le panier de linge sale. À chaque fois que je marque une pause, je me perds tellement dans le rythme de sa respiration que j'ai l'impression qu'en me retournant je verrai son visage aux lèvres parfaites, calmes et enfantines. Mais ce que je vois est bien différent. Il est tout cabossé et tuméfié, ses lèvres se colorent d'un mélange de nuances que j'aimerais ne pas voir exister ici-bas et on dirait un homme coincé dans le corps d'un petit garçon.

Je me remets à chanter. Pas parce que je pense qu'il peut m'entendre mais parce que je commence à avoir le tournis, et tout ce que je veux c'est que papa sorte de sa tombe sous la forme d'un fantôme ou d'une lune et qu'il me chante quelque chose.

Je suis réveillée par un coup à la porte et je trébuche jusqu'à la lampe. D'abord regarder par le judas. Il fait grand soleil et je ne sais pas si c'est parce que la nuit n'est pas encore tombée ou si on est déjà samedi matin. Tony est planté là sous une clarté aveuglante, du coup son visage est tout sombre mais les contours de sa silhouette se dessinent nettement dans la lumière.

J'ouvre la porte, je me glisse sur le palier et je referme doucement derrière moi. Le soleil est maintenant bien visible et ça doit être le matin car il est à l'est, juste au-dessus de la piscine à crottes.

– Salut.

Je mets la main au-dessus de mes yeux pour les protéger là où le corps de Tony ne fait pas suffisamment écran. Il a les mains dans les poches de sa vieille veste en jean et il sourit comme si j'avais vraiment illuminé son monde d'un seul mot.

Le truc avec Tony, c'est qu'il croit qu'il peut me réparer, qu'il peut réparer tout le monde. Il ne fait rien pour lui-même, il préfère me suivre partout et espérer pouvoir m'aimer jusque dans une autre vie. Certains jours, je le regarde et j'ai juste envie de toucher sa joue pour m'assurer qu'elle est toujours chaude, qu'il garde un peu de chaleur pour lui-même. Et puis d'autres fois sa carrure me vole ma propre ombre. Comment rester sans rien faire quand il me regarde comme ça, prêt à bondir pour venir me sauver ?

Après l'arrestation de Marcus, Tony m'a laissée tranquille. Il répondait quand je lui téléphonais mais il ne se montrait que quand je le lui demandais. Puis, quelques jours après la citation à comparaître, je l'ai appelé en sanglotant parce qu'un flic m'avait chopée devant le Bottle Caps, qu'il avait directement fourré ses doigts dans ma culotte, puis à l'intérieur de moi, et qu'il avait poussé en griffant tout à l'intérieur avant de les ressortir dégoulinants de sang. Après ça il me les a enfoncés dans la gorge et il a dit que je ferais mieux de me souvenir du goût. Il a dit que c'est ce qui se passerait si je balançais son nom. Le truc, c'est que j'ignore son nom, je ne me rappelle même pas son matricule. J'ai vaguement reconnu sa moustache, l'une des voix de la fête. Depuis, je n'arrive plus à l'ôter de ma langue.

J'ai appelé Tony et il est venu me retrouver là où je m'étais recroquevillée près de la piscine – je préférais éviter l'appartement, où Trevor m'attendait pour préparer le dîner. Il s'est agenouillé à côté de moi et il n'a pas demandé ce qui s'était passé, mais je suis sûre qu'il pouvait le sentir. Je l'ai laissé me prendre dans ses bras parce que je ne savais pas ce que je voulais et par défaut j'ai toujours besoin de toucher, toujours besoin de sentir la peau, et Tony était prêt à répondre à ce besoin.

Depuis, il reste à mes côtés. Il se pointe au Regal-Hi à l'heure où je prépare Trevor pour l'école dans le seul but de nous accompagner jusqu'à la voiture de Marsha ou jusqu'au bus. Parfois il vient dîner ici. Certains jours, je rentre chez moi et il est dehors à attendre. Je ne sais même pas pourquoi il tient à être mêlé à toutes mes emmerdes alors que rien ne l'y oblige. La nuit dernière, je l'ai appelé pendant que Trevor dormait pour lui demander de m'apporter un kit de premiers secours.

– Tiens, voilà le kit que tu voulais, dit-il en me tendant une boîte en métal.

Je fais un signe de tête en direction de la porte de l'appartement.

– Il s'est endormi, je lui réponds en prenant la boîte. Merci. Il ne veut toujours pas me raconter, mais je suis à peu près sûre qu'il s'est fait passer à tabac.

– Putain.

Je croyais que ça arrangerait les choses de le faire venir pour m'aider à redresser le corps flasque de Trevor et à le nourrir à la petite cuillère. Mais maintenant que je vois Tony ici, prêt à raccommoder toutes les choses brisées dont je lui parle, c'est pire que tout.

Je l'aime, pour de vrai, mais je ne le connais pas. Pas plus que Cole ou Camila : ils sont dans le paysage depuis un moment, mais jamais assez proches pour que j'apprenne le nom de jeune fille de leur mère ou l'âge qu'ils avaient quand ils ont commencé à prendre le bus tout seuls.

– Je peux faire quelque chose ?

Son visage est un mélange plein d'espoir fait de tensions et de tristesse. Il ne doit pas être plus de neuf heures du matin et il est ici alors qu'il pourrait être en train de se trouver une vie. Il est ici, sous les rayons du soleil qui lui brûlent sans doute le cou, et il me fixe, espérant quelque chose de différent de ce que je lui ai toujours donné. Il mérite mieux que des miettes, mais c'est tout ce que j'ai et tout ce que j'accepte de lui offrir.

– Tony.

J'ai prononcé son nom lentement en pensant que ça suffirait pour qu'il comprenne. Il baisse les yeux vers ses grands pieds, puis il les pose de nouveau sur moi. Il ne pleurerait jamais devant moi mais il n'en a jamais été aussi près.

– T'as plus besoin de faire tout ça, je dis.

Mes mains sont maculées du sang de Trevor et la seule chose à laquelle je pense, c'est à quel point j'ai envie de me cacher du soleil, et je parie que la seule chose à laquelle Tony pense, c'est moi.

Il ouvre juste assez la bouche pour que je puisse l'entendre répondre :

– Tu sais bien que ça me dérange pas.

Et c'est ça le pire ; qu'il serait prêt à continuer comme ça pendant des dizaines d'années, jusqu'à ce que mon jour d'enterrement à moi se présente et l'abandonne avec son deuil et ses larmes sur la tombe d'une fille qui ne lui aura jamais donné plus qu'une poignée de cendres. Je crois que dans l'autre monde, celui qui se révèle à minuit et où chacun marche un peu différemment, il doit exister une version de nous deux dans laquelle j'ai accepté que Tony devienne tout pour moi, qu'il s'occupe de tout. Pas un monde meilleur mais un monde dans lequel on serait heureux comme ça, dans lequel il n'y aurait rien après quoi courir et où je le laisserais me pleurer après tant d'années à lui tourner le dos, à m'éloigner sans cesse de lui en espérant qu'il ne me suivra pas.

J'ai toujours su que ça se terminerait ainsi : le jour où je trouverais le cran de l'implorer, de le convaincre de me laisser.

– Ne te mêle pas à tout ça. T'as pas besoin de moi.

Depuis le jour où Marcus me l'a présenté, j'ai tout fait pour éviter de voir son visage s'affaisser comme il le fait à présent.

Tony ne se disputerait jamais avec moi. C'est aussi ça le problème, je crois. À chaque fois que je l'appelle, il répond et se précipite vers moi comme j'aimerais qu'Alé le fasse en cet instant, quand tout a l'air de se dissoudre. Je ne peux pas rester assise près de la piscine et laisser Tony m'enlacer uniquement parce que je n'aime ni la brise ni la nuit quand il n'est pas là pour me couvrir de son ombre.

Il me prend la main, la porte à ses lèvres, ouvre ma paume et l'embrasse.

Je le regarde s'éloigner, dehors la nuée d'appareils photo est sûrement de retour, et je sais que je vais vite devoir trouver une façon de faire de cette vie la mienne. Une façon de parvenir au moment où Trevor et moi on pourra refaire de cette ville la nôtre et gagner tous les paris jusqu'à ce que l'empire de nos corps soit restauré. Ça commencera peut-être entre les murs de ce tribunal dans deux semaines. Ou dans ces rues. Ou alors quand on trempera nos orteils dans la piscine. D'une manière ou d'une autre, je sais qu'il ne me reste plus beaucoup de temps pour me décider, pour trouver un moyen d'échapper à ce piège.

Je ne peux pas m'empêcher de regarder par le judas. Je ne sais même pas trop qui je m'attends à voir m'épier depuis le palier avec des yeux énormes. Les flics, peut-être, ou une femme en tailleur qui demandera à voir Trevor, ou alors maman. Maman, c'est certain. Elle m'a appelée depuis un nouveau numéro, une heure à peine après le départ de Tony, pour me dire qu'elle avait été relâchée de l'Espoir fleuri quelques jours plus tôt et que le contrôleur judiciaire avait aimé ma lettre. J'avais presque oublié cette lettre, envoyée il y a si longtemps, après ma visite à maman en février.

Quand elle a téléphoné, elle m'a dit qu'elle était chez un vieil ami dans le Deep East et elle m'a donné l'adresse. J'ai raccroché avant qu'elle en dise plus.

Maman n'a pas dit qu'elle allait venir au Regal-Hi, mais je ne peux pas m'empêcher de croire qu'elle va apparaître à la fenêtre, toquer à la porte. Que j'apercevrai le reflet de son visage dans la piscine quand je jetterai un coup d'œil dehors.

Le soleil est déjà couché et Trevor s'est rendormi.

On a gardé les stores baissés ces trois derniers jours parce qu'il dit qu'il a l'impression d'avoir un tambour à la place du cerveau, et les années de foot de Marcus m'ont appris que pour les commotions cérébrales, il faut deux choses : de l'obscurité et du silence.

Le problème, c'est qu'un garçon de neuf ans ça s'ennuie vite et ça ne supporte pas le silence quand ce n'est pas l'heure de dormir. Du coup, je lui lis le deuxième tome d'*Harry Potter* en entier et je lui fredonne les mélodies de tous les morceaux instrumentaux que je connais. Quand je fatigue, je lui passe l'un des vieux CD de papa en croisant les doigts pour qu'il finisse par s'endormir au son de la musique. Généralement, ça marche.

J'espère qu'il sera complètement rétabli d'ici deux semaines parce qu'on a un groupe de gamins de douze ans à dégommer. Il s'est remis à faire des phrases complètes dimanche dernier, deux jours après l'incident, et il m'a expliqué ce qui s'était passé. Apparemment, il s'est faufilé dehors quand j'étais avec Marsha et il est allé au terrain de basket pour parier avec le meilleur joueur de cinquième qu'il parviendrait à le battre au un contre un. Le gosse a accepté et tout le groupe s'est rassemblé pour le spectacle.

Quand il a commencé à être clair que Trevor allait gagner, l'autre est devenu nerveux, d'un coup il a poussé Trevor et il est parti avec le ballon. Trevor l'a traité de tricheur, le gamin s'est énervé et il a rameuté ses copains. Trevor a dit que c'était juste un prétexte pour mettre fin à la partie avant de la perdre, mais les autres étaient plus grands que lui, ils avaient l'avantage numérique, et les gosses adorent les bonnes bagarres, surtout en pleine journée de printemps quand il n'y a rien d'autre à faire. Mais ce n'était pas une vraie bagarre car Trevor s'est retrouvé par terre à recevoir des coups de pied avant même d'avoir pu commencer à cogner. Ils l'ont laissé là sur le sol quand des grands sont venus leur dire qu'ils feraient mieux de rentrer chez eux, puis ils ont aidé Trevor à se relever et l'ont raccompagné à l'appartement.

Pendant que Trevor me racontait son histoire, mes yeux n'arrêtaient pas de se remplir de flashs, un peu comme ce que décrivait papa quand il parlait de la cataracte, sauf que mes yeux à moi étaient douloureux et brûlants, pleins de rage. Je lui ai dit qu'on allait retrouver ces garçons et je m'en fiche d'avoir six ans de plus qu'eux, on va leur botter le cul dès que le grand jury sera terminé et qu'il sera guéri.

Trevor m'a demandé ce que c'était, le grand jury, et pourquoi il y avait tout le temps des journalistes dehors. Je lui ai dit que c'était au sujet de Marcus qu'on essaie de faire sortir de prison, et c'est pas un mensonge mais c'est pas la vérité non plus. Je sais que je n'ai aucune raison d'avoir honte, c'est pas comme si Trevor ne savait pas que j'étais sur le trottoir à faire des trucs que je n'aurais pas dû faire, tout comme il sait que sa mère était tout le temps défoncée même s'il n'avait aucune idée de ce qu'elle prenait. Mais quand même, il n'a pas besoin d'une autre raison d'avoir peur, d'une autre raison de ne plus faire confiance à personne. Il en a assez bavé.

Trevor a voulu sortir ce matin, il a essayé de se lever mais il marchait de travers, alors j'ai pris ma voix de maman et je lui ai dit qu'il ferait mieux de s'allonger. J'ai ajouté que j'avais fait installer des caméras dans tout l'appartement, donc je le saurais tout de suite si jamais il essayait de bouger ou de regarder un film ou n'importe quoi quand je ne suis pas là. Je ne sais pas s'il me croit, mais mieux vaut qu'il s'habitue à être traqué, vu le nombre de personnes qui nous suivent partout pour obtenir une interview. De toute façon, je ne peux pas laisser les journalistes le voir dans cet état-là, tellement tuméfié que le service de Protection de l'enfance débarquerait dare-dare.

L'appartement est plus sombre que jamais et l'image du visage de Trevor en sang passe en boucle dans mon esprit, en plus de celle de la commissaire Talbot et de son sourire. Pourtant, elle a raison. Si ça se trouve, j'aggrave les choses pour lui : je lui retire sa seule chance d'être heureux. Cet appartement ne sait pas comment soutenir un enfant comme Trevor. *Je* ne sais pas comment soutenir un enfant comme Trevor.

Marsha multiplie les appels. Je n'ai pas répondu depuis des jours : qu'est-ce que je suis censée dire ? Que je suis prête à témoigner et à raconter la vérité, à pactiser pour rester loin des barreaux et à les laisser prendre l'appartement d'assaut, attraper Trevor et le placer dans une maison où personne ne se souciera de savoir à quelle vitesse il peut dribbler ou quelle chanson le fait bouger comme s'il n'avait jamais connu la peur ? Mais si je ne dis pas la vérité la semaine prochaine, Marcus ne sortira pas de Santa Rita. Ils l'enverront sûrement tout droit à San Quentin et d'ici à ce que je puisse le toucher à nouveau, l'empreinte de mon pouce pendouillera toute ridée sur son cou.

Je suis assise par terre près du matelas quand le bruit se met à résonner, faiblement mais avec insistance. Ça ne peut être que Dee. Ces gloussements qui traînent et qui se retournent pour une nouvelle vague, pour une nouvelle explosion de rire, ils n'appartiennent qu'à elle. Je me lève et me glisse dehors aussi silencieusement que possible, le long de la rangée d'appartements.

La porte de chez Dee est grande ouverte, elle est assise au milieu de la pièce avec les pieds appuyés l'un contre l'autre dans la position du papillon, son crâne plus proche de ses pieds que du plafond. Sa tête ne bouge pas quand j'entre, mais ses yeux roulent vers le haut pour me regarder, ses cheveux sont tout emmêlés autour de sa tête et ses épaules tombent en avant. Comme si elle essayait de grimper hors d'elle-même, ou comme si son squelette essayait.

– C'est toi qu'as mon petit bonhomme ? me demande-t-elle à travers les gazouillis d'un gloussement convulsif qui s'échappe de sa bouche.

– Il est en sécurité, je lui réponds. Écoute, Vern te cherchait, du coup tu comptes vraiment revenir et payer le loyer ? J'ai rien donné ce mois-ci et il est pas loin de t'expulser.

Elle laisse ses yeux retomber, ses gloussements s'estompant dans une vibration qui sonne faux. Sa tête s'effondre un peu plus bas, toujours plus proche de ses pieds, et j'entends un marmonnement inintelligible sortir de là où sa bouche rencontre ses orteils.

– Quoi ?

Son cou se redresse d'un coup.

– Pourquoi tu me demandes ça ? Je te dois que dalle.

J'avais presque oublié que Dee pouvait faire ce genre de chose. Qu'elle pouvait passer si rapidement des gloussements maniaques à ça : le tranchant.

Je m'approche d'elle, je m'accroupis jusqu'à ce que ma tête soit légèrement au-dessus de la sienne et je la fixe droit dans les yeux, je regarde droit en elle. Cette femme est enragée.

– Tu me dois tout, je lui dis en postillonnant, les lèvres juste assez ouvertes pour laisser voir le bord de mes dents. Tu me dois toute ta putain de vie.

J'écarte les bras et elle observe autour d'elle comme si elle voyait vraiment l'appartement pour la première fois : vide, le lit bien fait, les draps pliés, aucune trace de vie.

Dee ne me regarde pas, elle regarde ses pieds mais quelque chose en elle se transforme. Le petit bout de femme qui était allongé sur ce matelas pour accoucher est en train de ressurgir.

– J'veux le voir, me dit-elle.

Je secouc la tête, et même si elle ne me voit pas, je sais qu'elle peut le sentir.

– Tu peux pas revenir ici et le récupérer dès que ça te chante. Quel genre de mère laisse son enfant tout seul pendant des semaines ? Il serait mort si je n'avais pas été là pour lui, tu piges ?

Sa tête se déroule pour me dévisager avec un sourire de mépris qui se relâche ensuite en une étrange petite moue.

– J'ai essayé, me dit-elle aussi doucement que quelqu'un qui dit « Je t'aime ».

– C'est comme ça que t'essaies ?

– Je l'aime, mon petit bonhomme, mais l'amour répare pas toutes les autres saloperies. Ça efface pas tout le reste. Ta maman, elle savait ça, et je parie que ton père aussi. Ce gamin ? Il m'aime, me répond-elle sans ciller. Il m'aime simplement comme je suis, mais bientôt il va décréter que j'aurais pu faire mieux. T'as pas idée de ce que ça fait quand ton bébé sait que t'as foiré et que tu peux plus rien y changer.

Dee se relève et je peux la voir en entier, elle est encore plus mince que Trevor. Elle me contourne et elle sort. Quand je la rejoins dehors, elle crache par-dessus la rambarde et j'entends son glaviot atterrir quelque part près de la piscine. Elle se retourne d'un coup pour me regarder.

– J'me barre, comme ça tu pourras avoir mon petit garçon pour toi toute seule, OK ? Mais n'oublie pas que toi non plus il te pardonnera pas tout, et tu pourras rien faire pour changer ça.

Dee crache encore une fois par-dessus la rambarde, puis elle me pousse pour regagner son appartement et claque la porte, alors je me retrouve dans l'obscurité du crépuscule, incapable de savoir ce qui est réel, ni quel genre de mère pourrait élever un enfant comme Trevor et le faire bien.

Je retourne chez moi et avant même de comprendre ce que je fais, je laisse un petit mot pour dire à Trevor que je sors, et je le signe d'un K parce que je ne sais même plus quel prénom est vraiment le mien. J'enfile des chaussures et la veste noire du jour d'enterrement, puis je regarde par le judas une dernière fois pour m'assurer qu'il n'y a personne. Rien que les lumières de la rue et la piscine.

C'est la première fois que je quitte l'appartement depuis que Trevor s'est fait tabasser. Je sors par la porte de derrière et je fais le tour du pâté de maisons pour revenir sur High Street en contournant les caméras. La rue est toujours la même, et quand la seule chose immuable donne une impression de changement, c'est à la fois réconfortant et effrayant d'entendre les mêmes sifflements de la part des mêmes vieux types bizarres plantés aux coins des mêmes rues que quand j'avais douze ans. Le bus 80 s'arrête à l'intersection et je grimpe à bord, je donne toutes les pièces que j'ai en poche pour payer mon ticket, puis je vais m'asseoir près d'une vieille femme qui marmonne quelque chose au sujet d'un sandwich qu'elle a envie de s'acheter.

Papa nous emmenait souvent Marcus et moi dans des bus au hasard juste pour passer le temps en attendant que maman rentre du travail le week-end. On montait dedans et il se mettait à discuter avec le conducteur, essayant de le convaincre de ne pas le faire payer pour mon frère et moi. On était assez mignons et papa assez charmant pour que le chauffeur dise oui la plupart du temps, alors papa m'asseyait sur ses genoux et murmurait : « C'est comme ça qu'on obtient ce qu'on veut, ma puce. Ceux qui disent que les mots n'ont pas de poids sont des menteurs. » Puis il commençait à agiter les jambes pour amplifier le balancement du bus et je tanguais dans tous les sens en riant tellement fort que ça faisait sursauter Marcus à tous les coups.

Ce qu'il y a de mieux et de pire dans les bus, c'est les gens. La dame à côté de moi fait la liste de tout ce qu'elle veut dans son sandwich. Je vais devoir rester à bord un petit bout de temps, alors je m'installe bien et mes yeux contournent la femme pour regarder par la fenêtre. On dépasse une tripotée de *taquerías*, dont aucune ne peut rivaliser avec La Casa, puis on arrive dans le quartier des églises, des magasins d'alcool et des pompes funèbres, entre lesquels sont éparpillés quelques maisons et des immeubles d'habitations. International Boulevard zigzague à travers tous les lieux de vie d'East Oakland. On s'enfonce loin dans l'est de la ville et j'espère que mes souvenirs seront suffisamment utiles pour que je sache quand descendre.

J'ai passé toute ma vie à attendre de basculer dans quelque chose qui encouragerait mon corps à devenir son propre instrument dans le seul but de pouvoir me joindre à toutes les chansons de funk, celles qui font danser tout le monde. Comme quand papa a rejoint les Panthers et qu'il cachait son extase sous un béret incliné juste comme il faut. Comme quand maman a trébuché dans le sourire de papa et qu'elle savait que tout ce qu'elle avait à faire, c'était de l'enfermer dans le creux de sa main. Comme Marcus avec son micro. Parfois quand je peins, j'ai l'impression de ressentir ce genre de chose, mais peindre ne suffit pas, ça n'efface jamais les moments durant lesquels je sens que je ne vais pas pouvoir trouver la paix.

La vitre du bus dévoile tellement de gens qui vivent à l'intérieur de leur propre musique. Un groupe de mecs à vélo avec la stéréo qui se balance sur l'épaule de l'un d'eux et leurs têtes qui bougent en rythme. À un feu rouge pas loin de la bibliothèque, deux jeunes de douze ou treize ans marchent côte à côte ; le garçon a passé son bras autour des épaules de la fille, et elle a des hanches trop larges pour qu'ils puissent se presser l'un contre l'autre et continuer à avancer sans se gêner. Elle se penche vers lui, elle embrasse son front et on dirait presque qu'elle est en train de l'étrangler, mais ils sont si jeunes et si heureux, tout étourdis par la rue avec leur sac rempli de livres dans les bras.

Je crois que je suis passée à côté du moment où on bascule dans une partie de bras de fer avec son bonheur. Quelques semaines avant la fête de Demond, je suis de nouveau tombée sur Camila à la tombée de la nuit, elle m'a payé à manger au camion à tacos juste derrière High Street et on s'est installées sur le trottoir. Je lui ai demandé comment elle faisait pour être toujours aussi contente de cette vie, et pourquoi d'ailleurs elle s'était mise à tapiner.

Le visage de Camila s'est alors tordu comme un point de suture sous pression avant d'être balayé par la sérénité.

– J'ai rien à gagner à lutter contre une vie dans laquelle je suis coincée, m'a-t-elle répondu.

À ce moment-là, j'ai eu un aperçu d'une vérité que je n'avais pas envie de voir. Camila n'est pas une femme radieuse qui marche libre, impérieuse. C'est une femme qui survit, même si pour ça elle doit se mentir à elle-même en se répétant que ce monde est ce qu'il n'est pas, que toute son existence est formidable.

Je ne sais pas pourquoi, mais cette nuit-là près du camion à tacos, Camila n'arrêtait pas de parler, elle m'a raconté des morceaux de sa vie dont elle n'avait sans doute jamais parlé depuis qu'elle les avait vécus. Plein de choses à son sujet ont commencé à tomber sous le sens. Tout ce qu'elle voulait, c'était vivre dans son corps comme elle en avait envie, tortiller ses hanches et se pavaner en tenue fluo.

Camila m'a expliqué qu'au début elle avait répondu à des annonces sur Craigslist alors que le site venait d'être créé et qu'Internet n'était pas encore saturé.

– Ma spécialité, c'était les annonces du style « Homme cherche jeune trans à dominer ». Rien que des gros dégueulasses, mais j'étais jeune et tout simplement contente que quelqu'un accepte de me baiser et de payer mon loyer par la même occasion. Au final, avec cet argent j'ai pu m'offrir toutes les conneries dont j'avais envie, l'opération du visage, les hormones. J'ai fini par être engagée comme escort dans une véritable agence, mais ils prenaient un gros pourcentage sur ce que je gagnais et je chopais aucun bon plan. C'est à cette époque que Demond m'a trouvée. Quand j'avais ton âge, j'aurais jamais pu rêver de posséder tous les trucs que j'ai aujourd'hui, a-t-elle continué en tapotant le bord du trottoir avec son faux ongle peint en vert. C'est pas parfait, mais c'est mieux que ce que j'avais avant.

Ce soir-là, il y avait un petit quelque chose de différent dans sa façon de parler de ça. On aurait dit qu'elle était jalouse de moi, comme si elle voulait inverser le temps. Elle m'a raconté qu'avant, elle se faisait beaucoup plus souvent tabasser, que des mecs se pointaient aux rendez-vous avec des couteaux et essayaient de la mutiler.

– Demond s'assure qu'il m'arrive rien tant que je lui amène de nouvelles filles. Y a pas un seul de mes clients qui me casserait la gueule aujourd'hui, et Demond s'assure que la plupart des gens sachent rien à mon sujet.

Après ça, Camila a terminé son taco et elle s'est relevée, elle a caressé ma joue du bout du doigt, puis elle est allée jusqu'à la nouvelle voiture prête à la prendre.

Camila a trouvé un moyen de survivre, et Marcus a trouvé quelque chose qui lui donne envie de vivre même si ça a échoué, et merde, même Trevor a trouvé son truc, toujours à galoper vers le panier de basket le plus proche. Et moi, je suis toujours là à attendre d'être saisie par un amour capable de mettre l'univers sur pause, un amour qui me retournera de l'intérieur et qui retirera toutes les parties qui sont en train de pourrir en moi. Ou au moins quelque chose qui rendra ma vie supportable et ne sera pas une énième personne qui finira comme les autres par m'abandonner.

On approche d'Eastmont et je tire sur le câble pour descendre au prochain arrêt. Les rues sont toutes droites par ici mais les nids-de-poule n'en sont que plus profonds. La femme au sandwich est toujours installée à côté de moi en train de marmonner, et je me demande si elle n'invente pas cette histoire de sandwich car il n'y a plus aucun restaurant dans la direction que prend le bus et qu'elle n'a pas l'air près de descendre avec sa tête penchée tellement bas qu'elle touche presque ses genoux.

Je me lève et me dis que je pourrais lui faire au revoir de la main, mais je ne crois pas qu'elle ait vraiment capté qu'on était assises côte à côte, alors je sors sans un regard en arrière et sans savoir si elle finira par l'avoir, son sandwich.

C'est pas parce que je sais où je vais que j'ai envie d'aller dans cette direction, sa direction. À l'époque de ma vie d'avant le trottoir, j'aurais juré que je ne mettrais jamais les pieds dans une planque comme celle-là. Aujourd'hui, je ne frappe même pas à la porte d'entrée, je fais simplement le tour jusqu'à celle qui se trouve sur le côté et je l'ouvre comme si c'était mon deuxième chez-moi. Le plus terrifiant dans ce genre d'endroit, c'est le silence. J'entends juste le bruit sourd d'une basse échappé d'un morceau de musique mais il est lointain, étouffé. Tout est sombre et quelques murmures flottent dans la pièce, quelques grognements et des claquements de dents.

La règle numéro un quand on entre là où on n'est pas censé entrer, c'est de ne jamais rien remettre en question. Ne rien demander et ne jamais se comporter comme si on ne savait pas ce qu'on faisait parce que ça, ça nous expédie directement là où on n'a pas envie d'aller. Ici il n'y a rien que du bois et un plancher qui se fendille. Quand maman m'a donné l'adresse, j'ai tout de suite su de quel endroit elle parlait : c'est là que vit un de ses amis remontant à l'époque où elle ne savait pas trop de quel côté du deuil elle était. Je grimpe les escaliers et je frappe à la porte de l'appartement, celle avec un grand C dessus.

Maman m'ouvre.

Je n'ai pas réfléchi à l'effet que ça me ferait de la voir de retour ici, dans la ville où tout est arrivé, pas une seule fois depuis des années. À seize ans, j'étais persuadée que je ne la reverrais plus jamais, j'ai fait mon propre jour d'enterrement rien que pour elle.

Mais elle est bien là, en train de tirer sur les manches de son vieux sweat *Purple Rain* pour y glisser les mains.

– Je pensais pas que tu viendrais.

Je hoche la tête. Si maman me disait qu'elle a un don de métamorphose, je la croirais. La femme devant moi ne ressemble pas du tout à celle d'il y a quelques mois, elle a avalé celle d'il y a quelques années et mâchouillé celle d'il y a dix ans.

– T'es là pour quoi ?

Si je ne la connaissais pas aussi bien, je pourrais croire que maman n'a pas du tout envie de me voir, ses joues chuintent l'une après l'autre comme si elle avait la bouche pleine.

– Je sais pas, je parlais avec Dee et j'ai juste… Je voulais savoir si tu pouvais me dire pourquoi tu l'as fait.

J'ai besoin d'une réponse, j'ai besoin que ma mère raccommode les pièces de ces vies qu'on s'est construites, qu'elle me donne une raison de croire qu'elle est à nouveau à moi, quelqu'un que je pourrais connaître. J'ai besoin qu'elle me dise que les mamans peuvent changer, qu'il y a de l'espoir pour Trevor, pour Marcus, pour moi.

– Très bien, ma puce. Viens, on va se promener. Faut que j'te montre un truc de toute façon.

Elle tend devant elle une de ses mains cachées dans ses manches, comme si le vide pouvait servir d'offrande. Je la saisis, elle sort sur le palier en refermant la porte derrière elle, puis elle me conduit en bas des escaliers grinçants, hors de cet endroit sinistre.

Le froid de l'extérieur se faufile en moi.

– T'es sûre que tu veux sortir, maman ? Il est tard.

– Ce sera pas long, promis, me dit-elle avec un signe de tête en direction de la rue.

Je ne sais pas si c'est une bonne idée, mais le mal est fait ; me voilà qui tiens la main de ma mère comme si elle allait se dissoudre dans la mienne. Je la suis, j'accorde à maman son dernier souhait. On marche jusqu'à pouvoir sentir l'océan, qui est assez proche pour distiller des effluves dans l'air mais trop loin pour qu'on le voie.

– Avant que je te réponde, mon bébé, tu veux bien me dire quelque chose ?

Je hausse les épaules.

– Pourquoi tu t'es mise à coucher avec des flics ? Surtout après ce que ton papa a vécu. Je l'ai vu aux infos et je suis pas en colère contre toi, je veux juste comprendre.

Je n'arrive pas à la regarder.

– Je sais pas, j'avais pas vraiment le choix. Je me suis retrouvée là-dedans et y avait aucun moyen d'en sortir, tu vois ?

Maman s'arrête au passage piéton pour laisser passer une voiture.

– Voilà, c'est exactement ça, mon bébé. C'est pour ça que j'ai fait ce que j'ai fait. Après la mort de ton papa, j'avais l'impression que mes pensées ne m'appartenaient plus, que mon corps ne m'appartenait plus, et tout ça s'est transformé en quelque chose dont je ne pouvais pas m'échapper. Une partie de moi se souvenait peut-être que la porte ne fermait pas à clé, mais moi je ne pouvais pas supporter plus longtemps de respirer dans l'abîme que ton papa avait laissé derrière lui, alors j'ai essayé d'en finir sans penser au verrou, sans penser à toi ou à Soraya, mais j'ai pas coupé assez profond et ensuite ils m'ont dit que Soraya était sortie et qu'elle s'était noyée dans la piscine et je ne pouvais plus rien supporter. Comme si quelque chose en moi s'était éteint pour ne plus jamais revenir à la vie et j'ai toujours l'impression de ne pas m'en être sortie ce jour-là, c'est comme si je n'avais pas été en vie une seule minute depuis.

La main de maman est toute chaude dans la mienne. C'est la première fois que je vois en elle quelque chose dont je n'ai pas l'habitude, quelque chose de doux. C'est le truc le plus sincère qui soit sorti de sa bouche depuis très longtemps.

Elle reprend la parole, d'une voix basse et très calme :

– Soraya a fait ses premiers pas près de la piscine, tu te souviens ?

Nous y voilà ; il faut toujours que maman tourne en boucle. Je lâche sa main, glisse la mienne dans ma poche.

– On était dehors à écouter la radio, poursuit-elle, parce qu'ils diffusaient un match, même qu'il faisait beau et que

Marcus était sorti avec ses copains, et toi tu râlais parce que toutes les filles de ta classe étaient à une fête mais moi je refusais de te laisser sortir un mercredi. Je sentais que t'allais piquer une crise et j'étais sur le point de te botter le cul, mais quand je me suis retournée elle était debout avec des bulles de salive au coin de la bouche, là elle a soulevé un pied et elle l'a posé devant elle. Ensuite, elle a bougé l'autre et elle a recommencé et j'aurais pu passer ma vie à regarder cette petite, mais elle marchait droit vers l'eau comme si elle voulait plonger, elle avait ce regard comme si le seul truc qu'elle voulait, c'était goûter à cette eau.

– Et tu l'as prise dans tes bras pour l'emmener loin de la piscine, mais elle est retombée à quatre pattes tout de suite après et elle s'est remise à ramper.

Quand je dis ça, la scène dans ma tête est aussi claire que le ciel l'était ce jour-là.

– Je l'ai jamais revue marcher.

Les larmes de maman recommencent à couler et on arrive sur International, mais ce n'est pas comme d'habitude : le visage de ma mère, ma peau bien couverte, et aucune idée d'où je vais. Je la suis. Elle marche devant moi, en silence. Je n'arrive pas à me rappeler la dernière fois que je l'ai vue aussi silencieuse, et même si elle a dit qu'elle devait me montrer un truc, elle marche tellement lentement qu'on pourrait croire qu'on erre sans but.

Une fois sur Foothill Boulevard, maman cherche à nouveau ma main. Je dégage violemment mon bras et le laisse retomber le long de mon corps. Maman retente le coup et cette fois-ci sa main encercle la mienne si fort que son poing fait comme une coquille autour du mien. Je n'essaie même pas de le bouger, je laisse maman nous emmener là où les lumières de la rue se brouillent. Ce n'est pas un choc de voir Camila debout là-bas, ni qu'elle soit si facile à repérer avec cet argenté fluorescent, les bras enroulés autour d'une fille qui doit avoir minimum vingt ans de moins qu'elle, vu sa façon de marcher : en zigzag et en douceur.

L'intersection est prise d'assaut par des voitures tellement déglinguées qu'elles n'ont sans doute même plus de compteur. Camila ne me voit pas, probablement parce que je me fonds dans la nuit. Je dis à maman d'attendre et elle hésite à lâcher ma main, comme si elle avait peur que je parte en courant.

L'amie de Camila doit trottiner pour suivre le rythme de ses pas, toujours plus amples sur ces talons que je ne pourrais même pas rêver de porter sans trébucher. Elle lève une main bien haut puis elle l'abat, et son poing se referme sur une mouche invisible ou un peu de pollen qu'elle est la seule à voir.

Je traverse la route en courant, maman marche rapidement derrière moi pour me rattraper et je hurle le prénom de Camila. Elle sc retourne et son sourire me dit déjà qu'elle sait parfaitement qui l'a appelée. Ses bras se désentortillent et se précipitent vers moi en quelques secondes, ils s'enroulent autour de ma taille dans la plus étroite des étreintes.

– *Mija*.

Ses cheveux argentés sont assortis à sa tenue, et ses tresses volettent juste devant ses cils ornés de paillettes.

Je lui demande comment elle va mais elle ignore ma question.

– Je t'ai vue dans tous les journaux. Ma petite catin m'avait pas dit qu'elle avait toute une clique rien qu'à elle, dis donc !

Je ne sais pas si elle est fière, impressionnée ou jalouse, mais je crois qu'avec Camila ça ne change rien. Elle s'en fiche un peu tant que ça ne lui fait pas de mal, elle continuera à filer un coup de main jusqu'à ne plus pouvoir le faire et ça ne la gênera pas de partir sans se retourner.

Je hausse les épaules.

– Je l'ai pas fait exprès, ni rien.

Elle me regarde de la tête aux pieds, s'attarde sur mon survêt et mes baskets.

– Tu risques pas de te trouver quelqu'un ce soir, habillée comme ça.

– J'ai arrêté, je réponds en faisant un signe de tête en direction de maman. Je me balade juste avec ma mère.

– Ici ? Chérie, j'ai toujours su que t'étais cinglée.

Je jette un coup d'œil à l'autre fille, qui tripote son collier en pliant les genoux comme une vieille dame qui essaierait de retrouver un peu de mobilité. Puis je scrute les environs à la recherche de l'une des voitures qui traînent toujours autour de Camila : celles avec des vitres fumées. Je ne vois rien qui se rapprocherait d'un truc aussi classe, alors je me concentre à nouveau sur Camila et lui repose la question :

– Ça va comment ?

– Les choses ont été un peu rudes depuis l'arrestation de Demond. Beaucoup de ses filles ont été placées en centre d'hébergement et on est quelques-unes à s'être fait arrêter. J'ai passé deux jours dans une de leurs cellules, mais ils m'ont juste collé une amende et ils m'ont laissée partir, sans doute parce que je suis une vieille bique et que ça leur coûte rien que je sois là.

Elle éclate de rire en faisant glisser ses doigts dans sa perruque pour la repeigner.

– J'ai perdu la plupart de mes réguliers, du coup je me suis remise à l'escorting. Ça me gêne pas, mais c'est pas facile de les empêcher de trop se servir de leurs mains, tu vois ce que je veux dire ? ajoute-t-elle en défroissant sa jupe. Ça a été un peu rude, quoi.

Je n'avais rien remarqué avant qu'elle se mette à tirer sur sa jupe pour essayer de cacher les bleus sur ses cuisses : une constellation de profondes marques de doigts. Je n'arrive pas à penser ni à prononcer autre chose qu'un simple « Oh ». C'est forcément comme ça que ça se passe. Camila est forcément tout en argent et couverte de bleus. Forcément.

Je hoche la tête et elle sourit à travers sa douleur. Je m'approche pour la reprendre dans mes bras.

– Sois sage, d'accord ?

Elle me touche la joue et acquiesce.

– À bientôt.

Cette fois, c'est moi qui lui tapote le dos et qui pars dans la direction opposée. Et on sait toutes les deux qu'il n'y aura pas de « bientôt », qu'on ne se croisera pas par hasard dans la rue d'ici une semaine ou un mois, ou même une année. Il y aura peut-être un regard en coin par la vitre d'un bus, un « Ce serait pas elle derrière les rides ? », mais il n'y aura plus jamais aucune vraie rencontre, aucune étreinte. Quand je reviens vers maman, je lui prends la main de mon plein gré et elle s'illumine d'une lumière venue de sa poitrine.

Elle nous conduit derrière Foothill, derrière International, en bas de la colline, vers un passage souterrain.

– T'es perdue ?

Elle secoue une fois la tête et continue à nous faire descendre jusqu'à ce qu'on soit cernées par le noir, seulement accompagnées par le bruit éventuel d'une voiture filant sur la voie rapide devant nous. Ma mère nous entraîne vers la droite et je m'arrête net.

– Maman, y a pas de route ici.

Elle tire un peu plus fort et continue à me faire avancer.

– Fais-moi confiance.

Et je ne peux pas, je ne pourrai jamais, pourtant j'en ai envie, tellement envie, plus que tout au monde, alors mes pieds se mettent à bouger, talon, orteils, talon, orteils. La rampe d'accès est une illusion de vide, une rivière d'obscurité qui donne sur encore plus d'obscurité, et puis d'un coup on se retrouve au milieu de la course des voitures, quasiment sur la ligne qui sépare la voie rapide des décombres.

Ma main se resserre sur celle de ma mère comme si la pression de mes doigts pouvait faire émerger une forme de pouvoir sacré capable de me protéger des pneus grinçants, de la vitesse des voitures alors même qu'on est plus que jamais des humains. Si je n'étais pas déjà au courant que maman a pété les plombs, maintenant j'en serais certaine : elle m'amène ici sur la voie rapide comme si c'était un trottoir ou un chemin quelconque et non un puits de vitesse.

À cette heure de la nuit, les voitures sont relativement rares, mais quand elles déboulent elles roulent au moins à cent vingt ou cent quarante kilomètres-heure. Quand les camions approchent, je peux le sentir dans mon dos, ça fait un appel d'air sous ma veste.

Je crois qu'on ne pourrait pas ressembler davantage à des fantômes vivants. Effacées au bord de la route au milieu des ordures et des arbres qui ont trouvé le moyen de pousser dans la sécheresse éternelle de la Californie et qui se dressent là, saillants et invisibles, à la fois noyés dans les ténèbres et terriblement incongrus.

– Qu'est-ce qu'on fout ici, maman ?

Je commence à en avoir vraiment marre de subir ses délires. Je ne sais pas combien de temps encore je vais accepter de marcher avec elle alors qu'elle refuse de répondre à une simple question.

Maman prend une grande inspiration et la bloque. J'attends qu'elle relâche son souffle, qu'elle évacue tout cet air, mais il ne se passe rien. Je commence à croire qu'elle essaie de se suicider en s'asphyxiant quand soudain elle ouvre la bouche et laisse tout sortir dans l'explosion d'un cri. Et ce cri, on dirait qu'il continue même quand elle a fermé la bouche puis qu'il monte jusqu'aux nuages, qui se tiennent prêts à nous le renvoyer dans une pluie d'échos suraigus.

J'ai lâché la main de maman dès que le son a jailli de ses lèvres, j'ai fait un bond de côté et j'ai atterri sur un vieux sac plastique en le faisant craquer. J'ai presque envie de courir jusqu'à la rampe pour me planter devant les voitures qui fusent toujours, rien que pour m'éloigner de maman et de tout ce bruit. Elle tourne la tête pour me regarder, là où j'ai reculé au milieu des buissons, et elle me fait signe de revenir vers elle. Je reste immobile, les mains levées pour qu'elle comprenne qu'elle ne doit pas approcher.

Son sourire se décrispe légèrement.

– Tout va bien, mon bébé.

Elle est obligée de hurler pour que je puisse l'entendre par-dessus le grondement des voitures et l'écho qui s'éternise.

– Faut que tu cries, me dit-elle.

Je secoue la tête :

– T'es devenue folle.

Ma voix résonne comme un tremblement sourd. Peut-être qu'elle m'entend, peut-être pas.

– Faut que tu cries, répète-t-elle. Tout va s'arranger mais il faut que tu cries.

– Je rentre à la maison, je lui lance.

Mais je ne bouge pas. Elle porte alors une main à sa poitrine comme pour vérifier les battements de son cœur. Ce coup-ci, elle chuchote. C'est peut-être moi qui lis sur ses lèvres, à moins que ce soit mon cerveau qui invente, mais je suis quasiment certaine que maman me dit : « Lâche tout. »

J'ouvre la bouche, puis la referme.

– Pourquoi ?

– Personne ne sait comment marcher avec autant de poids dans le bide. Je veux que tu marches jusqu'à l'eau, mon bébé. Je veux que tu nages.

Maman redresse le menton et sa tête pointe en direction du bruit de l'océan, de la baie qui s'étend au-delà de notre champ de vision. Ses paroles n'ont aucun sens et en même temps elle n'a jamais rien dit que mes tripes comprennent aussi nettement.

Ma bouche s'ouvre tout doucement, ma mâchoire craque jusqu'à ce qu'il y ait assez d'espace pour que le son puisse se propager hors de ma gorge. Malgré ça, quand j'essaie de crier, rien ne sort.

Maman s'approche de moi et je me détourne. Elle fait un pas de plus et la voilà à portée de bras, elle lève la main qu'elle gardait sur sa poitrine et la pose sur la mienne. Pas sur mon cœur mais à l'endroit où mes côtes laissent passer les artères. J'entends clairement sa voix maintenant, la même voix que celle qui disait à Soraya de s'éloigner de la piscine, et c'est la même main que celle qui l'a rattrapée avant qu'elle touche l'eau. Les voitures fusent derrière elle en nous abandonnant dans les tourbillons du vent et la main de maman est toute chaude.

– Le silence, ça donne faim, ma puce. Et toi, faut que tu manges.

La Louisiane de maman retentit dans cet accent traînant qui résonne comme une mélodie et donc j'essaie encore, mais il n'y a aucun son qui sort. Si je suis vraiment la fille de mes parents, pourquoi je n'arrive pas à transformer mon corps en note de musique ?

Maman utilise ses deux mains, elle les lève près de mon visage, elle les place contre mes joues et les fait glisser jusqu'à ma mâchoire pour l'ouvrir. Ses doigts sont ancrés dans ma bouche, ils écartent ma mâchoire comme une porte sur ses gonds jusqu'à ce que mes lèvres forment un O, et tout en gardant les mains sur mes joues elle me répète de crier. Le hurlement sort par éclats, des spasmes de bruit qui se transforment, depuis l'éruption de rage jusqu'aux pleurs d'enfant, aux gémissements et aux plaintes en passant par toutes les étapes qui séparent la petite fille de la femme.

Le ciel se saisit de chaque bourrasque et nous les renvoie instantanément en les accompagnant d'une petite touche de musique qui s'attarde dans l'écho, la cadence d'un trombone invisible, la note la plus grave d'un orgue qui se prolonge.

Cri après cri, ça s'échappe de mon corps comme des balles sur un champ de bataille par un jour de grand froid, et maman masse la tension de ma mâchoire en faisant une bouillie de larmes et de peau jusqu'à ce qu'il n'y ait plus aucun bruit, alors ma poitrine se soulève, à bout de souffle et à vif, et maman m'enlace et les voitures ne s'arrêtent pas, elles ne ralentissent pas, toutes les choses de la vie nous dépassent en furie tandis qu'on reste coincées entre le ciel et cet asphalte qui ne connaît pas nos noms et maman va me raccompagner à l'arrêt de bus, elle me laissera là et on ne parlera pas de ce que la voie rapide fait de nous à la nuit tombée quand on est un fantôme. Mais maman vient de m'apprendre à nager et maintenant je peux voir sous l'eau. Je vois.

Je ne sais pas quelle heure il était quand je suis rentrée, je me souviens uniquement du moment où je me suis réveillée. Les coups de poing à la porte. Les yeux de Vernon à travers le judas. La femme derrière lui. Son bloc-notes. Ses lèvres qui se pincent vers l'intérieur.

Le corps en pleine guérison de Trevor est toujours pelotonné dans le sommeil, et moi je recule au fond de l'appartement, comme si la distance entre moi et le trou à travers lequel ils m'ont vue zieuter était capable de nous effacer. Ça nous pendait au nez. Tous les signaux étaient au rouge et je croyais toujours qu'on pourrait leur échapper, qu'on pourrait s'en sortir ensemble. Je croyais toujours que j'avais le choix.

– Ouvre la porte, Kiara. Sinon on appelle la police.

Le grognement habituel de Vernon.

Trevor s'extirpe de son sommeil et j'aimerais pouvoir le convaincre d'y retourner, pour qu'il n'ait pas conscience de tout ce qui peut arriver ensuite ; quand ils nous sépareront, qu'ils forceront ses doigts à se détacher de mes épaules comme un bébé. Les coups ne cessent pas. Les yeux enflés de Trevor clignent, ils s'ouvrent autant que possible et le brun apparaît à travers pour me dévisager, puis il regarde frénétiquement autour de lui à la recherche d'un bouclier contre le déchirement. Son visage se plisse quand ses lèvres s'entrouvrent, il essaie de me demander ce qui se passe mais le pincement des coupures sur sa bouche le fait retomber dans le silence.

Je me penche et je lui touche la tête. Je l'ai rasée pour pouvoir soigner ses blessures et ses cheveux ont repoussé juste assez pour que je ne puisse plus sentir son crâne nu. Je lui murmure :

– Trevor, mon bébé, les gens qui sont là risquent de t'emmener vivre ailleurs pendant un moment, d'accord ?

J'assure ma voix pour éviter qu'elle se brise comme elle menace de le faire et révèle toutes les plaies qui me construisent, toute la peur ancrée dans ma mâchoire.

Mais faut pas que tu t'inquiètes. Je vais ouvrir, toi tu te reposes.

J'avance à petits pas jusqu'à la porte, terrifiée par ce qui risque de sortir de tout ça, par ce que maman a peut-être provoqué. Si ça se trouve, c'est elle qui a appelé Vern ou les services sociaux ou la dame en tailleur. Ces femmes sont toujours à quelqu'un, et ce quelqu'un se charge de cogner aux portes de sorte qu'elles n'ont rien d'autre à faire que se tenir là.

Ma main sur la poignée, elle se tord, elle tire, et il n'y a plus aucune barrière entre eux et moi. Vernon est là avec un sourire de mépris. La femme, elle, attend.

– Je peux vous aider ? je leur demande.

– Voici Mrs Randall du service de Protection de l'enfance.

Malgré la quantité d'efforts que Vernon a fournis pour que j'ouvre la porte, on dirait qu'il s'en fiche royalement. Ça a même l'air de le barber.

– Je vous laisse vous en charger.

Une fois qu'il a dit ça à la femme, il redescend les escaliers.

Mrs Randall a le genre de visage que les enfants dessinent dans les soleils. Rond et penché sur le côté. Et elle a des nattes qui lui donnent l'air d'une poétesse, comme si elle aurait dû porter un châle plutôt qu'un tailleur.

Elle me tend la main et je la serre.

– Ravie de vous rencontrer. Est-ce que je peux entrer ?

Si j'étais plus naïve, je lui répondrais que non. Je lui dirais de ne pas s'approcher de Trevor ou du lit, de ne pas entrer dans le seul endroit qu'on peut encore appeler notre chez-nous. À la place, je réponds un « Bien sûr » et elle entre.

Tout est fini dès qu'elle le voit. Je le perçois dans la manière dont son visage se tord au moment où elle remarque les cicatrices. Je ne peux pas le lui reprocher. Le corps de Trevor est le témoignage manifeste de la violence avec laquelle cet endroit l'a bouffé. Et de mon incapacité à m'y opposer. Une partie de moi est même soulagée parce qu'après tout c'est peut-être ma faute. Si ça se trouve, c'est moi qui lui ai fait tout ça.

Mrs Randall commence à avancer en direction du lit et je vois Trevor se mettre à trembler, tout son corps s'agite et je sais que s'il n'était pas aussi mal en point, il se serait déjà blotti dans un coin pour essayer de lui échapper. Je contourne Mrs Randall pour aller m'asseoir sur le lit avec lui et je le prends dans mes bras. Il appuie sa tête contre ma poitrine pour ne plus voir ni elle, ni moi, ni rien.

Mrs Randall s'accroupit près du matelas.

– Bonjour, Trevor. Je m'appelle Larissa et j'aimerais beaucoup pouvoir parler un peu avec toi.

Trevor fait comme s'il ne l'entendait pas, il répond que dalle.

Mrs Randall, de nouveau debout, reporte son attention sur moi.

– Et si on discutait d'abord toutes les deux ? On va dehors ?

J'acquiesce et me penche à l'oreille de Trevor.

– Je reviens tout de suite.

Je dois littéralement le tirer de là où il s'est calé contre ma poitrine. Il retombe sur l'oreiller en y enfonçant son visage.

Je suis Mrs Randall à l'extérieur et je referme la porte derrière nous. On s'appuie contre la balustrade, face à la piscine et à moitié tournées l'une vers l'autre.

Ses sourcils se froncent.

– Écoutez, je vais être honnête avec vous, Miss Johnson. Vous n'êtes pas la tutrice légale de cet enfant et il est manifestement en danger, cette situation ne semble profitable à aucun d'entre vous. Des assistantes sociales ont déjà rendu visite à Trevor et à sa mère à trois reprises au cours des dernières années, et je sais bien que vous essayez simplement d'aider, mais ça ne relève pas de votre responsabilité et il aurait mieux valu que vous nous appeliez. En temps normal, je vous aurais signalée aux forces de l'ordre pour enlèvement d'enfant et mise en danger d'un mineur, mais je ne crois pas que ce soit le cas. De toute évidence, il a confiance en vous, et je ferai de mon mieux pour vous préserver au maximum, l'un comme l'autre.

Elle s'interrompt et détourne son regard pour le poser sur la piscine, puis elle revient à mes yeux.

– Cela dit, je ne peux pas le laisser sous votre garde, pas avec toutes ces preuves d'insécurité et de négligence. Je vais devoir l'emmener et il sera placé dans un foyer temporairement, le temps de trouver la solution la plus stable et la plus appropriée. Je vais demander une mesure de protection judiciaire. Vous ne serez pas autorisée à entrer en contact avec Trevor, du moins dans l'immédiat. Est-ce que vous comprenez ?

Si elle m'avait dit ça à un autre moment, je sais que ses paroles auraient déchiré mes entrailles, ça m'aurait totalement anéantie. La seule chose à laquelle j'arrive à penser, c'est que cette femme doit faire ça tous les jours, elle va voir des gens comme moi et elle leur annonce le truc qui a le plus de chances de les briser. Ça doit être déchirant de détruire autant d'âmes.

– Je peux lui dire moi-même ?

La dernière chose dont j'ai envie, c'est de dire à ce petit garçon qu'il va se retrouver encore plus seul qu'il ne pense déjà l'être, mais je sais aussi que ce ne serait pas juste d'agir autrement. Je préfère lui briser le cœur moi-même plutôt que de laisser une inconnue le faire.

– Bien entendu. Et il va falloir lui préparer un sac avec les affaires dont il aura besoin. Je vous attends ici.

Mrs Randall lève le menton en direction de la piscine comme si on en avait terminé. Son boulot est fait.

Quand je retourne dans l'appartement, Trevor est toujours pelotonné dans la position où je l'ai laissé, sauf qu'entre-temps il a recouvert sa tête avec le drap et je peux voir la petite boule recroquevillée que forme son corps, aussi compact et dégingandé que peut l'être un garçon de neuf ans. Le plancher grince sous mes pas et je vois qu'il tremble, le drap ondule.

– Ce n'est que moi.

J'essaie de garder une voix aussi assurée que possible. De faire en sorte qu'elle ne sonne pas comme la fin de notre vie ensemble, la fin des dribbles et des délires dans la cuisine.

– Faut qu'on discute.

Je m'approche du bord du matelas et je m'agenouille par terre. J'appuie ma poitrine contre le lit et j'attrape le drap du bout des doigts pour l'arracher délicatement de sa tête. Son visage est froissé, tout y est chiffonné et boursouflé, les larmes essaient de se frayer un chemin hors de ses yeux gonflés mais elles sont prises au piège par les plis au-dessus de ses joues. Il secoue la tête et sa bouche remue sans un bruit.

Le petit bonhomme s'effondre devant moi, Trevor craque complètement. Je lui touche le front et il est chaud-brûlant, même. Comme si son corps rejetait sa propre existence en se transformant en brasier pour pouvoir se défendre contre tout ce qui va arriver. Ça me brise le cœur et je crois que c'est la chose la plus difficile que j'aie jamais faite : devenir l'adulte dont il a besoin, la femme capable de donner le change quand lui tombe en miettes, parce qu'on n'a pas le choix.

– Je sais, mon bébé, je lui dis en hochant la tête.

Peut-être que je peux renverser sa souffrance et mettre un terme à tout ce gâchis grâce à un sourire.

– Écoute-moi.

Sa tête tremble toujours et ses pupilles éclipsent ses yeux.

Je commence à fredonner, penchée sur lui pour que ma bouche soit tout près de son oreille, assez fort pour m'assurer qu'il n'entende plus que ça, pour qu'il puisse ne rien sentir d'autre que les vibrations. Peu à peu, il cesse de secouer la tête et il se met à renifler. J'arrête de fredonner.

– Il faut que tu m'écoutes. Tu peux faire ça pour moi ?

Ce coup-ci, il acquiesce.

– La dame dehors, c'est elle qui va t'emmener dans la nouvelle maison où tu vas rester un petit moment. Elle est très gentille et je parie que si tu lui demandes de mettre la radio dans sa jolie voiture, elle sera d'accord. Ta maman va pas rentrer tout de suite et moi j'ai pas le droit de te garder ici plus longtemps, alors tu vas aller dans un autre endroit le temps que je trouve une solution. D'accord ? C'est pas pour toujours.

À l'instant précis où je dis ça, je sais que ça risque de le devenir. Je sais que c'est peut-être la dernière fois que je vois son visage et j'ai simplement envie de me pelotonner contre lui, de me cacher jusqu'à être prête à lui dire au revoir. Mais je ne serai jamais prête à le laisser partir et Mrs Randall attend dehors. Ses lèvres abîmées s'avancent un peu plus et je sais qu'il essaie très fort de ne pas se laisser submerger par l'émotion.

Je souris.

– Si ça se trouve, il y aura d'autres enfants là où tu seras. Comme ça tu pourras leur mettre une raclée sur le terrain, pas vrai ? Tu leur montreras comment tu marques ?

Je glisse ma main sous la tête de Trevor et je tire vers moi pour qu'il comprenne qu'il est temps de remettre son corps en position assise.

J'attrape ses joues entre mes deux mains, exactement comme maman hier soir, et je le regarde comme s'il était la seule chose qui existe dans ce monde. Il pourrait parfaitement être la seule chose qui existe dans ce monde.

– Tu vas très bien t'en tirer.

J'embrasse le bout de son nez, je le prends dans mes bras et il enfouit son visage dans le creux qui sépare mon épaule et mon cou. Si je pouvais rester comme ça pour toujours, je n'hésiterais pas. Avec Trevor dans mes bras. Avec la certitude qu'il est indemne. La certitude qu'il va se rallumer et se remettre à danser. Je peux presque sentir le cliquetis des talons de Mrs Randall dehors, sa patience qui décline.

Je caresse Trevor derrière la tête, la seule partie de son corps qui n'a pas complètement enflé après le passage à tabac. Puis je passe une main dans mon dos, là où se sont refermés les bras que Trevor a noués autour de ma taille. Je dois lutter contre moi-même pour ne pas rester immobile, pour nous délier comme on défait un nœud alors que c'est la dernière chose dont j'ai envie, et il se met à avoir des haut-le-cœur quand je me détache de lui et commence à fourrer ses vêtements dans le sac à dos jaune et bleu que j'ai trouvé pour son neuvième anniversaire faute d'avoir de quoi acheter le vrai sac des Warriors. Ce jour-là, je l'ai regardé le retourner dans tous les sens à la recherche du logo jusqu'à ce qu'il comprenne qu'il n'y en avait pas, et ensuite je l'ai vu essayer de cacher son impression de noyade au fond d'un « Merci ». Dee a peut-être échoué sur la plupart des points, mais elle a au moins appris les bonnes manières à son enfant.

Je remonte la fermeture éclair du sac à dos, je le pose sur le bord du lit et je me tourne vers Trevor. Il a repris sa position fœtale, alors j'attrape ses mains, je le redresse, et sa tête retombe lourdement en arrière. Je dois le hisser hors du lit et le remettre sur ses pieds mais il reste tout flasque, incapable de bloquer ses genoux pour tenir son corps. Je pourrais le menacer ou l'engueuler ou prendre ma voix de maman, mais je ne supporterais pas que nos derniers instants ensemble se passent comme ça. À la place, je m'accroupis, je glisse mon bras libre sous ses jambes, puis je le soulève pour le porter comme on porte les petits enfants jusqu'à leur lit quand ils s'endorment dans le bus. Il est lourd de sang et de larmes et du trop-plein de choses qui lui arrivent pour savoir comment marcher et respirer. J'ai du mal à ouvrir la porte, je tourne la poignée histoire de l'entrebâiller juste assez pour que Mrs Randall nous voie et finisse de l'ouvrir complètement.

– Il refuse de marcher. Je peux l'emmener jusqu'à votre voiture si vous prenez son sac à dos sur le lit.

Je ne la regarde pas dans les yeux, je me contente de la contourner et de me diriger vers les escaliers en chancelant. Je descends les marches une à une tandis que Mrs Randall nous suit avec le sac de Trevor à la main. Une fois en bas, je lui dis qu'il va falloir passer par-derrière à cause des journalistes, du coup je la conduis de l'autre côté de la piscine et je fais un signe de tête vers la porte. Elle l'ouvre pour nous laisser passer, Trevor et moi, puis elle descend la rue en direction d'une voiture noire.

Elle sort une clé de sa poche et appuie sur un bouton. La voiture fait un bip et Mrs Randall garde la portière arrière ouverte. Trevor s'est remis à trembler et mon T-shirt est trempé par ses larmes. Je le soulève dans un dernier effort et l'allonge sur la banquette. Ses bras entourent mon cou et, avant de les écarter, je me penche pour lui embrasser le front.

– Je t'aime, je lui murmure.

J'ai tellement envie de prendre la place du conducteur et de l'emmener dans un endroit où j'aurais la certitude qu'il serait en sécurité, où il n'aurait plus jamais à trembler, mais je sais qu'on ne peut pas se permettre un tel luxe. Il n'y a qu'une seule option : lui, brisé à l'arrière d'une voiture inconnue ; moi, obligée de l'arracher à ma poitrine et de refermer la portière de sorte que je n'entends rien d'autre que ses sanglots.

Mrs Randall se tourne vers moi avant de monter à son tour, elle me dit : « Merci, Miss Johnson », mais j'ai déjà à moitié remonté la rue en sens inverse, en direction du bus et de la circulation. Rien de ce qu'elle dira ne pourra arranger les choses et je ne supporterai pas de la voir démarrer la voiture et s'éloigner avec les hurlements de Trevor comme seule preuve qu'il respire encore.

Je compose le numéro de Marsha avant de remarquer que je le connais par cœur, et quand elle décroche je ne lui dis rien de plus que : « Je suis prête. » Elle répond qu'elle passera me prendre d'ici vingt minutes et je lui dis que je l'attendrai au niveau des terrains de basket. Je suis debout devant l'un d'eux, qui est vide, et je remonte la colline jusqu'à trouver derrière l'un des paniers un banc qui donne sur High Street. Tout bouge, trop vite et en continu, comme si la ville n'était pas au courant qu'elle ferait mieux de s'arrêter, de mettre un genou à terre et de pleurer pour Trevor. Ces terrains de basket, c'est un mémorial, la seule chose qui fasse une pause rien que pour lui. La seule chose qu'il reste de lui au milieu de cette tornade.

Ça fait une semaine que Mrs Randall est venue chercher Trevor, cinq jours que le grand jury a officiellement débuté, et aujourd'hui c'est à mon tour de témoigner. Quand je sors par le portail du Regal-Hi, l'essaim de journalistes se précipite sur moi et me bombarde d'un déluge de questions que je n'arrive pas à déchiffrer. J'ouvre en vitesse la portière passager de la voiture de Marsha et je grimpe à bord. Elle pose immédiatement sur mes genoux un bout de tissu en boule en disant : « Enfile ça. » Je le défroisse et le tiens face à moi. C'est la robe noire la plus quelconque et la plus simple que j'aie jamais vue.

– Il y a aussi des chaussures à l'arrière.

Je jette un coup d'œil sur la banquette et j'y découvre une paire de chaussures noires avec un tout petit talon qui les fait paraître presque plates. Marsha fait au moins trois pointures de moins que moi, alors elle a dû les acheter exprès. Elle démarre pendant que je me faufile à l'arrière et commence à me déshabiller, faisant passer la robe par-dessus ma tête et remplaçant mes Vans par les chaussures noires. Je baisse les yeux pour me regarder : genoux amochés et cicatrices en zigzag sur les tibias.

Marsha m'a entraînée tous les jours et m'a donné toutes les informations qu'elle avait sur le déroulement du grand jury jusqu'à présent. Apparemment, les flics ont déjà témoigné et aujourd'hui c'est la dernière journée complète au tribunal avant les délibérations. J'ai essayé de joindre Alé mais elle n'a pas répondu. À chaque fois que j'ai voulu laisser un message, ma gorge s'est refermée et j'ai raccroché. Hier soir, j'ai quand même réussi à formuler quelques mots : « Ils ont pris Trevor », avant de raccrocher et de retourner me plonger dans le texte que Marsha m'avait demandé de mémoriser. Elle dit qu'il ne s'agit pas d'apprendre toutes les phrases par cœur mais de connaître l'histoire. Comme si je pouvais l'oublier.

Je passe la tête entre les deux sièges avant et regarde Marsha : la pointe de son menton, le va-et-vient presque imperceptible de sa mâchoire.

– Tu te souviens des consignes ? me demande-t-elle, et je vois à quel point elle est nerveuse.

Je prends l'un des élastiques que j'ai au poignet et je fais une queue-de-cheval avec mes tresses, des nouvelles que Marsha m'a payées il y a quelques jours en prévision d'aujourd'hui, juste pour sentir leur poids sur mon cou.

– Calme. Sûre de moi. Je suis la pauvre petite qui s'est fait balayer par ce merdier, je lui répète. Ils vont tous me regarder ?

– C'est un peu le but, me répond-elle.

J'appuie ma joue contre ma main et je fixe son visage de marbre.

– Tu penses vraiment que j'ai rien fait de mal ?

Son regard se détache de la route un instant pour se poser sur moi.

– Si toi, tu as fait quelque chose de mal, alors Harriet Tubman et Gloria Steinem aussi, ainsi que toutes les femmes qui ont fait ce qu'elles devaient faire même quand ce n'était pas respectable, lâche-t-elle. Je ne dis pas que tu n'aurais pas pu faire d'autres choix, mais je ne crois pas que tu aies mérité de subir tout ça.

Ce genre de moment me rappelle que Marsha n'est qu'une femme blanche comme les autres qui ne comprendra jamais ce que j'ai vécu, qui ne trouve personne à qui me comparer à part Harriet Tubman et Gloria Steinem. Mais j'essaie de penser au visage de papa placardé sur cette affiche. Mes cuisses sont peut-être bien comme ses poings à lui : douces et agréables jusqu'au moment où elles ne le sont plus, capables à la fois de nous rapprocher et de nous éloigner des autres parties du corps qui nous composent et nous sanctifient.

La suite du trajet résonne des vibrations étouffées de la voiture de Marsha, qui tapote le volant de son index en attendant que le feu passe au vert. On évite toutes les deux de parler de ce qui est arrivé à Trevor. Elle a essayé d'en discuter avec moi quand elle a découvert ce qui s'était passé – Dieu sait comment – mais je l'ai fait taire avec un regard en biais. Elle n'a aucun droit de poser son nom sur ses lèvres. Et si je fais ça aujourd'hui, c'est parce que je n'ai plus de raison de ne pas le faire. Parce que si Trevor est parti, il faut que je fasse tout mon possible pour récupérer Marcus. Sinon, je risque de me retrouver encore plus seule que je ne l'étais cette nuit-là où tout a commencé, plus seule que jamais. Je vais témoigner en espérant que Marsha a raison et que ça se terminera avec la remise en liberté de mon frère et une sorte de rétribution qui nous laissera une chance de repartir de zéro, et si ce n'est pas le cas, je n'aurai plus qu'à retourner tapiner, à trouver une autre manière de survivre ou alors finir à la rue. Et mourir de froid.

On se gare sur le parking du tribunal et Marsha actionne le frein à main en tournant son buste vers moi.

– On avait des journalistes sur les talons pendant tout le trajet. On va attendre quelques minutes. D'ici là, ils se seront installés devant la porte d'entrée. Tu marches tout droit et tu te contentes de me suivre. C'est compris ?

Ses yeux sortent de leurs orbites.

J'acquiesce.

Elle est sur le point d'ouvrir la portière mais elle tourne la tête d'un coup vers moi.

– Ils seront là. Les hommes, je veux dire. Pas exactement ceux qui… *tu sais*, mais des hommes comme eux. Ils vont peut-être te fixer pour essayer de t'intimider. Ne les regarde pas.

– Comment je suis censée ne pas les regarder s'ils me fixent ?

– Ne les regarde pas, c'est tout.

Marsha ouvre la portière et déroule ses jambes pour sortir de la voiture. J'ouvre de mon côté, je pose mes pieds sur l'asphalte et je me redresse. Ça fait des semaines que je ne porte que des baskets et c'est comme si mes pieds avaient oublié comment marcher délicatement, ces chaussures sont tellement neuves et glissantes. Au début, j'entends seulement les voitures qui passent derrière nous, le sel du lac serpente avec nous jusqu'à l'entrée du tribunal du comté où patientent des personnes habillées mi-pro, mi-décontracté, toutes caméras dehors. J'entends mon nom comme dans une chorale d'abeilles, ainsi que quelques mots qui se détachent.

– Miss Johnson, vous avez une minute ?

– Est-ce que vous avez bon espoir concernant la décision finale du grand jury ?

Leurs voix sont suraiguës et grinçantes, toujours en train de dire quelque chose, mais rien ne s'adresse vraiment à moi. Ils font ça pour les caméras. Pour le flash spécial d'information qui ne s'étend jamais au-delà des limites de la ville. Je concentre tous mes muscles sur l'ascension des marches, sur l'arrière de la tête de Marsha dont la queue-de-cheval se balance. Elle tire la porte du tribunal pour l'ouvrir et je frissonne dans la brise, je me glisse à l'intérieur et laisse la porte se refermer lourdement dans mon dos. Marsha continue d'avancer mais je m'arrête. J'imagine qu'elle entend que mes chaussures ont cessé de marteler le sol parce qu'elle se retourne et me rejoint d'un pas tranquille.

– Qu'est-ce qui ne va pas ? me demande-t-elle, les yeux sur moi et une hanche en avant.

– Ils ne nous suivent pas à l'intérieur ?

– Ils savent parfaitement qu'il y aurait des conséquences judiciaires s'ils essayaient d'entrer et de filmer quoi que ce soit. Tu es en sécurité.

Je lève les yeux au ciel – comme si la sécurité était une possibilité à laquelle j'étais susceptible de penser. Le tribunal est beaucoup trop grand pour nous contenir. Du bois et du marbre, des lambris et des bas-reliefs sur des plafonds qu'on ne pourrait pas atteindre même avec la plus haute des échelles.

Marsha suit mon regard en soupirant.

– Il faut que tu sois prête pour tout ça. Est-ce que tu l'es ?

Je me frotte l'avant-bras du bout des ongles, tranchants et griffants.

– Je pense.

Marsha n'a pas le temps pour mes conneries, elle pivote sur ses talons et se remet à marcher calmement. Tout le long du hall d'entrée. Le marbre et des échos nous poursuivent, j'ai des frissons dans les jambes, et mes cuisses frottent sous l'enveloppe fluide d'une robe qui ne pourra jamais être à moi. Il y a plus d'un mètre de distance entre nous à ce stade et elle ne va pas ralentir pour moi, au contraire : elle accélère.

On arrive devant une porte où se tient un agent de sécurité. Je sais que c'est la bonne, avec ces murs qui dissimulent tout ce dont je devrais avoir peur, parce que la rayonnante silhouette d'acier de Marsha s'arrête. Elle pivote sur ses talons pour me regarder, et pendant un court instant je vois ses pupilles révéler les quelques miettes qui restent de l'enfant qu'elle a été, une Marsha aussi petite que moi.

– J'aimerais t'accompagner, mais tu sais que c'est impossible. Si tu as besoin de moi, tu peux leur demander et ils te laisseront revenir ici pour un conseil juridique.

Je ne m'y attendais pas mais mes yeux se gonflent de larmes, je n'ai pas envie de la quitter.

– Tu vas très bien t'en sortir.

La main de Marsha est dans mon dos, elle le frotte et me pousse vers la porte. Je me retourne, je lui jette un dernier coup d'œil, mais elle ne bouge pas. Après tant d'heures d'entraînement, j'ai du mal à m'imaginer regarder cette salle sans y voir son visage. Je contemple les arches de bois, et l'agent fait un pas de côté pour que je puisse poser ma main sur la poignée et ouvrir.

Je m'attendais à une sorte de chorale, un grondement chaotique ou quelque chose comme ça. À la place, la porte s'ouvre sur un silence ponctué par un unique raclement de gorge. La pièce n'est pas loin d'être vide, du moins elle a l'air vide vu que les trois rangées du fond sont libres. Je marche le long de l'allée centrale et les visages des deux premières rangées deviennent reconnaissables, pas forcément leurs traits, mais ce qu'ils m'évoquent. Deux hommes côte à côte, joues creusées, nez tacheté, et une femme aux jambes croisées placée entre eux comme un intercalaire. Tous le teint très pâle, comme s'ils avaient été privés de soleil. Je parie qu'ils n'ont jamais senti la chaleur comme j'ai pu la sentir.

Deux filles sont assises au premier rang, emmitouflées dans des sweats qui les avalent complètement en ne laissant voir que leurs jambes nues. Elles sont nerveuses, un peu à la manière de Lexi ; leur jeunesse s'affiche sans avoir besoin de mots. Mes yeux s'attardent un instant sur elles, sur leur place à gauche de la rangée où se trouvent les uniformes et les costumes. On n'est jamais à sa place nulle part. Je ne sais pas trop où m'asseoir, mais j'aperçois alors l'arrière de la tête de Sandra et je suis soulagée. Je m'installe sur la droite, un endroit quasiment vide à l'exception de Sandra et de deux hommes qui baissent la tête. Elle ne porte pas sa veste violette aujourd'hui, mais elle est colorée et tout illuminée de bordeaux.

Maintenant que je suis à côté d'elle, je me demande si je ne ferais pas mieux de croiser les jambes. J'en balance une par-dessus l'autre mais ça paraît déplacé car ça découvre mes genoux et une partie de mes cuisses. Je les décroise. Aucun moyen de se tenir comme il faut ici, pas sous ces lumières bien trop blanches pour être appelées lumières, comme si elles avaient cherché à compenser quelque chose au point de devenir aveuglantes.

Sandra ne m'a pas encore regardée mais elle tend le bras et serre ma main.

– C'est qui ? je lui demande dans un murmure en faisant un signe de tête en direction des filles de l'autre côté de l'allée.

– J'imagine que ce sont des témoins comme toi, me répond-elle, toujours sans me regarder.

– Ils leur ont fait la même chose à elles aussi ?

– Je ne sais pas, mais vu leurs tenues, elles sont probablement là pour discréditer ton histoire, pour te mettre dans la même case qu'elles et dire que tu racontes n'importe quoi.

– Peut-être qu'elles n'avaient simplement rien d'autre à se mettre.

– Les avocats qui les ont fait venir ont ce qu'il faut, dit-elle en fixant son bloc-notes. Ceux qui ont été embauchés pour préparer les filles, sans doute par Talbot ou quelqu'un avec qui elle bosse.

Mon genou se met à trembler.

– Je les connais même pas. Comment elles pourraient dire des saloperies sur moi ?

– Cette ville n'est pas réputée pour son sens de l'éthique.

– Alors ils les ont payées pour qu'elles disent des saloperies sur mon compte ?

Sandra garde les yeux baissés mais elle incline juste assez la tête pour planter son regard dans le mien. D'une voix basse et mesurée, elle me dit :

– Tu t'inquiètes pour toi. Mais on est ici pour toi et pour ton frère et pour les filles qui ont accepté cet argent parce qu'elles ne connaissent aucun autre moyen de survivre. N'oublie pas ça.

Elle se remet bien droite et je hoche la tête, même si elle ne peut sans doute pas le voir. Pendant un court instant, j'ai vraiment cru qu'elle était une sorte d'incarnation de la mère que j'avais autrefois, un morceau de maman qui aurait été ranimé.

Il y a une grande horloge au mur juste au-dessus de la place de la juge et, au moment où elle sonne neuf heures, toute la salle se tait. J'ai l'impression d'être dans une scène de série télé, avec la juge qui tape ses trois coups de marteau. Je m'attends presque à ce qu'elle crie : « Silence dans la salle ! » mais elle ne le fait pas, et d'un coup elle se met à dire des trucs juridiques et un type se lève pour lui répondre. Toute leur discussion m'est complètement obscure et je ne comprends rien à ce qui se passe jusqu'à ce que Sandra finisse par se pencher vers moi et me chuchote à l'oreille :

– L'un des témoins ne s'est pas présenté.

– Qui ?

– Un flic.

– Tant mieux, je réponds d'un ton narquois.

Sandra secoue la tête.

– Non, je ne crois pas. Apparemment c'était le seul qui aurait confirmé ton histoire.

– Pourquoi un de ces types ferait ça ?

– Question de morale, j'imagine.

Sandra laisse s'immiscer un sourire qui ne parvient pas jusqu'à ses lèvres et dont la seule trace est une minuscule fossette sur sa joue gauche.

Mais je pense qu'elle se trompe. Non pas que ces types n'aient absolument aucune morale, mais la morale ne leur a jamais offert assez pour qu'ils se décident à enterrer leur ego. Je crois que c'est tout simplement comme ça que fonctionne le temps. Les hommes finissent toujours par se faire rattraper par leur croissant de lune. Quand j'ai vu la lune de Marcus s'effacer autant, j'ai cru qu'il faisait tout noir dans son cœur. En la voyant maintenant qui réapparaît tout doucement, je sais qu'elle va bientôt se remplir à nouveau. C'est la seule chose qui expliquerait qu'un flic veuille me sauver : il a récupéré sa lune.

Un homme chauve assis à l'une des tables face à la juge se lève, se retourne et se dirige droit vers nous. Sandra se met debout et ils commencent à chuchoter. Au bout d'un moment, Sandra se retourne, elle me sourit, puis elle sort de la salle d'audience en laissant le type chauve regagner sa place. Le silence de la salle se remplit rapidement de murmures qui s'intensifient. Ça me gratte derrière les genoux, dans les plis où la sueur s'accumule, et j'aimerais que Trevor soit assis à côté de moi, qu'il me tienne la main comme seuls les petits garçons savent le faire.

Sur un simple mouvement de tête de la juge qui redresse le cou, toute la salle se tait. La juge prend la parole :

– Après quelques changements de programme imprévus, nous allons enfin pouvoir commencer. Les jurés ont été sélectionnés, ils ont prêté serment et nous allons débuter avec Miss Kiara Johnson. À l'exception du procureur, du greffier, de Miss Johnson et des membres du jury, tout le monde doit quitter la salle, moi y compris.

Ils se précipitent tous dehors, avec la juge sur les talons, et il ne reste alors que le type chauve, les jurés, le greffier et moi.

Je baisse la tête, mes yeux fixent d'abord ma poitrine comprimée dans cette robe noire, mon petit ventre rebondi, mes genoux, et ils se posent pour finir sur mes pieds qui avancent l'un après l'autre. À mi-chemin, j'entends un homme tousser dans mon dos. Je me souviens de ce que Marsha disait, je redresse la tête, je tire mes épaules en arrière pour que mon dos soit bien droit, et je lève les yeux pour croiser ceux du type chauve, le procureur, debout à côté de son pupitre, les mains à plat devant lui. Je lui lance un sourire sec mais il évite mes yeux, il préfère garder les siens sur ses documents. Ils essaient tous de ne pas me regarder.

J'arrive à la barre et je prends place sur la chaise ovale en chêne. Rien à voir avec le jour où j'ai témoigné au procès de maman, où j'avais l'impression d'être la victime et non la défense, même si je sais que je ne le suis pas vraiment non plus aujourd'hui, pas légalement du moins. La barre est aménagée comme une scène sauf que je n'ai rien à lire et que je ne monterai jamais sur scène de mon plein gré, pas face à ces gens-là. Je ne suis pas Marcus. Je regarde du côté du jury mais mes yeux n'ont pas le temps de s'y attacher suffisamment pour distinguer les visages. Sauf celui de ce type. Le procureur se tient debout avec une assurance qui suggère qu'il a fait ça un million de fois, pour lui je ne suis rien qu'une figure de plus. Rien qu'une fille de plus qui n'est pas à sa place, engoncée dans la robe d'une autre et répétant les paroles d'une autre.

J'ai l'impression qu'il est incapable de se concentrer sur autre chose que moi, avec ses sourcils cousus l'un à l'autre et ce sillon en plein milieu comme s'il était en train de m'évaluer et de jauger ce qui risque d'arriver, comme si ça ne dépendait pas uniquement de lui. Je me mordille l'intérieur des joues afin de rendre mon visage assez doux pour qu'on n'ait pas l'impression que je le toise. Marsha m'a dit que je devais rester calme, posée, mais avec un air enfantin. Je fais un peu ressortir mes lèvres pour imiter un sourire et j'attends qu'il finisse de lire la liste complète des procédures que Marsha m'a déjà trop souvent expliquées.

Puis sans perdre une minute, le procureur commence :

– Miss Johnson, est-il vrai que vous utilisez un pseudonyme ?

– C'est pas un pseudonyme, c'est un diminutif. Il y a des gens avec qui j'ai grandi qui m'appellent Kia.

– Et votre nom de famille ? Holt, c'est ça ?

Je cligne des yeux.

– J'allais pas donner mon vrai nom à des inconnus.

– Pourquoi pas ?

Son front est un plan sillonné de lignes.

– Parce que c'est dangereux ?

Il hoche la tête en faisant quelques pas, la gardant légèrement baissée comme s'il était en train de réfléchir alors qu'on sait tous que c'est juste pour donner un effet théâtral.

J'enfonce mes ongles dans mon poignet pour voir les petites marques en forme de croissant, voir n'importe quoi tant que ce n'est pas sa tête.

– Que faites-vous dans la vie, Miss Johnson ?

Il s'approche et lève les yeux vers moi. Je sais que Marsha m'a préparée à ça, mais son visage et sa bouche qui s'ouvre juste un petit peu balaient tout ce que j'ai en tête.

– Je n'ai pas de travail.

– Pourtant, vous avez un revenu régulier.

Mes genoux commencent à trembler malgré moi.

– Non. Avant, j'arrivais à me faire un peu d'argent, mais ce n'était pas un salaire.

– D'où venait cet argent ?

– D'hommes.

Au moment même où je dis ça, je sais que je n'aurais pas dû. D'après l'une des règles de Marsha, se contenter d'un mot pour répondre à une question, c'est parfait tant qu'il s'agit d'un « oui », d'un « non » ou d'un « peut-être ». En dehors de ça, une réponse trop courte peut être distordue pour devenir une cible en plein milieu du front.

Le procureur a l'air surpris de ma franchise, il s'éclaircit la gorge et attend un instant. Son comportement change radicalement, il passe de la grimace interrogatrice à un regard bien trop intimidant à cette distance. Il se rapproche encore.

– Pouvez-vous m'expliquer pourquoi ces hommes vous donnaient de l'argent ?

Dans ma tête, je suis bel et bien en train de parler, mais en réalité rien ne sort de ma bouche. Alors je pense à maman quand on a crié toutes les deux, bercées par le ciel. Au corps tremblant de Trevor. Aux sanglots de Marcus dans sa cellule. Est-ce que toutes ces conneries vont se terminer comme ça, sans que je puisse articuler quoi que ce soit ? Je continue à me faire des marques d'ongle jusqu'à trouver les mots.

– Ils me donnaient de l'argent parce que j'en avais pas et que j'en avais besoin pour survivre, alors j'ai fait ce qu'il fallait que je fasse.

– Et en quoi cela consistait-il, si vous me permettez cette question ?

Il est clair que ça ne change rien que je lui permette ou non, mais au moins il essaie de se montrer attentionné, au moins ce n'est pas l'attaque à laquelle je m'attendais.

– Je leur tenais compagnie.

– Par « compagnie », vous entendez « rapports sexuels » ?

– Pas à chaque fois, je réponds, en pensant à l'agent 190, à sa manie de parler pendant des heures, aux fois où il se transformait en flaque de pleurs. Ça se passait pas toujours comme ça.

– Et avec l'agent Jeremy Carlisle ? Comment est-ce que ça se passait avec lui ?

Je reste silencieuse un moment, les yeux fermés pour pouvoir visualiser son visage, les taches de rousseur sur ses joues et sa grande maison grise.

– Je le connaissais pas par son nom, juste par son numéro de matricule. Je l'ai vu quelques fois, surtout en groupe. Il est passé me prendre un soir et il m'a emmenée chez lui.

Je jette un coup d'œil aux jurés. Aucun des visages n'exprime quoi que ce soit, on dirait qu'ils attendent juste que je termine pour aller aux toilettes. J'attends, comme Marsha m'aurait conseillé de le faire. Elle a dit que si je laissais assez de silence, le procureur risquait d'oublier certains des trucs qu'il voulait me demander.

– Qu'avez-vous fait chez lui ?

L'un des jurés, une femme noire avec des tresses relevées en chignon, me regarde dans les yeux.

– On a couché ensemble.

– Combien vous a-t-il payée ?

– Rien.

Le procureur s'arrête et me regarde bien en face comme s'il venait tout juste de remarquer mon existence. Son nez se plisse.

– Vous êtes en train de dire que l'agent Carlisle ne vous a jamais payée pour le temps que vous avez passé ensemble ?

– Il a dit qu'il le ferait mais quand je me suis réveillée, il a refusé. Il a dit qu'il m'avait déjà payée.

– Était-ce le cas ?

– Il m'a dit qu'en me prévenant pour l'opération d'infiltration, c'était comme s'il m'avait payée.

Le procureur hoche la tête, de haut en bas, il se retourne pour s'approcher tranquillement du jury, puis il me demande de lui expliquer ce que j'entends par « opération d'infiltration ». Il est à nouveau face à moi. Alors je lui raconte la fête, j'explique que Carlisle est venu me chercher dans sa Prius et qu'il m'a emmenée chez lui, que je n'avais pas prévu de passer la nuit là-bas et que ça a dérapé. Il continue de me poser des questions sur Carlisle auxquelles je n'ai pas de réponse et s'interrompt, avant de lancer :

– Au cours de l'interrogatoire mené par les inspecteurs, vous avez dit : « Je n'aurais pas dû me trouver là. » C'est exact ?

– J'imagine.

– Et diriez-vous que depuis cet interrogatoire, vous avez compris la gravité de ces allégations ?

Je ne sais pas où il veut en venir, alors je répète un « J'imagine ».

– Pourtant, la semaine suivante vous avez participé à une fête durant laquelle vous avez eu des rapports sexuels avec plusieurs membres des forces de police d'Oakland. Vous n'avez pas trouvé cela moralement discutable ?

– J'ai jamais dit que…

– Vous n'avez rapporté cet événement à personne. Et vous n'avez pas non plus refusé de participer à cette fête. C'est exact ?

Je le fixe, je fixe son regard immobile et furieux. J'essaie de réfléchir, mais il a dit ça d'une telle façon que je ne sais pas comment répondre.

– Non, c'est vrai. Mais ils m'ont menacée, alors j'avais pas le choix.

Je fais remonter mes ongles le long de mon bras, je creuse plus profondément.

Il hoche la tête.

– Avec qui vivez-vous, Miss Johnson ?

– Je vis avec personne.

– Laissez-moi reformuler : quel nom figure sur le bail de votre appartement ?

– Celui de mon frère, je réponds en haussant les épaules.

Il hoche encore la tête, comme s'il s'était attendu à cette réponse.

– Et où se trouve votre frère en ce moment ?

Je regarde la salle en espérant que Marsha apparaisse mais les rangées de sièges ne se remplissent pas.

– Il est à Santa Rita.

– En prison ?

– Oui.

– Pour quelle raison s'y trouve-t-il ?

Je ferme les paupières, je les serre très fort comme si ça pouvait me téléporter dehors, là où le ciel est immense et où personne ne posera ses yeux sur moi.

– Trafic de drogue.

– C'est pour ça que vous avez commencé à vous prostituer ?

– Qu'est-ce que vous voulez dire par là ?

– La drogue, répond-il en remuant sa main en l'air. Est-ce que vous avez commencé à vous prostituer pour financer votre consommation ?

Je suis sur le point de bondir de ma chaise, puis je me répète comme un mantra : « Calme-toi, calme-toi », et je finis par répondre : « Non, je me drogue pas. »

Mais il s'est déjà fait son idée et ouvre la voie des questions qui concernent Marcus, maman et papa. Il dit un truc à propos de notre « historique familial de comportements erratiques » ou une connerie de ce genre, et même si c'est exactement comme ça que Marsha m'a dit que ça se passerait, j'ai toujours autant envie de ramper hors de ma peau et de redevenir rien de plus qu'un tas d'ossements.

Il prend une seconde pour retourner à sa table et avaler une gorgée d'eau. Je jette un nouveau coup d'œil aux jurés en priant pour qu'un peu d'espoir à mon égard se cimente sur ces visages, mais je n'y trouve toujours rien d'autre qu'un maillage de regards vides.

– Miss Johnson, me lance le procureur, et je tourne la tête d'un coup vers la salle et le cliquetis du clavier du greffier. Ne vous êtes-vous jamais dit que c'était mal d'avoir des rapports sexuels avec des membres des forces de police ?

La question est plutôt innocente, même pas digne d'être posée.

– Évidemment.

Je pense toujours à Marcus, au moyen de le faire libérer dès que je serai sortie de ce piège en bois.

– Alors pourquoi l'avez-vous fait ?

– Je vous l'ai déjà dit : je n'avais pas le choix.

– Vous n'auriez pas pu quitter cette fameuse fête ? Vous n'auriez pas pu refuser de monter dans la voiture de l'agent Carlisle ?

Les tremblements partent du bout de mes doigts, de la peau sous mes ongles, et ils se répandent à l'intérieur. Pas vers le haut ni vers le bas, mais au plus profond de moi. Des vibrations jusque dans ma cage thoracique. Je me demande si c'est ce que Trevor a ressenti quand ils l'ont emmené.

– Ce que je veux dire c'est que j'aurais pu, mais ils ne m'ont pas laissé le choix…

– Alors ils vous ont forcée à rester ? Est-ce que l'agent Carlisle vous a menottée pour vous faire monter à l'arrière de sa voiture et a verrouillé la portière ?

– Non.

Je me mets à tapoter le pupitre de mes mains, à écorcher le bois comme si ça allait arrêter les tremblements et faire le vide en moi.

– Étiez-vous en colère de ne pas avoir été payée pour ce que vous aviez fait ?

Je le regarde. La transpiration fait glisser les lunettes de son nez.

– J'imagine.

– Est-ce que vous pensiez qu'en accusant ces hommes d'actes violents vous obtiendriez une forme de compensation financière ?

– Quoi ?

– Est-ce que vous pensiez que ces accusations vous rapporteraient de l'argent ?

Toute la salle s'immobilise, comme si personne n'osait faire le moindre geste de peur de troubler la fragilité de cet instant : celui où ils espèrent me voir m'effondrer.

– Non.

Rien qu'un mot. Rien qu'un mot. Rien qu'un mot.

Il prend une minute pour se retourner et balayer la salle d'audience avant de reposer son regard sur moi – une astuce qu'ils utilisent tous, d'après Marsha. Je me demande si elle fait partie de ces « ils ».

– Vous étiez mineure au moment des événements dont il est question, c'est exact ?

– J'avais dix-sept ans.

– Vous comprenez que, dans ce cas, il s'agirait selon la loi d'atteinte sexuelle sur mineur.

Marsha m'en a bien assez parlé.

– Oui.

– Avez-vous signalé votre âge à ces hommes avant vos rapports ?

Avec Marsha, on espérait qu'il ferait l'impasse sur cette question.

– Ils le savaient.

– Donc vous le leur avez dit ?

– Pas exactement, mais ils le savaient. Je vous assure qu'ils le savaient.

Il sourit, un sourire doux qui me rappelle les entretiens filmés que j'ai regardés avec Marsha quand on se préparait, ceux où le procureur parle des femmes battues et dit qu'il veut les protéger. Mais il ne me regarde pas comme une femme battue, il me regarde plutôt comme une petite fille qui se contente d'observer de loin. Comme si j'étais perturbée.

– Comment auraient-ils pu le savoir, Miss Johnson ?

Entre-temps, mes tremblements se sont frayé un chemin vers l'extérieur et je frémis de tous mes membres. Je me balance sur ma chaise, les pieds grincent sur le plancher.

– Parce qu'ils m'ont vue. Je leur ai menti et ils m'ont regardée droit dans les yeux et ils ont compris. Ils savaient quel âge j'avais et ils gardaient leurs yeux bien ouverts tout du long, ils me fixaient quand ils couchaient avec moi, comme si c'était encore meilleur comme ça. Oui, ils m'ont regardée et ils ont vu que j'étais toute jeune. J'étais qu'une enfant.

Un craquement au sol, une écharde grattée par mes ongles, un tremblement rigide, la vue trouble, le ciel d'Oakland toujours aussi lumineux au fond de ma gorge. Je n'étais peut-être pas comme Soraya, trop petite pour avoir pied du côté le moins profond de la piscine, mais j'étais quand même toute petite. Je me sentais toute petite.

– Mais vous ne leur avez jamais dit votre âge ?

Il sait que c'est celle-là, la dernière question.

Les ongles profondément enfouis dans ma peau, les gouttes de sang.

– J'étais qu'une enfant. Rien qu'une enfant.

Et même si Trevor et Marcus et Alé et maman sont là quelque part, même s'il y a tellement de raisons pour que je dise tout ça, pour que je laisse les mots jaillir de mes poumons, je ne pense à aucun d'entre eux. La seule chose à laquelle je pense, c'est mes ongles qui restent plantés dans ma peau même quand elle se déchire, même quand je me mets à saigner. Quand tout tourne au chaos, quand je me retrouve assise dans une pièce remplie de visages que je n'arrive pas à distinguer, quand j'ai l'impression que mon corps n'est plus le mien, j'ai toujours mes ongles. J'ai toujours quelque chose pour me rappeler que je peux exister même si je suis toute cassée, comme Trevor et son visage couvert de son sang qui trouve malgré tout le moyen de faire entrer de l'air dans son corps. Pour me rappeler que ces ongles sont un miracle. Je n'ai besoin de personne pour les rendre jolis, pour les limer, les acérer. Il faut juste qu'ils restent ce qu'ils sont : à moi.

– Merci, Miss Johnson.

Il ajoute quelque chose comme quoi je peux rejoindre ma place, un juré éternue quelque part dans un coin de mon champ de vision. Tout continue à tourner, à entrer en collision, une salle en bois dans laquelle je me libère comme le ciel ce soir-là quand les étoiles se sont montrées au-dessus de la voie rapide, avant de rentrer dans un appartement qui ne sera plus jamais vraiment le mien.

Je n'étais rien qu'une enfant.

Chaque minute s'écoule difficilement, comme de l'eau dans une canalisation bouchée. Marsha m'a ramenée directement chez moi depuis le tribunal, elle m'a déposée sans avoir prononcé un seul mot durant tout le trajet, mais si elle avait parlé, je ne l'aurais pas entendue de toute façon.

Curieusement, j'ai quitté cette salle d'audience avec un corps différent de celui avec lequel j'étais entrée sous ces plafonds en bois décorés avant de m'asseoir sur l'un de ces bancs où tant d'autres avaient transpiré avant moi. Ce nouveau corps, il a toute une enfilade de trous de la gorge à l'estomac, là où j'ai essayé de m'enfouir à l'intérieur des ciselures. Ce nouveau corps, il a des cicatrices plus indélébiles que n'importe quel tatouage et il les trouve splendides. Ce nouveau corps, il a beaucoup trop de souvenirs à garder à l'intérieur.

Je suis assise au milieu d'un appartement qui n'appartient pas vraiment à qui que ce soit et je hurle. Comme si Dee avait fini par me contaminer, comme si maman s'était glissée en moi pour masser ma mâchoire jusqu'à ce qu'elle s'ouvre. Le soleil s'est couché, il m'a laissée dans l'obscurité avec pour seul spectacle le scintillement de la piscine par la fenêtre, puis il s'est levé une nouvelle fois. Encore et encore. Trois fois peut-être avant qu'on frappe à la porte. Au moment même où le ciel commence à tourner au pastel. Où ma bouche a trouvé comment se fermer.

Je ne bouge pas, mais elle n'attend pas que je le fasse. Alé ouvre comme si c'était chez elle, elle entre avec un gros sac qu'elle balance sur le comptoir et elle va droit sur moi avachie par terre, elle se met à genoux et elle m'absorbe jusqu'à ce qu'on ne forme plus qu'un seul corps, jusqu'à ce que je puisse respirer tous les parfums qu'elle ait jamais portés. Toutes les épices. Les draps au crochet de sa maman. Le skatepark.

Comme elle relâche légèrement son étreinte, je peux voir sa peau, et dans sa nuque ce qui doit être son nouveau tatouage : une paire de chaussures couleur lavande avec un K sur l'une des semelles.

Puis elle me libère entièrement et je peux enfin regarder ses yeux qui débordent. Je ne sais pas si j'ai déjà vu Alé pleurer comme ça et je ne peux pas m'empêcher de m'approcher et d'embrasser sa joue, de goûter son sel en faisant remonter mes lèvres jusqu'au coin de ses yeux. Alé, c'est le fond de l'océan, là où toute la magie reste cachée sous une multitude de couches de ténèbres, d'eau et de sel. La chaleur s'empare de ma poitrine, et c'est comme ce qu'on raconte à propos du cœur : quand il n'est pas brisé, on peut encore avoir assez de chance pour qu'il soit plein, avec le sang qui bat.

Ses mains trouvent ma taille, et toute une série de pensées surgit sur son visage, dessinant un débat intérieur qui fait surface dans le frémissement de ses lèvres. Quand Alé me touche cette fois-ci, on est par terre, on est sans barrière. Ma bouche est déjà si proche.

– Kiara.

Ses larmes ont cessé de couler, mais je n'ai pas bougé et mon nom est une question. Le sien est la réponse et c'est la première fois que je me dis que tout ça valait peut-être le coup, que le seul chemin pour retrouver Alé passait par la piscine à crottes.

Elle m'embrasse. Je l'embrasse. Elle est plus douce que ce que j'aurais jamais imaginé et je n'ai jamais été aussi soulagée d'être touchée, de la sentir entrelacer ses doigts dans mes cheveux. De la sentir sur moi. De la voir s'écarter rien que pour regarder en moi comme si les étoiles s'étaient glissées sous mes paupières, et je crois bien que ça pourrait être ça, cet amour qui met l'univers sur pause, celui qui peut me désintégrer et me préserver tout entière du même coup.

Alé se penche de nouveau vers moi doucement, elle suit les lignes de mon ventre avec son doigt comme elle le fait à chaque fois, sauf que là elle ne s'écarte pas. Là, elle me dit qu'elle est désolée, elle me dit qu'elle est venue dès qu'elle a eu mon message. Et même si elle dit tout ce qu'il faut dire, c'est le regard qu'elle m'offre de ses yeux ouverts en grand qui me fait comprendre qu'elle me voit mieux que personne ne m'a jamais vue. Qu'elle me voit au-delà de toutes ces merdes qu'on a remuées à l'intérieur de moi. Au-delà de ce nouveau corps ou de l'ancien corps ou de tous les corps dans lesquels j'ai existé parce qu'elle se fout du nombre de couches de beurre de karité dont j'ai enduit ma peau. Alé, elle veut simplement m'enlacer. Elle veut simplement être mienne.

On est emmêlées sur le sol de l'appartement, relique vivante de toutes les vies que j'ai vécues. Cette fille qui m'a soutenue pendant que je traversais tout ça. On est à bout de souffle, on rit et on pleure et je ne sais pas si je lui ai déjà dit que je l'aimais mais je ne peux pas m'empêcher de le répéter. Parce que ça n'a jamais signifié autant. Ça n'a jamais rempli ma bouche comme ça. Comme le seul débordement dont j'ai toujours eu envie. Elle me le dit aussi, encore et encore, et il n'y a jamais eu de vérité comme celle-là.

Alé me donne à manger et je lui raconte tout sur les femmes que j'ai rencontrées. Toutes les filles de Demond à la fête, Camila, Lexi et les deux filles assises du mauvais côté de la salle d'audience, cabossées. Maman. Moi. Je lui raconte comment le trottoir nous a déchirées en deux et nous a retiré cette partie qui méritait le plus d'être conservée : l'enfant qu'on garde à l'intérieur. La mâchoire en O qui ne supporte même plus de hurler parce que ça aussi, ils nous l'ont pris. Ils nous prennent tout.

Alé hoche la tête sans détourner les yeux, elle me met une cuillerée de soupe dans la bouche quand je m'efface dans un murmure. Elle m'embrasse le nez. Elle me raconte ce qu'elle a ressenti quand elle a regardé le visage paralysé de sa mère, elle me raconte les bleus qui déformaient le corps froid d'une fille qui aurait pu être Clara, elle me raconte ses peurs, elle me dit qu'elle veut plus que ça pour moi, pour nous. Je lui réponds que je veux plus que ça pour elle aussi, que j'aimerais qu'elle puisse devenir un docteur ou une doula ou n'importe quoi pourvu que ça soulage cette partie d'elle qui a besoin d'un peu plus que d'une cuisine de restaurant.

Elle m'a apporté toutes sortes de plats, elle me guérit comme elle sait si bien le faire et on reste assises par terre, rien que de la peau, appuyée contre le rebord du matelas. La soupe est chaude, je peux la sentir suivre le chemin qui va de ma langue à mon estomac, j'ai conscience de chaque cuillerée absorbée. Je lui parle de Trevor, de ses yeux tuméfiés et du moment où il a fallu que je retire ses bras de mon cou et que je l'installe à l'arrière d'une voiture parce que sa maman ne sait pas comment l'aimer comme il a besoin d'être aimé et que moi, je ne suffis pas.

À ce moment-là, Alé m'interrompt et dit : « C'est pas parce que t'es pas sa mère que tu lui as pas donné une chose que personne pourra vous retirer. » Et si ça ne sonnait pas comme un ramassis de conneries, je pourrais la croire. Le seul élément de preuve que j'ai, c'est son visage bouffi à l'arrière de la voiture, ses tremblements, et ça, ça ne prouve rien de sacré.

Je ne pourrais pas dire à quelle heure je me suis endormie ni quand Alé s'est réveillée et qu'elle m'a soulevée de là où se trouvent ses poumons, mais je sais précisément quand le jury a pris sa décision, même à des kilomètres de là, comme si ça se passait dans l'appartement. La faute au bruit de choc. Au bruit de verre brisé du y-a-pas-assez-de-lumière-pour-appeler-ça-le-matin et Alé qui se penche sur les morceaux de la lampe dont je ne me suis jamais vraiment servie. Puis le silence. C'est à ce moment-là qu'ils ont dû tous hocher la tête et signer les papiers à envoyer à la juge. Si ça se trouve, ils l'ont tous fait de manière très solennelle, sans se regarder dans les yeux, un peu comme s'ils pouvaient esquiver la culpabilité.

Je reçois l'appel une heure après. Alé est assise et m'enlace pendant que je halète en lui demandant si tout est fini. Elle ne dit pas non, elle se contente de me serrer fort jusqu'à ce que j'aie de nouveau l'impression d'avoir un corps, jusqu'à ce que le téléphone sonne.

Je réponds.

Au bout du fil, Marsha parle à toute vitesse, elle mélange tous les mots, puis elle ralentit.

– Je suis vraiment désolée, Kiara. Il n'y aura pas d'inculpation.

Je le voyais venir, je pouvais le sentir, mais quand Marsha le dit à voix haute, ça me fait l'effet d'un coup de poing, la même douleur tranchante qu'au moment où Metal Man m'a poussée contre ce mur de brique la nuit où tout a commencé.

– Et pour Marcus ?

Je n'ai aucune envie de demander ça ni aucune envie de savoir, mais il le faut.

Silence.

– Je me suis débrouillée pour qu'il ait un excellent avocat, finit par répondre Marsha, quelqu'un de plus compétent pour son dossier que je ne le suis, mais je ne peux pas faire beaucoup plus. Pas sans la pression d'une inculpation.

Elle se tait encore une fois.

– Je suis désolée, Kiara.

Je suis certaine que ses yeux de glace débordent parce qu'ensuite elle me sort tout un laïus sur l'espoir et je la laisse dire. Il vaut toujours mieux les laisser développer, ça donne l'impression que les choses sont un peu moins fissurées. Je croyais que je serais en colère contre elle, que j'enragerais, mais ce n'est pas le cas. Quand elle raccroche, presque deux heures après que la lampe s'est retrouvée éparpillée dans tout l'appartement, je lève les yeux vers Alé, de nouveau par terre avec ses bras passés autour de moi. Elle a tout laissé en plan quand elle a vu les larmes couler le long de mes joues et ses mains sont tachées de sang et d'éclats de verre. Aucune de nous ne dit rien.

Un calme inattendu me saisit et je repose ma tête sur le matelas pour regarder le plafond. Qu'est-ce que je pouvais espérer d'autre ? Le ciel a bien essayé de me dire que les choses arrivent toujours de manière extrême, dans des situations pourries dont je ne peux pas m'échapper. Arpenter le trottoir jusqu'aux nuages. Oakland est rempli de tout ça : des cœurs brisés et des envies poignantes. La main tendue vers l'enfant qu'on a été. Je lève la tête et je me tourne vers Alé, je lui prends la main pour retirer les grains de verre et je la pose sur ma joue pour que son sang soit à moi. Du fer à la place de l'encre. Ses lèvres remuent, elles murmurent, mais rien d'intelligible n'en émerge.

Elle m'attire contre sa poitrine et m'enlace si fort que je peux me blottir dans son étreinte. On sait toutes les deux que très bientôt on va devoir affronter le fait d'avoir tout perdu mais d'être toujours là l'une pour l'autre. D'avoir perdu un toit et trouvé un chez-nous. Pour l'heure, Alé me serre fort et moi je lui nettoie les mains, je les enveloppe dans la robe noire de Marsha et elle commence à ramasser les fragments de lumière éparpillés.

Je suis en train de sortir l'un des T-shirts extra-larges de Marcus quand je l'entends. Au début j'ai l'impression d'halluciner, mais le bruit est si distinct et si viscéral que je ne crois pas mon imagination capable de l'inventer.

Je me dirige vers la porte en contournant Alé.

– T'as entendu ?

Elle hausse les épaules, penchée pour ramasser les morceaux de verre.

J'ouvre la porte et je sors sur la coursive, je me penche par-dessus la balustrade et il est là. Je le sais rien qu'en baissant les yeux parce que je reconnais la tache de naissance sur le haut de son crâne. Trevor est assis au bord de la piscine avec les pieds dans l'eau, en train de tout éclabousser.

Le ciel est d'un bleu doux, je prends la direction de l'escalier et mes pas relentissent tandis que j'approche du centre de mon univers, vers cette piscine à crottes qui semble toujours nous attirer à elle. Je repense aux premiers pas de Soraya et elle manque tellement à cette partie de moi qui n'a pas assez de place pour respirer, celle qui voudrait la regarder courir, parler et dire mon nom, les trois syllabes en entier, et apprendre à tirer un panier comme Trevor.

Je descends les marches comme si je descendais au cœur d'un fantasme, comme si j'étais sur le point de rencontrer un fantôme. Dès que mes pieds nus touchent le carrelage et que j'aperçois l'arrière de sa tête, je comprends que ce n'est pas un rêve. Il porte son sac à dos jaune et bleu, celui que j'ai tendu l'autre jour à Mrs Randall. Celui que je lui ai offert pour son anniversaire il y a des mois de ça. Je m'approche jusqu'à me tenir juste au-dessus de lui et là, avec seulement un T-shirt XXL drapé autour du corps, je m'assieds près de lui et je glisse mes pieds dans la piscine. Mes jambes sont immergées jusqu'à mi-mollet.

Je le fixe du regard, mais il continue à contempler la piscine comme s'il n'avait même pas conscience de ma présence à ses côtés. Ses yeux sont grands ouverts maintenant, et la peau est toujours décolorée autour des pommettes, mais tout ce qui fait de son visage *le sien* est réparé. Parfaitement rond. Avec les yeux qui ressortent. Et la petite moue sur ses lèvres.

– Qu'est-ce que tu fais là, Trev ?

Je le frôle de mon épaule pour qu'il puisse me sentir même s'il ne me regarde pas.

Il garde les yeux rivés à la piscine, à ses pieds qui ressortent de sous la surface avant de replonger dans une éclaboussure. Puis soudain, comme si un chrono avait sonné dans son esprit, il tourne la tête vers moi, ses yeux se plantent dans les miens et il me lance un sourire.

– Fallait que je vienne chercher mon ballon.

Quand j'entends ça, je ne peux pas m'empêcher de m'illuminer, tout mon corps se répand dans un large sourire parce qu'on sait tous les deux que c'est beaucoup plus que ça, et qu'en même temps c'est aussi simple que ça. Parce qu'on a tous les deux grandi dans le rebond d'une balle, et que notre chute a commencé par un terrain de basket et une grosse raclée. Parce qu'on ne retrouvera jamais ce qu'on a perdu, mais que ce moment-là on peut le voler et le garder pour nous. Cette excuse est peut-être exactement ce qu'il nous faut pour nous lancer dans une partie improvisée qui nous fera rire parce qu'on peut le faire, jusqu'à ce que le soleil se désintègre et que la nuit menace de nous libérer pour ensuite nous recapturer et nous renvoyer à la réalité à laquelle il est impossible d'échapper. Quand je vais devoir le remettre dans le bus qu'il a pris pour se faufiler jusqu'ici. Mais peu importe, parce que quand je le renverrai ce sera avec un baiser sur le front et son ballon dans les mains, un moment que personne ne pourra nous enlever.

Ça semble à la fois parfaitement logique et complètement ridicule mais Trevor se lève, il passe son T-shirt par-dessus sa tête, puis il retire son short et le voilà debout avec deux centimètres et demi de plus mais toujours le même boxer trop large qu'il portait le jour où les chaussures de la femme flic sont apparues au bord de la piscine.

Je ne me rends même pas compte de ce que je fais, je me déshabille et je ne le réalise qu'au moment où je ne suis plus que de la peau bordée de marques, rehaussée par les croûtes qui n'ont pas fini de guérir du passage de mes ongles. Et comme ça, dans l'éclat d'un matin étonnamment calme, nous voilà tous les deux en sous-vêtements, alors Trevor me prend par la main et il la serre très fort. On n'a même pas besoin de compter à rebours parce que d'une manière ou d'une autre on sait tous les deux quand vient le moment de plonger. Plonger encore. La piscine à crottes se transforme en océan tellement elle est profonde. Une fois sous l'eau, j'ouvre les yeux, je laisse le chlore les tacher de rouge et je tourne la tête vers Trevor. Il me regarde. La bouche grande ouverte. J'ouvre la mienne et on se met tous les deux à rigoler, connectés par les rubans de bulles qui sortent de nos bouches pour aller se rencontrer au milieu de l'eau. Trevor et moi, on a retrouvé notre rire quelque part dans le lointain, comme Dee, et on hurle cet instant de joie délirante en laissant l'eau nous avaler tout entiers.

NOTE DE L'AUTRICE

En 2015, alors que j'étais encore une jeune adolescente, un scandale a éclaté, mettant en cause certains membres de la police d'Oakland et de plusieurs autres services de police de la baie de San Fransisco soupçonnés d'avoir été impliqués dans l'exploitation sexuelle d'une jeune femme et d'avoir essayé d'étouffer l'affaire. L'enquête a duré plusieurs années, et même quand le cycle des actualités est passé à autre chose, j'ai continué à me poser des questions au sujet de cette affaire, de cette fille et de toutes les autres qui n'ont pas eu droit aux gros titres, mais qui ont vécu les horreurs que le pouvoir peut faire subir à un corps, à un esprit, à une âme. Pour une seule affaire reprise par les médias, il en existait et il en existe toujours des dizaines d'autres impliquant des travailleuses du sexe et des jeunes femmes qui ont connu la violence aux mains de la police et dont l'histoire n'a pas été racontée, qui n'ont jamais vu de cours de justice et n'ont jamais pu s'en sortir. De fait, rares sont les affaires dont on entend parler.

J'avais dix-sept ans quand j'ai commencé la rédaction de ce roman avec l'ambition de réfléchir à ces femmes et leur vulnérabilité, leur invisibilité et l'absence de protection à leur égard, à tout ce que cela implique pour elles. Comme beaucoup de jeunes filles noires, j'ai grandi en entendant dire que mon devoir de femme était de protéger mon frère, mon père et les hommes noirs qui m'entouraient – leur sécurité, leur intégrité physique et leurs rêves. Par extension, j'ai appris que ma sécurité, mon intégrité physique et mes rêves à moi étaient secondaires, qu'il n'y avait rien ni personne qui pouvait ou voulait me protéger. Kiara est un personnage purement fictif mais ce qui lui arrive est le reflet de la violence à laquelle sont régulièrement confrontées les femmes de couleur : une étude de 2010 a révélé que parmi les affaires mettant en cause des policiers, les violences sexuelles arrivent juste après les coups et blessures et concernent majoritairement des femmes de couleur.

Pour écrire ce roman, j'ai puisé mon inspiration dans l'affaire d'Oakland ainsi que dans d'autres cas similaires, car je voulais écrire une histoire sur ma ville, mais je voulais aussi explorer les répercussions qu'aurait une telle affaire si elle concernait une jeune femme noire, si cette affaire était présentée dans un récit mené par une survivante, explorer le monde derrière les manchettes des journaux et donner aux lecteurs accès à ce monde. Les cas de violences pour lesquels on manifeste, sur lesquels on écrit et qui prennent de l'importance à travers ces mouvements, concernent rarement les femmes noires, les personnes queer et transgenres, mais cela ne veut pas dire pour autant que ces cas-là n'existent pas. J'avais envie d'écrire un récit qui refléterait la peur et le danger que ressent chaque femme noire au moment de la puberté et qui traiterait de l'adultification des jeunes filles noires tout en reconnaissant que Kiara – comme toutes celles d'entre nous ayant vécu des situations qui paraissent insurmontables – reste capable d'être heureuse et d'aimer.

REMERCIEMENTS

Je tiens d'abord à exprimer mon immense gratitude à Lucy Carson et Molly Friedrich ainsi qu'au reste de l'équipe de la Friedrich Agency, qui m'ont défendue comme personne et n'ont cessé de m'encourager à chaque étape du parcours. Merci à toi, Ruth Ozeki, pour ta sagesse inégalable et pour m'avoir présenté les charmantes Molly et Lucy. Merci à toi, Diana Miller, mon éditrice, pour ta vision toujours pertinente et tes remarques si avisées dans les situations les plus imprévisibles. Merci à toute l'équipe de Knopf pour avoir soutenu l'histoire de Kiara. Merci à toi, Niesha, de m'avoir suffisamment éclairée pour que je puisse baser ce roman sur une véritable expérience de la prostitution.

Samantha Rajaram, merci pour ton amitié et pour m'avoir conseillée durant le programme Pitch Wars. Ce programme fut une fantastique opportunité, il m'a offert tout ce dont j'avais besoin pour finaliser ce roman mais il m'a surtout permis d'obtenir ton amitié et ton soutien. Un merci tout particulier à Maria pour son aide éditoriale et sa générosité.

Merci à toi, Jordan Karnes, pour avoir accepté d'être mon lecteur quand j'en avais désespérément besoin et pour toutes ces années d'atelier d'écriture qui m'ont préparée à me lancer. Merci à l'Oakland School for the Arts d'avoir été la première institution à accepter de m'offrir un lieu dans lequel je pouvais exister en tant qu'autrice, ainsi qu'au programme de l'Oakland Youth Poet Laureate pour avoir nourri la poétesse en moi. À tous les enfants que j'ai aimés et dont je me suis occupée, merci d'avoir rempli mes journées d'assez de joie pour que je puisse passer mes nuits en compagnie de tous ces mots.

Papa, merci de m'avoir transmis l'amour de l'écriture et merci pour tout ce jazz. Maman, merci de m'avoir offert une maison remplie de livres et de m'avoir enseigné la valeur de la lecture. Logan, merci d'avoir été la première personne que je pouvais appeler quand j'étais coincée, et merci d'être le meilleur auditoire et le meilleur frère dont je pourrais rêver. Magda, merci d'avoir été la meilleure des amies et la première lectrice de presque tout. Merci à toi, Zach Wyner, pour ta pédagogie, tes sessions d'écriture et ta fidélité tout au long de ma vie. À tous mes amis et à ma famille pour m'avoir offert un monde si riche, un monde digne qu'on écrive à son sujet, ainsi qu'une communauté envers laquelle je serai éternellement reconnaissante.

À la ville d'Oakland, merci de m'avoir accompagnée depuis l'enfance et de m'avoir offert des cafés, des bibliothèques, des appartements et des ciels dans lesquels j'ai pu écrire ce roman. Tu seras toujours mon chez-moi.

Et enfin Mo, mon amour, merci d'avoir été à mes côtés depuis la première lecture et pendant toutes ces heures de révision jusqu'aux retouches finales. Tu as été mon soutien principal, mon ancre, mon réconfort après chaque journée de travail. Sans toi, je n'aurais pas été capable de faire de ce livre ce qu'il est devenu. Tu es l'Alé de ma Kiara et je n'ai pas les mots pour te dire à quel point je me sens chanceuse de rentrer à la maison pour y trouver tes bras, tes petits plats et tes paroles. Tu es tout pour moi.

« Terres d'Amérique »

Collection dirigée par Francis Geffard
(Extrait du catalogue)

NANA KWAME ADJEI-BRENYAH
Friday Black, nouvelles

CHRIS ADRIAN
Un ange meilleur, nouvelles

SHERMAN ALEXIE
Indian Blues, roman
Indian Killer, roman
Phoenix, Arizona, nouvelles
La Vie aux trousses, nouvelles
Dix Petits Indiens, nouvelles
Red Blues, poèmes
Flight, roman
Danses de guerre, nouvelles

TOM BARBASH
Les Lumières de Central Park, nouvelles
Beautiful Boy, roman

TOM BISSELL
Dieu vit à Saint-Pétersbourg, nouvelles

AMANDA BOYDEN
En attendant Babylone, roman

JOSEPH BOYDEN

Le Chemin des âmes, roman
Là-haut vers le nord, nouvelles
Les Saisons de la solitude, roman
Dans le grand cercle du monde, roman

TAYLOR BROWN

Les Dieux de Howl Mountain, roman
Le Fleuve des rois, roman

KEVIN CANTY

Une vraie lune de miel, nouvelles
Toutes les choses de la vie, roman
De l'autre côté des montagnes, roman

DAN CHAON

Parmi les disparus, nouvelles
Le Livre de Jonas, roman
Cette vie ou une autre, roman
Surtout rester éveillé, nouvelles
Une douce lueur de malveillance, roman

MICHAEL CHRISTIE

Le Jardin du mendiant, nouvelles
Lorsque le dernier arbre, roman

TOM COOPER

Les Maraudeurs, roman

CHARLES D'AMBROSIO

Le Musée des poissons morts, nouvelles
Orphelins, récits

CRAIG DAVIDSON
Un goût de rouille et d'os, nouvelles
Juste être un homme, nouvelles
Cataract City, roman
Les Bonnes Âmes de Sarah Court, roman

ANTHONY DOERR
Le Nom des coquillages, nouvelles
À propos de Grace, roman
Le Mur de mémoire, nouvelles
La Cité des nuages et des oiseaux, roman

LOUISE ERDRICH
L'Épouse Antilope, roman
Dernier rapport sur les miracles à Little No Horse, roman
La Chorale des maîtres bouchers, roman
Ce qui a dévoré nos cœurs, roman
Love Medicine, roman
La Malédiction des colombes, roman
Le Jeu des ombres, roman
La Décapotable rouge, nouvelles
Dans le silence du vent, roman
Femme nue jouant Chopin, nouvelles
Le Pique-nique des orphelins, roman
LaRose, roman
L'Enfant de la prochaine aurore, roman
Celui qui veille, roman

BEN FOUNTAIN
Brèves rencontres avec Che Guevara, nouvelles
Fin de mi-temps pour le soldat Billy Lynn, roman

TOM FRANKLIN
Le Retour de Silas Jones, roman
Braconniers, nouvelles

CHRISTIAN KIEFER
Les Animaux, roman
Fantômes, roman

THOMAS KING
Medicine River, roman
L'Herbe verte, l'eau vive, roman

SANA KRASIKOV
L'An prochain à Tbilissi, nouvelles
Les Patriotes, roman

RICHARD LANGE
Dead Boys, nouvelles
Ce monde cruel, roman
Angel Baby, roman
La Dernière Chance de Rowan Petty, roman

MATT LENNOX
Rédemption, roman

BRIAN LEUNG
Les Hommes perdus, roman
Seuls le ciel et la terre, roman

MAXIM LOSKUTOFF
Viens voir dans l'Ouest, nouvelles

ROBIN MACARTHUR
Le Cœur sauvage, nouvelles
Les Femmes de Heart Spring Mountain, roman

STEPHEN MARKLEY
Ohio, roman

DINAW MENGESTU
Les Belles Choses que porte le ciel, roman
Ce qu'on peut lire dans l'air, roman
Tous nos noms, roman

STEFAN MERRILL BLOCK
Le Noir entre les étoiles, roman

PHILIPP MEYER
Le Fils, roman
American Rust, roman

MATTHEW NEILL NULL
Le Miel du lion, roman
Allegheny River, nouvelles

TOMMY ORANGE
Ici n'est plus ici, roman

KEVIN PATTERSON
Dans la lumière du Nord, roman

BENJAMIN PERCY
Sous la bannière étoilée, nouvelles
Le Canyon, roman

DAVID JAMES POISSANT
Le Paradis des animaux, nouvelles

DONALD RAY POLLOCK
Le Diable, tout le temps, roman
Une mort qui en vaut la peine, roman

ERIC PUCHNER

La Musique des autres, nouvelles

Famille modèle, roman

Dernière journée sur terre, nouvelles

SHANNON PUFAHL

Et nous nous enfuirons sur des chevaux ardents, roman

JON RAYMOND

Wendy & Lucy, nouvelles

La Vie idéale, roman

ELWOOD REID

Ce que savent les saumons, nouvelles

Midnight Sun, roman

La Seconde Vie de D.B. Cooper, roman

KAREN RUSSELL

Swamplandia, roman

Foyer Sainte-Lucie pour jeunes filles élevées par les loups, nouvelles

Des vampires dans la citronneraie, nouvelles

Le Lévrier de Madame Bovary et autres histoires, nouvelles

ANJALI SACHDEVA

Tous les noms qu'ils donnaient à Dieu, nouvelles

JON SEALY

Un seul parmi les vivants, roman

HUGH SHEEHY

Les Invisibles, nouvelles

WELLS TOWER

Tout piller, tout brûler, nouvelles

DAVID TREUER
Little, roman
Comme un frère, roman
Le Manuscrit du Dr Apelle, roman
Indian Roads, récit
Et la vie nous emportera, roman

BRADY UDALL
Lâchons les chiens, nouvelles
Le Destin miraculeux d'Edgar Mint, roman
Le Polygame solitaire, roman

GUY VANDERHAEGHE
La Dernière Traversée, roman
Comme des loups, roman
Comme des feux dans la plaine, roman

CLAIRE VAYE WATKINS
Les Sables de l'Amargosa, roman

KATHERENA VERMETTE
Les Femmes du North End, roman

SHAWN VESTAL
Goodbye, Loretta, roman

VENDELA VIDA
Se souvenir des jours heureux, roman
Les Habits du plongeur abandonnés sur le rivage, roman

JOHN VIGNA
Loin de la violence des hommes, nouvelles

WILLY VLAUTIN
Motel Life, roman
Plein nord, roman

Ballade pour Leroy, roman
La Route sauvage, roman
Devenir quelqu'un, roman

JAMES WELCH
L'Hiver dans le sang, roman
La Mort de Jim Loney, roman
Comme des ombres sur la terre, roman
L'Avocat indien, roman
À la grâce de Marseille, roman
Il y a des légendes silencieuses, poèmes

COLSON WHITEHEAD
Underground Railroad, roman
Nickel Boys, roman

CALLAN WINK
Courir au clair de lune avec un chien volé, nouvelles
August, roman

SCOTT WOLVEN
La Vie en flammes, nouvelles

JOHN WOODS
Lady Chevy, roman

Composition : Nord Compo
Impression : CPI Firmin-Didot en mai 2022
Éditions Albin Michel
22, rue Huyghens, 75014 Paris
www.albin-michel.fr

ISBN : 978-2-226-45664-9
ISSN : 1272-1085
N° d'édition : 24233/01 – N° d'impression : 169577
Dépôt légal : août 2022
Imprimé en France